Siegfried Müller, Thomas Rauschenbach (Hrsg.)
Das soziale Ehrenamt

Edition Soziale Arbeit

Herausgegeben von
Hans-Uwe Otto und Hans Thiersch

Siegfried Müller, Thomas Rauschenbach (Hrsg.)

Das soziale Ehrenamt

Nützliche Arbeit zum Nulltarif

Juventa Verlag Weinheim und München

Die Deutsche Bibliothek - CIP-Einheitsaufnahme

Das soziale Ehrenamt : nützl. Arbeit zum Nulltarif / Siegfried Müller ; Thomas Rauschenbach (Hrsg.). - 2. Aufl. Weinheim ; München : Juventa Verl., 1992
(Edition Soziale Arbeit)
ISBN 3-7799-0691-0
NE: Müller, Siegfried [Hrsg.]

2. Aufl. 1992

Umschlaggestaltung: Atelier Warminski, 6470 Büdingen 8
Satz: Ellen Hagmann und Ulrich Otto, Tübingen

Printed in Germany

ISBN 3-7799-0691-0

Inhalt

Zur Einführung

Lange Zeit wirkte es so, als wäre das soziale Ehrenamt in einem langsamen, aber unaufhaltsamen Prozeß des Aussterbens begriffen. Unablässig und wie in keinem anderen Segment in der Geschichte der Bundesrepublik vermehrten sich die sozialen Berufe und die Institutionen sozialer Dienstleistungen. Es schien nur noch eine Frage von wenigen Jahren bis das Netz öffentlicher und beruflich-bezahlter Dienste so dicht gespannt sein würde, daß das ehrenamtliche soziale Engagement ganz von alleine verschwindet. Wohlfahrtsstaatliche Politik hätte demzufolge einen glänzenden Beitrag zum »Projekt der Moderne« geleistet. Doch vor der Vollendung dieser Entwicklung wurden Zweifel laut, wurde ihre Machbarkeit und Wünschbarkeit in Frage gestellt. Die Diskussion um das Ehrenamt wurde so neu entfacht. Und dies überraschend kritisch und in offenkundig breiter Übereinstimmung.

Im Zuge einer Wiederentdeckung von Selbsthilfe und Eigenarbeit sowie in der proklamatorischen Aufwertung des informellen Sektors samt der dort verrichteten Schattenarbeit wurde die lange Zeit »vergessene« und »unsichtbare« Form der ehrenamtlichen Arbeit wieder ins Rampenlicht fachlicher und politischer Kontroversen gerückt. Repräsentanten der Verbände und der Politik, Wortführer und finanzielle Nutznießer dieses unentgeltlichen Engagements, besannen sich im Angesicht einer krisengeschüttelten Arbeitsgesellschaft rasch auf den ökonomischen und symbolischen Wert der freiwilligen und unbezahlten Arbeit. Die Frauenbewegung und die mit ihr entstandene neue Sensibilität für die gesellschaftliche Benachteiligung von Frauen machte im Anschluß an die Problematik unbezahlter, aber wertschaffender Haus- und Erziehungsarbeit nun auch auf die im sozialen, ganz überwiegend von Frauen erbrachten Ehrenamt fortgesetzte (Aus-)Nutzung »weiblichen Arbeitsvermögens« aufmerksam. Die Wissenschaft ist sich im Lichte einer expertenskeptischen Haltung schließlich bis heute über die emanzipatorische und sozialintegrative Bedeutung dieses schier unerschöpflichen Reservoirs an sozialer Solidarität ebenso uneins wie über deren politische Vereinnahmbarkeit als Billiglohnarbeit und zur Befriedung sozialer Konflikte.

Sicher ist inzwischen allein der Tatbestand, daß das Ehrenamt seine Unschuld als freiwillige, freitätige, unbezahlte, spontane, ganzheitliche und zweckfreie Hilfe von Mensch zu Mensch endgültig verloren hat. Diese klinisch gereinigte Form des Ehrenamtes gehört unwiderruflich der Vergangenheit an. In einer auffälligen Übereinstimmung wird konstatiert, daß

- das Ehrenamt nicht länger ins arbeitsmarktpolitische Niemandsland ausgelagert werden kann, Aufwandsentschädigung, (geringfügige) Bezahlung und sonstige Gratifikationen also künftig sehr wohl ein Thema sein müssen;
- das Ehrenamt nicht länger eine Privatsache sozial isolierter und vom Arbeitsmarkt fernzuhaltender Frauen in der »Leere-Nest-Phase« sein kann und darf;
- die Dichotomisierung zwischen unausgebildeter, aber erfahrungsgesättigter Ehrenamtlichkeit und formal qualifizierter, jedoch distanzierter Professionalität weder der Wirklichkeit entspricht noch Sinn macht;
- das Ehrenamt eine Zukunft haben soll.

Und das Ehrenamt hat auch eine Zukunft. Nicht so sehr als selbstlose Barmherzigkeit eines einzelnen Samariters; diese Figur hat ihre Aktivierungs- und Überzeugungskraft weitgehend eingebüßt. Eine denkbare Zukunft des sozialen Ehrenamtes *neben* dem Engagement in den Netzen der Familie und des sozialen Nahraumes und *neben* der ausdifferenzierten beruflichen Dienstleistungsversorgung liegt vielmehr in einem dritten Weg: einer freiwilligen sozialen Hilfe und Verpflichtung auf Gegenseitigkeit, in einem nicht vorrangig monetär gratifizierenden System des Tausches von Wissen, Können, Erfahrung und Diensten. Darin allein kann ehrenamtliche Arbeit eine ihr eigene Dynamik und einen Eigensinn entfalten. Und dabei muß sich auch zeigen, wieviel Solidarität und soziale Verantwortung in einer individualisierten Reichtumsgesellschaft noch zur Geltung gebracht werden kann angesichts der spezifisch sozialen Risikolage, Humanität und soziale Hilfsbereitschaft durch gleichgültige Lohnarbeitermentalität und privatisierte Kosten-Nutzen-Kalküle weitestgehend zu verdrängen.

Die künftige Diskussion um das Ehrenamt muß sich derartiger »Beziehungsfallen« bewußt sein. Erst die befriedigende Lösung einer über symbolische und monetäre Anerkennung hinausweisenden Gratifikation; erst eine chancengleiche Partizipation aller Personen- und Altersgruppen an den unterschiedlichsten Aufgaben der gesellschaftlichen Gestaltung, soweit diese nicht markt- oder warenförmig organisiert werden; erst die Mehrung individueller Zeitsouveränität auf dem Fundament einer neu gestalteten Zeitpolitik im Tages- wie im individuellen Lebenslauf; und erst die individuelle Existenzsicherung neben oder unter Einbeziehung des ehrenamtlichen Engagements gibt einem »neuen Ehrenamt« eine Chance. Dann freilich wären erst die Voraussetzungen geschaffen, um das ungenutzte Potential zu einem sozialen Ehrenamt freizusetzen, das Meinungsumfragen millionenfach konstatieren und von dem Politiker so gerne träumen.

Hans Thiersch

Laienhilfe, Alltagsorientierung und professionelle Arbeit

Zum Verhältnis von beruflicher und ehrenamtlicher Arbeit

Ehrenamtliche Sozialarbeit hat Konjunktur - ehrenamtliche Tätigkeit hier zunächst pauschalierend verstanden als nicht-professionelle sozialpädagogische Arbeit für Andere, unterschieden also ebenso von der Selbsthilfe wie von den professionellen Diensten. Ehrenamtliche Sozialarbeit hat Konjunktur

- im Kontext neuerer Sparprogramme und -zwänge,
- im Kontext der diese Programme begleitenden Angst, daß Ehrenamtliche in den traditionellen Aufgaben der Sozialverbände weniger werden,
- im Kontext eines Unwillens zu verwalteter, expertenhaft verfachlichter sozialer Hilfe,
- im Kontext eines diese Kritik ins Positive kehrenden dezidierten Interesses an der Leistungsfähigkeit der sogenannten natürlichen Hilfsressourcen z.B. in der Familie, in der Nachbarschaft, in den sozialen Netzen,
- im Kontext eines neuen Verständnisses von Ehrenamtlichkeit in alternativen Arbeits- und Lebensentwürfen.

Die Konjunktur für ehrenamtliche Sozialarbeit läßt sich - schließlich - auch verstehen im Kontext des Interesses an Alltag und alltagsorientierter sozialer Arbeit, wie sie die praktischen Entwicklungen und Diskussionen der letzten zehn Jahre mitprägte; ehrenamtliche Sozialarbeit kann verstanden werden als eine Form alltäglicher sozialer Hilfe.

Ich will dieser Interpretationsspur folgen - sie ist nicht die einzige und gesellschaftlich, sozialpolitisch gesehen auch nicht die primäre. Ich denke aber, daß sich in ihr Aspekte der gerade skizzierten Widersprüchlichkeiten im Verständnis von ehrenamtlicher sozialer Hilfe und in den Interessen an Ehrenamtlichkeit transparent machen lassen und Struktur und Funktionen ehrenamtlicher sozialer Arbeit deutlicher werden können.

Ich skizziere im folgenden zunächst Momente, wie sie mir im Kontext der Alltagsdiskussion der letzten Jahre wichtig und für die Ehrenamtsdiskussion relevant zu sein scheinen (1), und erörtere in einem zweiten, parallel gegliederten Durchgang Konkretisierungen und Konsequenzen für soziale Ehrenamtlichkeit als Alltagshandeln (2, 3, 4, 5).

1. Zum Konzept von Alltäglichkeit und Alltagswelten

Zeit- und gesellschaftskritisch gesehen verdankt sich das gegenwärtige Interesse an Fragen nach dem Alltag dem Wissen darum, daß im Zuge der Modernität Strukturen eines technologisch effektiven Handelns, systemische Strukturen also, zunehmend alle Lebensbereiche erreichen und formen; die Frage nach der Unmittelbarkeit des Lebens in konkreten Situationen und Erfahrungen, nach der lebensweltlichen Qualität unseres Lebens, ist der Versuch zugleich einer Abwehr und der Suche nach dem Eigensinn eines nicht-technologisch spezialisierten Lebens.

Handlungstheoretisch-phänomenologisch gesehen zielt die Frage nach dem Alltag auf Deutungs- und Handlungsmuster, die wir in unseren Lebensverhältnissen verwenden, so wie wir uns in ihnen immer schon vorfinden, in der Konkretheit des zeitlich, räumlich und sozial überschaubaren Feldes im familialen, beruflichen, schulischen, nachbarschaftlichen Leben. Deutungs- und Handlungsmuster in der spezifischen Form der Alltäglichkeit meinen die Unmittelbarkeit von Erfahrungen, in denen wir betroffen sind, in denen wir unser Bild von uns und anderen prägen, in denen wir unsere soziale Identität erfahren. Diese Unmittelbarkeit des Erlebens ist bestimmt durch die Komplexität ebenso politischer wie sozialer oder kommunikativer Aufgaben, durch die Notwendigkeit, mit dieser Vielfältigkeit zu Rande zu kommen, in ihr pragmatisch zu überleben, durch - plot geredet - eine Art natürlichen Dilettantismus. Dieses pragmatische Interesse macht Alltäglichkeit allergisch gegen allzu ausholende systematisierende oder theoretische Überlegungen, gegen besondere Anstrengungen zur Legitimation; Alltäglichkeit ist gerade in ihren Selbstverständlichkeiten stabil. In diesen so vielfältigen und pragmatisch zu erledigenden Aufgaben ist Alltäglichkeit entlastet durch Typisierungen und Routinen, durch die Vorgegebenheit also von Deutungsmustern und Handlungsformen, in denen entschieden ist, welche spezifischen Formen des Vorstellens und Handelns als sinnvoll gelten, welche ausgegrenzt, ja tabuisiert sind.

Gesellschaftlich-historisch gesehen zielt die Frage nach dem Alltag darauf, daß Handlungsstrukturen zwar formal-allgemein benannt werden können, aber im Konkreten immer nur spezifisch gesellschaftlich-historisch gelebt werden. Alltäglichkeit erscheint im Kontext des Modernisierungsprozesses unserer Gesellschaft in unterschiedlichen Formen. Schematisch verkürzt läßt sich vielleicht eine ältere traditionale (z.B. traditional ländliche) Alltäglichkeit unterscheiden von einer neueren, z.B. städtisch bestimmten: Was als überschaubar, im sozialen, räumlichen und zeitlichen Horizont erfahren wird, unterscheidet sich ebenso wie die Handlungspragmatik angesichts von Medienwissen und der Erreichbarkeit spezifischer Institutionen zur Lebenssicherung. Die Realität heutiger Alltäglichkeit ist geprägt durch das Neben- und Ineinander solcher verschiedener Alltagskonstellationen (Stadt/Land, aber auch die Widersprüche innerhalb des ländlichen Alltags selbst). Moderner Alltag aber ist dem traditionellen gegenüber unübersichtlicher, brüchiger in seinen Selbstverständlichkeiten, in seinem Selbstzutrauen.

Strukturell-phänomenologisch gesehen zielt die Frage nach dem Alltag darauf, daß das Reden von Alltäglichkeit und seinen spezifischen Deutungs- und Handlungsmustern als formal abstrakte Beschreibung von Handlungen zwar notwendig, aber nicht hinreichend ist zur Darstellung konkreter Lebensverhältnisse. Alltäglichkeit nämlich wird praktiziert in konkreten Situationen und Institutionen, also im Setting von Strukturen, die ökonomisch, traditionell oder sozial bestimmt sind in den Alltagswelten der regionalen Prägung, der Lebenslagen, der Lebensfelder und Institutionen. Die Deutungs- und Handlungsmuster der Alltäglichkeit sind die spezifischen Spielformen, in denen die aus den strukturellen Vorgaben sich stellenden materialen Aufgaben angegangen werden. Alltag ist der Ort der subjektiven Verstehens- und Handlungsmöglichkeiten im Vergesellschaftungsprozeß, der Schnittpunkt spezifischer subjektiver Deutungs- und Handlungsmuster mit gesellschaftlich-institutionellen Strukturen.

Kritisch-normativ gesehen zielt die Frage nach Alltäglichkeit und Alltagswelten darauf, daß Alltag in seinen Widersprüchlichkeiten von Authentizität und Entlastung, von unmittelbarer Erfahrung und gesellschaftlicher Bedingtheit nicht aus sich selbst interpretiert werden kann, sondern nur im Horizont eines normativen Konzepts. Zwei Deutungsmuster, so scheint mir, lassen sich für die gegenwärtige Situation gegeneinander absetzen, aber nur zur Orientierung, ausschnitthaft, schematisierend, weil in der Realität die Grenzen schwierig zu ziehen sind und die Bestimmungen ineinander übergehen.

Alltag wird - zum einen - gerade in der Leistungsfähigkeit seiner Pragmatik, in seinen Anpassungsmöglichkeiten, in seinen Entlastungen als selbstverständlich und darin als das gute Leben gesehen. Alltag wird - dagegen und zum zweiten - als prinzipiell zweideutig verstanden, in der Dialektik von pseudokonkretem Alltag und Praxis. Authentizität und pragmatische Offenheit sind wichtig, gewiß. Wesentlicher aber sind die darin strukturell angelegten Gefahren einer pragmatischen Bewältigung von Entfremdungen, von unzumutbaren, unwürdigen Belastungen, von Unterdrückung, Verzweiflung, Elend, die Gefahren der falschen Gewöhnung, der Enge, der müden oder auch aggressiven Abwehr von Offenheit und Alternativen. Alltag, so dialektisch gesehen, verlangt zugleich Respekt und Destruktion im Namen eines über die Alltagsgegebenheiten hinausreichenden Konzepts vom gelingenden, vom angstfreien, auf Gleichheit, Gerechtigkeit und Freundlichkeit zielenden Lebens. Im Alltag muß der in ihm angelegte, aber in Entfremdung und Borniertheit abgestumpfte gelingendere Alltag freigesetzt, freigekämpft werden.

Interessenkritisch gesehen zielt die Frage nach Alltag und Alltagswelten darauf, daß diese beiden Deutungskonzepte sich verbinden mit unterschiedlichen sozialpolitischen und gesellschaftlichen Interessen.

- Alltag als Selbstverständlichkeit des pragmatisch entlasteten, guten Lebens geht einher mit dem Interesse an einer kräftigen, zupackenden Lebensbewältigung, die nicht verunsichert wird durch Probleme, Entfremdungen und Aporien der Moderne, durch Fragen nach den strukturellen Voraussetzungen heutigen Alltags; die Selbstverständlichkeit der Alltagskompetenzen wird ausbeutbar und ausgebeutet.
- Alltag, (kritisch) dialektisch gesehen, verbindet die Erfahrung der authentisch pragmatischen Erfahrungen mit eigenwilliger Aufsässigkeit gegenüber etablierten Institutionen, sieht in der Authentizität eigener Erfahrungen eine Gegenwelt zu den destruktiven, selbstzerstörenden Tendenzen in der Moderne.

Vor dem Hintergrund dieses Aspekts zur Alltagsdiskussion sollen nun Probleme der Ehrenamtlichkeit skizziert werden.

2. Die Verdrängung von Ehrenamtlichkeit

Soziale Hilfe ist das Feld zugleich nicht-professioneller und professioneller Arbeit, das Feld also des Ineinanders informeller, privater und formeller, verstaatlichter sozialer Interventionen (vgl. Olk, in diesem Band). Dies festzustellen aber ist trivial. Das heutige Problem nämlich liegt in einer Störung in diesem Nebeneinander, in einer - pointiert und überspitzt geredet - Verdrängung der Ehrenamtlichkeit durch die institutionell-professionelle Sozialarbeit. Nur wenige Erinnerungen zum Beleg:

- Der professionellen Diskussion über Prävention und Beratung entspricht keine zu den Arbeitsproblemen der ehrenamtlichen Begleitung z.B. von entlassenen Psychiatriepatienten, von entlassenen Gefängnisinsassen; Felder ehrenamtlicher Hilfen - wie die Telefonseelsorge, das Kindersorgentelefon oder das sehr weitläufige Gelände kirchlicher Altenarbeit - sind für die Fachdiskussion fast nicht existent.

- Die professionelle Diskussion zu Problemen der Jugendarbeit ist in den letzten Jahren okkupiert gewesen von der organisiert-institutionellen Jugendarbeit in Jugendhäusern, Jugendzentren, selbstverwalteten Jugendzentren und den Problemen der dort tätigen Profis. Fragen, wie sie sich in ehrenamtlicher Jugendarbeit stellen - z.B. Verantwortungs- und Hierarchieprobleme in Jugendgruppen oder Probleme der Behauptung der Jugendkultur gegenüber den institutionellen Erwartungen der Verbände -, werden dagegen kaum traktiert (vgl. Gängler, in diesem Band).

Diese Verdrängungen stehen, so scheint mir, in Parallele zu der auch sonst für die neuere erziehungswissenschaftliche und sozialpädagogische Diskussion so eklatanten Vernachlässigung nicht-professioneller Erziehungsleistungen. Wie die Diskussion um Familienerziehung von Pestalozzis Konzept des Grundmusters von Vaterkraft und Mutterauge zu Diskussionen der Elternbildung verkommt, ist hierzu ein ebenso eindringlicher Beleg wie die in jüngster Zeit zunehmend monierte Vernachlässigung der im pädagogischen Alltagsleben so zentralen existentiellen Erfahrung von Verantwortung und Schuld, aber auch von Abschied, Verzicht, Leiden und Tod. Und - ausholender: Wenn sich Sozialpädagogik zunehmend als Wissenschaft beruflich sozialpädagogischen Handelns erweist, ist sie einer Verengung ihres Diskussionshorizontes erlegen, wie er für die Entwicklung der Schulpädagogik schon länger sich abzeichnet. Auch sie wurde mit der zunehmenden Institutionalisierung und Professionalisierung schulischen Lernens zu einer Berufswissenschaft, in der die weitergehenden Fragen nicht-professionell zu verantwortender gesellschaftlicher Lernprozesse eher randständig wurden. Die Öffnung der sozialpädagogischen Diskussion hin zu Problemen ehrenamtlicher sozialer Arbeit kann, scheint mir - unter anderen -, ein Moment in der notwendigen Öffnung der sozialpädagogischen Diskussion sein zur Verhandlung der allgemeinen Probleme sozialer Nöte und sozialer Hilfen auch jenseits unmittelbarer institutions- und berufsbezogener Grenzen.

3. Alltäglichkeit und Alltagswelten im Ehrenamt

In der Rekonstruktion ehrenamtlicher sozialer Arbeit müssen die Deutungs- und Handlungsmuster von Alltäglichkeit ebenso identifiziert werden wie die Unterschiedlichkeiten der verschiedenen Alltagswelten. Wie zeigen sich in ehrenamtlicher Sozialarbeit - z.B. in Nachbarschaftshilfen, in Netzwerken, in Initiativen, in Vereinen und in Organisationen - die charakteristischen Momente alltäglicher Handlungskultur? Wie praktiziert ehrenamtliche Sozialarbeit spezifisches Alltagshandeln? Also: Wie und inwieweit erwächst sie aus der Betroffenheit, aus eigener Erfahrung oder aus der Überschaubarkeit bedrängender Erfahrungen im Bekannten- und Freundeskreis? Wie nutzt sie die Ressourcen des Alltags? Wie produziert sie die offene Pragmatik des Alltagshandelns? Wie und inwieweit ist sie in dieser pragmatischen Orientierung desinteressiert an allem, was sich nicht für die Bewältigung der unmittelbar sich stellenden Aufgaben auszahlt? Inwieweit ist auch Fortbildung pragmatisch orientiert? (Diese Fragen nach der spezifischen Alltagskultur scheinen mir wichtig gegenüber einem eher technologischen Trend in der Darstellung z.B. von Nachbarschaftshilfen oder Netzwerkkonzepten, wie sie die US-amerikanische Literatur zeigt.)

Als Alltagshandeln ist Ehrenamtlichkeit soziale Hilfe in heutiger Zeit. Ehrenamtlichkeit muß also unterschieden werden nach den unterschiedlichen, ungleichzeitigen Konstellationen in der Entwicklung der Modernität, also z.B. in einer kirchlichen-traditionalen oder gesellschaftskritischen Figuration, z.B. in einer aus der Arbeiterbewegung und Arbeiterselbsthilfe stammenden Tradition, z.B. in bürgerlich-caritativer Prägung, z.B. aber auch in ländlicher oder städtischer Bedingtheit. Daß Ehrenamtlichkeit aber - wie Alltagshandeln überhaupt - vermittelt und in seinem Pragmatismus gebrochen ist, zeigt sich in seiner Prägung und Einbindung in die Wohlfahrtsorganisationen, in ihre strukturell-institutionellen Erwartungen, in ihre Handlungsvorgaben, in ihre - oft professionell-technologisch bestimmten - Fortbildungsmöglichkeiten. Fragen zu Handlungsmustern - schließlich - konkretisieren sich für die unterschiedlichen Arbeitsfelder, also z.B. für Jugendarbeit, für Straßensozialarbeit, für Gefängnisarbeit, für Psychiatriearbeit, für Behindertenarbeit - konkretisieren sich in diesen ebenso in unterschiedlichen Aufgaben, vor allem auch in der Unterschiedlichkeit öffentlich-politischer (Vorstands-)Aufgaben und unmittelbarer Praxis mit Betroffenen.

4. Normative Konzepte von Ehrenamtlichkeit

Wie Alltäglichkeit und Alltagswelten kann auch Ehrenamtlichkeit nur in unterschiedlichem normativen Kontext interpretiert werden. Analog zu den oben zur Alltagsdiskussion versuchten schematisierenden Positionsbestimmungen lassen sich, scheint mir, auch hier zwei Konzepte unterscheiden:

- In bürgerlicher oder caritativer Tradition z.B. gelten vor allem Selbstverständlichkeit, Pragmatik und zupackende Kräftigkeit im ehrenamtlichen Handeln als Indiz selbstverständlicher, leistungsfähiger gesellschaftlicher Solidarität. Ehrenamtliches Handeln ist Dienst, bescheiden, eingepaßt in die Strukturen unseres Wohlfahrtsstaates.
- Im Horizont der Unterscheidung von gegebenem Alltag und aufgegebenem, gelingenderen Alltag werden auch in der ehrenamtlichen Tätigkeit ebenso die Brüche und Widersprüche wichtig, wie der prinzipielle Widerspruch zwischen eigensinniger, kritisch-aufsässiger Erfahrung und Angst vor Routinen und bornierter Verengung und Anstrengungen um ein ausholenderes Verständnis der gegebenen gesellschaftlichen Situation.

Diese gegensätzlichen Bedeutungen werden genutzt von unterschiedlichen sozialpolitischen Interessen: Das Konzept eines *selbstverständlichen* Ehrenamts geht einher mit der Erwartung an Hilfs- und Ausfalldienste, die erbracht werden sollen, geht einher aber auch mit der Erwartung, daß hier ohne Ansprüche und Bezahlung gearbeitet wird - oder doch mit sehr geminderten Gratifikationen - und wenig zusätzlichem Aufwand an z.B. Arbeitsbesprechungen, Fortbildung oder Supervision. Es verbindet sich, scheint mir, mit den gegebenen Arbeitsmarktproblemen für Frauen und mit der Ideologie eines notwendigen, neuen Sinnangebotes in der Gesellschaft für alle die, die an bezahlter Beschäftigung nicht teilhaben können (und sollen). Diese Ausnutzung der Arbeitsnot für Frauen wird zynisch, wenn sie sich unter der Hand darauf verläßt, daß angesichts der zunehmenden allgemeinen Qualifikation von Frauen gerade für soziale Berufe auch ehrenamtliche Tätigkeit nicht unfachlich praktiziert wird. Im bösen Bild geredet: Wie im Abendmahl das Brot, verwandelt sich im Ehrenamt qualifizierte Arbeit aus bezahlter in unbezahlte.

Ein *kritisches* Konzept von Ehrenamt verbindet sich mit Hoffnungen auf eine Qualität sozialer Hilfe, die jenseits gegebener Schwierigkeiten und Widersinnigkeiten im sozialstaatlich institutionalisierten Hilfesystem Hilfe zur Selbsthilfe als Hilfe in der solidarischen Nutzung gegebener Lebensressourcen anzielt. Spezifische Aufgaben, Organisationsrechte und, nicht zuletzt, Möglichkeiten von Gratifikationen und Notwendigkeiten der Fortbildung und Reflexion für ehrenamtliche Arbeit sind hier, jedenfalls in unserer marktbestimmten Gesellschaft und angesichts der real eingebrachten Qualifikationen, Gegenstand von Verhandlungs- und Auseinandersetzungskämpfen.

5. Ehrenamtliche und professionelle Sozialarbeit als Arbeit am gelingenderen Alltag

Ehrenamtliche soziale Hilfe und professionelle Sozialarbeit kooperieren in der verbandlichen Einbettung, in Weiterbildungs- und Supervisionsangeboten, in Absprachen im Feld. Daß die Erwartungen an professionelle Sozialarbeit und die Möglichkeiten der Kooperation sich in den unterschiedlichen Deutungen von Ehrenamt unterschiedlich gestalten, ist evident. Ich möchte mich im folgenden beschränken auf Aufgaben der Kooperation zwischen kritischem Ehrenamt und professioneller Sozialarbeit.

Ist solche Kooperation nicht unmöglich? Die wiedergewonnene Emphase für ehrenamtliche Arbeit in unserer Zeit begründet sich doch gerade in der Kritik einer Professionalität, die im Zeichen professionell expertenhaften Gebarens auf den eigenen Status und ihre eigenen, von Laienmöglichkeiten abgehobenen, Kompetenzen bedacht ist, also gleichsam aus der Struktur ihrer Position heraus, Ehrenamt in traditionell paternalistischer oder fachlich gestützter Attitüde in die Nachrangigkeit verweist. Solchen Professionstraditionen gegenüber kann Sozialarbeit mit kritischer Ehrenamtlichkeit nur kooperieren, wenn sie ihrerseits ein neues Handlungsverständnis praktiziert; ein Verständnis einer alltagsorientiert solidarischen Kompetenz, die ihre Ressourcen an Zeit, Distanz, Training, Fachlichkeit und Reflexivität instrumentell nutzt, um in gegebenen Lebensverhältnissen gelingendere Arrangements zu ermöglichen. Nur wenn ein solches professionelles Selbstverständnis gegeben ist, können ehrenamtliche und professionelle soziale Arbeit sinnvoll miteinander agieren, indem sie sich wechselseitig in ihren Schwächen und Stärken ergänzen, wenn also den Schwächen einer der Unmittelbarkeit des Alltagshandelns verpflichteten Ehrenamtlichkeit die klärende Offenheit und Distanz professionellen Wissens ebenso entspricht wie der Expertengefahr von Verkürzung und Verfremdung von Lebenserfahrungen der Respekt vor der im Ehrenamt repräsentierten Eigensinnigkeit alltäglicher Unmittelbarkeit und Ressourcen.

Ein solches Postulat komplementärer Ergänzungen kann nur praktiziert werden, wenn es in einzelnen Aufgaben konkretisiert ist. Notwendig ist zunächst, die differenzierende Frage nach unterschiedlichen Arbeitsfeldern von Ehrenamtlichen und Professionellen, eine Frage, die gestellt werden muß jenseits der Zufälligkeiten wie sie historisch gewachsen sind, oder wie sie sich aus Arbeitsteilungen ergeben, die auch in Entlastungs- und Abschirmmechanismen wurzeln, wie sie Professionelle - in der Durchsetzung ihrer Macht und Definitionsposition - im sozialen Feld etabliert haben. Daß z.B. die Arbeit mit selbstmordgefährdeten Menschen in weiten

Bereichen ehrenamtlich wahrgenommen wird, während Erziehungs- und Familienprobleme, die oft - auch für den Helfer - sehr viel weniger bedrohlich sind, scheint mir sachlich ebenso schwer vertretbar wie der leider nicht weniger weit verbreitete Brauch, Krisenhilfen ehrenamtlich zu organisieren, da die Anforderungen einer Hilfsbereitschaft rund um die Uhr mit professionellen Arbeitszeitwünschen kollidieren. Entgegen solchen Verzerrungen in der Arbeitsteilung kommt es darauf an, daß professionelle Sozialarbeit sich gerade dort engagiert, wo ehrenamtliche Hilfen nicht verfüglich sind, vor allem in der »häßlichen Caritas«, also da, wo die Strapazen der Arbeit besondere Qualifikationen voraussetzen.

Die Frage nach der Unterschiedlichkeit von ehrenamtlicher und professioneller Sozialarbeit bezieht sich aber nicht nur auf einen Verbund sich komplementär ergänzender Arbeitsorte, sondern - ebenso wichtig - auf unterschiedliche Formen der Tätigkeit. Unmittelbare und mittelbare Arbeitsformen werden sich - zwischen Ehrenamtlichen und Professionellen verteilt - in Zukunft stärker, als dies bisher der Fall ist ergänzen müssen: Professionelle Sozialarbeit wird stärker in den mittelbaren Aufgaben der Unterstützung, Beratung und Organisation unmittelbar ehrenamtlicher Tätigkeiten beansprucht werden. (Daß es fatal wäre, wenn Sozialarbeit nicht mehr auch gespeist würde aus der Betroffenheit eigener, ganz unmittelbarer Erfahrungen im Umgang mit Klienten, ist evident; die hier sich stellenden technischen Probleme aber sind kein Einwand gegen prinzipielle Verlagerungen).

Unterschiedliche Leistungen von ehrenamtlicher und professioneller Sozialarbeit können, schließlich, nebeneinander nur da praktiziert werden, wo die Unterschiedlichkeit der Leistungen ebenso anerkannt wird wie ihre prinzipielle Gleichgewichtigkeit. Offene Kollegialität, als Neben- und Miteinander in unterschiedlichen Möglichkeiten, ist die Konsequenz: Zur Zeit jedenfalls zeigt der Umgang mit den Ehrenamtlichen z.B. in Pflegefamilien ebenso wie den Ehrenamtlichen in der Jugendarbeit, wie schwer es vom Standpunkt professioneller Arbeit aus ist, den ehrenamtlichen Kollegen mit anderem, aber gleichberechtigtem Arbeitsprofil zu respektieren und zu sehen. Hinzukommt, daß die Bedrohung professioneller Arbeitsplätze durch Sparzwänge notwendig ein Konkurrenzdenken schürt, das die Öffnung zur Anerkennung anderer Formen sozialer Hilfe zusätzlich belastet.

Thomas Olk

Zwischen Hausarbeit und Beruf

Ehrenamtliches Engagement in der aktuellen sozialpolitischen Diskussion

---

1. Problemstellung

In den 60er und frühen 70er Jahren ist die ehrenamtliche Arbeit angesichts des Ausbaus sozialstaatlicher Sicherungssysteme und der hiermit einhergehenden Professionalisierung sozialer Hilfeleistungen an den Rand der fachpolitischen Aufmerksamkeit geraten. Effektivitäts- und Effizienzsteigerungen, der sozialen Dienste schienen ausschließlich eine Funktion beruflicher Spezialisierung und Qualifizierung der Helfer, von rationaler Organisation der zuständigen Einrichtungen und Dienste und des Einsatzes neuer Technologien darzustellen.

Diese Sichtweise gilt heute keineswegs mehr unumstritten. Die spezifischen Leistungsvorteile und die besondere Produktivität unbezahlter freiwilliger sozialer Tätigkeiten, wie etwa die Selbsthilfe bzw. das ehrenamtliche Engagement, werden angesichts neuer sozialpolitischer Herausforderungen in allen entwickelten westlichen Wohlfahrtsstaaten wiederentdeckt. Möglichkeiten und Ansatzpunkte für eine öffentliche Förderung und Unterstützung unbezahlter sozialer Tätigkeiten stellen gegenwärtig einen wichtigen Schwerpunkt der sozialpolitischen Diskussion dar.

Im folgenden geht es darum, den Ursachen für diesen Perspektivenwechsel nachzugehen und die Chancen und Gefahren der gegenwärtigen Debatte um eine öffentliche Förderung ehrenamtlichen Engagements auszuloten. Zu diesem Zweck soll zunächst das ehrenamtliche Engagement in den Rahmen einer Systematik unterschiedlicher Institutionalisierungsformen sozialer Hilfen eingeordnet werden. Danach sollen die Funktionsdefizite und Leistungsschwächen herkömmlicher sozialpolitischer Institutionalisierungsformen skizziert werden, die zu der Bedeutungsaufwertung ehrenamtlichen Engagements beigetragen haben. Schließlich sollen die gegenwärtig im Umlauf befindlichen Vorschläge und praktischen Ansätze zur Mobilisierung und Förderung ehrenamtlichen Engagements auf ihre Brauchbarkeit bzw. mögliche negative Folgeeffekte hin überprüft werden.

2. Ehrenamtliche Arbeit im Kontext des Gesamtsystems sozialer Hilfen

Um eine realistische Einschätzung und Bewertung der Leistungsmöglichkeiten und -grenzen ehrenamtlichen Engagements vornehmen und gegenwärtige politische Strategien und Maßnahmen zur Aufwertung und Mobilisierung dieser spezifischen Hilfevariante auf ihre Sach- und Problemangemessenheit hin überprüfen zu können, ist es ratsam, ehrenamtliche Arbeit in das Gesamtsystem sozialer Hilfeleistungen einzuordnen. Denn die unterschiedlichen Institutionalisierungsformen sozialer Hilfen unterscheiden sich im Hinblick auf die Art des Zustandekommens der Hilfebeziehung, ihre inhaltlichen Qualitäten und die Art ihrer Zugänglichkeit erheblich. Ordnet man das Spektrum denkbarer Institutionalisierungsformen sozialer Hilfe auf einem Kontinuum an, das von partikularistischen bis zu universellen Sozialbeziehungen reicht, dann können wir die Varianten Hilfe in Familienhaushalten, in Selbsthilfegruppen, durch ehrenamtliche Tätigkeit sowie schließlich durch berufliche bzw. professionelle Helfer unterscheiden.

a) *Familiale* Hilfeleistungen werden im Kontext bereits existierender Sozialbeziehungen erbracht. Familiale Beziehungen sind im Prinzip auf Dauer angelegt; die Mitglieder der Familie sind untereinander durch Blutsbande bzw. verwandtschaftliche Bezüge verbunden. Wechselseitige Rollenverpflichtungen und alltägliche soziale Kontakte lassen sympathiegeleitete bzw. gefühlsbetonte Beziehungen entstehen, die ein System wechselseitiger Hilfeerwartungen und -verpflichtungen begründen. Da die anfallenden Hilfeleistungen in alltägliche Lebensvollzüge eingebunden sind, werden sie den Beteiligten als besondere herausgehobene Aktivitäten oft gar nicht bewußt. Zudem sind die familialen Hilfeerwartungen und -verpflichtungen unspezifisch und von hoher Verbindlichkeit. Im Falle des Auftretens von Hilfsbedürftigkeit gibt es in der Regel praktisch keine Alternative zum Hilfe-Geben. Das familiale Unterstützungsnetzwerk ist daher einerseits ein Sicherheit vermittelnder Rückhalt im alltäglichen Leben, es ist andererseits aber gerade deshalb von Selbstüberlastung und Überdehnung bedroht. Denn in der Familie wird auch dann geholfen, die chronisch kranke bzw. psychisch gestörte Person versorgt und betreut bzw. das pflegebedürftige Familienmitglied gepflegt, wenn die psychischen, sozialen und physischen Kräfte zur Hilfe überhaupt nicht (mehr) vorhanden sind. Familiale Hilfeprozesse schlagen in diesen Fällen in selbstzerstörerische, pathogene Mechanismen um und erhöhen die Gefahr, daß die helfenden Familienmitglieder selbst hilfebedürftig werden (vgl. Gerhardt/Friedrich 1982 sowie von Ferber/Wedekind 1984).

Dennoch ist das Leistungsvermögen familialer Unterstützungsnetzwerke auch heute noch beträchtlich: So zeigt etwa die Studie von Grunow (vgl. Grunow u.a. 1983 sowie Engfer/Grunow 1987), daß der überwiegende Anteil anfallender gesundheitsbezogener Hilfeaktivitäten ohne professionelle Unterstützung im Alltag, und dies heißt vor allem: im Familienalltag, realisiert wird. Lediglich 13% der im Untersuchungszeitraum aufgetretenen krankheitsbezogenen Routineanlässe und 3% der entstandenen Akuterkrankungen und Befindlichkeitsstörungen wurden unter Beteiligung von Professionellen bewältigt. Für den Bereich der Betreuung und Versorgung pflegebedürftiger alter Menschen weist die Socialdata-Studie (1980) aus, daß ca. zwischen 80 und 90% sämtlicher Pflegebedürftiger zu Hause von ihren Familienangehörigen gepflegt werden (vgl. Socialdata 1980; Braun/Articus 1983 und 1984).

Im Hinblick auf die Zugänglichkeit familialer Hilfe- und Unterstützungsleistungen ist hervorzuheben, daß diese partikularistisch strukturiert sind: Das hier vorhandene bzw. aktivierbare Hilfepotential ist nur für Familienmitglieder erreichbar. Zwar werden auch Hilfeleistungen zwischen nicht im gleichen Haushalt lebenden Verwandten ausgetauscht, aber dennoch gilt, daß nicht alle im Familienhaushalt erbrachten Hilfeleistungen auch gegenüber nicht im Familienhaushalt lebenden Verwandten erbracht werden. Was die Qualifikation familialer Helfer anbelangt, so beruht diese in der Regel nicht auf in formal organisierten beruflichen Qualifikationsprozessen erworbenen, sondern auf in informellen Sozialisationsprozessen erworbenen Kenntnissen, Fähigkeiten und Fertigkeiten (Laienkompetenz). Auf diese Weise ist einerseits die Alltagsnähe, Nachvollziehbarkeit und Akzeptanz dieser Form von Hilfeleistungen garantiert, andererseits sind hiermit natürlich bestimmte Leistungsgrenzen eingeschlossen.

b) Hilfeleistungen in *Selbsthilfegruppen*, die seit den 70er Jahren auch in der Bundesrepublik wachsende Verbreitung und sozialpolitische Aufmerksamkeit gefunden haben, erfolgen nicht - wie in den Familienhaushalten - quasi beiläufig und eingebettet in bereits bestehende soziale Bezüge, sondern sie stellen ein ausdrückliches Ziel der »künstlichen Inszenierung« der Sozialbeziehungen dar. Zur Kennzeichnung der Selbsthilfe in Gruppen hat sich die Merkmalskombination Selbstbetroffenheit, keine bzw. nur geringe Mitwirkung professioneller Helfer, keine Gewinnorientierung, Selbst- bzw. Sozialveränderung als gemeinsames Ziel sowie gleichberechtigte Zusammenarbeit und wechselseitige Hilfe durchgesetzt (vgl. Winkelvoss u.a. 1981).

Quantitative Angaben zur Anzahl bestehender Selbsthilfegruppen bzw. zur Beteiligung der Bevölkerung an Selbsthilfegruppen-Aktivitäten in der

Bundesrepublik sind rar und beim gegenwärtigen Stand der Forschung im Hinblick auf ihren Realitätsgehalt schwer einzuschätzen. In der bereits erwähnten Bielefelder Repräsentativbefragung zur Gesundheitsselbsthilfe wird festgestellt: »Nur knapp 1% der Befragten gab an, sich sehr häufig im Rahmen von Selbsthilfegruppen engagiert zu haben. (...) Wir können feststellen, daß in etwa 2% der bundesdeutschen Haushalte Menschen leben, die sich zur Zeit an Selbsthilfegruppen beteiligen. Dies entspricht etwa 1% der Bevölkerung zwischen 15 und 80 Jahren. Darüber hinaus haben weitere gut 2% der Bevölkerung sich früher schon einmal in Gesundheitsselbsthilfegruppen engagiert. Der gegenwärtig noch geringen tatsächlichen Beteiligung an Selbsthilfegruppen steht eine quantitativ bedeutsame Gruppe gegenüber, die sich unter bestimmten Umständen für eine Teilnahme entschließen würde. In mehr als einem Viertel aller Haushalte kann man sich vorstellen, daß Selbsthilfegruppen Haushaltsmitglieder unterstützen könnten. Von den befragten Einzelpersonen meinen dies mehr als 35%« (Breitkopf 1983: 53; vgl. auch Grunow u.a. 1983).

Alle bislang vorliegenden Untersuchungen (vgl. für NRW auch Jakubowski 1987) stimmen darin überein, daß ca. 0,5% bis 1% der Bevölkerung in der Bundesrepublik an Selbsthilfegruppen-Aktivitäten teilnehmen. Aussagekräftiger als solche globalen Zahlen sind allerdings Angaben über die Anteile der von einem bestimmten Problem Betroffenen, die sich einer Selbsthilfegruppe anschließen. In dieser Hinsicht zeigt sich, daß im Hinblick auf das Problem Alkohol die Organisationsquote überdurchschnittlich hoch zu sein scheint (für Hamburg wird ein Wert von 6% angegeben); für die meisten anderen Probleme liegt dieser Anteil allerdings erheblich niedriger (vgl. Forschungsverbund 1987: 82 f.). Die Hilfemöglichkeiten in Selbsthilfegruppen weisen ein breites Spektrum auf: Sie reichen vom wechselseitigen Sich-Aussprechen über Informationen und Erfahrungsaustausch, die Entwicklung neuer Formen des Erlebens und Handelns bis hin zu praktischen Hilfestellungen bei bestimmten Problemen. Hinzu kommen bestimmte Wirkungen nach außen, wie etwa die Skandalisierung von Versorgungslücken im sozialstaatlichen Sicherungssystem und die Thematisierung problemverursachender Umweltbedingungen. Selbsthilfegruppen weisen also ein erhebliches Leistungspotential auf. Dennoch liegt der Leistungsschwerpunkt dieser künstlich inszenierten Hilfegemeinschaften eindeutig im Bereich psycho-sozialer Unterstützung, Beratung und Aktivierung der Betroffenen. Die Beeinflussung der Verursachungsbedingungen materieller Problemlagen wie Arbeitslosigkeit, Unterprivilegierung und Armut liegt dagegen weitgehend außerhalb des Wirkungsbereichs von Selbsthilfegruppen (vgl. Olk/Heinze 1985).

Im Hinblick auf die Zugänglichkeit hier erbrachter Hilfeleistungen ist zu berücksichtigen, daß zwar prinzipiell jedes Mitglied der Gesellschaft sich in Selbsthilfegruppen organisieren kann, daß aber Voraussetzung für die Beteiligung an entsprechenden Aktivitäten die Betroffenheit durch ein in Selbsthilfegruppen organisierbares Problem bzw. Leiden darstellt. Die Gruppenmitglieder sind sich zwar zunächst in der Regel fremd, sie entwickeln aber im Verlaufe der Arbeit sympathiegeleitete persönliche Beziehungen. Die hilfreichen Qualifikationen werden ausdrücklich nicht im Bereich professioneller Kompetenz, sondern im Bereich des lebensweltlichen Zugangs und Umgangs mit dem eigenen Problem gesucht (Selbsthilfegruppenmitglieder als lebensweltliche »Spezialisten« für ihr eigenes Leiden).

c) Im Falle des *ehrenamtlichen Engagements* haben wir es nicht - wie bei den bisher besprochenen Hilfeformen - mit einem unmittelbaren Austausch von Hilfeleistungen und Ressourcen zu tun, sondern mit Hilfe- und Unterstützungsleistungen *für andere*. Dementsprechend definiert Bock (1986: 223) ehrenamtliche Soziale Arbeit folgendermaßen: »Ehrenamtlich Tätige sind Bürger, die sich, ohne durch verwandtschaftliche Beziehungen oder ein Amt dazu verpflichtet zu sein, ohne Entgelt sporadisch oder regelmäßig für Aufgaben in der sozialen Arbeit zur Verfügung stellen«. Ehrenamtlich Tätige »verschenken« also ihre Arbeitskraft, indem sie sie - in der Regel jenseits ihrer beruflichen bzw. familialen Tätigkeiten und Verpflichtungen - zu Konditionen bereitstellen, die weit unterhalb des auf dem Arbeitsmarkt zu erzielenden Arbeitseinkommens liegen.

Jenseits dieser sehr allgemeinen Definition ehrenamtlicher Arbeit sind präzisere Bestimmungen schwierig, da ehrenamtliches Engagement in der Realität in unterschiedlichen Varianten und Spielarten auftritt. Hinzu kommt, daß im Verlaufe der historischen Entwicklung Motivation, gesellschaftliche Legitimation und konkrete Organisationsformen ehrenamtlicher Tätigkeiten weitgreifenden Veränderungen unterlegen sind (Pankoke in diesem Band), die auch die Bezeichnung »Ehrenamt« als mittlerweile nicht unproblematisch erscheinen lassen.

Ein zentrales Merkmal ehrenamtlicher Tätigkeit im Vergleich zu anderen Formen unbezahlter freiwilliger sozialer Tätigkeiten besteht im *höheren Organisierungs- und damit auch Verpflichtungsgrad* dieser Form von Hilfe. Ehrenamtliche Tätigkeit wird in aller Regel innerhalb einer mehr oder weniger formal organisierten Einrichtung oder Institution, sei es ein freier Träger der Wohlfahrtspflege, sei es eine Kirchengemeinde, organisierte Nachbarschaftshilfe oder ein öffentlicher Sozialdienst, erbracht. Bei aller Spontaneität und Freiwilligkeit ist ehrenamtliche Arbeit daher der Tendenz nach stärker in einen Rahmen von arbeitsteiliger Kooperation (auch mit professionellen Helfern), Einsatzplanung und Aufgabendefinition eingebunden (vgl. ausführlicher Olk 1987).

Ehrenamtliches Engagement ist daher nicht selten mit mündlichen oder schriftlichen Vereinbarungen und Abmachungen verknüpft, schließt monetäre Entschädigungen wie Fahrtkostenerstattungen, Aufwandsentschädigungen und geringe Entgelte nicht aus und enthält auch im Hinblick auf die Qualifikation durchaus Komponenten formaler Einarbeitungs- und Fortbildungsprozesse. Da in der ehrenamtlichen Arbeit beruflich erworbene Fähigkeiten und Kompetenzen ebenso Eingang finden wie gezielte Qualifizierungsmaßnahmen, ist ehrenamtliche Arbeit keineswegs mit Laienarbeit gleichzusetzen. Die Hilfe- und Unterstützungsleistungen ehrenamtlich Tätiger sind prinzipiell für jedes Mitglied der Gesellschaft zugänglich; die konkrete Vermittlung zwischen Hilfsbedürftigen und Helfern erfolgt zumeist nach Maßgabe der Schwerpunktsetzungen und Einsatzplanungen der ehrenamtliche Arbeit mobilisierenden Einrichtungen und Dienste.

Eine präzise Erfassung des quantitativen Umfangs abgeleisteter ehrenamtlicher Arbeit bzw. der Anzahl entsprechend aktiver Personen erweist sich aufgrund der besonderen Merkmale sozialen ehrenamtlichen Engagements als kompliziertes Unterfangen. Die Träger der verbandlichen Wohlfahrtspflege schätzen die Zahl ihrer ehrenamtlichen Mitarbeiter zwischen 2 und 1,5 Mio. (vgl. BAGFW 1981 und 1985). Die Bereitschaft zur ehrenamtlichen Hilfe dieser Art ist danach in Klein- bzw. Mittelstädten am stärksten ausgeprägt. Zwei Drittel der Ehrenamtlichen sind Frauen. Im Hinblick auf die künftige Entwicklung des bei ihnen getätigten ehrenamtlichen Engagements kommen alle Verbände und Organisationen der freien Wohlfahrtspflege übereinstimmend zu der Einschätzung, daß die Bereitschaft zur Ableistung ehrenamtlicher Tätigkeiten wie schon in den letzten Jahrzehnten auch in Zukunft weiter abnehmen wird (vgl. Niedrig 1986).

Angesichts der wachsenden Partizipation von Frauen am Arbeitsmarkt und der Abnahme konfessioneller Bindungen scheint das *»klassische« Potential* ehrenamtlicher Arbeit in der verbandlichen Wohlfahrtspflege im Schwinden begriffen zu sein. Repräsentative Bevölkerungsumfragen zum freiwilligen und unentgeltlichen sozialen Engagement weisen aus, daß gegenwärtig ca. 16% bis 18% der erwachsenen bundesdeutschen Bevölkerung im sozialen Sektor in irgendeiner Form freiwillig und unbezahlt tätig geworden sind (vgl. Infas 1984 sowie Braun/Röhrig 1986). Diese Studien zeigen zugleich, daß es ein erhebliches Potential von an sozialem Engagement *Interessierten* zu geben scheint. In diese Kategorie sind ca. ein Drittel der Befragten einzuordnen. Versucht man die Befunde dieser Untersuchungen im Hinblick auf generelle Tendenzen zusammenzufassen, so bieten sich mindestens zwei Schlußfolgerungen an:

Erstens: Es gibt durchaus ein erhebliches Potential von an ehrenamtlicher bzw. unentgeltlich-freiwilliger sozialer Tätigkeit interessierten Bürgern. Insbesondere in dieser Hinsicht zeigt sich aber, daß eher jüngere Bevölkerungsgruppen (sowie die anwachsende Gruppe der »jungen Alten«) in Frage kommen. Sie wollen weniger bei den Verbänden der etablierten Wohlfahrtspflege als vielmehr im Bereich der neuen bzw. alternativen Institutionen und Selbsthilfeinitiativen tätig werden. Die Mobilisierung dieses Potentials ehrenamtlicher Tätigkeit erfordert daher politisch-administrative Vorkehrungen.

Zweitens: Ehrenamtliche soziale Tätigkeit im engeren Sinne (also im Bereich der organisierten verbandlichen Wohlfahrtspflege) stellt offensichtlich nur einen quantitativ kleinen Ausschnitt aus dem Gesamtvolumen freiwilligen und unbezahlten sozialen Engagements dar. Die quantitativ große Bedeutung der informellen, wenig organisierten freiwilligen Arbeit (in Selbsthilfegruppen, sozialen Institutionen oder nicht organisatorisch gebundene unbezahlte soziale Tätigkeit) verweist auf einen *»Strukturwandel der Ehrenamtlichkeit«*. Die Grenzen zwischen dem traditionellen ehrenamtlichen Engagement und neuen Formen von Selbsthilfe und selbstorganisierter Fremdhilfe werden fließend.

d) *Berufliche bzw. professionelle* Hilfeleistungen werden zum Zwecke der Einkommenserzielung in formal-organisierten Institutionen auf der Basis von formaler Organisationsmitgliedschaft, Arbeitsteilung und beruflicher Fachkompetenz erbracht. Der Versorgungsauftrag ist hier durch formale Regelungen (Gesetze und Verordnungen) relativ eindeutig und detailliert festgelegt (z.B. Gewährleistungsverpflichtung kommunaler Sozial- und Jugendhilfe für die Bereitstellung eines flächendeckenden Standardversorgungsangebotes oder kassenärztlicher Sicherstellungsauftrag im Gesundheitssystem). Die hier erbrachten Leistungen sind prinzipiell für jedes Mitglied der Gesellschaft zugänglich und werden auf der Grundlage und nach Maßgabe formal organisierter beruflicher Ausbildungs- und Fortbildungsprozesse erbracht. Die Beziehungen zwischen beruflich Tätigen und Klienten sind daher in der Regel in der Art von Experten-Laien-Beziehungen organisiert (vgl. von Ferber 1985). Die hilfeauslösenden Tatbestände, Zuständigkeiten, Zulassungsvoraussetzungen, Arbeitsprozeduren und Leistungsentgelte sind in einer Vielzahl von Regelungen wie Sozialgesetzen, Berufsordnungen, Tarifvereinbarungen und berufsständischen Regelungen fixiert. Berufliche bzw. gar professionelle Hilfeleistungen sind daher der Tendenz nach zuverlässig erwartbar und im Hinblick auf bestimmte Quantitäts- und Qualitätsstandards einklagbar. Das System beruflich organisierter Hilfen weist daher die höchste öffentliche Sichtbarkeit, Zuverlässigkeit und Planbarkeit auf.

Nimmt man alle knapp dargestellten Institutionalisierungsformen sozialer Hilfe zusammen, so liegt auf der Hand, daß es Überschneidungsbereiche und fließende Übergänge gibt. So wird etwa die Grenze zwischen der Selbsthilfe im engeren Sinne und der ehrenamtlichen Arbeit durchaus undeutlich: Selbsthilfegruppen unterliegen gelegentlich Wachstumsprozessen, in deren Folge eine Formalisierung ihrer Arbeit, eine Erweiterung ihres Aufgabenspektrums und eine Vergrößerung ihres Adressatenkreises über die Beteiligung unmittelbar von einem Problem bzw. Leiden Betroffener hinaus reicht. Es entstehen dann Kombinationsformen von Selbsthilfe, ehrenamtlichem Engagement und zum Teil sogar beruflich-professioneller Hilfen. Umgekehrt haben die Ausführungen über die ehrenamtliche Arbeit deutlich gemacht, daß gerade neue Formen des ehrenamtlichen Engagements einige Merkmale von Selbsthilfe aufweisen. In manchen Fällen ist es lediglich eine Frage der Selbsteinschätzung der Beteiligten, ob sie ihr Engagement als Selbsthilfe oder als ehrenamtliche Arbeit definieren. Aber auch zwischen der ehrenamtlichen und der beruflichen Arbeit gibt es fließende Übergänge: Soweit ehrenamtliche Tätigkeiten mit geringfügigen Entgelten verbunden sind, formale Qualifizierungsprozesse voraussetzen und dem subjektiven Zweck dienen, in berufliche Tätigkeit in engerem Sinne zu münden, handelt es sich zumindest um Vorformen beruflich-professioneller Tätigkeiten.

Auch die Inanspruchnahme dieser Varianten von Hilfe und Unterstützung unterliegt Veränderungen. Verschiebungen in den subjektiven Präferenzen potentiell Hilfsbedürftiger und sich verändernde Erscheinungsformen sozialer Hilfsbedürftigkeiten können bewirken, daß sich die Schwerpunkte in der Inanspruchnahme wandeln. In diesem Zusammenhang ist zu berücksichtigen, daß die Betroffenen im Falle von Hilfsbedürftigkeit in der Regel nicht exklusiv von einer Institutionalisierungsform sozialer Hilfen allein Gebrauch machen, sondern Unterstützung von mehreren oder sogar sämtlichen Hilfeformen in einem bestimmten Mischungsverhältnis abrufen. So zeigen etwa Untersuchungen zur Gesundheitsselbsthilfe, daß diejenigen Bevölkerungsgruppen, die sich in Selbsthilfe engagieren, keineswegs auf professionelle Hilfen verzichten, sondern diese ganz im Gegenteil auf dem Hintergrund der Selbsthilfeerfahrung um so gezielter, selbstbewußter und wirkungsvoller in Anspruch nehmen (vgl. Trojan 1987). Auch familiale und professionelle Hilfeleistungen ergänzen sich zumeist wechselseitig, wie etwa die häusliche Betreuung und Pflege von bettlägerigen Kranken nach Krankenhausaufenthalten bzw. während der ärztlichen Behandlung zeigt.

Setzt man voraus, daß nicht jede Hilfsbedürftigkeit durch jede Institutionalisierungsform sozialer Hilfe gleich gut bewältigt werden kann und daß die einzelnen Hilfeformen je spezifische, komplementäre Leistungsvorteile und -grenzen aufweisen, so lassen sich zwei zentrale Ziele einer Ordnungspolitik im Sozial- und Gesundheitssektor benennen: Ordnungspolitische Strategien und Maßnahmen wirken dann wohlfahrtssteigernd, wenn sie erstens daran orientiert sind, die Rahmenbedingungen und Voraussetzungen dafür zu verbessern, daß die unterschiedlich institutionalisierten Hilfe- und Unterstützungssysteme ihre je spezifischen Leistungspotentiale möglichst optimal entfalten können sowie wenn sie zweitens darum bemüht sind, die relativen Leistungsschwächen bzw. -grenzen bestimmter Hilfeformen durch die Bereitstellung komplementärer Angebote jeweils anderer Leistungsformen zu kompensieren (vgl. hierzu ausführlicher Heinze/Olk/Hilbert 1988).

3. Ehrenamtliches Engagement im Kontext neuer sozialpolitischer Herausforderungen

Viele Anzeichen sprechen dafür, daß wir von einem »optimalen Passungsverhältnis« zwischen dem Angebot unterschiedlich institutionalisierter Hilfen und der Nachfrage, wie sie sich aus den Hilfsbedürftigkeiten und subjektiven Präferenzen (potentiell) Betroffener ergibt, weit entfernt sind. Das System sozialer Sicherung, so wie es sich in seiner ca. 100-jährigen Geschichte entwickelt hat, hat sich im Hinblick auf die Regulierung und Bewältigung bestimmter Typen von Problemlagen und Hilfsbedürftigkeiten als ausgesprochen leistungsfähig erwiesen. Das gilt insbesondere für die Absicherung materieller Existenzrisiken und die Bewältigung von somatischen Leiden im akuten Krankheitsfalle. Im Zuge weitreichender ökonomischer, sozialer, kultureller und demographischer Veränderungen rücken nun allerdings veränderte Erscheinungsformen sozialer Hilfsbedürftigkeit in den Mittelpunkt der sozial- und gesundheitspolitischen Aufmerksamkeit, die mit den herkömmlichen Instrumenten und Prozeduren sozialer Risikoabsicherung nicht mehr angemessen bewältigt werden können. Das Problem der Einkommensarmut und materiellen Not, etwa im Falle des Eintretens von Arbeitslosigkeit oder im Alter, ist und bleibt eine Herausforderung für die künftige Sozialpolitik. Hinzu kommt künftig aber ein weiteres Problem: die wachsende *»Dienstleistungslücke«*, die sich aus dem Verlust tradierter Bindungen und informeller Sozialbeziehungen ergibt. Die hiermit zusammenhängenden neuen Herausforderungen an das System sozialer Sicherung sollen an den Beispielen der Politik für alte Menschen und des Gesundheitswesens knapp verdeutlicht werden.

Das Problem der *Absicherung von Altersrisiken* ist lange Zeit ausschließlich im Hinblick auf die Sicherung der materiellen Existenz - beispielsweise im Zusammenhang mit der Diskussion um die Finanzierbarkeit der Renten - behandelt worden. Angesichts des Sachverhaltes, daß immer mehr Menschen immer früher aus dem Erwerbsleben ausgegliedert werden, Identität, soziale Anerkennung und Teilhabe aber immer noch weitgehend an die Position im System beruflicher Arbeit gebunden bleiben, wird eine immer größere Gruppe der Bevölkerung vor Probleme des Sinnverlustes und der psychischen und sozialen Beeinträchtigung ihrer Lebensqualität gestellt. Trotz oder gerade wegen enorm hoher und weiter wachsender Aufwendungen für medizinisch-kurative Interventionen im Gesundheitssystem wird das psychische und soziale Wohlbefinden alter Menschen nicht etwa gesteigert, sondern ganz im Gegenteil sekundäre Behandlungs- und Betreuungsbedarfe - etwa in der Form somatischer und psychischer Folgen von Alterseinsamkeit, der Konsultation von Ärzten als Kommunikationsersatz etc. - erzeugt (vgl. Badura 1987). Hier deutet sich bereits an, daß die gegenwärtigen Defizite und Versorgungslücken nicht lediglich eine Folge enger werdender finanzieller Verteilungsspielräume allein darstellen, sondern vielmehr auch mit Leistungsgrenzen überkommener Organisationsformen und Leistungskataloge des herkömmlichen Sicherungssystems zusammenhängen.

Dies wird insbesondere im Hinblick auf die Betreuung und Versorgung pflegebedürftiger, vor allem alter Menschen deutlich. Die Gesamtzahl der Pflegebedürftigen in der Bundesrepublik wird auf 2 Mio. geschätzt (Bericht der Bundesregierung 1984: 3). Rund 260.000 von ihnen sind nicht nur vorübergehend in stationären Einrichtungen untergebracht. Der Löwenanteil der Versorgung und Betreuung dieser spezifischen Personengruppe wird also von den Familienhaushalten erbracht. Zwei Drittel der Pflegebedürftigen sind älter als 64 Jahre (vgl. Socialdata 1980). Obwohl Alter nicht mit Pflegebedürftigkeit gleichgesetzt werden darf, erhöht sich das Risiko der Hilfs- bzw. Pflegebedürftigkeit mit wachsendem Alter erheblich. Während im Durchschnitt der Bevölkerung 2,9% pflegebedürftig sind, erhöht sich dieser Anteil bei den über 80jährigen auf fast 30% (vgl. Bericht der Bundesregierung 1984: 4).

Im Zuge der demographischen Verschiebungen der Bevölkerung wird der Anteil der alten und hochbetagten Menschen an der gesamten Bevölkerung - und damit auch der Anteil der Hilfe- und Pflegebedürftigen - in den kommenden Jahren erheblich zunehmen. Bei insgesamt steigender Lebenserwartung und schrumpfender Gesamtzahl der deutschen Bevölkerung ist nach Modellrechnungen in der Zeitspanne zwischen 1984 und 2030 mit einem Rückgang des Anteils der unter 20jährigen an der deutschen Bevölkerung von über 23% auf knapp 16% und mit einem Anstieg des Anteils der über 60jährigen von 21% auf 37% zu rechnen (vgl. BMJFFG 1986: 30). Die stärksten Zuwachsraten werden bei den 60- bis 70jährigen und bei den 85jährigen und älteren liegen. Die Zahl der hochbetagten Menschen über 80 Jahre wird im Jahre 1990 2,2 Mio. betragen und damit gut eine halbe Mio. über der Zahl von 1981 liegen. Dabei ist zu berücksichtigen, daß ein erheblicher Anteil der über 60jährigen (gut ein Drittel) in Ein-Personen-Haushalten lebt und daß dieser Anteil mit steigendem Alter zunimmt.

Aus den wenigen genannten Zahlenangaben geht hervor, daß die bestehenden professionellen wie traditional-institutionalisierten Hilfeinstitutionen durch die demographische Welle »überrollt« werden. Das Problem liegt hier nicht lediglich darin, daß der Stellenwert stationärer und ambulanter Einrichtungen und Dienste bei der Versorgung und Betreuung pflegebedürftiger alter Menschen bislang und in absehbarer Zukunft äußerst gering ausfällt und die Familienhaushalte bereits jetzt mit dieser Aufgabe völlig überlastet sind. Sondern hinzu kommt, daß diese aufgrund des Strukturwandels der Familienhaushalte selbst in Zukunft immer weniger in der Lage sein werden, auch nur das bislang geleistete Ausmaß an Hilfe sicherzustellen. Schrumpfende Möglichkeiten zur informellen Hilfe und Unterstützung ergeben sich etwa aus der Verringerung der Haushaltsgrößen, wie sie für die Zeitspanne zwischen 1925 und 1970 etwa in den folgenden Zahlenangaben zum Ausdruck kommt: In diesem Zeitraum sank die Zahl von Haushalten mit 4 und mehr Personen von 53% auf 19,5%, der Anteil der zwei- und dreiköpfigen Haushalte um 6,5%, während der Anteil der Ein-Personen-Haushalte von 6,7% auf 33,3% anstieg (vgl. Datenreport 1987: 45 ff.). Die Pluralisierung familialer Lebensformen und ihre zeitliche Instabilität gehen auch aus Entwicklungen wie sinkender Heiratshäufigkeit, Steigerung der Scheidungsraten, Zunahme kinderloser Ehen sowie dem Rückgang der Kinderzahl hervor.

Da alle einschlägigen Untersuchungen darauf hinweisen, daß sowohl die Betroffenen selbst als auch ihre Familienangehörigen die Pflege und Betreuung im eigenen (Familien-)Haushalt allen anderen Versorgungsformen vorziehen, wird es in Zukunft in erster Linie darauf ankommen, das Angebot ambulanter Sozial- und Gesundheitspflegedienste (Sozialstationen) auszubauen. In dieser Hinsicht besteht gerade in der Bundesrepublik, wie eine jüngst erschienene Bestandsaufnahme empirisch nachweist (vgl. Deutscher Verein 1987), auch gegenüber anderen europäischen Ländern ein erheblicher Nachholbedarf. Und obwohl die Unterbringung in stationären Einrichtungen oft nur als letzte Möglichkeit betrachtet wird, läßt sich angesichts des hohen Anteils alleinlebender älterer Menschen auch ein angemessener quantitativer und qualitativer Ausbau der Heimplätze im stationären Bereich kaum vermeiden (vgl. H. Braun 1987). Angesichts der knappen finanziellen Mittel und der Grenzen beruflicher bzw. professioneller Hilfen im Bereich der Bewältigung von Alterseinsamkeit bzw. psychischen und sozialen Folgeproblemen von Hilfe- und Pflegebedürftigkeit wird es aber gerade in diesem Problembereich darauf ankommen, die Selbsthilfe älterer Menschen untereinander sowie unbezahlte und freiwillige Hilfeleistungen der mittleren Generation für die ältere Generation zu mobilisieren und auszuweiten.

Die gegenwärtige Situation läßt sich also dadurch kennzeichnen, daß die erwähnte Dienstleistungslücke durch Leistungsgrenzen und -einbrüche sowohl im Bereich entgeltlich-professioneller als auch im Bereich traditional institutionalisierter primär-sozialer Hilfen entsteht. So wird zwar das Angebot öffentlicher bzw. quasi-öffentlich organisierter sozialer und medizinischer Dienstleistungen immer größer und in sich differenzierter, scheint aber aufgrund der besonderen Produktionsbedingungen formal organisierter und beruflicher Dienstleistungen immer weniger die Bedürfnisse und Präferenzen der potentiellen Konsumenten zu erreichen. Auf der anderen Seite ist unübersehbar, daß die strukturellen Veränderungen in den Familienkonstellationen und die wachsende Partizipation der Frauen am Erwerbsarbeitsmarkt - bzw. genereller die Veränderungen in den Geschlechterbeziehungen - verringerte Leistungsmöglichkeiten im Bereich familial-institutionalisierter Hilfe nach sich ziehen.

4. Strategien der gesellschaftlichen Aufwertung und Mobilisierung ehrenamtlichen Engagements

Bezieht man die in Abschnitt 2 entwickelte Systematik unterschiedlicher Institutionalisierungsformen sozialer Hilfen auf die Entwicklung von Angebot und Nachfrage im Bereich sozialer und medizinischer Dienstleistungen, wie sie in Abschnitt 3 skizziert wurde, so läßt sich der ordnungspolitische Reformbedarf etwa folgendermaßen umreißen: Die Diagnose der Funktionsdefizite und Leistungsgrenzen herkömmlicher Institutionalisierungsformen sozialer Hilfe zeigt, daß auf einen weiteren Ausbau formal organisierter und bezahlter sozialer Dienste keineswegs verzichtet werden kann. Allerdings verweisen Phänomene wie Überbetreuung im Bereich klinischkurativer und apparatedominierter Hilfeleistungen sowie durch expertendiktierte Angebotssysteme sozialer Dienste erzeugte sekundäre Hilfebedürftigkeiten darauf, daß Sicherung und Ausweitung des Angebotes sozialer Dienste nur in Kombination mit qualitativen Umsteuerungen von Prioritäten und Organisationsformen sinnvoll und legitimierbar sind.

Die gegenwärtige reformpolitische Debatte konzentriert sich allerdings noch auf einen weiteren Punkt: Es geht zunehmend nicht lediglich darum, die professionellen Dienste selbst zu reformieren, sondern vielmehr darum, mit Hilfe der staatlichen Organisationsmittel selbst (Recht und Geld) und dem Einsatz beruflicher bzw. professioneller Arbeit unbezahlte soziale Hilfe- und Unterstützungsleistungen anzuregen und auszuweiten. Eine solche gesellschaftliche Aufwertung und Förderung unbezahlter nützlicher Tätigkeitsformen im Sozial- und Gesundheitssektor bietet sich nicht lediglich aus sozialpolitischen Gründen an. Angesichts der chronischen Arbeitsmarktkrise und der strukturellen »Funktionsüberlastung« der Erwerbsarbeit (Hegner 1987) in den westlichen Arbeitsgesellschaften gibt es auch arbeitsmarktpolitische Argumente für diese Option.

In dieser arbeitsmarkt- und sozialpolitischen Konstellation wird von Ulf Fink, dem Berliner Sozialsenator und prominenten Vertreter des christlich-sozialen Flügels der CDU/CSU, der Vorschlag gemacht, die klaffende und künftig sich noch verschärfende Versorgungslücke mit sozialen Diensten durch Strategien öffentlicher Förderung und Mobilisierung ehrenamtlichen Engagements zu schließen (vgl. Fink 1987; Frehe 1988). Insbesondere der demographisch bedingte Anstieg der Anzahl pflegebedürftiger alter Menschen veranlaßt ihn, einen *»neuen Generationenvertrag«* zu fordern. Im bereits bestehenden »alten« Generationenvertrag wird das Problem der materiellen Sicherung des Alters dadurch gelöst, daß die mittlere und die ältere Generation einen fiktiven Vertrag eingehen: Indem die jeweils im erwerbsfähigen Alter befindliche Generation einen Teil ihres Einkommens der nicht mehr erwerbsfähigen und -tätigen Generation zum Zwecke der Sicherung des Lebensunterhaltes abtritt, erwirbt sie wiederum das Anrecht auf materielle Unterhaltsleistungen der nachfolgenden jüngeren Generation. Im »neuen« Generationenvertrag geht es nun um die Versorgung alter Menschen mit sozialen Diensten, mit Betreuung, Versorgung und Pflege. Auch in dieser Konstruktion wird unterstellt, daß die mittlere, erwerbsfähige Generation soziale Dienstleistungen für die ältere, hilfebedürftige Generation leistet, um auf diese Weise wiederum ein Anrecht auf soziale Unterstützungsleistungen durch die nachfolgende, jüngere Generation zu erwerben.

Nun ist es wesentlich einfacher, Geldeinkommen von einer Gruppe der Bevölkerung an eine andere Gruppe der Bevölkerung umzuverteilen, als den Transfer von sozialen Dienstleistungen zwischen verschiedenen Gruppen zu organisieren. Denn Dienstleistungen können - wie wir aus der Dienstleistungstheorie wissen - nur unter der Bedingung simultaner Anwesenheit von Dienstleistungsproduzent und -konsument erbracht werden und sind auch nicht »auf Halde« produzierbar. Dies weiß auch Ulf Fink. Um den schwierigen und komplexen Vorgang der Vermittlung von potentiell zur Hilfe Fähigen und Hilfsbedürftigen in Gang bringen zu können, und die Verläßlichkeit und Kalkulierbarkeit des Transfers sozialer Dienstleistungen zu erhöhen, plädiert er für eine systematische öffentliche Förderung, Unterstützung und Allokation ehrenamtlicher sozialer Dienste. Inzwischen sind eine ganze Reihe von Vorschlägen und Hinweisen für die konkrete Ausgestaltung einer solchen Politik im Umlauf und zum Teil auch bereits in Berlin erprobt worden bzw. in der Entwicklungsphase. Ordnet man diese Vorschläge und Konzepte nach den jeweils angezielten Wirkungsmechanismen, so lassen sich Strategien der Zwangsverpflichtung, der Änderung von Werten und Einstellungen durch Überzeugungsprogramme, finanzielle Anreizsysteme sowie infrastrukturelle Gestaltungs- und Steuerungsmaßnahmen unterscheiden.

Zu dem erstgenannten Typ von Maßnahmen und Strategien würde das Modell des »obligatorischen sozialen Jahres« bzw. »Sozialdienstes« für alle gehören. Auf diese Weise könnte zwar ein erhebliches Quantum an Dienstleistungsarbeit mobilisiert werden, dennoch wären hiermit einige gravierende Nachteile verbunden, die diese Vorgehensweise zu einer Strategie der »letzten Wahl« geraten lassen. Denn die Qualität gerade personenbezogener sozialer Dienstleitungen hängt in entscheidendem Maße davon ab, ob die Dienstleistungsproduzenten zu ihrer Arbeit motiviert und auf dieser Basis zu Anteilnahme und Empathie für die Bedürfnisse, Wünsche und Ängste der Hilfebedürftigen fähig und bereit sind. Da die zum Sozialdienst zwangsverpflichteten Personengruppen die Ableistung des Sozialdienstes als »verlorene« Zeit betrachten würden, die ihnen die Verfolgung anderer Ziele verwehrt, dürften Motivations- und damit auch Qualitätsprobleme zu erwarten sein.

Die zweite Gruppe von Strategien zielt darauf ab, bereits bestehende und im Zuge kultureller Veränderungen (Stichwort Wertewandel) sich verbreitende positive Einstellungen und Orientierungen zum sozialen Engagement durch gezielte Werbungs- und Informationskampagnen zu verfestigen und weiter zu verbreiten. Solche Werbeaktionen sind insbesondere in Berlin (etwa unter dem Motto: »Ich für Dich«), aber auch im Bundesgebiet (vgl. die Aktion »Reden ist Silber, Handeln ist Gold« der Bundesregierung) mit einigem, wenn auch im Hinblick auf ihre Langfristigkeit schwer zu überprüfendem, Erfolg durchgeführt worden. Die drittgenannte Gruppe von Maßnahmen und Strategien bedient sich der positiven/negativen finanziellen Anreize. Indem die Entscheidung für ein soziales Engagement finanziell belohnt bzw. der Verzicht auf soziales Engagement finanziell »bestraft« bzw. mit Kosten belegt wird, erhofft man sich eine zusätzliche Mobilisierung ehrenamtlicher sozialer Helfer. Aufwandsentschädigungen, die Ausnahme geringfügiger finanzieller Anerkennungen von der Besteuerung, aber auch Maßnahmen wie die Anrechnung eines Pflegejahres auch für ehrenamtlich Tätige in der Rentenversicherung bzw. die Einführung eines Null-Tarifes für ehrenamtliche Helfer in öffentlichen Verkehrsmitteln, werden unter dieser Rubrik diskutiert.

Insbesondere im Hinblick auf den schwierigen Prozeß der Vermittlung von potentiell Hilfsbereiten mit Hilfsbedürftigen dürfte die viertgenannte Gruppe von Maßnahmen die größte Bedeutung haben: Gemeint ist die Einrichtung bzw. der Ausbau sozialer Infrastrukturmaßnahmen zur Verbesserung der Rahmenbedingungen für ehrenamtliches Engagement. Analog zur Institution der Bundesanstalt für Arbeit, deren Aufgabe es ist, an Erwerbsarbeit Interessierte mit Erwerbsarbeitsgelegenheiten zusammenzubringen, wird unter dem aufmerksamkeitsträchtigen Schlagwort »Bundesanstalt für das Ehrenamt« für die Einrichtung von Nachbarschaftsheimen, Vermittlungsbörsen für ehrenamtliche Helfer bzw. für die Einrichtung eines flächendeckenden Netzes von Sozialstationen plädiert, die nicht zuletzt auch die Aufgabe haben, ehrenamtliche Arbeit anzuregen und zu koordinieren. Hierunter würden auch Versuche fallen, betroffene Familienangehörige, die eine pflegebedürftige Person zu betreuen haben, in Selbsthilfegruppen zusammenzuführen bzw. über die Schaffung von »Oma-Läden« bei der Bewältigung ihrer schweren Aufgabe zu entlasten.

Nun würde man diesem Konzept zur Förderung und Mobilisierung ehrenamtlichen Engagements wohl kaum gerecht werden, wollte man es lediglich als einen weiteren Versuch zur Kostensenkung bzw. zur Privatisierung sozialer Aufgabenerledigung abtun. Hiergegen spräche schon, daß sich seit einiger Zeit zwischen den unterschiedlichen politischen Lagern ein Konsens zumindest in der Hinsicht abzuzeichnen beginnt, daß sowohl im Feld der Arbeitsmarkt- als auch der Sozialpolitik den unterschiedlichen Varianten unbezahlter nützlicher bzw. sozialer Tätigkeiten mehr Aufmerksamkeit geschenkt werden muß. Das politische Ziel einer *Aufwertung der »Arbeit jenseits der Lohnarbeit«* findet also durchaus Befürworter unterschiedlichster Provenienz.

Die bisherige Programmatik und Praxis der Mobilisierung ehrenamtlichen Engagements wirft allerdings einige ordnungspolitische Fragen und Probleme auf, die jedenfalls bislang noch nicht befriedigend geklärt worden sind. Ich meine hiermit *erstens* das Problem, daß durch die bislang praktizierten Maßnahmen und Programme doch wieder in erster Linie Frauen für freiwillige und unbezahlte soziale Tätigkeiten - und darüber hinaus auch nur bestimmte Altersgruppen - motiviert werden konnten. Solange dieses Problem der selektiven Wirksamkeit einer ehrenamtliche Arbeit anregenden Politik nicht bewältigt werden kann, läßt sich der Vorwurf kaum endgültig aus der Welt schaffen, daß hier letztlich doch wieder ohnehin unerwünschte weibliche Arbeitskraftanbieter auf formalen Erwerbsarbeitsmärkten ersatzweise auf unbezahlte soziale Tätigkeiten verwiesen werden sollen (vgl. Notz 1987b).

Es ist darüber hinaus *zweitens* bislang unklar geblieben, wie ein so zentrales und in naher Zukunft eher sogar noch bedeutsamer werdendes Problem wie die Schließung der demographisch bedingten Dienstleistungslücke im Bereich der Versorgung pflegebedürftiger alter Menschen in erheblichem Maße ausgerechnet durch die zusätzliche Mobilisierung freiwilliger sozialer Mitarbeit der Bürger bewältigt werden soll. Bei der Verknüpfung von Pflegebedürftigkeit mit ehrenamtlichem Engagement in der Form des »neuen Generationenvertrages« bleiben zwei Dinge vage bzw. ausgespart: Zum einen wird verschwiegen, daß die eigentliche Kernaufgabe, nämlich die tagtägliche Erbringung belastender Dienste wie körperbezogene Grundpflege, hauswirtschaftliche Hilfen, Beaufsichtigung zum Teil altersverwirrter bzw. psychisch beeinträchtigter Pflegepersonen, Hilfe beim Wasserlassen etc. ohnehin nur höchst partiell von ehrenamtlichen Helfern übernommen werden könnten. Sowohl die Pflegebedürftigen selbst als auch ihre Familienangehörigen haben oft erhebliche Bedenken dagegen, daß fremde Personen derartige, den Intimbereich betreffende, Aufgaben und Tätigkeiten übernehmen.

Aber schon aus der Logik ehrenamtlichen Engagements heraus verbietet sich die politische Spekulation auf die Bewältigung des Problems der Pflegebedürftigkeit durch den dauerhaften Einsatz freiwilliger Helfer in diesem Aufgabenbereich: Denn während die Erfüllung dieser Aufgaben Verläßlichkeit und Beständigkeit rund um die Uhr erfordert, erfolgt die ehrenamtliche Leistungserbringung oft nur für einige Stunden pro Woche bzw. insgesamt diskontinuierlich. Ehrenamtliches Engagement als einen *maßgeblichen* Beitrag zur Bewältigung einer sozialpolitischen Standardversorgungsaufgabe zu propagieren, ist also eigentlich ein Widerspruch in sich selbst: Denn ehrenamtliches Engagement ist - ebenso wie Selbsthilfe und Selbstorganisation - per definitionem weniger verläßlich und kontinuierlich als berufliche bzw. professionelle Arbeit. Dabei ist noch gar nicht mitberücksichtigt, daß im Zuge des bereits erwähnten »Strukturwandels des Ehrenamtes« die Belastbarkeit und Kontinuität des sozialen Engagements eher noch abzunehmen scheint. Indem Werte wie Disziplin, Gehorsam, Pflichterfüllung und Unterordnung an Bedeutung verlieren und Selbstentfaltungswerte wie Autonomie- und Egalitätsstreben, Kreativität, Spontaneität, Selbstverwirklichung, aber auch Genuß und Abenteuer an Bedeutung hinzugewinnen, wandeln sich auch die Formen des sozialen Engagements beträchtlich: Die Bereitschaft der ehrenamtlich Tätigen, sich gewissermaßen unter Anleitung Professioneller aufopferungsvoll und unter Hintanstellung eigener Bedürfnisse und Interessen mit langfristigen und beschwerlichen Aufgaben zu befassen, nimmt im Zuge dieser Entwicklung ab zugunsten des Interesses an Formen freiwilliger sozialer Mitarbeit, die mehr Partizipationsmöglichkeiten und Eigeninitiative erlauben, die wenig beschwerlich sind und neben gesellschaftlicher Anerkennung und Wertschätzung auch Gratifikationen verschiedenster Art versprechen.

Eine Politik der Förderung ehrenamtlichen Engagements läuft also solange Gefahr, das Ehrenamt in seinen Möglichkeiten chronisch zu überlasten und zu überfordern und auf diese Weise neue Ungerechtigkeiten und Ungleichheiten zu schaffen, wie diese Politik nicht in generelle Konzepte einer Umwertung der Relationen zwischen bezahlter und unbezahlter Arbeit eingebunden ist. Selektive Anreize und Überzeugungsprogramme (persuative Programme) reichen solange nicht aus, wie entsprechende politische Maßnahmen und Strategien nicht zugleich auch das Ziel verfolgen, durch die Herstellung geeigneter Rahmenbedingungen unbezahlte nützliche bzw. soziale Tätigkeiten und Formen der Bedarfswirtschaft auch für diejenigen Gruppen der Bevölkerung attraktiv zu machen, die man gemeinhin zu den Kerngruppen der Arbeitsgesellschaft zählt. Erst wenn entschieden der Versuch unternommen wird, die Teilhabe sowohl an der schrumpfenden Erwerbsarbeit als auch an der unbezahlten Eigenarbeit und Bedarfswirtschaft zwischen den Geschlechtern gleichzuverteilen, verbessern sich auch die Hintergrundbedingungen für eine Politik der Mobilisierung und Ausweitung von Selbsthilfe und ehrenamtlichem Engagement im Bereich der Sozialpolitik. Dies würde Maßnahmen und Strategien wie die Einführung einer »arbeitsmarktunabhängigen Grundsicherung«, die eigenarbeitsgerechte Umgestaltung der sozialräumlichen und baulich-technischen Infrastruktur und die Umwertung der erwerbsarbeitszentrierten Prestigeskala einschließen. Und nur im Kontext einer solchen Gesamtstrategie des »geordneten Rückzugs aus der Arbeitsgesellschaft« würde der Umfang freiwillig erbrachter sozialer Hilfe- und Unterstützungsleistungen im Familienhaushalt und in der Gemeinde derart ins Gewicht fallen, daß er Wesentliches dazu beitragen könnte, um ein so schwerwiegendes und weitreichendes Problem wie die Versorgung der alten Menschen mit Pflege- und Betreuungsleistungen auch nur in Ansätzen zu bewältigen. Andernfalls dürfte sich doch bald die Notwendigkeit ergeben, von »weicheren« auf »härtere« Mobilisierungsstrategien überzuwechseln, um die klaffende Dienstleistungslücke zu schließen.

Friedrich Ortmann

Über die Erwartbarkeit von Hilfe

Zur Ökonomie des Helfens im Sozialstaat

1. Zum Begriff »Hilfe«

Ich gehe in meinen Überlegungen von folgender Definition des Begriffs »Hilfe« aus: *Hilfe* ist ein bewußter, tätiger Beistand, der einer Person oder einer Gruppe von Personen geleistet wird. Hilfe kann geleistet werden, um die derzeitige Lebenssituation von Menschen zu verbessern oder etwas zur Verbesserung zukünftiger Entwicklung von Menschen beizutragen. Hierzu sind, in der Sprache sozialpolitischer Analysen, Sach-, Geld- oder Dienstleistungen erforderlich. Diese Leistungen können zur Verfügung gestellt werden, weil eine »Gesellschaft ... als Ganzes immer mehr (produziert), als zu ihrer Erhaltung notwendig ist, sie verfügt über einen Überschuß« (Bataille 1975: 140). Allerdings kann die Gesellschaft diesen Überschuß, der über ihre stationäre Erhaltung hinausweist, in sehr unterschiedlicher Weise verwenden. Grundsätzlich sind zwei Verwendungsarten denkbar: Entweder dient der Überschuß dem Wachstum oder, wie Bataille es nennt, der »Vergeudung« (ebd.: 50). »Und eben der Gebrauch, den sie von diesem Überschuß macht, macht sie zu einer bestimmten Gesellschaft. Der Überschuß ist die Ursache für Bewegung, Strukturveränderung und Geschichte schlechthin« (ebd.: 140). In diesem Sinne ist auch Hilfe eine spezifische Form der Überschußverwendung, denn ein Beistand kann nur geleistet werden, wenn ein Überschuß an Zeit oder Gütern aus der Produktion hierfür verwendet werden kann.

2. Wachstum oder »Vergeudung«

In der heute existierenden, industriell dominierten Gesellschaft ist das fortgesetzte Wachstum, also die Akkumulation von immer mehr Kapital, der »Vergeudung« unzweifelhaft übergeordnet (ebd.: 50). Um eine Vorstellung davon zu vermitteln, was demgegenüber Dominanz der Vergeudung bedeuten kann, will ich an zwei Beispielen - die eine umfassende Analyse hier ersetzen müssen - illustrieren, wie Gesellschaften, die ihren Überschuß nicht für ökonomisches Wachstum verwenden, denkbar sind.

Das erste Beispiel ist der Potlatsch der nordamerikanischen Indianer, ein ritueller Geschenkeaustausch. Bataille sieht darin ein Geschenk, »das ostentativ gemacht wird mit dem Ziel, einen Rivalen zu demütigen, herauszufordern und zu verpflichten« (ebd.: 17). Aus diesem Grunde haben die Geschenke auch nur teilweise einen Empfänger - wie wir es heute als selbstverständlich mit dem Begriff Geschenk unterstellen. Ein Teil der »Geschenke« wird demgegenüber im Angesicht des »Beschenkten« zerstört, denn dieses Geschenk bedarf nicht wirklich eines Empfängers: »Nur durch den Verlust ist Ruhm und Ehre mit ihm verbunden« (ebd.: 19). Und Ruhm und Ehre für den Stamm zu erwerben, ist die »funktionelle Verpflichtung«, die in dem Reichtum liegt. Und daß wirklich Reichtum vorhanden ist, wird eben dadurch dokumentiert, daß man der Dinge tatsächlich nicht bedarf, sie also vernichten kann.

Als zweites Beispiel soll hier auf den traditionellen tibetischen Staat verwiesen werden. Dort wurde »der *gesamte* gesellschaftliche Überschuß dem Kloster gegeben« (ebd.: 142), eine Form von Überschußverwendung, die in Europa immer nur neben anderen Formen existierte. Das Land hat damit in seinem geschlossenen Raum für das Problem des Überschusses eine Lösung gefunden, »die seine explosive Gewalt *im Innern* auffängt« (ebd.: 143) - ohne irgendeine Form der Akkumulation oder Expansion. Die Gesellschaft bleibt unverändert. Der Lamaismus leitet den Überschuß in das kontemplative Leben; er entzieht sich *»der Aktivität*, die immer Erwerb und Wachstum zum Ziel hat. Er unterwirft ... das Leben keinen anderen Zwecken mehr als eben diesem Leben selbst: *das Leben ist für ihn unmittelbar und ohne Aufschub Selbstzweck«* (ebd.: 144; letzte Hervorh. d.d.Verf.). Es unterliegt keinen anderen wie militärischen oder Wachstumsnotwendigkeiten (ebd.: 145).

Ich habe diese beiden Beispiele hier kurz dargestellt, weil sie mir einen anderen Weg als den westeuropäischen der letzten Jahrhunderte erkennbar machen, mit gesellschaftlichem Überschuß umzugehen und ein Gleichgewicht von Produktion und Verbrauch ohne Wachstum zu erreichen. Natürlich geht es mir an dieser Stelle nicht um »Vorbilder«, sondern lediglich um einen Eindruck von gesellschaftlichen Möglichkeiten.

An dieser Stelle ergibt sich allerdings die Frage, ob denn für diese Überschußverwendung in Form der Vergeudung nicht letztendlich doch etwas erzielt wird. Im ersten Fall scheint mir das vergleichsweise klar zu sein: Mit dem »Geschenk« wird Reichtum demonstriert, um dadurch Ruhm und Ehre zu gewinnen, und zugleich wird der »Beschenkte« dieses

»Geschenk« als Verpflichtung empfinden müssen. Bataille kommt zu der Einsicht, daß das System des Lamaismus durch die Frömmigkeit der Mönche, die »Erleuchtung der Lamas moralisch« getragen wird, und daß dieses System »in der Fähigkeit zur Offenheit, zur Hingabe, zum Verlust besteht und *jedes Berechnen ausschließt*« (ebd.: 143 f.; Hervorh. d.d.Verf.). Dieser Kultur und Lebensweise scheint das Denken in Zweck-Mittel-Zusammenhängen fremd, so daß die Überschußverwendung in der Form der Vergeudung »keiner Notwendigkeit unterworfen ist« (ebd.: 145), keinen weitreichenden Zweck verfolgt.

3. Zweckorientierung und Abstraktionsprozeß

In einer am Wachstum orientierten kapitalistischen Gesellschaft ist dagegen die »Vergeudung« verpönt; die Rechenhaftigkeit als Basis des gesellschaftlichen Tauschverkehrs bestimmt das menschliche Handeln. Aber auch diese Orientierung hat sich im Verlauf der gesellschaftlichen Entwicklung erst langsam herausgebildet. Ich will hier versuchen, einige Prozesse zu beschreiben, die sich mit der Entwicklung der kapitalistischen Gesellschaft zu ihrer heutigen Ausprägung ergeben haben:

(1) Am Anfang des Kapitalismus steht die zunehmende Verwendung des ökonomischen Überschusses für ein wirtschaftliches Wachstum. Ludwig XIV baute zwar Schlösser in vorher kaum gekannter Prachtentfaltung und lebte damit auch nach dem Prinzip der »Vergeudung«. Zugleich aber begann während seiner Regierungszeit sich der Merkantilismus als Wirtschaftsordnung durchzusetzen, in der zielgerichtet das Gewerbe gefördert wird, um den staatlichen Reichtum durch Export zu erhöhen.

(2) Während in der absolutistischen Prachtentfaltung die rangbildende Funktion des Reichtums noch durch dessen »Vergeudung« erreicht wird, wird der Reichtum mit dem Aufkommen des Protestantismus durch die »Ausschaltung alles rentenziehenden Genießens« (Weber 1964: 433) zu einer Verpflichtung: Das Vermögen wird produktiv eingesetzt, um weiteres Vermögen durch ökonomisches Wachstum zu erzielen. Der Markt, auf dem die Waren getauscht werden, um den Profit zu realisieren, entscheidet über den Erfolg.

(3) Da der »rationale, nüchterne, nicht an die Welt hingegebene Zweckcharakter des Handelns und sein Erfolg ... das Merkmal dafür (ist), daß Gottes Segen darauf ruht« (ebd.), dehnt sich dieses zweckorientierte, ökonomischer Kalkulation entsprechende Handeln über den ökonomischen Sektor hinaus aus: Mit der Verrechtlichung wird die Justiz, mit der Büro-

kratisierung die Verwaltung und mit dem Entstehen von Ausbildungsgängen der Ausbildungsprozeß »berechenbar« (ebd.: 601, 164, 735 f.) und damit für vorgegebene Ziele optimal einsetzbar.

(4) Diese Prozesse, die sich aus einer veränderten Weltsicht ergeben, haben zugleich wiederum Konsequenzen für das menschliche Zusammenleben; der Mensch steht nicht mehr als Ziel und Maß aller Dinge im Mittelpunkt, sondern auch er wird einsetzbares Mittel im zielgerichteten Handeln der Warenproduktion. Damit entsteht der Warenfetischismus: Den produzierenden Menschen »erscheinen ... die gesellschaftlichen Beziehungen ihrer Privatarbeiten ... als sachliche Verhältnisse der Personen und gesellschaftliche Verhältnisse der Sachen« (Marx 1968: 87).

(5) In dem Maße, in dem ein »versachlichter« Umgang mit dem Menschen möglich wird, in dem also von dem einzelnen Menschen sowohl real als auch in der Denkweise abstrahiert werden kann, wird der Mensch in seinen gesellschaftlichen Funktionen zum austauschbaren Träger von Rollen und damit in zentralisierten Großorganisationen erfaßbar und bearbeitbar.

(6) Damit lassen sich sowohl im ökonomischen als auch in anderen gesellschaftlichen Sektoren Abstraktionen feststellen: Der ökonomische Erfolg zeigt sich im (abstrakten) Vermögenszuwachs, der »Wert« des Menschen wird - unter Abstraktion von dem Individuum - durch Erfüllung bestimmter Funktionen erkennbar. Das »Wachstum« der Ökonomie - gemessen in Produktionseinheiten der Gesamtheit aller Einzelunternehmen - beherrscht die Gesellschaft.

Bedeutsam ist für die weiteren Überlegungen insbesondere, daß einerseits eine Veränderung im ökonomischen Denken hin zu einer Markt- und Profitorientierung erfolgt, daß aber zugleich auch das rechenhaft kalkulierende, quantifizierende, von individuellen Qualitäten abstrahierende Bewerten um der Nutzung des eigenen Vorteils willen weit über den ökonomischen Sektor hinausreichend für menschliches Handeln allgemein bestimmend wird.

4. Rationalisierung und Hilfegewährung

Welche Konsequenzen ergeben sich aus diesen Überlegungen für die Hilfe? Um davon eine Vorstellung zu gewinnen, soll zunächst mit ein paar Hinweisen auf die Art der Hilfeleistung außerhalb der kapitalistischen Wirtschaftsweise eingegangen werden, um daran die mit dem Kapitalismus einsetzenden Veränderungen und neuen Formen besser verstehen zu können.

In gesellschaftlichen Einheiten, die nicht in Stände und Klassen differenziert sind, erhalten Arme Hilfe nicht aufgrund eines besonderen Anspruchs oder aufgrund besonderer Freigebigkeit des Gebenden, sondern die Interaktion zwischen Gebendem und Nehmendem beruht auf der Zugehörigkeit zu derselben sozialen Einheit (vgl. Simmel 1968: 347 f.), in der aufgrund des Bewußtseins, eine kollektive Einheit zu sein, dem Hilfsbedürftigen geholfen wird. Dazu bedarf es keiner besonderen Einrichtung und auch keiner spezifizierten Ansprüche. Reste davon existieren auch heute noch in manchen stadtfernen Dörfern.

Ist eine Gesellschaft in Stände ausdifferenziert, geht mit der Aufspaltung der Gesellschaft der tragende Status der Zugehörigkeit in der eben beschriebenen Weise verloren, weil die Menschen jetzt einem Stand bzw. einer Klasse - also einem Gesellschaftsteil - angehören. Jetzt wird Hilfeleistung in das Ranggefälle der Gesellschaft eingebunden. Der Almosenspender aus der höheren Schicht gibt dem Hilfebedürftigen aus der niederen Schicht, ohne jemals »eine Erwiderung zu erwarten; der Empfänger nimmt, ohne reziprok die Gegenleistung zu erbringen« (Sahle 1987: 12). Der Abstand zwischen den Ständen ermöglicht keine Reziprozität in der Hilfeleistung. Statt der gemeinsamen Zugehörigkeit zu einem sozialen Verband stehen sich verschiedene Klassen gegenüber. »Ausbeutung auf der einen Seite und Wohltätigkeit auf der anderen bilden jetzt eine komplementäre Einheit, in der beide nicht-reziproken Beziehungstypen aufeinander bezogen sind und einander bedingen. Ausbeutung schafft Armut, Armut begründet Wohltätigkeit in Form des Almosens. Anders ausgedrückt: Der Herrschende nimmt, ohne zu geben, und er gibt etwas, ohne zu nehmen« (ebd.: 12 f.).

Was der Gebende für seine Hilfe gewinnt, liegt nicht in seinem Verhältnis zum Armen, sondern ergibt sich aus der Gesinnung, mit der er gibt. »Nicht Liebe im Rahmen eines direkten personalen Bezugs zum Empfangenden, sondern Liebe zu Gott und damit Indifferenz im Hinblick auf die bedürftige Person« (ebd.: 14) bestimmen das Almosen. Im Verhältnis zu den Almosenempfängern entsteht eine zunehmende »Versachlichung« der Beziehungen, denn sie sind nur Mittel, deren sich der Geber bedienen muß, um »höhere Zwecke« für sich erreichen zu können.

Mit der Organisierung der Armenpflege im Kapitalismus - wie z.B. nach dem Elberfelder und insbesondere dem Straßburger System - wird dann der persönliche Kontakt zwischen Geber und Empfänger vollends unterbrochen. Räumlich leben sie in getrennten Stadtteilen (vgl. Sachße 1986: 40) und sachlich und persönlich tritt zwischen sie das System der Armenpflege als vermittelnde Instanz, und dem Armen verbleibt - so Simmel

(1968: 349) - nicht einmal mehr der Status eines Mittels, denn um den Schutz des Gemeinwesens vor rebellischen Armen zu erzielen, ist allein das Geld als Mittel erforderlich (ebd.). Die Armenpflege wird zu einer Aufwendung öffentlicher Mittel für öffentliche Zwecke (ebd.: 350). In dem Maße, in dem dann auch die Finanzierung der Hilfen statt durch spezielle Gaben oder Armensteuern durch allgemeine Steuern erfolgt, ist die Hilfe eine vollkommen abstrakte Leistung geworden: Der Geber weiß gar nicht mehr, daß er überhaupt hilft (ebd.: 367). Er kann nicht mehr Gutes für eine bestimmte Person tun (jedenfalls nicht mit der steuerfinanzierten »normalen« Hilfe) und er hat keine Chance mehr, den zu »lieben«, dem er Gutes getan hat - wie es nach Simmel häufig mit der guten Tat verbunden war.

Darüber hinaus aber kann man des Gebens nicht mehr froh werden, denn der Geber kann ja - von moralisch nicht integren, d.h. unangemessen viel nehmenden Empfängern - getäuscht werden. Armut ist nicht mehr allein ein materielles Problem (vgl. Sachße 1986: 127). Deshalb muß man die Empfänger der Hilfe kontrollieren und sie auch der »Besserung« zuführen: Erzieherische Maßnahmen für die Armen werden erforderlich (ebd.: 46 f.); ihre Durchführung muß notfalls erzwungen werden.

Damit bekommt auf seiten der Unterstützten die Unterstützung neben ihrem Hilfs- auch einen Strafcharakter, der bis in die heutige Zeit trotz des Rechtsanspruchs auf Hilfe auch im BSHG erhalten ist (vgl. die Möglichkeiten des Hilfeentzugs bei Arbeitsverweigerung). Indem jegliche persönliche Beziehung zwischen Geber und Empfänger verlorengeht, entfällt die darin liegende soziale Kontrolle, und es gibt für den Nehmenden keinen Grund zu »verschämter« Zurückhaltung mehr - es sei denn, ihm drohten Strafe oder soziale Deklassierung bei Annahme der Unterstützung, ein Mechanismus, der auch heute in der Sozialhilfe noch wirksam ist.

Diese Entwicklung vollzieht sich allerdings im Kontext einer kapitalistischen Gesellschaft, von der oben gesagt worden war, daß in ihr das ökonomische Kalkül alle Lebensbereiche durchdringt. Das aber bedeutet: Dem gebenden Kapitalisten muß die Hilfe für die Arbeiterklasse grundsätzlich widerstreben. Insoweit nämlich sein Leben von der Produktionsnotwendigkeit, dem Profit und dem Besitzstreben determiniert wird, ist er zu strenger Kalkulation seiner Aufwendungen gezwungen. Wird nun ein Teil des Besitzes unproduktiv »vergeudet«, z.B. indem er als Hilfe den Armen gegeben wird, so wird dieses Geld seiner eigentlichen, produktiven Funktion entzogen; die Vergeudung tritt in Konkurrenz zur eigentlichen Funktion des Geldes. Das wiederum hat zur Folge, daß - aus der Struktur und Denkweise der kapitalistischen Gesellschaft heraus - einem hilfebedürftigen Menschen nicht frei von kalkulatorischen Überlegungen Hilfe gewährt werden kann, wenn Zweifel bestehen, daß sie von diesen Menschen auch produktiv angewendet wird. Ein »soziales Gewissen« macht Hilfe auch jenseits ökonomischer Notwendigkeiten erforderlich, aber man steckt sein Geld nicht »in ein Faß ohne Boden«, sondern erwartet auch vom einzelnen Empfänger ein »Entgelt«. Hilfe hat nur dann einen legitimen Zweck, wenn sie »Hilfe zur Selbsthilfe« ist. Dann ist sie produktiv angewendet, und in der gelingenden Selbsthilfe wird die »Rentabilität der Investition« erkennbar.

Die Arbeiterschaft - zu Beginn des Kapitalismus noch nicht völlig seinem Denken unterworfen - reagiert in anderer Weise: Einerseits sicherlich aufgrund des Mangels an ausreichender Hilfe, vielleicht aber auch wegen der in ihr liegenden Deklassierung tritt neben die Hilfe der höheren Gesellschaftsschichten für die niederen die Selbsthilfe der Menschen, die potentiell selbst Arme und Hilfsbedürftige sind (vgl. z.B. die Bildung von Krankenkassen). Auch in der Klassengesellschaft existiert nicht allein die Hilfe zwischen Personen unterschiedlicher sozialer Klassen, sondern auch Hilfe von Arbeitern, Kleinbauern u.a. untereinander, d.h. Hilfe innerhalb derselben gesellschaftlich unterpriviligierten Klasse. Dort besteht wieder die Einheit der Gruppenzugehörigkeit, innerhalb derer ohne besondere Absprachen oder rechtliche Regelungen Hilfebedürftigen geholfen wird (und zwar sowohl durch Geldleistungen aus Hilfskassen wie auch durch persönliche Hilfen, insbesondere der Frauen). Obwohl hier Hilfe in der sicheren Gewißheit der Gegenseitigkeit erfolgt, ist dennoch nicht diese - nur z.T. auch rechtlich geregelte - Gegenseitigkeit, sondern eher die durch gemeinsames Lebensschicksal und persönliches Kennen bindende Solidarität die Grundlage dieser Hilfen. Entgelt und Tauschverhältnis sind nicht dominant.

5. Veränderung des Hilfeverständnisses

Welche Veränderungen lassen sich nun im entwickelten Kapitalismus in der Form des Sozialstaates erkennen? Um dieser Frage nachzugehen, muß zunächst noch einmal kurz auf strukturelle Veränderungen des Kapitalismus eingegangen werden. In diesem Zusammenhang dürfte der zentrale Punkt für die folgenden Überlegungen sein, daß die »Lohnarbeiterrisiken«, die sich aufgrund des Austausches der Arbeitskraft auf dem Markt ergeben, durch quasi-staatliche Ausgleichsmechanismen, die nicht den Marktgesetzen gehorchen, gemildert werden. Die wohlfahrtsstaatliche Programmatik geht deshalb davon aus, daß der Mensch im Wohlfahrtsstaat gegenüber diesen Risiken (Alter, Krankheit, Invalidität und Arbeitslosigkeit) abgesichert sei, da in diesen Fällen eindeutige Ansprüche auf diese Sicherung existieren.

Wird heute von »Hilfe oder Hilfsbedürftigkeit« gesprochen, so werden zumeist die entwickelten Sicherungssysteme, die auf Versicherungsbasis - wenn auch im Umlageverfahren - funktionieren, nicht unter dieser Rubrik subsumiert. Die Tatsache, daß aus der zwangsweisen Beitragsleistung ein Rechtsanspruch resultiert, macht die Leistungen für die Versicherten erwartbar, in Art und Höhe vorhersagbar und von der individuellen Bedürftigkeit unabhängig; die Versicherten bedürfen keiner Hilfe mehr, sondern bekommen lediglich »ihr Recht«. Außerdem ist von dieser Art der »Hilfe« nahezu die gesamte Bevölkerung betroffen; es ist nicht mehr die Hilfe der »Reichen« für die »Armen« oder die solidarische Hilfe der Mitglieder einer unterprivilegierten Klasse füreinander, sondern aller für alle - oder nach dem Selbstverständnis der Versicherten wohl besser: eines jeden für sich selbst. Denn das »Entgelt« für die Hilfe wird vorweg gefordert: Ich zahle zunächst Beiträge und helfe mir damit (später) selbst. Und ich erhalte entsprechend meiner Einzahlungen wiederum Leistungen zurück. Das macht gerade die »Gerechtigkeit« des Systems nach Ansicht der Mehrheit der Versicherten aus, daß es weitgehend dem Äquivalenzprinzip folgt und keine »systemwidrigen« Bedürftigkeitselemente enthält.

Die Ideologie des gerechten Tauschs durchdringt in Form des Äquivalenzprinzips auch die nicht marktmäßig organisierten Systeme. Und entsprechend erwarten diejenigen, die heute Beiträge leisten - ganz im Sinne eines Investitionskalküls -, daß sie später (z.B. als Altersrente) Leistungen erhalten. (Nebenbei sei bemerkt, daß es völlig zu diesem sich am individuellen Investieren orientierenden Denken paßt, daß Kinder keine eigenen Ansprüche erwerben und daß das Kindergeld bei höheren Einkommen gekürzt wird; dem liegt das Modell der »Armenhilfe« zugrunde, das dem Grundsatz der Subsidiarität unterliegt!) Der Äquivalenzgedanke verschleiert, daß auch die »Versicherungsleistungen« Hilfe darstellen, denn sie werden - unabhängig von Zeitpunkt und Höhe der Beitragsleistung - immer von denjenigen produziert, die im Zeitraum des Beistandes das Sozialprodukt erstellen und das Umlageverfahren trägt dem auch in der finanziellen Ausgestaltung Rechnung. Der Investitionsgedanke macht sich in den großen Versicherungssystemen auch noch in anderer Weise bemerkbar: Es sollen nämlich die Versicherten nicht primär versorgt werden, sondern die Mittel sollen der Rehabilitation, der Vorsorge o.ä. dienen; Investition geht auch hier vor Konsum. Zudem existiert eine klare Tendenz, Mittel für Sozialinvestitionen gegenüber konsumptiven Mitteln im Sozialhaushalt für besser zu halten. Die Art und Weise, in der Beistand geleistet wird, soll möglichst produktiv sein.

Eine andere Art der Veränderung zeigt sich in traditionell der *Nachbarschaftshilfe* zugerechneten Bereichen: Die Menschen betreten diese Welt nicht mehr, indem die Nachbarin Kind und Wöchnerin hilft, sondern das Kind kommt in der Klinik zur Welt. Und der tote Mensch wird nicht mehr von seinen Nachbarn gewaschen, gekleidet und zu Grabe getragen, sondern diese Tätigkeit verrichtet ein Beerdigungsunternehmen. Die Kommerzialisierung unseres gesellschaftlichen Lebens führt also - von der Geburt bis zum Tode - dazu, daß bestimmte früher nachbarschaftlich erbrachte persönliche Hilfen aufgrund der Veränderung traditioneller Lebensweisen durch käufliche Dienstleistungen ersetzt werden. Und diese Dienstleistungen werden dann auch nicht mehr als Hilfe verstanden, obwohl die Bezahlung einer Tätigkeit nicht per se zur Konsequenz hat, daß sie nicht mehr als Hilfe verstanden wird, wie eine Vielzahl pädagogischer und therapeutischer Hilfen zeigt.

An dieser Stelle läßt sich also resümieren, daß mit der Entwicklung des wohlfahrtsstaatlichen Kapitalismus bestimmte Formen der Beistandsleistung nicht mehr als »Hilfe« angesehen werden, es werden nämlich

(a) die sozialpolitisch bedeutsamen Leistungen der großen Versicherungen nicht unter der Rubrik Hilfe subsumiert, obwohl sie von den Produzierenden den zur Zeit der »Hilfe« Nicht-Produzierenden (Alten, Kranken u.a.) zur Verfügung gestellt werden und obwohl sie fürsorgerische Leistungen der Armenhilfe und Selbsthilfeaktivitäten ersetzt haben, die selbstverständlich als »Hilfe« begriffen wurden;

(b) bestimmte persönliche Hilfen aufgrund der Kommerzialisierungstendenzen und der Auflösung gewachsener Lebenszusammenhänge sowie einer verstärkten Individualisierung der Gesellschaft als käufliche Dienstleistungen ebenfalls aus der Kategorie Hilfe ausgegliedert.

Damit verbleibt von den finanziellen Hilfeleistungen allein die dem Fürsorgeprinzip gehorchende Sozialhilfe als Hilfe, für deren heute durch Konditionalprogrammierung weiter entpersönlichte Gewährung das Wohlverhalten des Leistungsempfängers als Entgelt erwartet und durch Kontrollen und gegebenenfalls Zwang auch weitgehend durchgesetzt wird. Damit wird Hilfe - soweit es sich um finanziellen Beistand handelt - zu einer unbedeutenden Größe innerhalb des gesamten »Sozialhaushalts« (als Überblick: Kohl 1987). Für das Bewußtsein der Mehrheit der Menschen bedeutet dies zugleich, daß sie - da sie sich ja versichert haben - nicht auf »Hilfe« anderer »angewiesen« sind. Umgekehrt muß derjenige, der von der Hilfe abhängig ist, wohl bei der »Vorsorge« versagt haben oder er hat eben noch nie in seinem Leben etwas geleistet; und dann geschieht es ihm recht, wenn er nur mäßig unterstützt wird, denn »Leistung muß sich wieder lohnen«.

6. Persönliche Hilfen

Ein spezifisches Problem existiert bei den persönlichen Hilfen, bei denen die Leistung mit Geld entgolten wird. Meines Wissens sind die ersten Helfer, die gegen Geld Hilfe leisten, die Ärzte und die Rechtsanwälte (sie sind die einzigen, die in den vielfachen Beispielen in Grimms Wörterbuch genannt werden). Während wir auch heute den Arzt zu den »Helfern« zählen, habe ich nach meinem Sprachgefühl Schwierigkeiten, auch die Rechtsanwälte darunter zu subsumieren; ich will aber darauf nicht weiter eingehen. Andererseits ist aber mit Sicherheit die große Gruppe der therapeutischen und pädagogischen Helfer (zu denen übrigens die Lehrer wohl nicht gehören) zusätzlich in die Gruppe der bezahlten Helfer aufzunehmen - und in diese Gruppe gehören auch die Sozialarbeiter.

Allerdings müssen unter dem Gesichtspunkt des monetären Entgelts drei Gruppen von beratend und medizinisch-therapeutisch tätigen Helfern unterschieden werden, nämlich diejenigen, die als Angestellte von Kommunen, Verbänden etc. ein festes Gehalt beziehen (wie z.B. auch viele Sozialarbeiter), diejenigen, die wie die Ärzte das Recht besitzen, ihre Leistungen durch Krankenkassen vergüten zu lassen, und diejenigen, die »auf dem freien Markt« ihre Leistungen anbieten müssen (wie z.B. Angehörige nicht anerkannter Therapieschulen).

Für die letztere Gruppe wirkt eindeutig das Marktmodell: Es besteht zwischen den Angehörigen dieser Gruppe eine Konkurrenzsituation (mit Elementen von Preis- und Qualitätswettbewerb). Zugleich aber werden diese Personen auch von dem Problem betroffen, daß eine »billige« Hilfe sich des Stigmas erwehren muß, daß das, was »nichts kostet«, auch »nichts wert« sein kann. Aus diesem Grunde ergeben sich auf dem »Therapiemarkt« erkennbar »Monopolbildungen«, indem bestimmte »Schulen« ihre Therapieform durch die Vergabe von Zertifikaten schützen, um damit ein höheres Entgelt aufgrund der Marktmacht für ihren »Markenartikel« zu erreichen.

In der zweiten Gruppe der Helfer, zu denen z.B. die Ärzte und einige Therapeutengruppen gehören, wird die Hilfe nicht marktmäßig entgolten. Vielmehr ist es den einzelnen Helfergruppen aufgrund ihrer gesellschaftlichen Anerkennung im Verlauf der Ausdifferenzierung der Helfer-Berufe in unterschiedlichem Maße gelungen, die Honorierung ihrer Leistungen aufgrund staatlich sanktionierter Ordnungen durch die die Hilfe finanzierenden Institutionen (wie z.B. die Krankenkassen) zu sichern. Bekanntlich liegt die Problematik dieser Regelung darin, daß eine »Verordnung« einer Maßnahme durch die Person erfolgt und nur von dieser auf ihre Adäquanz überprüft werden kann, die für diese Verordnung auch das Entgelt erhält. Die Mißbräuche dieses Systems finden sich in aktuellen Zeitungsnachrichten.

Beide Gruppen müssen in ihrem Verhalten im Kontext der kapitalistischen Gesellschaft betrachtet werden. Wenn in dieser Gesellschaft die Bedürfnisse sich tendenziell auf das »Bedürfnis des Habens« (Heller 1976: 62) reduzieren, so unterliegen auch die Angehörigen dieser Gruppen dem Prozeß zur Profitorientierung. Das ist auch deshalb zu erwarten, weil auch sie sich der Wertung der Gesellschaft nicht entziehen können, für die der Status eines Menschen in hohem Maße von seinem Einkommen bestimmt wird. Auch im Verhältnis beider Gruppen zu ihrem Klientel - den Empfängern der persönlichen Hilfe - bildet das Geld einen wichtigen Bestandteil des Hilfesystems: Mit der professionellen Spezialisierung und dem Austausch von »Hilfe« gegen Geld wird die Hilfe zur Ware, die - wie Marx (1968: 100) sagt - für ihre Produzenten »nur den Gebrauchswert (hat), ... Tauschmittel zu sein«. Damit aber werden Helfer und Klient Bestandteil einer entfremdeten Beziehung, denn der Klient ist nicht mehr der Zweck der Hilfe, sondern Mittel im Tauschverhältnis.

Es bedürfte einer genaueren Untersuchung für die Antwort auf die Frage, ob damit nicht die Hilfe in einer Weise kommerzialisiert wird, die ihr Wesen zerstört. Dafür spricht, daß in gesellschaftlichen Einheiten, die nicht klassenmäßig oder anderweitig hierarchisch strukturiert sind, Hilfe immer ein potentiell wechselseitiger Beistand ist; und ein Indiz dafür, daß viele Menschen das Bewußtsein haben, daß Hilfe ein wechselseitiges Verhältnis sein sollte, sind die Selbsthilfegruppen, in denen Hilfe mit Hilfe entgolten wird.

Auf den ersten Blick scheint es nun, als würde die verbleibende dritte Gruppe, deren Angehörige gegen feste Entlohnung angestellt sind, diesen Problemen der Ökonomisierung ihres Handelns entgehen können, da sie ihre Hilfe nicht gegen Geld verkaufen muß. Wäre die medizinisch-therapeutische und beratende Hilfe grundsätzlich nach diesem Muster organisiert, könnte damit möglicherweise eine Milderung der Ökonomisierung erfolgen. Jetzt aber stellt diese Gruppe eher eine Minderheit unter den Helfern dar, die m.E. wenig bewußtseinsprägend ist. Die einzige Berufsgruppe, deren Mitglieder mehrheitlich dieser letzten Gruppe angehören, dürfte die der Sozialarbeiter sein. Aber auch sie können nicht bedingungslos helfen, denn einerseits unterliegen sie »bürokratischer Rationalität«, d.h. einem Effizienzdenken, das sich an der Zahl bearbeiteter Fälle u.ä., also einer der Hilfe fremden Zweck-Mittel-Orientierung bemißt; und andererseits ist auch ihr Verhältnis zu ihrem Klientel nicht egalitär und auf seiten des Hilfeempfängers kein »freies« Verhältnis, weil es vielfach mit der Möglichkeit, Zwangsmaßnahmen einzusetzen verbunden ist. Das monetäre Entgelt wird durch Wohlverhalten und Anpassung an geforderte Normen ersetzt.

7. Welche spezifische Rolle kann in diesem Kontext die ehrenamtliche Hilfe haben?

Meine eigene Erfahrung - durch keine systematische empirische Untersuchung gestützt - sagt mir zunächst, daß auch unter den Ehrenamtlichen eine erhebliche Anzahl von Personen sich befindet, für die die Aufwandsentschädigung eine relevante Bedeutung hat. Natürlich ist darunter nicht der Vereinsvorsitzende eines Sportvereins, wohl aber die arbeitslose Sozialarbeiterin, die hierdurch sowohl ein wenig Geld verdienen als auch die »Berufserfahrung«, die heute häufig auch von Berufsanfängern verlangt wird, und die Chance auf eine spätere berufliche Arbeit verbessern kann. Weiterhin ist dieses Geld vermutlich auch für viele, deren Motiv nicht einmal primär im Finanziellen liegt, dennoch ein zusätzlicher Anreiz, denn auch diese Personen sind nicht frei von den dominierenden Sichtweisen unserer Gesellschaft, daß eine Arbeit erst dann etwas wert sei, wenn sie auch entsprechend bezahlt werde. Entsprechend drückt sich Anerkennung nach meinem Eindruck auch in mehr oder weniger großzügigen Aufwandsentschädigungen aus.

Wenn die Feststellung richtig ist, daß viele »versorgte Hausfrauen« zwischen 40 und 60 Jahren unter den ehrenamtlichen Helfern seien (vgl. Cramon-Daiber 1983: 109), dann kann das eben genannte Motiv auch für sie gelten. Für diese dürfte aber auch wichtig sein, daß vielfach ihre soziale Kompetenz, die sie im Verlaufe ihres Familienlebens erworben haben, gerade in der helfenden Tätigkeit »gefragt« ist und damit eben dort eine Anerkennung ihrer ansonsten unbeachtet bleibenden Kompetenz erfolgt. Anerkennung wäre somit das Entgelt für die Hilfe.

Daneben finden sich ehrenamtliche Tätigkeiten von Personen, die kurz vor oder nach dem Ausscheiden aus dem Berufsleben stehen, vergleichsweise häufig (vgl. Schmidt 1983b: 207); hier dürfte das Selbstverständnis, seine Arbeitskraft noch nutzen zu wollen, und damit seinem Leben einen Sinn zu geben, im Vordergrund stehen.

Bemerkenswert scheint mir außerdem, daß auch berufstätige junge Männer ein Interesse an ehrenamtlicher sozialer Tätigkeit bekunden (vgl. Olk 1987: 89). Hierin könnte sich das Interesse zeigen, eventuell sinnentleerte berufliche Tätigkeiten durch soziales Ehrenamt zu kompensieren, es könnte sich aber darin auch ein Zeichen des Wertewandels manifestieren: Es ist nicht sinnvoll, allein für die zweckorientierte berufliche Seite des Lebens sich einzusetzen, sondern das Leben erfordert auch soziale Belange zu berücksichtigen und beides erst macht ein erfülltes Leben aus.

Für das Klientel stellt sich der Ehrenamtliche, der Hilfe leistet, vermutlich häufig anders dar als der professionelle Helfer, denn er arbeitet weder primär um des Geldes willen, noch besitzt er eine rangerhöhende professionelle Kompetenz. Seine Kompetenz ist vielmehr Alltagskompetenz und somit könnte die Chance zu einem egalitären Verhältnis zwischen Hilfeempfänger und ehrenamtlichem Helfer größer sein als in der professionellen Hilfebeziehung.

8. Was läßt sich resümieren?

(1) Die Hilfe entwickelt sich von einer reversiblen, gegenseitigen und somit solidarischen Hilfe in kleinen Gemeinschaften zu einseitiger von Organisationen oder professionellen Individuen - häufig gegen Geld - angebotenen Hilfe in Warengesellschaften.

(2) Das allgemeine Verständnis davon, was Hilfe ist, hat sich verändert; es wird seltener materielle Hilfe (außer Sozialhilfe) und vermehrt medizinische, therapeutische und beratende Hilfe, die vielfach gegen Geld geleistet wird, unter diesem Begriff subsumiert.

(3) Zwischen Hilfegewährendem und Hilfeempfänger besteht meist - außer in egalitären Selbsthilfegruppen - eine Rangordnung, die entweder auf unterschiedlicher Klassenzugehörigkeit oder auf der hierarchischen Rangordnung, die zwischen professionellem Helfer und Hilfeempfänger besteht, oder auf der Macht, die der Helfer als Angehöriger einer Organisation besitzt, beruht.

(4) Das Entgelt, das für die Hilfe zu leisten ist, kann bei professioneller Hilfeleistung in direkter Geldzahlung, in indirekter Geldzahlung durch Kassenhonorar oder in einer bestimmten geforderten Verhaltensweise bestehen. Das Entgelt für die ehrenamtlichen Helfer dürfte demgegen-

über in der sozialen Anerkennung und in der Gewährung von Lebenssinn liegen.

Lassen sich aus diesen Feststellungen und Beobachtungen Entwicklungstendenzen für die Bedeutung der »Hilfe« in der Gesellschaft erkennen? Ich will zur Beantwortung dieser Frage auf die Ausgangsüberlegung, die ich von Bataille übernommen habe, zurückkommen: Der Gebrauch, den die Gesellschaft von dem von ihr produzierten Überschuß macht, macht sie zu einer bestimmten Gesellschaft. Für den kapitalistischen Wohlfahrtsstaat können wir nun feststellen, daß mit seiner Entwicklung zunehmend finanzielle Mittel in Bereiche der Sozialen Sicherung geleitet werden, die nicht unmittelbar dem ökonomischen Wachstum dienen. Aber auch bei solchen Mitteln, die sich unter Hilfe subsumieren lassen, ist das Bewußtsein der Hilfeempfangenden - abgesehen von Sozialhilfeempfängern - von der Tauschvorstellung geprägt, man erhalte nur zurück, was man vorher selbst (den Versicherungen) gegeben habe; und die Arbeit der persönliche Hilfe gewährenden Menschen ist ebenfalls weitgehend markt- und rentabilitätsorientiert. Die Gesellschaft hat sich zu einer solchen entwickelt, für die das »Do ut des« durchgängig zum leitenden Handlungsmuster geworden ist und die deshalb nicht - in einem positiven Sinne dieses Wortes - vergeuden kann, d.h. in diesem Zusammenhang, Menschen Hilfe zu einem menschenwürdigen Leben geben, ohne damit gleichzeitig (oder sogar primär) einen anderen Zweck zu verfolgen.

Obwohl dieses Handlungsmuster in der bestehenden Gesellschaft sicherlich dominant ist, ist es - so scheint mir - heute nicht mehr alles und alle beherrschend. Bei einigen Empfängern von persönlicher Hilfe ist ein Anspruch erkennbar, daß *sie* diese Hilfe - z.B. eine psychotherapeutische Beratung - nicht für einen eindeutig definierbaren Zweck (wie z.B. der Wiederherstellung ihrer Arbeitskraft) wünschen, sondern »für sich«, d.h. zur Bereicherung ihres Lebens, als *Selbstzweck* (vgl. die theoretischen Überlegungen und empirischen Befunde zum Identitätswandel bei Japp/Olk 1981: 148 ff.). Bei einer Hilfe aber, die nicht zu einem bestimmten Zweck gegeben wird, ist die Frage nach dem Entgelt für die Hilfe schwierig zu beantworten, weil die Vorstellung des Tausches von Honorar gegen »Hilfe für ...« das Verhältnis von Helfer und Hilfeempfangenden nicht mehr vollständig beschreibt. Man könnte sagen, daß derart eingesetzte Mittel unter dem Gesichtspunkt der Zweckorientierung vergeudet sind. Würden sich solche Bereiche, in denen die Zweckorientierung nicht im Vordergrund steht, ausdehnen, so könnte dieses auch die Struktur unserer Gesellschaft verändern. Denn »durch die Unmöglichkeit das Wachstum fortzusetzen, gewinnt schließlich die Verschwendung den Vorrang« (Bataille 1975: 54).

Christoph Sachße

Ehrenamtlichkeit, Selbsthilfe und Professionalität

Eine historische Skizze

In der Entwicklung der Sozialarbeit in Deutschland waren und sind Ehrenamtlichkeit, Selbsthilfe und Professionalität in einem komplexen Beziehungsgeflecht ineinander verwoben. Die Inhalte der Begriffe selbst wie auch das Verhältnis der verschiedenen Hilfeformen zueinander haben sich im Laufe der Geschichte verändert, was es erschwert, dieses Geflecht zu entwirren.

Es gilt allerdings vorab zu betonen, daß es eine lineare Entwicklung etwa von ursprünglich familiärer Selbsthilfe über die ehrenamtliche Wahrnehmung sozialer Dienste bis hin zu ihrer professionellen Organisation historisch *nicht* gegeben hat. Soziales Ehrenamt und sozialer Beruf haben sich eher parallel entwickelt. Damit ist auch die Vorstellung einer schlichten Rückführung professioneller Leistungen in neuerliche Ehrenamtlichkeit oder Selbsthilfe, die aktuellen sozialpolitischen Ansätzen gelegentlich zugrunde liegt, hinfällig. Die sozialen Probleme, die Formen ihrer Bearbeitung und auch die sozialen Träger beruflicher wie nichtberuflicher sozialer Dienste haben sich derart gewandelt, daß es eine Rückkehr zum Status quo ante nicht geben kann, sondern stets nur historisch neue und andere Formen.

Der Prozeß der Verfachlichung und Verberuflichung Sozialer Arbeit hat in Deutschland in den 90er Jahren des letzten Jahrhunderts begonnen. Zu einer Professionalisierung im Sinne der klassischen juristischen und medizinischen Professionen ist es in der Sozialarbeit allerdings bis heute nicht gekommen. Es bestanden und bestehen in den Randzonen Abgrenzungsprobleme gegenüber anderen Berufen und gegenüber der Laienkompetenz. Obwohl die berufliche Sozialarbeit sich seit Beginn des Jahrhunderts quantitativ enorm ausgebreitet hat, fehlt es an einer nachhaltigen gesellschaftlichen Aufwertung.

Die berufliche Sozialarbeit verdankt ihre Entstehung neuen sozialen Problemlagen im Kontext von Industrialisierung und Verstädterung *und* Emanzipations- und Aufstiegsinteressen neuer gesellschaftlicher Mittelschichten gleichermaßen. Die bürgerliche Sozialreform des ausgehenden

19. Jahrhunderts formulierte ein Konzept kommunaler Sozialpolitik, das auf die Integration der gesellschaftlichen Unterschichten in die bürgerliche Gesellschaft mit dem Mittel lohnergänzender sozialer Dienste und Leistungen zielte und einen rapiden Ausbau kommunaler Leistungsverwaltung sowie deren Professionalisierung bewirkte. Ingenieure und vor allem Ärzte waren die Berufsgruppen, die von dieser Entwicklung profitierten und sie vorantrieben. Die Sozialarbeit i.e.S. wurde vor allem von der bürgerlichen Frauenbewegung und deren Emanzipationsvorstellungen geprägt. In den seit den 90er Jahren des 19. Jahrhunderts sich ausdifferenzierenden Bereichen der »socialen Fürsorge« sah sie ein Tätigkeitsfeld, in dem die Frauen ihr mütterliches Wesen auch jenseits der Familie zur Geltung bringen und sich damit gesellschaftliche Emanzipation verschaffen konnten. Hier versuchte die kommunale Sozialpolitik sich vom Odium der Armenfürsorge zu lösen, hier wurden spezifische Fachkenntnisse vorausgesetzt und hier bestand ein spezifischer Bedarf nach kompetentem Personal.

Es ist wichtig festzuhalten, daß die Vorformen weiblicher, beruflicher Sozialarbeit in diesen neuen, gehobenen Fürsorgebereichen ansetzten und nicht in der traditionellen (männlichen) ehrenamtlichen Fürsorge Elberfelder Prägung. In diesen neuen, »verwissenschaftlichten« Bereichen waren Fachkenntnisse gefordert und hier ließ sich über eine entsprechende Ausbildung ein Monopol aufbauen, ohne in direkte Konkurrenz mit den wenig entgegenkommenden männlichen Fürsorgern treten zu müssen. Es ist weiter zu betonen, daß die neuen weiblichen Tätigkeiten in der »socialen Fürsorge« ursprünglich selbst als ehrenamtliche konzipiert waren, die auf eine ganz beschränkte soziale Schicht von Frauen aus dem gehobenen städtischen Bürgertum zielten: daß dieses Konzept - das untrennbar mit der Person und dem Wirken von Alice Salomon verbunden ist - aber faktisch einen Schub der Verberuflichung sozialer Hilfe einleitete.

Auf das Gebiet der ehrenamtlichen Armenfürsorge drang die berufliche Sozialarbeit erst vor, als in der Weimarer Zeit unter dem Stichwort »Familienfürsorge« die allgemeine Bezirksfürsorge eingeführt wurde und berufliche Fürsorgerinnen neben den ehrenamtlichen Armenpflegern die Betreuung der Armen auf Bezirksebene übernahmen. Zahlenmäßig waren sie freilich zunächst noch in einer verschwindenden Minderheit. 1926 standen z.B. im Frankfurter Wohlfahrtsamt knapp 30 berufliche Bezirksfürsorgerinnen etwa 1900 ehrenamtlichen Bezirksarmenpflegern gegenüber, deren Zahl bis zum Ende der Republik noch weiter zunahm. Quantitativ ist die beginnende Randstellung des Ehrenamtes in der Armenfürsorge also hier noch nicht zu fassen. Sie wird aber qualitativ deutlich: In Krieg und Inflation waren auch breite Teile des Mittelstandes verarmt und völlig neue soziale Schichten gelangten in den Zugriffsbereich der Armenfürsorge, darunter durchaus auch solche, die vor dem Kriege selbst zu den ehrenamtlichen Trägern der Fürsorge gehört hatten. Es leuchtet ein, daß diesen die betulich herablassende Betreuung durch ihresgleichen völlig unpassend erschien, und so wurde - in vielen Städten jedenfalls - eine gestufte Betreuung eingeführt: professionelle Betreuung für die ehemaligen Mittelständler, ehrenamtliche für die klassischen subproletarischen Armutspopulationen. Damit wurde das Ehrenamt auf eine Art »Unterstock-Tätigkeit« reduziert und sein gesellschaftlicher Bedeutungsverlust jedenfalls qualitativ signalisiert. Im Laufe der 50er Jahre wurden die Überbleibsel des Elberfelder Systems dann endgültig aufgegeben und heute haben allenfalls noch eine Handvoll Städte einen ehrenamtlichen Außendienst in der Sozialhilfe. Die berufliche Sozialarbeit hat also langfristig die ehrenamtliche jedenfalls aus der öffentlichen Fürsorge völlig verdrängt. In den Jahren der Bundesrepublik hat sie neuerlich ein enormes Wachstum erfahren, um dann seit etwa Mitte der 70er Jahre selbst zum Gegenstand einer lauter werdenden Kritik zu werden, die ihre heilsamen Effekte infrage stellt, nach neuen Formen der Bearbeitung sozialer Probleme ruft und damit auch dem Ehrenamt wieder verstärkte Aufmerksamkeit hat zukommen lassen.

Das bürgerliche Ehrenamt i.e.S. verdankt seine Entstehung der berühmten preußischen Städteordnung von 1808, die die Integration des erstarkenden städtischen Bürgertums in den absolutistischen Staat durch das Angebot der Verwaltung der lokalen Angelegenheiten durch die Bürger selbst anzielte. Das Ehrenamt war also ursprünglich administrativ und es war »Amt« im Sinne der Ausübung öffentlicher Gewalt. Das *soziale Ehrenamt* wurde dann durch das Elberfelder System geschaffen, das die Durchführung der Armenfürsorge (als Teil der kommunalen, öffentlichen Verwaltung) in die Hände der (männlichen) Bürger legte. In jedem Falle aber beinhaltete das Ehrenamt die Selbstverwaltung der örtlichen Angelegenheiten. Ehrenamt in seiner Entstehung war Selbstverwaltung mit untrennbarem Bezug zur *Lokalgemeinschaft*. Am Quartierprinzip des Elberfelder Systems wird dieser Lokalbezug besonders deutlich: Entscheidende Qualifikation für den Armenpfleger war seine Eigenschaft als Bürger und Nachbar, seine lokale Vertrautheit und Präsenz.

Neben dem Ehrenamt in der öffentlichen Armenfürsorge gab es natürlich auch noch ehrenamtliche private Wohltätigkeit. Insbesondere in der 2. Hälfte des 19. Jahrhundert entwickelte sich vor allem in den deutschen Städten eine bunte Vielfalt privatwohltätiger Vereine. Auch für diese Vereinskultur war der Bezugsrahmen lokal: Die Vereine waren lokal organisiert und befaßten sich mit lokalen Problemen. Die Selbstverwaltung der örtlichen Angelegenheiten war auch für die privatwohltätige Vereinsarbeit die treibende Motivation. Streng genommen handelt es sich dabei allerdings nicht um ehrenamtliche Arbeit, da der Bezug zur Ausübung öffentlicher Gewalt hier bereits fehlt.

Diese Vorstellung von der bürgerlichen Selbstgestaltung der lokalen Angelegenheiten lag auch noch den Konzepten der bürgerlichen Sozialreform im Wilhelminischen Deutschland zugrunde, obwohl diese - wie erwähnt - faktisch einen Schub der Professionalisierung kommunaler Verwaltung im allgemeinen und kommunaler Sozialpolitik im besonderen und damit die Verdrängung des Ehrenamtes aus der kommunalen Fürsorge eingeleitet haben. Der Bezug des (öffentlichen wie privaten) Ehrenamtes zur Lokalgemeinschaft begann sich zu lockern. Die Verhältnisse wurden unüberschaubarer, ihre Steuerung erforderte zunehmend professionelle Kompetenzen; der bürgerliche Gemeinsinn allein reichte nicht mehr aus. Damit begannen sich auch neue Motivations- und Organisationsformen für ehrenamtliches Engagement zu bilden. Die Bereitschaft zu ehrenamtlichem Engagement wurde nicht mehr über die lokale Selbstverwaltung motiviert, sondern - abstrakter - über Zentralwerte gesteuert und in *Wertgemeinschaften* organisiert. Mit dem »bürgerlichen Jahrhundert« ging auch die Zeit des weltlichen, bürgerlich-liberalen Sozialengagements zuende. Es wurde - sofern es sich nicht professionalisierte - entweder von den neu entstehenden konfessionellen Wohlfahrtsverbänden oder auch den Organisationen der Arbeiterbewegung gleichsam aufgesogen oder fristete fortan ein Schattendasein.

Mit der Ankoppelung des sozialen Ehrenamtes an Wertgemeinschaften veränderte sich auch sein Begriffsinhalt. Es verlor endgültig den Bezug zum »Amt« und wurde faktisch zur freiwilligen sozialen Hilfstätigkeit. Die aktuellen Probleme der Motivation ehrenamtlichen Sozialengagements resultieren wiederum aus dem Zerfall gesellschaftlicher Zentralwerte und der Marginalisierung entsprechender Wertgemeinschaften. Religion und Konfession bleiben zwar bedeutsam, haben aber als gesellschaftliche Gestaltungskräfte unübersehbar an Einfluß verloren. Sie motivieren auch weiterhin ehrenamtliches Sozialengagement in beachtlichem Ausmaß, aber die Neurekrutierung wird schwieriger. Ehrenamtliches Engagement wird zunehmend mit Gratifikationen wie Aufwandsentschädigungen und Ausbildungsangeboten geworben, nähert sich dadurch aber beruflichem Handeln an und verliert als grundsätzliche inhaltliche und formale Alternative zum Sozialberuf an Plausibilität. Hier wird deutlich, was ich eingangs damit meinte, daß es kein Zurück zum Status quo ante gibt. Heute geht es nicht mehr um grundsätzliche Arbeitsteilung, sondern um die Organisation fließender Übergänge.

Mit den angesprochenen Problemen wird nun keineswegs das Ende unentgeltlichen, nichtberuflichen Sozialengagements beschworen. Aber dessen Formen, Inhalte und Bezugsrahmen ändern sich neuerlich. Obwohl die Bereitschaft zur Übernahme ehrenamtlicher Arbeit in ihren herkömmlichen Formen, d.h. zu längerfristig verpflichtenden Tätigkeiten in vorgegebenen verbindlichen Formen und fixierter institutioneller Anbindung anhaltend abnimmt, nimmt zugleich die Bereitschaft zur Mitarbeit an spontan inszenierten Aktivitäten im Kontext selbstorganisierter und selbstverwalteter Projekte und Gruppen zu. Diese neuen Formen sozialen Engagements weisen allerdings gänzlich andere Merkmale auf als das herkömmliche soziale Ehrenamt: zeitliche Flexibilität, Selbstbetroffenheit und ein hohes Maß an Selbstbestimmung, Möglichkeiten der Selbstverwirklichung, Spontaneität und Kreativität. Sie sind dezentralisiert, pluralisiert und individualisiert. Es handelt sich gleichsam um die postmoderne Form des Ehrenamtes; um expressive Tätigkeiten, die (mit dem französischen Theoretiker der Postmoderne, Lyotard, zu sprechen) über »punktuelle Zeitverträge« koordiniert werden, und nicht mehr über zentralwertgesteuertes, formstabiles Dauerengagement.

Auch hier wird deutlich, daß diese Formen von Selbsthilfe und Selbstorganisation nichts mit ursprünglich familiärer oder nachbarschaftlicher sozialer Selbstorganisation und Selbsthilfe zu tun haben. Die neue Selbsthilfe setzt staatlich organisierte soziale Sicherheit und kommunale soziale Dienste immer schon voraus. Sie arbeitet sich an ihnen ab, distanziert sich kritisch von ihnen, ist aber ohne ihre Existenz nicht denkbar. Sie benötigt und fordert staatliche Förderung und Unterstützung. Nach einer anfänglichen Phase der Selbsthilfeeuphorie vor allem in Teilen der sozialwissenschaftlichen Sozialpolitikdiskussion besteht daher heute weitgehend Einigkeit darüber, daß Selbsthilfe und Selbstorganisation keinesfalls die Einrichtungen bürokratisierter und professionalisierter sozialer Sicherung ersetzen können, daß es vielmehr nur um neue Formen der Kombination und Koordination gehen kann und muß. Dabei bleibt allerdings offen, ob diese - als Stärkung von Selbsthilfe und Selbstorganisation geplanten - neuen sozialpolitischen Strategien nicht einen neuerlichen Schub der Vereinnahmung, Verstaatlichung und Bürokratisierung in Gang setzen.

Richard Münchmeier

Gemeinschaft als soziale Ressource

Von der symbolischen Bedeutung des Ehrenamtes für den Sozialstaat

---

1. Was in der Debatte um das Ehrenamt meist zu kurz kommt

Über ehrenamtliche Mitarbeit in der Sozialarbeit wird heute vor allem im Zusammenhang *quantitativer* Überlegungen im Kontext von Kosten-Nutzen-Rechnungen geredet. Was an den Ehrenamtlichen im Vergleich zu den Hauptberuflichen so interessant ist, scheint sich oft weniger inhaltlich d.h. bezogen auf Aufgaben und Tätigkeitsprofile zu bestimmen, sondern primär »rechnerisch« zu bemessen. Ein Beispiel: »Die institutionalisierten sozialen Dienste, speziell die Träger der freien Wohlfahrtsverbände, erfüllen einen erheblichen Teil ihrer Leistungen mit Hilfe des Einsatzes ehrenamtlich Tätiger. 1981 standen einem Bestand von knapp 600.000 hauptberuflichen Mitarbeitern schätzungsweise ca. 1,5 Mio. ehrenamtliche Mitarbeiter gegenüber. Nach einer überschlägigen Rechnung der freien Wohlfahrtsträger beträgt der Wert der von Ehrenamtlichen und Ordensangehörigen erbrachten Leistungen etwa 5,5 Mrd. DM im Jahr. Zweifelsohne wäre die Versorgungsaufgabe ohne die Tätigkeit von ehrenamtlichen Helfern in bestimmten Bereichen nicht gewährleistet (z.B. im Bereich der Alten- und Behindertenhilfe, im Gesundheitswesen)« (Prognos 1984: 94).

Wenn also heute oft gesagt wird, daß ehrenamtliche Leistungserbringung für die Soziale Arbeit gänzlich unverzichtbar sei, so hat dies zunächst eine spezifisch quantitativ-ökonomische Bedeutung. Aber auch die Argumente, die zur Begründung dieser Sichtweise aufgeführt werden, sind vorrangig quantitativ ausgerichtet. Zwei Argumentationskomplexe finden sich immer wieder. Zum einen stellt man ein ständiges Anwachsen der sozialen Probleme und potentiellen Klienten heraus: Der demographische und soziale Wandel, kulturelle Veränderungen, Individualisierung und Vereinzelung sowie die Aushöhlung und Zerstörung vorinstitutioneller, gleichsam »natürlicher« Hilfs- und Selbsthilfemöglichkeiten in Familie und Nachbarschaft - all dies und anderes führen in dieser Optik zu latenten oder manifesten Problemlagen, die gar nicht alle institutionell und professionell aufgefangen werden können, sondern verstärktes ehrenamtliches Engagement erfordern.

Zum anderen verweist man auf die Knappheit in den öffentlichen Kassen und Sozialbudgets und erinnert daran, daß eine beliebige Ausweitung von hauptamtlichem Personal für all diese Problemlagen angesichts enger gewordener finanzieller Grenzen nicht mehr denkbar sei. Eine »Ausweitung« - vielleicht sogar auch nur die »Bestandssicherung« - sozialer Dienste und Angebote sei nur durch verstärkte Heranziehung ehrenamtlicher Kräfte möglich.

Beide Thesen sind empirisch nicht schlüssig zu belegen und in ihrer Pauschalität fragwürdig. Weder läßt sich das Anwachsen sozialer Probleme unabhängig von der Definitionsmacht der Experten und frei von fragwürdigen Etikettierungen so pauschal quantifizieren, noch zeigen Personal- und Finanzierungsstatistiken bislang einen generellen Stop des Ausbaus sozialer Dienstleistungen oder gar deren Reduktion, auch wenn Umschichtungen und Gewichtsneuverteilungen zwischen einzelnen Arbeitsfeldern unverkennbar sind.

Aber an empirischer Verifizierbarkeit sind die Argumentationen auch gar nicht interessiert. Sie dienen dazu, einen »wachsenden Bedarf« an Sozialer Arbeit und sozialen Dienstleistungen zu begründen und zu legitimieren. Danach läßt sich dann auch darüber streiten, ob dieses notwendige »Mehr« an Sozialarbeit haupt- oder ehrenamtlich zu erbringen sei. Die Erörterung der Bedeutung ehrenamtlicher Mitarbeit in solchen quantitativen Kontexten hat deshalb zwei restriktive Folgen für die Problemwahrnehmung:

- Die ehrenamtlichen Mitarbeiter werden den Hauptamtlichen gegenübergestellt und - wie das obige Zitat illustriert - mit diesen gleichsam verrechnet; hauptamtliche Tätigkeit wird so zum zentralen Bezugspunkt für das Verständis des Ehrenamts;
- die Entscheidung darüber, ob eine soziale Tätigkeit haupt- oder ehrenamtlich erbracht werden soll oder kann, wird zu einer »rein pragmatischen« Frage, die nicht aus der Eigenart der Sachlage selber, sondern abhängig von Randbedingungen (z.B. vorhandene Finanzmittel, Problemaufkommen, Leistungsnachfrage) unter dem Gesichtspunkt der »Zweckmäßigkeit« entschieden werden kann.

Diese Engführung der Debatte verstellt gewollt oder ungewollt den Blick auf andere, eher *qualitative* Fragen im Zusammenhang mit sozialer ehrenamtlicher Tätigkeit. Damit sind nicht einfach die Fragen nach der besonderen Motivation, der Handlungskompetenz, der Lebensweltnähe oder Effektivität ehrenamtlicher Dienste gemeint. Denn auch diese Fragen bleiben dabei, Ehrenamtliche mit Hauptamtlichen zu vergleichen oder sie an ihnen zu messen. »Es trifft auch nicht die tatsächliche Situation, wenn ehrenamtlich Tätige, unter dem Aspekt ihrer Zuordnung zum hauptamtlichen Mitarbeiter, als Helfer, oder in Abgrenzung gegenüber deren fachlicher Kompetenz, als Laien bezeichnet werden. Viele ehrenamtliche Mitarbeiter bringen Kenntnisse und Erfahrungen aus ihrer Ausbildung, beruflichen Tätigkeit, Haushalt und Familie in ihren sozialen Dienst ein« (Bock 1986: 223).

Mit qualitativen Fragen sollen hier Überlegungen zum besonderen Verständnis von Sozialer Arbeit gemeint sein, das in der ehrenamtlichen Struktur selber zum Ausdruck kommt. Mit anderen Worten: Es geht um das Verständnis von Ehrenamtlichkeit auf einer theoretisch-symbolischen Ebene, um ein Verständnis der mit ihr implizit verbundenen »Theorie« von sozialen Problemen und Sozialer Arbeit - und nicht bloß um Überlegungen auf einer handlungstheoretischen oder einer organisationssoziologischen Ebene. Diese in der Ehrenamtlichkeit implizit angelegte »Theorie« soll im folgenden

- als besonderes Verständnis der Ursachen individueller Notlagen,
- als spezifisches Verständnis des Verhältnisses von Staat und Gesellschaft,
- und als besondere Auffassung über Soziale Arbeit als biographisch und gesellschaftlich wertvolles Lernfeld

herausgearbeitet werden.

2. Das besondere Verständnis der Ursachen sozialer Not

Professionalisierung und Verwissenschaftlichung stellten für die Sozialarbeit der Nachkriegszeit die Hauptperspektive ihrer Entwicklung dar. Sozialpädagogische Forschung und Theorie orientierten sich an der für die Professionalisierung erforderlichen Handlungskompetenz, nahmen die Form von »Professionswissen« (knowledge base, professional skills) an. Dies hatte zur Folge, daß Soziale Arbeit vorrangig im Lichte der professionellen Handlungsmöglichkeiten gesehen wurden. Das wissenschaftliche Nachdenken über Sozialarbeit folgte der institutionell-selektiven Logik des institutionalisierten Dienstleistungsapparats. In dieser Logik erscheinen individuelle Problemlagen vor allem als »Sozialisationsprobleme« im weitesten Sinn (d.h. als Probleme mißlingender und unzureichender Sozialisation und Anpassung) und Soziale Arbeit vor allem als Sozialisationshilfe etwa im Sinne von kompensatorischen Angeboten (vgl. dazu ausführlich: Münchmeier 1981).

In dieser Entwicklung ist das historisch ältere Verständnis von Sozialer Arbeit transformiert worden, nach welchem nicht der Haupt-, sondern der Ehrenamtliche in das Zentrum der sozialpädagogischen »Theorie« gehöre: »Der ehrenamtliche Helfer ist der erste Wohlfahrtspfleger. Er ist *der* Helfer seiner notleidenden Brüder und Schwestern. Sein Wirken ist unmittelbarer Ausdruck des Bewußtseins innerster Zusammengehörigkeit und gegenseitiger Verantwortung, wie es auf dem Boden wirklicher Gemeinschaft lebendig ist« (Ohl 1929: 184).

Seit dem Beginn der modernen Sozialarbeit bis heute ist aber auch die unverzichtbare und zentrale Bedeutung der Kooperation und Partizipation Ehrenamtlicher in den Aufgabenfeldern der Praxis immer wieder betont worden. Es finden sich häufig sogar eminent weitreichende und umfassende Qualifizierungen: »Freiwillige soziale Mitwirkung muß von der modernen Gesellschaft als eine für das Zusammenleben der Menschen unentbehrliche Funktion ... anerkannt werden« (Hasenclever 1966, zit. nach Stenzel 1968: 11). Oder: »Man kann den Gesundheitszustand einer Gesellschaft an der Zahl und der Qualität der Mitbürger messen, die aus Gewissensgründen und eigener Überzeugung im Interesse des Gemeinwohls handeln« (ebd.: 15).

Diese Diskrepanz zwischen der sich durchhaltenden hohen Bewertung ehrenamtlicher Arbeit und dem ihr zugeschriebenen zentralen Stellenwert für die Soziale Arbeit, ja für die soziale Qualität der Gesellschaft einerseits und der faktischen fachlich-theoretischen sowie institutionellen Entwicklung des sozialen Sektors, die - zumindest seit den fünziger Jahren - eindeutig auf hauptberufliche Funktionswahrnehmung und Professionalisierung der Arbeitsfelder setzten, andererseits macht darauf aufmerksam, daß die Bedeutung des Ehrenamts nicht allein in seinen praktischen und ökonomischen Leistungen aufgeht. Vielmehr scheint es auf einer symbolischen Ebene den prinzipiellen Anspruch auf soziale Integration auch der in Not und ins gesellschaftliche Abseits Geratenen auszudrücken, die Zuständigkeit der größeren Gemeinschaft für die »schwachen Glieder«. Letztlich symbolisiert ehrenamtliches soziales Engagement sogar das Zugeständnis, daß die Verkehrsformen, Widersprüche, Funktionsprobleme und sozialen Ungerechtigkeiten der kapitalistischen Gesellschaft selbst Bedingungen ausmachen, die problematische Lebenslagen und kumulative Benachteiligungen beständig reproduzieren oder für soziale Folgen (wie Isolation, Marginalisierung oder Hospitalisierung) von ungleichen individuellen Schicksalen (wie Unfällen, chronische Krankheiten oder Behinderungen) verantwortlich sind. Ehrenamtlichkeit steht deshalb - gleichsam als eine gesellschaftliche Chiffre - für die Einsicht, daß die der Sozialarbeit aufgetragenen Probleme nicht einfach auf die Seite der Individuen und der persönlichen Schuld verlagert werden können, sondern daß dafür auch gesellschaftliche Ursachen in Rechnung gestellt werden müssen und also auch eine allgemeine, d.h. eben *gesellschaftliche Verantwortung* für die Hilfsbedürftigen übernommen werden muß. Im Streit um die individuelle oder soziale Verursachung von Lebensschwierigkeiten und Dissozialitätsproblemen enthält das Ehrenamt implizit die theoretische Position der »gesellschaftlichen Mitverursachung« und der daraus resultierenden »öffentlich-allgemeinen sozialen Verantwortung«. »Wir können uns auch in unserer modernen Zeit unsere Wohlfahrtspflege, die öffentliche so gut wie die freie, nicht mehr ohne eine weitgehende Mitarbeit ehrenamtlicher Kräfte denken, die ... wesentlich dazu beitragen, den so notwendigen sozialen Ausgleich innerhalb der Bevölkerung zu fördern und zu festigen« (Jung 1929: 184).

Wegen der Befürchtung, daß die Verberuflichung der sozialen Arbeit diese symbolische Bedeutung der ehrenamtlichen Wohlfahrtspflege untergraben und damit die soziale Qualität und das soziale Gewissen der Gesellschaft beschädigen könnte, hat A. Fischer schon 1925 von der Problematik des Sozialbeamtentums gesprochen. »Wir gehen von der Tatsache aus, daß menschliche Schwäche und Dummheit, daß Nebenwirkungen bestehender Gesellschafts- und Wirtschaftsverhältnisse dazu führen, einen gewissen Prozentsatz von Menschen in vorübergehende oder dauernde Notlagen zu bringen; ich lasse dabei die Unterscheidung, ob verschuldet oder schuldlos oder halbverschuldet, auf sich beruhen und setze nur die Notstände selbst als gegebenen Anlaß und Angriffspunkt der organisierten, schließlich der öffentlichen Fürsorge voraus. Es sind also, kurz gesagt, Anomalien im Gesellschaftskörper und in der Lage seiner einzelnen Mitglieder, die als Objekt die Fürsorgearbeit hervorrufen. Mit dieser Einstellung ist zugleich die Anschauung verbunden, daß solche Nöte eigentlich und prinzipiell (was nicht gleichbedeutend ist mit individuell und in jedem Fall) vermeidbar wären. Oder anders ausgedrückt: daß die Lebenskräfte des sozialen Systems von sich aus hinreichen müßten, diese Nöte auch ohne amtliche Hilfe zu überwinden, wenn jedes einzelne Mitglied der Gesellschaft höchste soziale Verantwortlichkeit besäße, sei es im Sinne der Selbstbeherrschung, die es vermeidet, sich in hilfsbedürftige Lagen zu bringen, sei es im Sinne der Selbsthilfe, sei es im Sinne freiwilliger sozialer Hilfstätigkeit jedes beliebigen geistig und pekuniär leistungsfähigen Mitgliedes der Gesellschaft, das von der Notlage eines anderen

Kenntnis erhält. Mit der Einrichtung einer geregelten öffentlichen Fürsorge kann nun eine beträchtliche Abschwächung gerade dieser sozialen Verantwortlichkeit der einzelnen Hand in Hand gehen« (Fischer 1954: 330). Und: »Die soziale Frage, so betrachtet, ist *ein Stück Volkserziehung durch Lehr- und Beispielgebung*. Sie wendet sich nicht nur an die Menschen, denen sie unmittelbar hilft, sondern an die, die mitschuld sind, daß diese hilfsbedürftigen Fälle entstehen, und die auch schuld daran sind, daß nicht auch ohne offiziellen Apparat andere Personen des gleichen Lebenskreises schon die Abhilfe in die Hand nehmen« (ebd.: 333).

Damit aber ehrenamtliche Arbeit diese symbolische »Botschaft« wirksam vertreten kann, ist es notwendig, daß sie auch eine direkt sozial erfahrbare Gestalt annimmt: die persönliche Mitarbeit, Einsatz von Arbeitskraft und Zeit, idealiter in dem klassischen Setting der »Zuwendung von Mensch zu Mensch«. Der bloß pekuniäre Ausdruck sozialer Solidarität, sei es durch Geldspenden oder durch entsprechende Besteuerungsformen, erfüllt diese Anforderung nicht zureichend.

Auf der direkt erfahrbaren sozialen Mitmenschlichkeit beruht ein Großteil der Glaubwürdigkeit der Regulative und Institutionen des Wohlfahrtsstaates. In diesem Sinn spricht Olk von der »dualen Struktur des Wohlfahrtsstaats«, dessen formalisierte Sicherung und auf »Zwangssolidarität« beruhende Institutionen ein Umfeld von funktionierenden »informellen Hilfestrukturen«, einen auf sozialen Netzen und ehrenamtlicher Tätigkeit beruhenden »nicht-professionellen Hilfesektor« voraussetzen (vgl. Olk 1985).

3. Ehrenamt im Verhältnis von Staat und Gesellschaft

Wenn nun aber - wie es gerade durch das Ehrenamt symbolisch zum Ausdruck gebracht wird - für das Entstehen und die Folgen individuell-biographischer Problemlagen gesellschaftliche Bedingungen und Verursachungen maßgeblich beteiligt sind und soziale Hilfe deshalb als allgemein verpflichtende öffentliche Aufgabe zu betrachten ist, dann erhebt sich die Frage, wer eigentlich für die Wahrnehmung dieser Aufgabe zuständig sein soll. Besonders im ausgeprägt wohlfahrtsstaatlichen Denken unserer Zeit wird die Zuständigkeit für die Bearbeitung gesellschaftlicher Probleme als *staatliche* Aufgabe betrachtet. Nach dem wohlfahrtsstaatlichen Denken ist es primär die Aufgabe des Sozialstaats, hierfür entsprechende Institutionen zu entwickeln, die die professionelle Bearbeitung der in der Modernisierung entstehenden sozialen Probleme und die wohlfahrtspolitische Befriedigung neu gewachsener sozialer Bedürfnisse und Ansprüche gewährleisten können (vgl. Böhnisch 1982). Mit dem Prinzip der gesellschaftlichen Durchsetzung dieses Staatsverständnisses seit dem Ende des letzten Jahrhunderts entsteht historisch jenes System von Einrichtungen, Dienstleistungen und Hilfsangeboten, das wir den »sozialen Sektor« nennen und zu dem auch die Arbeitsbereiche der Sozialarbeit/Sozialpädagogik zu rechnen sind (vgl. Münchmeier 1981).

Im Unterschied zu dieser staatszentrierten Interpretation sozialer Probleme drückt sich im sozialen Ehrenamt ein historisch älteres Verständnis aus, das gewissermaßen ein Gegengewicht zum sozialstaatlichen Versorgungsdenken darstellt. Wohl gerade deshalb hat es bis heute historisch überdauert und wird es geradezu sozialstaatlich gepflegt; eignet es sich doch immer wieder dazu, jenes sozialstaatlich äußerst brisante Gleichgewicht zwischen Ansprüchen und Leistungsverpflichtungen auszubalancieren und zu stabilisieren. Denn der Sozialstaat muß »in seiner Politik gleichzeitig ökonomische Prinzipien befolgen und sich sozial legitimieren. Auch die sozialpolitischen Leistungen enthalten diese Balance des Gegensätzlichen: Anspruch und Verzicht, öffentliche Verpflichtung und Reprivatisierung sind in ihnen gleichermaßen enthalten« (Böhnisch 1982: 168).

Das Ehrenamt gehört seinem historischen Verständnis nach zu einer bestimmten Position in jenem historisch lange Zeit geführten Streit, wer für die Bearbeitung sozialer Probleme zuständig sein soll. Landläufig unterscheidet man grob drei miteinander im Streit liegende Richtungen (vgl. Lenk o.J.).

Erstens: Nach dem sozialistisch-sozialdemokratischen Verständnis seit Lasalle wird der Staat als Instrument gesehen, die Lage der arbeitenden Klassen zu verbessern, indem er in dem ökonomischen und gesellschaftlichen Bereich interveniert. Der Staat wird damit zum zentralen Instrument einer sozialen Reform angesichts der sozialen Probleme der Klassengesellschaft. Als »neutraler, sittlicher Staat« steht er zudem über dem Klassenkonflikt und belastet seine sozialen Interventionen nicht mit dem fatalen Beigeschmack von Mildtätigkeit und Almosen. Stattdessen vermag er soziale Rechte und Ansprüche zu etablieren, durch entsprechende Großsysteme (wie z.B. Sozialversicherungen) zu gewährleisten und durch Risikoausgleich zwischen Kapital und Arbeit soziale Gerechtigkeit zur Basis von Sozialpolitik zu machen.

Zweitens: Dem entgegengesetzt spielt nach dem liberalistischen Verständnis der Markt und das durch ihn repräsentierte freie Spiel der Kräfte die zentrale Rolle. Danach ist es notwendig, soziale Hilfe als Dienstleistungsangebot über den Markt zugänglich zu machen, auf die Selbsthilfe- und Vorsorgeinitiativen der Individuen zu bauen und jene

Gesellschaftsmitglieder, durch geeignete Maßnahmen zu stärken, deren Ressourcen für die Tauschbeziehungen des Marktes nicht ausreichen. In dieser Sichtweise sollten so viele Hilfen und Sicherungsleistungen wie möglich privat (und nicht staatlich) organisiert und damit v.a. auf die Familie bzw. den privaten Dienstleistungssektor gestützt werden.

Als *dritten* Weg, als Alternative zu diesen beiden gegensätzlichen Richtungen versteht sich eine Auffassung, die soziale Gemeinschaft als Ebene zwischen Individuen und Staat betont. Dieses - an das Selbstverständnis der bürgerlichen Gesellschaft anknüpfende - Gemeinschaftsverständnis, wie es v.a. durch F. Tönnies 1887 entwickelt wurde, wird hier zum Träger von sozialer Gesinnung, Verpflichtung auf das Gemeinwohl und Verantwortung für die Versöhnung der sozialen Gegensätze gemacht. Es betont das Recht der bürgerlichen Vereine gegenüber staatlicher Bevormundung und Regulation, aber auch die Pflicht der bürgerlichen Gesellschaft zur sozialen Selbsthilfe, z.B. in Gestalt von freien Wohlfahrtsverbänden und sozialem Ehrenamt. Rechte und Pflichten dieser gesellschaftlichen Ebene im Verhältnis zur Staatstätigkeit sind möglichst durch Subsidiaritätsklauseln abzusichern (wie es z.B. im RJWG geschehen ist).

Ehrenamtliche soziale Arbeit setzt dieses Verständnis und dieses Empfinden von sozialer Gemeinschaft voraus und verkörpert es zugleich. Die Pioniere der freien Wohlfahrtspflege sahen darin so etwas wie die »Versöhnungsarbeit zwischen den sozialen Gegensätzen«. Es ging ihnen um das »Heimholen« der Arbeitermassen in die Heimat der (bürgerlichen) Volksgemeinschaft, um die »Hebung« des Proletariats und seine Befähigung zur Teilnahme an der bürgerlichen Kulturgemeinschaft, aber auch um die gleichsam im Ehrenamtlichen personalisierte soziale Qualität dieser Gemeinschaft als praktizierte Mitmenschlichkeit gegenüber Bedürftigen und Benachteiligten. Bis zum heutigen Tag begleitet das Ehrenamt dieser Hof von Konnotationen, die auf ein solches Gemeinschaftsideal verweisen.

Die Verankerung der Verantwortlichkeit für soziale Hilfen auf der gleichsam vorstaatlichen gesellschaftlichen Ebene lokaler Gemeinschaften oder der Volksgemeinschaft im ganzen erlaubt die Begrenzung staatlicher Interventionspflichten in der notwendigen Balance zwischen lebensweltlichen Bedürfnissen und staatlichen Leistungen vorzunehmen. Sie erschließt nicht nur ein lebensweltlich, d.h. in den Gemeinschaften verankertes Hilfsreservoir, sondern auch eine besonders legitimationskräftige Ideologie, die die Tatsache strukturell verankerter sozialer Ungleichheit verdecken und ihre Erfahrungsmöglichkeiten abmildern hilft (vgl. Veblen 1971).

Sie verschleiert auch, daß ja nicht jedermann über Ressourcen und Möglichkeiten verfügt, an der sozialen Sendung der bürgerlichen Gemeinschaft teilzunehmen. Voraussetzung für die Möglichkeit, ein Ehrenamt zu übernehmen, ist z.B. das Vorhandensein von Vermögen oder zumindest von eigenem oder durch den Lebenspartner beschafftem Erwerbseinkommen. Die in der Geschichte periodisch wiederkehrende Rückbesinnung auf gemeinschaftliche und ehrenamtliche Ressourcen und Organisationsformen haben so eher den Sinn, neue Spielräume für das sozialstaatliche Aushandeln einer Balance zwischen Zumutbarkeiten und Ansprüchen, zwischen den Möglichkeiten privater Risikoabdeckung und den Notwendigkeiten staatlicher Leistungsgarantien zu schaffen, also die Elastizität und Anpassungsfähigkeit des sozialen Systems für die Erfordernisse des ökonomisch-technischen Wandels zu erhöhen (vgl. Böhnisch 1984).

4. Soziales Ehrenamt als Lernfeld

Zum traditionellen Verständnis des sozialen Ehrenamts gehört seine Interpretation als biographisch und gesellschaftlich besonders wertvolles Lern- und Erfahrungsfeld. Nach den Vorstellungen des Bürgertums gehörte zur Vorbereitung auf das Erwachsenenleben, zur Voraussetzung für die Übernahme der Pflichten und Verantwortungen im privaten wie im öffentlichen Leben die »Klärung der sozialen Anschauungen«. Ohne geklärte Vorstellungen über »das Soziale«, über die alle angehenden Fragen von gesellschaftlichen Konflikten, der »sozialen Frage« und des die sozialen Gegensätze übergreifenden und ausbalancierenden sozialen Zusammenhalts der lokalen und nationalen Gemeinschaft können nach dieser Vorstellung die Rechte und Pflichten des bürgerlichen Individuums in Wirtschaft und Gesellschaft nicht mit dem gebotenen Weitblick und langfristig erfolgreich wahrgenommen werden.

Vor allem in der ehrenamtlichen Betätigung in der sozialen Arbeit, in der Begegnung mit denen, die im Schatten der bürgerlichen Gesellschaft lebten und deren Alltag räumlich wie sozial strikt von der bürgerlichen Welt getrennt blieb, sah man *die* soziale Schule für nachwachsende Generation, das zentrale Medium einer staatsbürgerlichen Erziehung. So betrachtet konnten manche Autoren sogar das Ehrenamt gegen die beginnende Verberuflichung der sozialen Arbeit betonen: Soziale Arbeit sollte »nur ein Durchgangsposten für den Menschen, nicht ein Beruf, eine Gelegenheit zum Studium, zur Erfahrungssammlung und Selbsterziehung für Menschen (sein, d.Verf.), die später beruflich anderorts wirken werden, jedoch für diese berufliche Wirksamkeit den Einschlag des Elements geklärter sozialer Anschauungen sich sichern wollen. Mir scheint hier ein beachtlicher Ansatz für die Zukunftsgestaltung der ganzen sozialen Hilfsarbeit vorzuliegen, sie ist eine Schulungsstätte des sozialen Bewußtseins für jedermann, nicht ein abschließender und ausfüllender Lebensberuf« (Fischer 1954: 334).

Solche Gedankengänge lassen sich auch heute noch vielfach wiederfinden. Besonders im Bereich der Jugendverbandsarbeit wird ehrenamtliche Mitarbeit heute noch als »staatsbürgerliches Lernfeld« begriffen: »Nicht zuletzt fördert der freiwillige Einsatz in der Jugendarbeit die Entwicklung und Einübung von gesamtgesellschaftlichem Engagement und die Bereitschaft und Fähigkeit zur Übernahme von Verantwortungs- und Leitungsfunktionen in einem Staat, dessen demokratische Strukturen noch ständig weiter ausgebaut und gefestigt werden müssen« (Landesjugendring Niedersachsen 1986: 71 f.).

Das 1954 durch einen Aufruf des damaligen Rektors der Diakonissenanstalt Neuendettelsau, H. Dietzfelbinger, gegründete »Diakonische Jahr für junge Menschen« (später als »Freiwilliges Soziales Jahr« gesetzlich abgesichert) zeigt in seiner Entwicklung sehr deutlich, wie die alte Idee eines »sozialen Bildungsjahrs« für die junge Generation den Dienst- und Hilfsgedanken ergänzt und formt: »Das Freiwillige Soziale Jahr wird durch die Förderung zur Selbstwahrnehmung, durch die Förderung zur Wahrnehmung weiterer Lebens- und Leidenszusammenhänge, durch Steigerung der Sensibilität für Gruppenprozesse und Strukturen zu einem sozialen Bildungsjahr« (Bader-Schönfeld/Gerwig 1986: 76). In den Überlegungen zu einem Curriculum für Freiwillige Soziale Dienste steht zu lesen: »Die Leistungsgesellschaft produziert Randgruppen. Menschen, die in den Leistungsanforderungen nicht mithalten können, werden zum Sozialfall. Diakoniehelfer arbeiten z.B. im Altenheim oder in Obdachlosensiedlungen. Diese Einsatzplätze werden zum Lernfeld über Mechanismen in unserer Gesellschaft, die zur Gettoisierung alter Menschen oder zur Stigmatisierung nicht seßhafter Mitbürger führen. In gemeinsamen Gesprächen werden Vorurteile wie: Die sind selber schuld, abgebaut und Mitwirkungsmöglichkeiten zur Humanisierung unser Gesellschaft gesucht« (Gerwig 1986: 127).

Freilich zeigen sich hier beim genaueren Hinsehen ganz erhebliche geschlechtsspezifische Unterschiede. Ein soziales Propädeutikum in diesem Sinne einer staatsbürgerlichen Bildung und Vorbereitung ist eigentlich nur für männliche Jugendliche vorgesehen und wird nur für den männlichen Lebenslauf als eine notwendige Horizonterweiterung betrachtet. Für Mädchen und junge Frauen dagegen soll die ehrenamtliche und soziale Tätigkeit eher ein Propädeutikum ihrer traditionell-weiblich-mütterlichen

Aufgaben, ein Lern- und Übungsfeld für die Entfaltung ihrer fraulichen Eigenschaften sein. Auch dieses läßt sich deutlich an den ursprünglichen Begründungen für das Freiwillige Soziale Jahr ablesen. In einem Artikel des damaligen Präsidenten des Diakonischen Werkes werden folgende Lernziele genannt: »Eigene Wesensbildung: ... Die eigentlichen Anlagen der Frau aber sind Betreuen, Pflegen, für andere da sein. Diese Gaben sollen wieder ausgebildet werden ... Vorschule für die Ehe: ... Für Menschen sorgen müssen, sie betreuen müssen, von vorne anfangen müssen ... bei ihnen aushalten müssen ... verzichten können - wie wichtig ist das alles als Vorschule für die Ehe« (Schober 1957).

Hieran zeigen sich deutlich die geschlechtsspezifisch gespaltenen Lebensmuster in der bürgerlichen Gesellschaft, die je nach Zuschnitt des Arbeitsfeldes zu einer unterschiedlichen geschlechtsspezifischen Prägung des Ehrenamts führen, je nachdem, ob eher pflegerisch-betreuende oder eher organisierende, sozialmanagementbezogene Tätigkeiten im Vordergrund stehen. Während also z.B. im Diakonischen Jahr überwiegend weibliche Helfer (87,29%; vgl. Gerwig/Sticht 1986: 232) tätig sind, sind die Ehrenamtlichen in der Jugendarbeit überwiegend männlich (71%; vgl. Sielert 1978: 52; vgl. auch Bendele, in diesem Band).

Die Interpretation des sozialen Ehrenamts als einer »sozialen Schule einer vom Gemeinschaftsgedanken durchdrungenen jungen Generation« ist aber an historisch-gesellschaftliche Voraussetzungen gebunden, deren Nochvorhandensein heute bezweifelt werden muß. Sie setzt etwa voraus, daß sowohl die »soziale Frage«, durch die die Gesellschaft gekennzeichnet ist (und nicht bloß individuelle Notlagen, individuelles Leid), sowie »das Soziale« als ein Lebenselement der sozialen Gemeinschaft (und nicht bloß soziale Institutionen und ihre Handlungsregeln), der unmittelbaren, konkreten Anschauung zugänglich sind. Stattdessen ist aber heute davon auszugehen, daß durch die Vergesellschaftung sozialer Hilfe im Sozialstaat beides - die soziale Frage wie die sozial gesonnene Gemeinschaft - hinter Verrechtlichungen, professionellen Definitionen, fachlich ausgelegten und spezialisierten Leistungssystemen zum Verschwinden gebracht worden sind und nur noch »abstrakt«, aber nicht mehr als Angelegenheit der gesellschaftlichen Gruppen selbst erfahren werden können (vgl. Böhnisch 1982). Diese Einsicht ist aber keineswegs neu. Sie gilt prinzipiell auch schon zur Jahrhundertwende, als jene Interpretation des sozialen Ehrenamts etabliert wurde. So formuliert z.B. Mennicke 1924 im Anschluß an Max Weber: »Weil diese geschlossenen Gruppenverbände, in denen die verantwortliche Beteiligung am Leben der Gemeinschaft unmittelbar erlebt wurde, aufgelöst sind, ist unser gesellschaftliches Leben so eigentümlich unsicher und unruhig geworden. Es ist nun einmal ein Irrtum, daß die Verantwortung sich auf dem Wege intellektueller Bildung anerziehen ließe« (Mennicke 1924: 394).

Die Einsichten, die das soziale Ehrenamt stattdessen vermittelt, beziehen sich auf die innerinstitutionellen Funktionsabläufe, die organisationsspezifischen Regeln, die speziellen Routinen, Tabus, verwaltungsmäßigen Grenzen des Einrichtungsalltags, kurz: auf die besonderen Bedingungen der sozialstaatlich »verwalteten« sozialen Notlagen, und dies um so stärker, je mehr Ehrenamtliche Helferfunktionen für professionell organisierte Dienste übernehmen. Hierin drückt sich ein - der symbolisch-ideologischen Interpretation des Ehrenamts empirisch widersprechendes - Konstitutionsmerkmal aus: Ehrenamtliche Mitarbeit vollzieht sich im Umfeld oder innerhalb von institutionalisierten, im Prinzip professionell und bürokratisch organisierten Hilfssystemen wie z.B. im Rahmen der Wohlfahrtsverbände, der Bewährungs-, Drogen-, Nachbarschaftshilfe, der Alten- und Kinderbetreuung. Ehrenamtliche sind so gesehen Teil von Organisationen, sie erhalten ihre Aufgaben nach den Organisationszwecken zugewiesen, werden durch professionelle Kräfte angeleitet usw. Die Lernfelder, auf die sie stoßen, sind deshalb primär diese Organisationen und ihr Alltag.

Weil aber im Sozialstaat die Aktivitäten sozialer Organisationen einem Professionalisierungs- und Verwissenschaftlichungsdruck unterliegen, geht dieser auch auf die Ehrenamtlichen über. Wie bei den Hauptamtlichen wird auch an die Arbeit der ehrenamtlich Tätigen der Maßstab fachlicher Qualifikationen angelegt. Ein Teil der Aufgaben der Professionellen erstreckt sich deshalb auf die fachliche Qualifizierung der Ehrenamtlichen, so z.B. in der Jugendarbeit, in der Telefon- und Konfliktberatung, in der Altenpflege, bei Mutter-Kind-Gruppen. Das Haus Schwalbach hat bereits 1968 ein äußerst detailliertes Curriculum zur Aus- und Fortbildung ehrenamtlicher Mitarbeiter vorgelegt (vgl. Stenzel 1968), und die Arbeit der Jugendbildungsstätten hatte von Anfang an einen Schwerpunkt im Bereich Ehrenamtlichenschulung.

Gerade deshalb, weil ehrenamtliche Tätigkeit heute Grunderfahrungen in sozialen Berufen und Arbeitsfeldern (und nicht mehr primär Einsichten in das soziale Konfliktgefüge der Gesellschaft und die gruppenspezifischen sozialen Verantwortlichkeiten) bietet, wird sie von vielen jungen Menschen quasi »berufspropädeutisch« als Möglichkeit zur Klärung von Berufsperspektiven im sozialen Sektor gesehen und genutzt.

5. Resümee

Unsere Rekonstruktionsversuche haben uns auf Diskrepanzen zwischen der symbolischen Bedeutung des Ehrenamts und seiner faktisch-empirischen Realität stoßen lassen. Diese Diskrepanz kommt dadurch zustande, daß in der emphatischen öffentlichen Charakterisierung des Ehrenamts als eines unverzichtbaren Elementes für den sozialen Charakter der Gesellschaft auf gesellschaftliche Strukturen und historische Voraussetzungen Bezug genommen wird, die für unsere heutige Situation nicht mehr zutreffen.

Daß jenseits seiner ökonomischen Bedeutung jenes Verständnis ehrenamtlicher Sozialarbeit in der veränderten historischen Situation dennoch aufrecht erhalten wird, liegt an der enormen Bedeutung, die symbolische Interpretationen für den Sozialstaat haben. Es beschafft mit seinem Appell an »Gemeinschaft«, an die soziale »Verantwortung« des Einzelnen für das Ganze, die unverzichtbaren Konsensgrundlagen wohlfahrtsstaatlicher Politik und repräsentiert zugleich »Sinnbezüge der Politik auf die Gesellschaft«, nämlich Grundwerte wie Menschlichkeit, Solidarität, sozialer Ausgleich. Solche »Grundwerte« und »Symbole« mobilisieren die Dynamik des Wohlfahrtsstaates. »Sie unterstützen und reproduzieren die Hoffnung auf Einlösung der Wertversprechungen« (Luhmann 1981: 146) und machen zugleich die Ansprüche an staatliche Leistungsexpansion begrenzbar.

Ulrich Bendele

Soziale Hilfen zu Discountpreisen

Unbezahlte Ehren-Arbeit in der Grauzone des Arbeitsmarktes

Im Duktus der Festreden geht ohne die Ehrenamtlichen so gut wie nichts. Ohne die Freie Wohlfahrtspflege[1] und ihr Vermögen, das ehrenamtliche Engagement zu mobilisieren und zu stabilisieren würde die Sozialarbeit hierzulande, so die Botschaft der Verbände, zusammenbrechen. Auch für die Begründung des Subsidiaritätsprinzips zwischen freier und öffentlicher Wohlfahrtspflege sind die ehrenamtlich erbrachten Leistungen eines der schlagkräftigsten Argumente - für beide Seiten.

Die Verbandsstatistiken geben Auskunft über die Anzahl der Einrichtungen und Dienste, der Betten und Plätze, der Klientenströme und Besuchertage, über das Spendenaufkommen und die verkauften Wohlfahrtsbriefmarken; gezählt sind auch die hauptamtlichen Mitarbeiter[2] - ungezählt sind die ehrenamtlichen Mitarbeiter/innen. Auch die amtlichen Statistiken sagen über das ehrenamtliche Engagement nichts aus.[3] Die soziale ehrenamtliche Arbeit ist für das Bruttosozialprodukt, das wertmäßig die Summe aller Waren und Dienstleistungen einer Volkswirtschaft ausweisen soll, so bedeutungslos wie die Tätigkeit von Millionen Hausfrauen. Ehrenamtliche Arbeit wird, analog zur Haus- und Erziehungsarbeit, als nicht wertvoll eingeschätzt und nicht gezählt.

Die Unzulänglichkeiten der Sozial- und Verbandsstatistik zwingen zu einer Einschränkung: Es kann im folgenden nicht um eine Interpretation einer Sozialstatistik zur Ehrenamtlichkeit gehen, sondern nur um Bausteine dazu. Neben dieser sachlich erzwungenen Einschränkung mache ich eine inhaltliche Eingrenzung, indem ich mich auf das ehrenamtliche Engagement als Bestandteil der Fremdhilfe, ganz überwiegend der *organisierten Fremdhilfe im Rahmen der Freien Wohlfahrtspflege* konzentriere. Ein Wirtschaftszweig[4], der sich wesentlich durch die Integration ehrenamtlicher Leistungen von anderen Branchen, auch Dienstleistungsbranchen unterscheidet. Nicht zur Ehrenamtlichkeit rechne ich die *Selbsthilfe*, auch nicht in ihren organisierten Formen. Selbsthilfe ist mehr als die bloß postmoderne Variante traditioneller Ehrenamtlichkeit, und Selbsthilfe ist weniger als die ehrenamtliche Hilfe für andere. Das Hinzurechnen von Selbsthilfe zur Ehrenamtlichkeit oder die Definition von Selbsthilfe als neue Ehrenamtlichkeit dient in erster Linie zur Schönung von Bilanzen und fängt einen verbandsintern vermuteten Rückgang ehrenamtlichen Engagements auf.

Das Neue am ehrenamtlichen Engagement innerhalb der etablierten Organisationen Sozialer Arbeit ist jedoch etwas ganz anderes. Das traditionelle Ehrenamt konnte über lange Zeiträume hinweg als die Domäne des Laien beschrieben werden, als eine Domäne, aus der heraus sich mal allmählich, mal schubweise Berufe und schließlich Professionen entwickelt haben. Mit dem Phänomen der neuen Ehrenamtlichkeit ist, in der Tendenz und pointiert gesagt, eine gegenläufige Entwicklung nicht in Gang gekommen, aber immerhin denkbar geworden: Berufliches Handeln und Helfen könnte wieder auf ehrenamtliches Handeln und Helfen zurückgeführt werden.

Praktisch erwartet diese Entwicklung niemand, Einigkeit besteht über unterschiedliche sozialpolitische Positionen hinweg darin, daß der Prozeß der Professionalisierung irreversibel sei. Unterschiedliche Sichtweisen sind aber sehr wohl denkbar mit Blick auf die Diskussion über den Umbau sozialer Dienste. Die gegenwärtige Konjunktur des Themas Ehrenamtlichkeit ist Reflex und Bestandteil vielfältiger Initiativen (vor allem der staatlichen Sozialpolitik, aber auch der verbandlichen Wohlfahrtspflege), das ehrenamtliche Engagement zu forcieren oder wenigstens zu stabilisieren. Das soziale Ehrenamt erlebt in der sozialpolitischen wie sozialwissenschaftlichen Diskussion eine deutliche Aufwertung; Veränderungen in der Wahrnehmung des sozialen Ehrenamtes haben zu tun mit Veränderungen und Erweiterungen des traditionellen ehrenamtlichen Engagements.

Unter der neuen Ehrenamtlichkeit verstehe ich jene Phänomene und Tendenzen, die zu einer Diffusion zwischen beruflichem und nicht-beruflichem Handeln beitragen. Diese Diffusion verorte ich auf zwei Ebenen: *Erstens* sind längst nicht mehr alle Ehrenamtlichen Laien, sowenig wie alle Festangestellten Profis sind, und *zweitens* bewegen sich die Ränder des Systems professionell erbrachter Hilfen und ehrenamtlich erbrachter Hilfen aufeinander zu. Auf der einen Seite gibt es eine Tendenz zur Semiprofessionalisierung von Ehrenämtern, auf der anderen Seite eine Tendenz zur Deprofessionalisierung und Deregulierung beruflich bezahlter Mitarbeit.

Zum sozialen ehrenamtlichen Engagement gehört generell alle Mitarbeit, die nicht von beruflich bezahlten Mitarbeitern erbracht wird. Dazu gehört auch die unbezahlte Mehrarbeit von hauptamtlich Beschäftigten im Bereich der Bundesarbeitsgemeinschaft der Freien Wohlfahrtspflege (BAGFW);

auch diese trägt zur genannten Diffusion bei.[5] Außer nach der traditionellen ehrenamtlichen Arbeit und nach Phänomenen, die die These von der neuen Ehrenamtlichkeit stützen, frage ich auch nach institutionalisierten Mischformen zwischen freiwillig unbezahlten und beruflich bezahlten Tätigkeiten, nämlich nach Status und Stellung von Personen im Freiwilligen Sozialen Jahr (FSJ), von Zivildienstleistenden und von Praktikant(inn)en.

1. Aspekte zu Umfang und Struktur der Ehrenamtlichkeit

Über den Umfang und die Struktur ehrenamtlicher Mitarbeit liegen keine gesicherten statistischen Aussagen vor. Es gibt einige repräsentativ angelegte Meinungsumfragen und eine ganze Reihe empirischer Studien, die allerdings räumlich oder auf bestimmte Träger- oder Zielgruppen hin eingegrenzt sind (vgl. Olk 1987). Besonders die Zahl von rund 1,5 Mio. Ehrenamtlichen im Bereich der Freien Wohlfahrtspflege kursiert ständig in der einschlägigen Diskussion. Nur selten wird dabei die Quelle benannt und damit der Eindruck erweckt, diese Zahl habe eine solide Basis. Skepsis ist angezeigt. Die 1,5 Mio. sind das Produkt einer Hochrechnung auf dem Hintergrund einer Befragung, die das Allensbacher Institut für Demoskopie (1979) im Auftrag der Bundesarbeitsgemeinschaft der Freien Wohlfahrtspflege (BAGFW) durchgeführt hat. Die Spitzenverbände halten an dieser Zahl seit 10 Jahren fest[6], obwohl sie regelmäßig und mindestens genau so lange eine »rückläufige Tendenz« beim ehrenamtlichen Engagement beklagen. Die jüngste entsprechende Allensbach-Umfrage von 1985 brachte hochgerechnet 1 Mio. ehrenamtlicher Mitarbeiter mehr (vgl. Niedrig 1986). Dieses Ergebnis löste leichte Irritationen aus, aber an der Zahl von 1,5 Mio. wird als Schätzung festgehalten; ein Potential, das die Verbände unter sich wie folgt aufteilen: Diakonisches Werk und Caritas je 500.000 (bei 260.000 bzw. 300.000 Hauptamtlichen), DRK 320.000 (30.000 Hauptamtliche), AWO 80.000 (32.000 Hauptamtliche) und DPWV 100.000 (63.000 Hauptamtliche).[7]

Die Unwägbarkeit des quantitativen Umfanges hängt eng mit der Frage zusammen, wie das Ehrenamt definiert wird. Typologien von Hilfen und Helfen, Abgrenzungen zwischen beruflichem und nicht-beruflichem Handeln sind hier gefragt; politische, soziale und ökonomische Interessen definieren mit und doch reduziert sich die Dimension der gängigsten Definition auf nur zwei Aspekte: »Ehrenamtliche Mitarbeit ist«, so der Statistikausschuß der BAGFW (1982: 5), »freiwillige, nicht auf Entgelt ausgerichtete Tätigkeit im sozialen Bereich. Um ehrenamtliche, d.h. unentgeltliche Mitarbeit handelt es sich auch dann, wenn nur Aufwandsentschädigung oder Auslagenersatz gewährt werden«.

Unbedeutend ist dabei die Qualifikation der Helfer, nichts wird gesagt über immerhin denkbare Ober- und Untergrenzen des zeitlichen Aufwandes. Keine Rolle spielt bei dieser Definition die Art der Tätigkeit, Inhalt und Auftrag der Aufgaben. Mit Blick auf die Fülle und Vielfalt meist ungesicherter Anhaltspunkte zum Umfang und zur Struktur des sozialen Ehrenamtes, wie sie der gegenwärtige Forschungsstand bietet, beschränke ich mich auf folgende Merkmale:

1. Relativierung des Gesamtpotentials durch die Frage nach der *Kontinuität* des Engagements;
2. Verteilung der Ehrenamtlichen in *unmittelbare und mittelbare* Soziale Arbeit;
3. ehrenamtliche Hilfe*formen* und
4. *geschlechtsspezifische* Segmentierung.

Das Gesamtpotential Ehrenamtlicher ist nicht identisch mit dem relativ kontinuierlich aktiven Potential. Das diskontinuierliche, räumlich, zeitlich und situativ begrenzte Engagement hat an dem Gesamtpotential die größeren Anteile.

In einer vom Bundesministerium für Bildung und Wissenschaft finanzierten Studie haben Kammerer und Deutsch (1986) versucht, den Kern von relativ kontinuierlich arbeitenden Ehrenamtlichen zu erfassen. Sie kamen trotz großzügiger Schätzungen auf nicht mehr als 700.000 bis 830.000 Ehrenamtliche, die ganz überwiegend im Rahmen der Freien Wohlfahrtspflege und daneben bei anderen freien Trägern, insbesondere bei Jugendverbänden mitarbeiten. Das ehrenamtliche Engagement bei öffentlichen Trägern ist quantitativ fast bedeutungslos (ebd.: 215 ff.).

Von den Spitzenverbänden hat nur der Deutsche Caritasverband (DCV) genauere Zahlen[8], nämlich über die Anzahl jener, die in Einrichtungen und Diensten dauerhaft ehrenamtlich mitarbeiten und praktisch zur Belegschaft gehören (vgl. Deutscher Caritasverband 1982). In dieser Erhebung von 1982 wurden knapp 100.000 dieser Mitarbeiter gezählt. Ein ähnlich großes Potential arbeitet nach verbandsinternen Schätzungen außerhalb von Einrichtungen und Diensten mit. Demnach wären etwa 200.000 Ehrenamtliche im Rahmen der Caritas kontinuierlich aktiv, ein Anteil von rund 40% also an dem vermuteten Gesamtpotential von einer halben Million. Der größere Rest ist allenfalls fallweise und zeitlich begrenzt aktivierbar.

Das traditionell gepflegte Bild, ehrenamtliche Arbeit sei vor allem ein Beitrag zur unmittelbaren Sozialarbeit, deckt nicht das gesamte Spektrum ab. Die Beschreibung der *Tätigkeiten und Aufgabenfelder*, wie sie die Spitzenverbände für die ehrenamtliche Mitarbeit formuliert haben (vgl. BAGFW 1982, 1985a), umfassen so ziemlich alles: die Mitarbeit in Einrichtungen und Diensten wie die Einzelbetreuung, die Mitarbeit in Helfergruppen, aber auch die Arbeit in Gremien, in Vereinsvorständen und in allgemeinen Verwaltungstätigkeiten, schließlich die Öffentlichkeitsarbeit und die Beteiligung an Sammlungen. Das soziale Ehrenamt hat also viele Gesichter. Verschiedene Einzeluntersuchungen und statistische Angaben zu bestimmten Bereichen legen mindestens als Anhaltspunkt folgende Taxierung nahe: Immerhin rund 40-45% der relativ kontinuierlich aktiven Ehrenamtlichen arbeiten verwaltend, organisierend, mitentscheidend; 55-60% leisten einen Beitrag zur sogenannten praktischen Sozialarbeit.

Bei den *Einrichtungsarten*, in denen Ehrenamtliche ihre Leistungen erbringen, gibt es einen herausragenden Schwerpunkt: Ehrenamtliche Mitarbeit häuft sich, unabhängig von den Zielgruppen und Arbeitsfeldern im Typus der Offenen Hilfen.[9] Eine Untersuchung über das ehrenamtliche Engagement in Baden-Württemberg brachte das Ergebnis, daß 90% der Ehrenamtlichen hier in Offenen Hilfen mitarbeiten (vgl. Oswald u.a. 1987). Die bundesweite Einrichtungsstatistik des Caritasverbandes zählt in allen Arbeitsfeldern in der Einrichtungsgruppe der Offenen Hilfen deutlich mehr ehren- als hauptamtliche Mitarbeiter/innen. In den Offenen Hilfen arbeiten 92% aller gezählten Ehrenamtlichen, immerhin 57% aller nebenamtlich Beschäftigten, aber nur 7% der hauptamtlichen Kräfte. Umgekehrt arbeiten in den stationären und teilstationären Einrichtungen 73% bzw. 19%, zusammen also über 90% der hauptamtlich Beschäftigten. Die ehrenamtliche Mitarbeit ist hier allenfalls von marginaler Bedeutung.

Die Struktur des bezahlten Personals im Bereich der Offenen Hilfen zeigt in der Tendenz mehr Teilzeitbeschäftigung, höhere Anteile von nebenamtlich Beschäftigten und relativ höhere Anteile sozialpädagogischer Fachkräfte als in anderen Einrichtungsgruppen.[10] Die Konzentration Ehrenamtlicher in den Offenen Hilfen korrespondiert also mit einem jeweils relativ hohen Anteil an bezahltem Personal, das nicht nach den Konditionen sogenannter Normalarbeitsverhältnisse (unbefristete sozialversicherte Vollzeitstelle) beschäftigt ist. Dies ist kein Caritas-spezifisches Phänomen. In Sozialstationen, in der mobilen Altenbetreuung, in der Haus- und Familienpflege sind unabhängig von der Trägerkonstellation die hauptamtlich vollzeitbeschäftigten Mitarbeiter/innen in der Regel eine kleine Minderheit. Die Zahl der Teilzeit- und nebenamtlich Beschäftigten beträgt oft schon ein Vielfaches der Vollzeitkräfte und das Gros der Mitarbeiter/innen sind gering entlohnte Nachbarschaftshelferinnen und ehrenamtliche Kräfte (vgl. dazu exemplarisch: Offene Hilfen 1983).

Die sehr unterschiedlichen Profile ehrenamtlicher Tätigkeiten brechen sich in der *geschlechtsspezifischen Segmentierung* des sozialen Ehrenamtes. Zwei Drittel bis drei Viertel der Ehrenamtlichen sind Frauen. Sie dominieren in der unmittelbaren Sozialen Arbeit und sind in entscheidenden Funktionen generell unterrepräsentiert; stattdessen übernehmen sie häufig Routinearbeiten und sogenannte Handlangerdienste (vgl. Ballhausen u.a. 1986). Allgemein gilt: Je mehr die ehrenamtliche Aufgabe mit Hausarbeit vergleichbar ist, desto eindeutiger ist die geschlechtsspezifische Zuweisung. Männer sind dagegen häufiger in administrativen und prestigeträchtigeren Positionen tätig.

Die geschlechtsspezifische Zuweisungslogik, darauf haben Anne Ballhausen u.a. (1986) in ihrer Studie über politische und soziale Partizipation von Frauen eindrücklich hingewiesen, erschöpft sich nicht in einer Segmentierung entlang von Tätigkeiten, sondern reicht darüber hinaus auch entlang der Bedeutung der Tätigkeit. Die Präferenz von Männern für prestigeträchtigere Positionen läßt diese auch nach Positionen mit einem frauentypischen Tätigkeitsprofil greifen, wenn diese Position in der Binnenstruktur der Institution eine gewisse Bedeutung hat oder den Schwerpunkt der Gruppenaktivität bildet.

Die geschlechtsspezifische Segmentierung ist zugleich eine altersspezifische. Ehrenamtlich tätige Frauen sind durchschnittlich älter als die ehrenamtlichen Männer: Besonders stark vertreten sind die 40- bis 60jährigen Frauen. In allen Feldern der Sozialen Arbeit - bis auf das Rettungswesen - stehen die Hausfrauen als Helfergruppe an erster Stelle. Sie sind es auch, die in der Tendenz ehrenamtliche Arbeit mit dem größten Zeitaufwand erbringen.

Alle Angaben über die ehrenamtliche *Arbeitszeit* - eine Größenordnung von 12 bis 18 Stunden monatlich wird in verschiedenen empirischen Studien genannt - sind mit Vorsicht zu genießen. Das soziale Ehrenamt kennt, besonders in seiner typisch weiblichen Besetzung - ähnlich wie Hausarbeit - keine klaren arbeitszeitlichen Fixpunkte. Die »leisen Helferinnen« sind auch dann ansprechbar, wenn andere Büroschluß haben (vgl. Notz 1987a: 53). Die ehrenamtlichen Tätigkeiten mit den klareren zeitlichen Begrenzungen, etwa Gremienarbeit, die Tätigkeit als Vereinsvorstand oder der Wochenenddienst im Rettungswesen, sind männlich dominiert (vgl. Oswald u.a. 1987).

2. Neue Ehrenamtlichkeit - zweiter Arbeitsmarkt

Im weiteren betrachte ich einige Veränderungen und Tendenzen, die für die These von der *neuen Ehrenamtlichkeit* sprechen. Es geht dabei vor allem um die Rolle des Geldes und um neuere Strategien zur Belebung, zur Qualifizierung und zur Rekrutierung von Ehrenamtlichen.

Eines der wichtigsten und innerhalb der Verbände gültigen Definitionsmerkmale von Ehrenamt ist neben der Freiwilligkeit die Unentgeltlichkeit. Ein Positionspapier der Spitzenverbände von 1982 stellt das Prinzip der Unentgeltlichkeit nach wie vor in den Vordergrund und warnt vor den Folgen intern bekannt gewordener Präzedenzfälle. Heinz Niedrig (1977) von der Arbeiterwohlfahrt hat schon vor 10 Jahren eine wachsende Tendenz zur Abkehr von der Unentgeltlichkeit registriert. Zumindest in Teilgebieten fände ein Übergang statt, der mittlerweile über symbolische Honorierung hinaus und in Bereiche der Billiglohnarbeit hineinreicht. Die baden-württembergische Studie über Ehrenamtliche ermittelte, daß knapp 40% der Befragten eine Vergütung erhalten (vgl. Oswald u.a. 1987: 66 ff.). Der häufigste Vergütungsmodus ist dabei die Bezahlung nach Stunden und zwar mit einem Honorar zwischen 6 und 10 Mark. Zwei Tendenzen sind dabei besonders bemerkenswert: Vergütet wird zum einen eher die Leistung von jüngeren Ehrenamtlichen bzw. der Einsatz von jenen, die noch nicht lange tätig sind, zum anderen arbeiten diejenigen eher länger, die eine Vergütung erhalten.

In einer von der Konrad-Adenauer-Stiftung publizierten Denkschrift zum Ehrenamt wird die Unentgeltlichkeit nur noch als Bezugspunkt gewertet, »von dem aus die vielfältigen Mischformen«, wie sie sich in der Wirklichkeit zeigen, zu beurteilen sind (vgl. Alff/Martini/Braun 1985: 14). Das Spektrum dieser Mischformen wird präzise umrissen: »In der Praxis sind ganz unterschiedliche Formen verbreitet. Unkostenerstattung auf Nachweis, pauschaler Aufwandsersatz, unentgeltliche Verpflegung, Zahlung von Taschengeld, geringfügiges Entgelt bis hin zu einer an Tarifen orientierten Entlohnung, die deswegen noch eine soziale Komponente aufweist, weil der Mitarbeiter auf dem 'freien Markt' für seine Leistung einen höheren Preis erzielen könnte. (...) Freilich muß klar gesehen werden, daß mit der über die Erstattung von Aufwendungen hinausgehenden Vergütung die Gefahr besteht, das Feld der Ehrenamtlichkeit zu verlassen und den Bereich des 'zweiten Arbeitsmarktes' zu betreten« (ebd.).

Was hier als drohende Gefahr bezeichnet wird, findet in Wirklichkeit längst statt. Die Überschreitung der Grenzen des traditionellen Ehrenamtes geschieht nicht nur quasi unbeabsichtigt und fallweise, sondern ist auch Bestandteil sozialpolitischer Strategien: Einmal spielen finanzielle Zuwendungen, wenn auch relativ niedrige, eine Rolle bei den Versuchen vor allem von politischer und verbandspolitischer Seite, das ehrenamtliche Engagement zu verstärken, oft mit der klar gefaßten Absicht, Kosten zu senken oder einen weiteren Kostenanstieg einzudämmen. Vor allem der in den letzten Jahren erfolgte Auf- und Ausbau Offener Hilfen im sozialen Bereich geschah eng verwoben mit Kampagnen zur Stärkung ehrenamtlicher Arbeit, die in diesem Bereich, sofern überhaupt, eines bewirkt haben: Tausendfach sind gering entlohnte und rasch angelernte Nachbarschaftshelferinnen im Einsatz (vgl. Offene Hilfen 1983: 61 ff.). Diese Entwicklung wiederum verlief nicht zufällig parallel zum Anstieg der (vor allem Frauen-) Arbeitslosigkeit seit Mitte der 70er Jahre.

Die Arbeitslosigkeit in den sozialen Berufen schließlich verwandelte ehrenamtliche Mitarbeit in die Rolle einer Einstiegs- und Kontaktmöglichkeit für Stellensuchende. Freiwillig unbezahlte oder gering aufwandsentschädigte ehrenamtliche Mitarbeit wurde für viele Berufsanfänger- und Wiedereinsteigerinnen zum Ersatz für unfreiwillige Arbeitslosigkeit (vgl. Lösch 1984; Notz 1987a). Hierher paßt die Beobachtung, daß längst nicht mehr alle Ehrenamtlichen Laien sind und, umgekehrt, nicht alle Hauptamtlichen qualifizierte Fachkräfte: »Diffusionen«, so die Formulierung von Oppl (1986: 69), »zwischen beruflicher und ehrenamtlicher Tätigkeit treten auf« (vgl. auch Alff/Martini/Braun 1985: 15; Gernert 1986: 279).

Auf diesem Hintergrund werden die Warnungen vor den Forderungen nach einer Honorierung für ehrenamtliche Tätigkeiten seitens der Anstellungsträger ebenso verständlich wie das Aufkommen solcher Ansprüche. Der Streit um die Rolle des Geldes bei der ehrenamtlichen Arbeit und die Versuche, die Grenzen neu zu definieren, sind Ausdruck konträrer Ziele bei ein und derselben Sache. Eine insgesamt wachsende Zahl versucht aus unbezahlten Aktivitäten im sozialen Bereich in bezahlte, berufliche Positionen zu kommen. Dem steht die Strategie öffentlicher Hände entgegen, eine wachsende Zahl qualifizierter Helfer/innen gegen geringe Kosten in Bereiche der Sozialen Arbeit integrieren zu können, bei denen üblicherweise Fachkräfte eingesetzt werden: »Das Potential an 'Ehrenamtlichen' besteht« im Bereich der Offenen Hilfen nach einer Analyse des baden-württembergischen Sozialministeriums »vor allem aus Fachkräften, die ihren Beruf nicht oder nicht mehr ausüben (ehemalige Krankenschwestern, Sozialarbeiterinnen usw.) sowie aus einer nicht unerheblichen Zahl von professionellen Helfern, die über ihre berufliche Inanspruchnahme hinaus auch einen mehr oder minder großen Teil ihrer Freizeit in den Dienst einer sozialen Aufgabe stellen« (Offene Hilfen 1983: 12).

Gleichzeitig wurden und werden Konzepte und Maßnahmen zur Qualifizierung Ehrenamtlicher entwickelt (vgl. Kammerer/Deutsch 1986: 298 ff.). Eine fachspezifische Aus-, Fort- und Weiterbildung sei, so exemplarisch eine Stellungnahme des Diakonischen Werkes, in »vielen Fällen« nötig (vgl. Diakonisches Werk 1984: 12). Die Hauptamtlichen sollten als »Animateure« und »Motivatoren« die Ehrenamtlichen beraten und möglichst unauffällig anleiten (ebd.: 17). Nicht von ungefähr entstehen in diesem Kontext auch immer detailliertere Beschreibungen über die Profile Ehrenamtlicher und Entwürfe zu den Rekrutierungsbedingungen (vgl. Alff u.a. 1985: 40).

Für das traditionelle Ehrenamt gilt das freiwillige Engagement und der Wille, anderen und sich selbst zu helfen, in der Regel als hinlängliche Helferqualifikation; alles weitere pendele sich ein. »Helfen lernt, wer hilft!«, lautet das zentrale Credo des traditionellen Ehrenamtes. Für die neue Ehrenamtlichkeit hingegen reicht dieser eher zufällige Sozialisationsprozeß nicht aus. Zur neuen Ehrenamtlichkeit gehört das mittlerweile bei allen Freien Trägern etablierte und mindestens konzeptionell alle Felder und Probleme Sozialer Arbeit abdeckende Weiterbildungsangebot ebenso wie die Ansätze zur systematischen Begleitung Ehrenamtlicher durch professionelle Kräfte. Mit den staatlicherseits auch finanziell geförderten Weiterbildungsmaßnahmen wird weniger eine quantitative Ausweitung des Engagements erreicht werden; viel eher wird die Möglichkeit geschaffen, das ehrenamtliche Potential intensiver, koordinierter und zielgerichteter zu nutzen.

Die staatliche Sozialpolitik begleitet diesen Prozeß nicht nur mit schönen Worten. Zusammen mit den Freien Trägern wurden zahlreiche Förderrichtlinien überarbeitet (vgl. Landtag BW-Drucksache 9/2541). Die Integration ehrenamtlicher Leistungen kann auch finanziell belohnt werden, eine Berücksichtigung bei der Regelfinanzierung ist in Sicht (vgl. Alff u.a. 1985: 52).

Die Tendenzen zur neuen Ehrenamtlichkeit lassen sich plakativ mit folgenden Stichworten zusammenfassen:

1. Bezahlung und Überschreitung der Grenzen des traditionellen Ehrenamtes hin zum zweiten Arbeitsmarkt;
2. Qualifizierung mit einem Trend zur Fachlichkeit, zur Subprofessionalisierung;
3. Differenziertere Strategien zur Rekrutierung Ehrenamtlicher und gleichzeitig offensivere Forderung nach unbezahlter Mehrarbeit von Hauptamtlichen;

4. Das freiwillige Engagement ist oft, heute mehr als früher, Ersatz für unfreiwillige Arbeitslosigkeit;
5. Finanzielle Zuwendungen an die freien Träger für den Einsatz Ehrenamtlicher bis hin zur Berücksichtigung dieser Leistungen bei der Regelfinanzierung.

3. ABM, ZDL, FSJ & Praktikant - Grauzonen der Mitarbeit zwischen Ehrenamt und Arbeitsmarkt

Diese Trends fallen zusammen mit Veränderungen in den Beschäftigungsverhältnissen, mit einem Trend zur *Deregulierung* von beruflich bezahlter Mitarbeit. Auch hierzu einige Stichworte:

1. Es gibt eine überproportionale Zunahme von Teilzeitbeschäftigung (vgl. Rauschenbach/Bendele/Trede 1988).
2. Zugenommen haben die sogenannten 440 Mark-Kräfte und die nebenamtlich Beschäftigten (vgl. Niedrig 1985: 55).
3. Besonders Berufsanfänger/innen erhalten zunehmend mehr befristete Arbeitsverträge (vgl. Bahnmüller u.a. 1988).
4. Eine wachsende Bedeutung haben subventionierte Beschäftigungsverhältnisse - die Anzahl der Arbeitsbeschaffungsmaßnahmen (ABM) in »sozialen Diensten« stieg innerhalb von fünf Jahren von rund 8.500 (1982) auf fast 34.000 (1987) an.

Diese Tendenzen zur neuen Ehrenamtlichkeit und zur Deregulierung von Beschäftigungsverhältnissen entwickelten sich parallel zu einer rasanten Zunahme von Beschäftigten in institutionalisierten Mischformen zwischen unbezahlt freiwilliger und bezahlt beruflicher Mitarbeit: den Zivildienstleistenden und den Personen im Freiwilligen Sozialen Jahr (FSJ).

Wenn man in einem Zug von Ehrenamtlichen und Zivildienstleistenden spricht, muß korrekterweise auf das Trennende zwischen diesen Gruppen hingewiesen werden: *Freiwilligkeit* ist das Merkmal traditioneller Ehrenamtlichkeit. Zivildienst basiert dagegen, als Anhängsel der allgemeinen Wehrpflicht, auf Zwang. Neben dem Trennenden gibt es aber auch gemeinsame Merkmale dieser Gruppen. Die Ehrenamtlichen erbringen wie die Zivildienstleistenden und die Personen im FSJ - und auch die Beschäftigten im Rahmen von AB-Maßnahmen - in der offiziellen und verbandlichen Lesart *zusätzliche* Leistungen; eine Substitution hauptamtlicher Kräfte durch diese Gruppen, heißt es, fände nicht statt. In der personalpolitischen Planung und Praxis allerdings werden diese Gruppen nicht nur als einander ergänzende angesehen, sondern vor allem als wechselseitig substituierbare und als insgesamt billige Arbeitskraftressource. Jede Mischung ist denkbar und findet statt. Die Praxis demonstriert das eindeutig.

Dazu zwei Beispiele, die mehr als illustrierenden Charakter haben. In einem Leitfaden für freie Träger über die Institutionalisierung der individuellen Betreuung von Schwerstbehinderten werden neben der Familie, den Nachbarn und Bekannten des Behinderten folgende Helfergruppen genannt - und in dieser Reihenfolge: ehrenamtliche Mitarbeiter, Zivildienstleistende, Mitarbeiter im Rahmen des FSJ, Praktikanten in sozialen und sozialpflegerischen Berufen, Fachkräfte und nicht fachlich ausgebildete Personen, z.B. Hausfrauen und Arbeitslose. Zu den Fachkräften wird angemerkt, daß »Angehörige der entsprechenden Berufe, die aus ihrem Beruf ausgeschieden sind, oftmals ein großes Interesse daran (hätten), z.B. im Rahmen einer bezahlten Teilzeitarbeit wieder tätig zu werden« (BAGFW-ISB 1983: 25). Das Spektrum dieser Kräfte reicht also vom Rand des professionellen Systems über Billiglohnkräfte und die institutionalisierten Mischformen Zivildienst und FSJ bis zu ehrenamtlichen Helfer(inne)n.

Vor dem Hintergrund künftig (d.h. in den 90er Jahren) erwartbar sinkender Zahlen von Zivildienstpflichtigen entwickelte das Referat Zivildienst des Diakonischen Werkes in Hessen und Nassau folgendes Szenario zur Kompensation: Dienste, auf die nicht verzichtet und die nicht professionalisiert werden könnten, müßten von »ehren- und/oder nebenamtlichen Helfern« erbracht werden. Die Erfahrungen mit kurzfristigen, aber massiven Unterbesetzungen von Zivildienstplätzen hätten zu Lösungen geführt, die Elemente für eine diesbezügliche Personalstrategie für die Zukunft enthielten: »Vielerorts standen Praktikanten als willige und z.T. noch billigere Nachrücker zur Verfügung. Ebenso wurde gelegentlich erfolgreich mit Stundenkräften experimentiert, die normal entlohnt, aufgrund ihres Alters, ihrer Arbeitslosigkeit usw. ausreichend zur Verfügung standen. (...) Die ermutigenden Erfahrungen zeigten, es gibt viele 'preiswerte' und gezielt einsetzbare Personalreserven; zumindest solange die Arbeitslosenzahlen nicht sinken« (Buff/Hoffmann 1985: 15).

Insgesamt haben seit Bestehen des Zivildienstes über 300.000 junge Männer diesen Dienst ganz überwiegend im Rahmen der Freien Wohlfahrtspflege abgeleistet. Die Wohlfahrtsverbände stellen rund drei Viertel aller Zivildienstplätze bereit. Der wirtschaftliche Nutzen aus der Arbeit von Zivildienstpflichtigen kommt in der Regel den Freien Trägern zugute (vgl. Brecht 1984: 216 ff.), die ihr Monopol für den Zivildienst erfolgreich verteidigt und ausgebaut haben. Die Zahl der Zivildienstleistenden stieg von 7.000 (1971) auf 33.000 (1981) und dann rasant auf über 70.000 (1987) an (vgl. Rauschenbach/Bendele/Trede 1988). Bezogen auf die vollzeitbeschäftigten Mitarbeiter der Freien Wohlfahrtspflege stellen die ZDLs bei den kleineren Verbänden (AWO, DRK, DPWV) einen Anteil von über 10% und bei den beiden größten Verbänden (Caritas und Diakonie) von über 5% des Personals.

Während ihrer aktiven Dienstzeit sind die ZDLs für die Träger »unentbehrliche Sozialhelfer«.[11] Nach den gesetzlichen Vorschriften muß der Zivildienst *arbeitsmarktneutral* organisiert sein, Arbeitnehmer dürfen nicht verdrängt werden. Die Träger behelfen sich z.B. mit gesonderten Stellenplänen, erklären aber gleichzeitig, daß die ZDLs eindeutig zur Gruppe der festangestellten Mitarbeiter gehören. Folgerichtig werden sie in der Gesamtstatistik der BAGFW bei den Vollzeit-Arbeitskräften mitgezählt.

Mit dem Zivildienst haben die Freien Träger mittlerweile über mehr als zwei Jahrzente hinweg eine ganz besondere Mischform von Arbeitskräften in ihre Personalstruktur integriert. Die Dienstpflichtigen mutieren unter der Regie der Freien Wohlfahrtspflege gleich in doppelter Weise: Sie werden zu quasi-hauptamtlichen Mitarbeitern und sind in der Praxis disponible und kostengünstige Vollzeitkräfte. Aus diesen quasi-hauptamtlichen Mitarbeitern werden über das subtile Instrument der Einverständniserklärung auch quasi-freiwillige Mitarbeiter.[12]

Alle Zivildienstleistenden haben - vermittelt über das seit rund zehn Jahren funktionierende Instrument der Einverständniserklärung - reichlich Erfahrungen mit einer »arbeitsmarktähnlichen Situation« gesammelt, die ihnen bei der Krise des Teilarbeitsmarktes für soziale Berufe ebenso wie im Umgang mit den verschiedensten Kräften des sogenannten zweiten Arbeitsmarktes zugute kommen.

Die Wohlfahrtsverbände beschäftigen schließlich auch rund 90% aller Personen im *Freiwilligen Sozialen Jahr* (vgl. van Dawen 1984), die allerdings, und das macht ihre etwas geringere Beliebtheit aus, etwa doppelt so teuer sind wie ein ZDL. Die Kosten für einen Platz im FSJ summieren sich in einem Jahr auf etwa 10.000 Mark (vgl. Landtag BW-Drucksache 9/114: 14). Die freiwilligen Helferinnen - nur 10% der Teilnehmer im FSJ sind männlich - sind bei ihrem praktischen Einsatz vollzeitbeschäftigt. Sie haben aber weder ein Ausbildungs- noch ein Arbeitsverhältnis.

Charakterisierungen ihrer Arbeitsleistungen schwanken zwischen der Bezeichnung, sie seien »Quasi-Ehrenamtliche« (Hummel 1985: 171) und der Mitteilung, daß sie im Stellenplan ihren festen Platz hätten (AWO o.J.: 42). Die Träger des FSJ registrierten im Zusammenhang mit der gestiegenen Jugendarbeitslosigkeit einen »Ansturm an Anfragen« (vgl. van Dawen 1984: 97). Das Platzangebot und die Teilnehmerzahlen steigen kontinuierlich an. Zwischen 1978 und 1986 hat sich die Teilnehmer(innen)zahl von 6.500 auf über 13.000 verdoppelt.[13]

Nach wie vor sind *Praktikant(inn)en* besonders gefragt. Allein in der Jugendhilfe waren Ende 1982 im Durchschnitt über alle Trägergruppierungen hinweg mehr als 10% des Personals Praktikant(inn)en (dieser Anteil verringerte sich allerdings bis 1986 - bedingt durch den Rückgang der Auszubildenden - auf rund 7,5% (vgl. Statistisches Bundesamt 1988). Auch sie arbeiten in der Regel ganztägig, sind in vielen Fällen noch preiswerter als ZDLs und Personen im FSJ und sind quasi-hauptamtliche und ehrenamtliche Kräfte zugleich. Die Anfragen bei den Ausbildungsstätten nach Praktikant(inn)en sind weitaus lebhafter als die Nachfrage nach ihren Absolvent(inn)en auf dem Arbeitsmarkt. Die Wohlfahrtsverbände sind zu erheblichen Teilen an der Ausbildung sozialpädagogischer Berufe beteiligt, ihr Nachfrageverhalten auf dem Arbeitsmarkt trifft also die (eigenen) ausbildenden Einrichtungen unmittelbar. Wie die Chancen der Absolvent(inn)en sozialpädagogischer Ausbildungsgänge verbessert werden könnten, beschäftigt auch katholische und evangelische Fach(hoch)schulen. Das ehrenamtliche Engagement, die verlängerte unbezahlte Praktikumsstelle, stundenweise Mitarbeit in einer Einrichtung und ähnliches wird arbeitslosen Absolvent(inn)en empfohlen. Die schillernde Grauzone zwischen bezahlt beruflichen und unbezahlt ehrenamtlichen Tätigkeiten hat die Arbeitsgemeinschaft Evangelischer Fachschulen und Fachhochschulen in Niedersachsen noch um die Idee eines »dritten« Arbeitsmarktes erweitert. »Tätigkeit« sei dabei zu definieren als »pädagogische, nicht an einen Vertrag gebundene berufliche Aktivität, ehrenamtlich oder auf Honorarbasis« (Nietzschmann 1985: 185; vgl. auch Miller 1985; Onnasch 1985).

Das inoffizielle Praktikum vor dem anerkannten Praktikum, die diplomierte Sozialpädagogin auf einer Stelle zum Praktikantengehalt, der »berufliche« Mitarbeiter ohne Vertrag oder der »ehrenamtliche« Mitarbeiter mit Beruf - die Praxis kennt und kreiert mehr Diffusion, als sich auch phantasiebegabtere Arbeitsmarktforscher ausdenken können. Dies alles fand und findet statt vor dem Hintergrund deutlich gestiegener und inzwischen auf hohem Niveau stagnierender Arbeitslosigkeit bei sozialpädagogischen und -pflegerischen Berufen.

Als Folge dieser Arbeitslosigkeit ist in größerem Umfang eine weitere Gruppe von Arbeitskräften hinzugekommen, die nicht regulär beschäftigt wird: ABM ist die Zauberformel - (nicht nur) für Personalchefs. Auch für diese Gruppen gilt der Rechtsgrundlage nach der Satz: Ergänzung zur hauptamtlichen Sozialarbeit, kein Ersatz (AFG §§ 91 ff.).

4. Ehrenamtlichkeit und Arbeitsmarkt

Eine Substitution hauptamtlicher Kräfte durch ehrenamtliches Engagement fände nicht statt. Als Beleg für diese Behauptung wird das Anwachsen der Beschäftigten bei den Wohlfahrtsverbänden angeführt. So sind beispielsweise Kammerer und Deutsch verfahren, und ihr Argument wurde von Repräsentanten der Verbände und der staatlichen Sozialpolitik dankbar aufgegriffen (vgl. Kramer 1986: 337): In den drei Jahren bis 1987 vergrößerte sich die Zahl der Beschäftigten insgesamt um 100.000, das entspricht einem jährlichen Wachstum von 5% (BAGFW-Gesamtstatistik 1987). Von diesen 100.000 sind nur 62.500 vollzeitbeschäftigt. Der Zuwachs der Beschäftigten insgesamt hängt folglich mit einer Umverteilung innerhalb des Arbeitsvolumens zusammen. Er hat aber außerdem mit einer auffällig hohen Zunahme von ABM-Stellen im sozialen Bereich, der Zahl von Zivildienstleistenden und Personen im FSJ zu tun. Diese Gruppierungen sind in der Gesamtstatistik allesamt mitgezählt und sie dürften mindestens 30%, eher 40% des Zuwachses ausmachen, d.h. erhebliche Anteile desselben kommen durch subventionierte und marginalisierte Beschäftigungsverhältnisse zustande, die überwiegend quasi-haupt- und -ehrenamtliche Verhältnisse zugleich sind.

Der für die gegenwärtige und künftige Entwicklung entscheidende Vorgang ist nicht die Gefährdung bestehender Arbeitsplätze. Bedeutender sind die Tendenzen zur Deregulierung von Beschäftigungsverhältnissen bei der Besetzung neuer und freiwerdender Stellen (vgl. Pankoke/Pankoke-Schenk 1986: 56 f.). Der forcierte Einsatz Ehrenamtlicher neuen Typs und verwandter Kräfte gefährdet schließlich auch das traditionelle Ehrenamt insgesamt. Wenn allgemein die Beschäftigung unbezahlter, gering bezahlter oder subventionierter Arbeitskräfte damit legitimiert wird, daß diese zusätzliche, ergänzende Leistungen erbringen, dann ist zu fragen, wo die Grenze zwischen den »normalen« und den »zusätzlichen« Leistungen liegt und wer hier was definiert, zu wessen Gunsten und zu wessen Lasten?

Eine vor allem bei Entscheidungsträgern weit verbreitete Position, daß die Knappheit öffentlicher Gelder für Soziales unabwendbar und deshalb der Ausbau der Wohlfahrtspflege als abgeschlossen zu betrachten sei, ergibt ein schlichtes Fazit mit beträchtlichen Folgen: Alles weitere fällt in die Kategorie »zusätzlich« und vor allem für den Umbau der sozialen Dienste und Einrichtungen wird eine neue Mischung des Personals gerechtfertigt. Alte und neue Ehrenamtliche, rasch angelernte Billiglohnkräfte, nebenamtliche und teilzeitbeschäftigte Mitarbeiterinnen bündeln sich nicht zufällig im Bereich der Offenen Hilfen und der ambulanten Dienste.

Diese neue Mischung des Personals reduziert nicht nur für die Einsteiger und Wiedereinsteigerinnen in beruflich bezahlte Positionen die Chance, auf reguläre Konditionen zu treffen. Die neue Mischung gefährdet vor allem auch das traditionelle Ehrenamt, das auf alle Versuche der Instrumentalisierung sensibel und abwehrend reagiert. In diesem Kontext ist auch die sozialwissenschaftliche Thematisierung des Ehrenamtes kritisch zu sehen. Dem Wesen des traditionellen sozialen Ehrenamtes als einer freiwilligen Tätigkeit widersprechen die Versuche, dieses Potential exakter faßbar, normierbar und damit kalkulierbar zu machen.

Hier ist auch die Sozialpädagogik als Theorie gefordert: Kann sie ohne Rücksicht auf die arbeitsmarktpolitischen Folgen, die ja auch soziale sind, Modelle und Handlungsansätze entwickeln, die auf eine Ausdehnung ehrenamtlichen Engagements setzen? Liefert sie mit neuen Konzepten zur Integration von Ehrenamtlichen in die professionelle Sozialarbeit nicht auch Konzepte zur Penetration in einen Bereich, der sich bisher der Planbarkeit von Pflegesätzen und anderen Bemessungsgrundlagen weitgehend verschließen konnte? Liefert sie mit diesen Konzepten nicht auch eine theoretische Begründung für die sich real abzeichnende Diffusion zwischen beruflich bezahlter und unbezahlter Mitarbeit und für die Zunahme marginalisierter Beschäftigungsverhältnisse?

Für die staatliche Sozialpolitik ist vor allem der Gedanke attraktiv, daß sich mit einer Intensivierung des ehrenamtlichen Engagements Kosten sparen lassen. Die Spitzenverbände schätzen den Wert der ehrenamtlich erbrachten Leistungen auf rund 5,5 Mrd. Mark pro Jahr (vgl. Prognos 1984). Das entspricht in Relation zur jährlichen Gehalts- und Lohnsumme der Beschäftigten in der Freien Wohlfahrtspflege von rund 22 Mrd. Mark etwa 180.000 Vollzeit-Beschäftigten.[14]

Rechnet man die Gruppe der Zivildienstleistenden, der Personen im FSJ und die Praktikant(inn)en, die im Jahresdurchschnitt allesamt vollbeschäftigt im Einsatz sind, hinzu, kommt man auf eine Größenordnung von mindestens 250.000 substituierten Vollzeit-Mitarbeiter(inne)n durch diese Formen der vor- und außerberuflichen organisierten sozialen Arbeit. Würde nur ein bescheidenes Zehntel dieses Potentials in Form regulärer Arbeitsplätze mit ausgebildeten Fachkräften besetzt, so wäre der Sockel der Arbeitslosigkeit bei den sozialen Berufen drastisch reduziert. Reduzieren würde sich allerdings auch die Marktmacht der Stellenanbieter. Das virtuose Spiel mit unterschiedlichsten Kräften müßte etwas bescheidener aufgeführt werden.

Diese Rechnung ist zweifellos naiv und simpel. Noch naiver ist allerdings die Hoffnung vieler Sozialpolitiker, mit einer Verstärkung ehrenamtlichen Engagements, einer mehr rhetorischen als materiellen Unterstützung von Selbsthilfegruppen und mit einer Wiederbelebung primärer Hilfesysteme ließen sich Kosten sparen. Dies alles ist nicht zum Null-Tarif zu haben, selbst dann nicht, wenn die Ehrenamtlichen zum Null-Tarif arbeiten. Essen auf Rädern wird nicht mit dem Fahrrad transportiert. Neben Sachkosten entstehen auch Personalkosten, der Einsatz von ehrenamtlichen Helfer(inne)n wird von hauptamtlichen Mitarbeiter(inne)n geplant und begleitet. Ehrenamtliche, die Auslagenersatz und Honorierung erwarten, lassen sich nicht mit Falschgeld bezahlen. Ehrenamtliche Arbeit verursacht eigene Kosten.

Der Aufbau Offener Hilfen mit billigen Kräften führt - wenn überhaupt - nicht unmittelbar zu Einsparungen im stationären und teilstationären Bereich. Träger von Einrichtungen in der Alten- und Behindertenhilfe beobachten im Kontext mit dem Aufbau ambulanter Dienste in der Tendenz eine Verteuerung der stationären Einrichtungen bei kaum geringeren Folgekosten. Wenn sich erst einmal die Einsicht etwas verbreitert, daß ehrenamtliche Arbeit auch Kosten verursacht und kaum zu Einsparungen in den kostenintensiveren stationären Bereichen führt, wird die Euphorie über das Ehrenamt schwinden. Bleiben wird aber die in diesem Kontext eingeleitete Deregulierung von Arbeitsverhältnissen. Bleiben wird auch die neue Ehrenamtlichkeit als praktische Methode zur Anwerbung billiger Arbeitskräfte. Und zurückbleiben wird ein beschädigtes traditionelles soziales Ehrenamt.

Ursula Rabe-Kleberg

Wenn der Beruf zum Ehrenamt wird

Auf dem Weg zu neuartigen Arbeitsverhältnissen in sozialen Berufen?

Das Berufsfeld der Sozialen Arbeit ist dabei, sich möglicherweise grundlegend neu zu strukturieren: Das traditionelle Ehrenamt in der sozialen Arbeit als Ort des freiwilligen sozialen Engagements von *Laien* verwandelt sich zu einem Angebot für *qualifizierte Fachkräfte*, die diese Form der ehrenamtlichen und unbezahlten Arbeit - mangels Alternativen - letztlich auch als eine (vorläufige) berufliche Ersatzkarriere akzeptieren. Diese gesellschaftliche Entwicklung betrifft nicht den gesamten Bereich des sozialen Engagements und der Sozialen Arbeit, vorläufig auch nur bestimmte Gruppen beruflich Qualifizierter: den Nachwuchs, die auf den Arbeitsmarkt drängenden Absolvent(inn)en sozialer und pädagogischer Studiengänge. Die im folgenden vorgeführten Fakten und Einschätzungen sollen daher zunächst das neu entstandene Problem beleuchten und zeigen, daß es sich um eine Entwicklung handelt, von dem auch andere Berufsgruppen betroffen sind, daß es also in absehbarer Zeit grundlegende berufs- und arbeitsmarktpolitische Relevanz erhalten wird.

Für eine wachsende Zahl von Absolvent(inn)en der Universitäten und Fachhochschulen wird der Übergang von der Ausbildung in das angestrebte Berufsfeld langwieriger und schwieriger, gelingt nur über Umwege, oder ist auf absehbare Zeit - wenn nicht sogar gänzlich - blockiert. Dies gilt in besonderer Weise für Geistes- und Sozialwissenschaftler/innen, vor allem Lehrer/innen und Sozialpädagog(inn)en, in zunehmendem Maße aber auch für bisher als privilegiert geltende Ausbildungsgänge wie z.B. die Medizin. Für diese Absolvent(inn)en weitet sich die Phase zwischen dem Ende der Ausbildung und dem Eintritt in ein ausbildungsadäquates Erwerbsverhältnis immer mehr zu einem eigenständigen Lebensabschnitt, in dem die erwartete Statuspassage in den gewählten Beruf unvollendet bleibt und ein glückliches Ende einer eigentlich als transitorisch verstandenen Lebensphase ungewiß ist. Zu beobachten ist, daß die meisten Absolvent(inn)en ihre Option auf den angestrebten Beruf trotz der Schwellen, die ihren Weg erschweren, nicht ohne weiteres aufgeben. Vielmehr entwickeln sie vielfältige eigenständige und neuartige Strategien für ihr materielles, soziales und qualifikatorisches »Überleben«, die zumindest bei deutschen Akademikern bisher kaum verbreitet waren. Im Vergleich z.B. zum US-amerikanischen höheren Bildungswesen haben deutsche Hochschulen mit ihren Zertifikaten bei den Absolvent(inn)en einen Anspruch auf sichere und angemessene Positionen begründet, der bis vor wenigen Jahren in der Regel auch realisiert werden konnte. Dies hat sich weitreichend verändert. Gerade solche Studiengänge, die für ein Berufsfeld qualifizieren, das durch staatliche Administration strukturiert und geregelt ist und die damit als sicher galten, entlassen heute Absolvent(inn)en, denen der Eintritt in den berufsspezifischen Arbeitsmarkt versperrt ist.

Diese spezifische Gruppe potentiell Erwerbstätiger hat mit ihren Überlebensstrategien Teil an den Prozessen der sogenannten »Flexibilisierung« der Arbeitsverhältnisse. Dies geschieht in der Regel gezwungenermaßen, häufig unbewußt, oftmals aber auch mit einem emanzipatorischen Anspruch. Unabhängig von dem Verständnis der Betroffenen muß in diesem Zusammenhang von dem Verlust einer Berufsform ausgegangen werden, in der die Einheit von Erwerbssicherung, Lohnarbeit und beruflich qualifizierter Tätigkeit fest verankert ist - oder zumindest war. Diese neuen Strategien basieren nämlich gerade auf der Aufsplittung der Einheit dieser drei Elemente und ihrer Neuordnung in wechselnden Arrangements: So werden vielfältige Formen der materiellen Existenzsicherung z.B. durch Leistungen der Sozial- und Arbeitsämter kombiniert mit Tätigkeiten im Berufsfeld - wobei die letzteren dann unbezahlt erbracht werden. So werden - ein anderes Beispiel - Lohnarbeitsverhältnisse eingegangen, die unsicher, kurzfristig und schlecht bezahlt sind, aber eine materielle Basis bieten und Zeit lassen für vielfältige Aktivitäten im oder in der Nähe des erlernten Berufs. Zu nennen sind hier auch Semi-Lohnverhältnisse wie Arbeitsbeschaffungsmaßnahmen und Honorarzahlungen, bei denen Existenzsicherung und berufliche Tätigkeit enger zusammenliegen. Grundsätzlich ist festzuhalten, daß die Neigung, im erlernten Beruf unentgeltlich zu arbeiten, sei es aus Gründen des Erhalts, sei es zum Aufbau von Kontakten in dem im Studium erworbenen Qualifikationsbereich, sei es aber auch aus sozialem Engagement, bei den Absolvent(inn)en zunimmt. Hier entstehen neuartige soziale Risikolagen für diejenigen, die diese Strategie praktizieren - aktuell und längerfristig.

Wie gehen nun gesellschaftliche Instanzen mit diesem neuen Phänomen um? Unbezahlte Arbeitsverhältnisse gelten grundsätzlich noch als arbeitsmarktpolitischer »Skandal« und werden bestenfalls als vorübergehende Notlösungen im Interesse einzelner praxissuchender Berufsanfänger/innen akzeptiert. Der Tagespresse sind erste Vorschläge zu entnehmen, unbezahlte Arbeitsverhältnisse - von Mediziner(inne)n - sozial- und versicherungsrechtlich zu regeln. Diese Beispiele verweisen auf eine schleichende Akzeptanz der Auflösung des »Normalarbeitsverhältnisses« sogar auch in einem Bereich - wie bei den Ärzt(inn)en -, in dem die Professionalisierung der Tätigkeiten seit mehr als hundert Jahren gesichert zu sein schien.

1. Unbezahlte soziale Arbeit - eine Generationsfrage?

Im Berufsfeld der sozialen Dienstleistungen, der sozialen und sozialpädagogischen, der helfenden, erziehenden und bildenden Arbeit, in dem der Arbeitsmarkt für Berufsanfänger/innen nahezu gänzlich verschlossen ist, gilt unbezahlte Arbeit allerdings keineswegs als sozialpolitischer Skandal, sondern als Ausdruck besonderen Engagements - traditionellerweise allerdings von beruflichen Laien. Den stellensuchenden Absolvent(inn)en sozialer und sozialpädagogischer Studiengänge wird nunmehr unbezahlte Arbeit als eine mögliche Arbeitsform angeboten, um soziale Qualifikationen und politisches Engagement gleichermaßen zu realisieren. Hier stehen traditionell das Institut des »Ehrenamtes« bzw. der ehrenamtlichen Arbeit und historisch neu die Form der selbstorganisierten Sozialen Arbeit oder die sogenannte Selbsthilfe als konstituierender Bestandteil des Gesamtsystems sozialer Dienstleistungen zur Verfügung. Beide Formen unbezahlter Sozialer Arbeit bergen aber - werden sie von beruflich einschlägig qualifizierten »Profis« ausgefüllt - Brisanz und Sprengkraft in sich: für diejenigen, die die Arbeit tun, für diejenigen, auf die sich die Arbeit richtet, und schließlich auch für das gesamte System, für die Struktur Sozialer Arbeit.

Diese Entwicklung ist bislang vor allem von Vertretern der Berufspraxis sowie - in geringerem Umfang - von Hochschullehrer(inne)n in den Ausbildungsinstitutionen als ein Problem diskutiert worden, das wachsende Relevanz erlangen wird. Über die Personen, die unbezahlte soziale Arbeit leisten *und* eine qualifizierte einschlägige Berufsausbildung haben, gibt es bislang jedoch keinerlei empirische Untersuchungen. Wenn also hier Aussagen über diese Gruppe gemacht werden, so geschieht dies auf Basis von Informationen und breiter angelegten Untersuchungen, nach denen Vermutungen über die Struktur und die Problemlage dieser Gruppe möglich erscheinen. Hier seien zunächst einige solcher Merkmale genannt:

Erstens: Die Gruppe ist *relativ jung*. Sie setzt sich vor allem aus solchen Personen zusammen, die innerhalb der letzten Jahre ihr Examen an einer Fachhochschule für Sozialwesen oder einer Universität als Diplompädagog(inn)en mit dem Schwerpunkt Sozialpädagogik durchlaufen haben. Die vorliegenden Daten[1] weisen auf ein in den letzten zehn Jahren steigendes Arbeitslosigkeitsrisiko bei Berufsanfänger(inne)n hin, das trotz des weiter steigenden Personalzuwachses im Bereich sozialer Dienstleistungen nicht beseitigt werden kann.

Zweitens: Die Gruppierung besteht zu einem *relativ hohen Anteil aus Frauen*. Dies gilt nicht allein deshalb, weil der Anteil der Frauen an der Ausbildung und im sozialen Beruf trotz Verschiebungen zugunsten der Zahl der Männer immer noch bedeutend höher liegt: nämlich bei ca. 80% (vgl. Wirtschaft und Statistik 1983: 614), bei den universitär ausgebildeten Diplom-Pädagog(inn)en immer noch bei 52% (Trede u.a. 1987: 3). Vielmehr steigt der Anteil der Frauen unter den Erwerbslosen im Bereich sozialer Berufe überproportional (vgl. Kaiser 1981), auch werden ungeschützte und unsichere Arbeitsverhältnisse (z.B. Honorar- und Zeitverträge) eher von Frauen eingegangen (vgl. Busch/Hommerich 1981a). Und über die Hälfte der Arbeitsbeschaffungsmaßnahmen (ABM), die insgesamt an Frauen gegeben werden, sind im Bereich sozialer Dienstleistung angesiedelt (vgl. Breuer/Hellmich 1979).

Zum anderen ist zu bedenken, daß Student(inn)en gerade im sozialen Berufsfeld, in denen Form und Inhalt der Tätigkeiten große Ähnlichkeiten mit privater Arbeit von Frauen als Hausfrau und Mutter haben, mit Erwartungen konfrontiert sind, daß es zur *traditionellen Frauenrolle* gehöre, soziale Arbeit ehrenamtlich und nicht als berufliche Erwerbsarbeit zu tun.

Drittens muß davon ausgegangen werden, daß die heutigen Berufsanfänger/innen sich während ihres Studiums in einem Prozeß der *Antizipation mit ihrer Risikolage auf dem Arbeitsmarkt* auseinandergesetzt haben.[2] Dabei ist es ungewiß, mit welchem Ergebnis für Arbeits- und Berufsorientierung sowie sozialem Engagement dies geschehen ist. Als wichtige Faktoren, die in die antizipierte Bewältigung eingehen, sind dabei zu beachten, daß zum einen viele der Student(inn)en im Sozialwesen gesellschaftliche »Aufsteiger« sind und bereits einen meist »ungeliebten« Beruf haben, mit dem sie sich auch weiterhin ihr Brot verdienen könnten. Wegen der Kürzung der Stipendien und der geringen familiären Unterstützung haben viele - vor allem - Sozialpädagogikstudent(inn)en bereits »gejobbt«, um ihr Studium zu bezahlen und gleichzeitig oder zeitlich versetzt in sozialen Praxisprojekten und in ehrenamtlichen Bezügen gearbeitet. So kann davon ausgegangen werden, daß diese Kohorte der Berufsanfänger/innen in bezug auf die Trennung der existentiellen Sicherung und der beruflich-qualifizierten Arbeit bereits Erfahrungen gesammelt hat, bevor sie überhaupt auf den bereichsspezifischen Arbeitsmarkt getreten sind.

Die Kohorte der heutigen Berufsanfänger/innen ist zudem weitgehend von dem *»nachprofessionellen Diskurs«* in der Sozialpädagogik beeinflußt, der im wesentlichen vom Selbsthilfegedanken und der Kritik am Experten bestimmt ist. Von großen Teilen der Absolvent(inn)en wird der Alternativbereich bewußtseinsmäßig getragen und als mögliches Praxisfeld akzeptiert.

Eine solche studentische Orientierung wird durch eine traditionelle Einstellung bei Inhaber(inne)n von Sozialberufen weiterhin bestärkt, nach der Bezahlung und Bedingungen beruflicher Arbeit in einem besonderen Verhältnis stehen: Bereits 1981 haben Busch und Hommerich bei der Mehrzahl der von ihnen befragten Diplompädagog(inn)en - vor allem bei den Frauen - festgestellt, daß diese eine Bezahlung für ihre Arbeit hinnehmen, die weder der Ausbildung noch der Tätigkeit adäquat ist, ohne daß sich diese sicherlich nicht freiwillig gewählte Situation einschneidend auf die Bewertung ihrer Lage auswirkt.[3] Die Zufriedenheit mit einer Arbeitsstelle hängt in dieser Gruppierung nicht primär von der Höhe des erzielten Gehaltes ab. Die Zufriedenheit steigt vielmehr an Arbeitsplätzen mit offener und unbürokratischer Organisation, mit hohem Ermessensspielraum und geringer Kontrolle. Eben diese Bedingungen werden von Absolvent(inn)en heute eher in selbstorganisierten Projekten und in unbezahlter Sozialer Arbeit denn in bezahlten Positionen vermutet.

Dabei ist es aber zweifelhaft, ob die im biographischen Prozeß der bewußten Antizipation gewonnenen Orientierungen auf eine mögliche alternative berufliche Praxis mit dem *Verzicht auf fachliche, professionelle Ansprüche* einhergehen. Vielmehr muß unterstellt werden, daß der selbstorganisierte Bereich Sozialer Arbeit oder unbezahlte Arbeit am Rande und außerhalb traditioneller Verbände und öffentlicher Träger sogar eher dem Anspruch professionell-fachlicher Selbstverwirklichung entspricht als bezahlte Arbeit in bürokratischen Strukturen (vgl. Behrens 1984).

Die Herausbildung neuartiger Arrangements von Arbeitsverhältnissen im Sozialbereich, in denen die Individuen versuchen, die Sicherung ihrer materiellen Existenz, Arbeit gegen Entgelt und eine Tätigkeit in dem erlernten Sozialberuf in wechselnden Arrangements zu gestalten, basiert also auf zwei grundlegenden Voraussetzungen:

- gesellschaftlich auf der Entwicklung des Berufsfeldes und des Arbeitsmarktes in den sozialen Dienstleistungen, den Besonderheiten der Formbestimmtheit Sozialer Arbeit und den sich daraus ergebenden Zwangslagen für die qualifizierten potentiellen Arbeitnehmer/innen,
- subjektiv bei einer wachsenden Gruppe vor allem akademisch Qualifizierter aber auch auf einem veränderten Verständnis von Arbeit und

Beruf, das sich von den ideologischen Implikationen des normalen Arbeitsverhältnisses längst abgelöst hat.

Um Einsicht in die Risikolage der von diesen Entwicklungen betroffenen Gruppe und in die institutionellen Veränderungen Sozialer Arbeit zu gewinnen sowie zu einer Einschätzung der Folgen der Veränderungen des gesellschaftlichen Normalarbeitsverhältnisses zu gelangen, müssen diese beiden Voraussetzungen miteinander verknüpft betrachtet werden.

2. Arbeitsmarkt und Arbeitsverhältnisse im Bereich der sozialen Berufe

Die Entwicklung von Beschäftigung und Erwerbslosigkeit im Sektor sozialer Dienstleistungen zeigt im Vergleich zu anderen Wirtschaftsbereichen Eigentümlichkeiten. Diese ergeben sich zum einen aus der direkten oder vermittelten Abhängigkeit der Arbeitsverhältnisse von staatlicher Sozial- und Finanzpolitik. Sie ergeben sich zum anderen aus dem Charakter der beruflichen Arbeit als Dienstleistung und der Möglichkeit ihrer Externalisierung, d.h., ihres Ersatzes durch privat erbrachte Arbeit. Gesellschaftlich organisiert wird dieses Verhältnis von staatlicher Restriktionspolitik und Externalisierung nach dem Prinzip der Subsidiarität, womit die Nachordnung staatlicher sozialer Leistungen gegenüber privat erbrachten begründet wird.

Hier soll zunächst gefragt werden, wie die arbeitsmarkt- bzw. beschäftigungspolitische Lage des sozialen Dienstleistungsbereichs sich letztlich auf die hier angesprochene Gruppe auswirken wird. Ausschlaggebend ist dabei die Tatsache, daß der Staat in seinen partikularen Funktionen erstens auf die Definition dieses Typs von Arbeit, die Dienstleistung ist, und zweitens auf die Strukturierung der entsprechenden Ausbildungs- und Arbeitsmarktbedingungen Einfluß nimmt, drittens aber mit finanz- und beschäftigungspolitischen Interventionen eine entscheidende Rolle spielt. Alle drei Funktionen sind trotz der Gemeinsamkeit, im generellen Sinne staatlich zu sein, weder untereinander abgestimmt noch interessenhomogen ausgerichtet.

Uns interessiert hier zunächst, in welcher Weise Sozialpolitik als Arbeitsmarkt- und Beschäftigungspolitik für die sozial Arbeitenden »funktioniert«. Dabei wird deutlich, daß alle beobachtbaren Strategien darauf hinauslaufen, einerseits die erwerbslosen Absolvent(inn)en vom Arbeitsmarkt zu verdrängen, andererseits die Beschäftigung von *bezahlten* Arbeitskräften im Bereich sozialer Dienstleistungen zu minimieren. Inhaltliche und strukturelle Veränderungen dieses Bereichs werden dabei relativ skrupellos in Kauf genommen. Hier werden Tendenzen sichtbar, zur Überwindung der sektoralen Erwerbslosigkeit solche Maßnahmen zu bevorzugen,

- die auf Verschiebung der Kosten der Arbeitskraft auf Haushalte außerhalb des sozialen Dienstleistungsbereichs setzen, hier vor allem auf Finanzmöglichkeiten des Arbeitsförderungsgesetzes (z.B. ABM),
- die auf der Ebene der Organisation sozialer Dienstleistungen mit der Entwicklung des informellen Sektors von Selbsthilfe und selbstorganisierter Fremdhilfe, auf Bürgerinitiativen und ehrenamtliches Engagement als kostenmindernde Ergänzung traditioneller Institutionen und organisierte Hilfe rechnen,
- die bei den Subjekten von Veränderungen der Arbeitsmotivation in Richtung auf Selbstverwirklichung in und durch die Arbeit profitieren wollen.

Diese Entwicklung wird in ihren beschäftigungspolitischen Effekten von unterschiedlichen Autoren allerdings kontrovers diskutiert. Heinze (1986b) rechnet vor, daß das Absorptionspotential der selbstorganisierten und ehrenamtlichen Arbeit weit überschätzt wird. Hegner (1980) weist aber darauf hin, daß langfristig öffentliche Aufgaben und bezahlte Arbeit in privat zu verantwortende, unbezahlte Eigenarbeit zu verwandeln, durchaus möglich sei, weil diese Entwicklung von sozial interessierten Menschen aufgrund einer veränderten Arbeitsorientierung getragen werde. Offe (1984) geht davon aus, daß Frauen nicht mehr ohne politische Legitimationsprobleme vom Arbeitsmarkt gedrängt werden können. Gerade der soziale Dienstleistungsbereich ist aber nach Rein (1985) und Blossfeld (1985) ein Hauptarbeitsgebiet von Frauen. Umso schärfer wirkt sich die tendenzielle Abschottung des Dienstleistungsmarktes gegen alle Neuzugänge von Arbeitskräften für weibliche Absolventen mit sozialen Berufsqualifikationen aus.

Bereits 1985 haben Kaiser und Otto vorausgesehen, daß die veränderten Arbeitsmarktbedingungen alle Absolvent(inn)en zu neuartigen Übergangsstrategien in den Beruf nötigen werden, die zu dem Zeitpunkt jedoch noch nicht erkundet waren. Inzwischen sind Umrisse solcher Strategien sichtbar geworden, die Frauen und Männer mit sozialen beruflichen Qualifikationen allerdings in je unterschiedlicher Weise betreffen. Zu nennen ist hier zunächst die Koppelung der Ausgrenzung von Teilen der potentiellen Arbeitsbevölkerung vom Arbeitsmarkt mit der Forcierung der gesellschaftlichen Aufwertung unbezahlter weiblicher Arbeit als Hausfrau und Mutter. Des weiteren ist generell eine Entwicklung zu beobachten, Absolvent(inn)en universitärer Studiengänge wie fachschulischer Ausbildung statusgeminderte und sozial ungesicherte Passagen in ihr spezifisches Berufsfeld anzubieten. Hierzu gehören sowohl zeitlich beschränkte und finanziell verschlechterte Vertragsverhältnisse als auch ungesicherte Arbeitsverhältnisse wie Honorar- und Werkverträge bis hin zu »unbezahlten Arbeitsverhältnissen«.

Im sozialen Bereich wird diese Tendenz durch zwei Besonderheiten gefördert. Erstens ist es traditionellerweise so, daß Anstellungsträger Kandidaten vorrangig nach vorweisbarer, beruflich einschlägiger Praxis und eher formal nach Ausbildungszertifikaten beurteilen und einstellen (vgl. Klapproth 1987). Ein Absolvent muß bis zum Übergang in das Berufssystem also alles daran setzen, Praxiserfahrungen zu sammeln. Zweitens sind Absolvent(inn)en sozialer Ausbildungsgänge deutlich weniger bereit, bei Einstellungsschwierigkeiten die Orientierung auf den erlernten Beruf aufzugeben als andere vergleichbare Absolvent(inn)en. Dies hat Kaiser (1981) in einer Vergleichsstudie von Fachhochschulabsolvent(inn)en herausgefunden.

3. Unbezahlte soziale Arbeit - freiwillig und engagiert, ehrenamtlich und selbstorganisiert?

Die Externalisierung von Dienstleistungen, d.h. ihre Auslagerung aus öffentlicher Verantwortung, Organisation und Finanzierung als Folge der Sparpolitik wird im sozialen Bereich keineswegs nur beklagt. In diesem Zusammenhang ist die gesellschaftliche Organisationsform des Helfens grundsätzlich in die Diskussion gekommen. Dabei wird gefragt, ob die Entwicklung, das Helfen als Grundkategorie sozialer Arbeit *beruflich* zu strukturieren, nicht sogar der falsche Weg gewesen sei. Bereits im Zusammenhang mit der Kritik an der Professionalisierung, vor allem aber der Verstaatlichung und damit Bürokratisierung des Helfens sind Leistungspotentiale jenseits des staatlichen bzw. verbandlichen Hilfesektors wieder in den Blick genommen worden.

Hegner (1986) hat in diesem Zusammenhang an das Spektrum der durch gesellschaftliche Normen und Verpflichtungen gesicherten Organisation des Helfens erinnert. Dabei thematisiert er, daß zwischen den nicht-reziproken und wenig formal gesicherten Hilfebeziehungen innerhalb des Familien-, Verwandtschafts- und Nachbarschaftssystems zum einen, den formal geordneten subsidiären und öffentlichen Formen der Fremd- und Eigenhilfe zum anderen und drittens den professionell organisierten Helferberufen und -organisationen fließende Übergänge und gegenseitige

Ergänzungen und Vermischungen bestehen. Es wird deutlich, daß soziale Dienstleistungen immer schon in einem Spektrum zwischen

- privaten und öffentlichen Organisationsformen,
- professionell, ehrenamtlich und privat erbrachter Arbeit und
- auf der Basis von Erfahrung und in formaler Ausbildung erworbener Qualifikationen

angesiedelt sind. In der Phase der Expansion des Wohlfahrtsstaates war vor allem die eine Seite, die formal organisierte und beruflich strukturierte Hilfe unterstützt worden. Informelle Aspekte von Hilfe oder sozialer Arbeit im weiteren Sinne waren - trotz ihres Weiterbestehens - politisch und wissenschaftlich vernachlässigt worden.

Vertreter der wissenschaftlichen Disziplinen, die sich mit Sozialer Arbeit normativ und analysierend befassen, nähern sich heute nur zögernd dem zweigeteilten Charakter von Sozialer Arbeit als beruflicher Erwerbsarbeit und unbezahlter, sogenannter »ehrenamtlicher« Arbeit. In der Phase der Expansion der Sozialarbeitspraxis und Verwissenschaftlichung der Ausbildung hatten gerade sie ja wesentliche Argumente zur Abwertung und Zurückdrängung unbezahlter Sozialer Arbeit geliefert: Die Arbeit der Laien wurde als dilletantisch diskreditiert, und die als undifferenziert human, karitativ oder religiös unterstellten Motivationen der unbezahlt Tätigen wurden als fortschrittsfeindlich abgelehnt (vgl. Balluseck 1984).

Mitte der 70er Jahre wurde der Prozeß einer »professionellen Normalisierung« der Sozialarbeit durch einen Generationswechsel zwischen den relativ wenigen traditionell ausgebildeten Sozialarbeiter/innen und ehrenamtlich tätigen Laien und der großen Zahl der auf den sozialen Arbeitsmarkt drängenden, akademisch ausgebildeten und gesellschaftspolitisch engagierten Sozialpädagog(inn)en und Sozialarbeiter/innen eingeleitet. Unbezahlte Soziale Arbeit galt danach als traditionelles Relikt, erfuhr einen quantitativen Niedergang[4] und qualitative Ausgrenzung bis hin zu der Verdrängung der Tatsache, daß sie weiterhin bestand und besteht. So ist es nicht verwunderlich,

- daß es nicht nur begriffliche Unschärfen sind, mit denen unbezahlte Soziale Arbeit einmal als »Ehrenamt«, einmal als »freiwillige, ehrenamtliche Arbeit« gekennzeichnet wird, ohne daß die Unterschiede gesehen werden,
- daß Angaben über Umfang der geleisteten Arbeit und der ehrenamtlich Tätigen auf einer statistisch unbefriedigenden Basis beruhen (vgl. Olk 1987),
- daß Aussagen über Ort und Verteilung unbezahlter Sozialer Arbeit in dem breit gefächerten Feld der Praxis eklektisch bleiben müssen.

Es ist ebenfalls nicht erstaunlich, daß sich in den letzten Jahren vor allem Wissenschaftlerinnen, die in der Frauenforschung arbeiten, des Themas »Ehrenamt« wieder angenommen haben, denn ehrenamtliche soziale Arbeit steht in einem engen logischen und praktischen Verhältnis zur Hausarbeit - einem Hauptgegenstand der Frauenforschung über Arbeit (vgl. Ostner 1978) -, wurde zum überwiegenden Teil von Frauen ausgeübt und wird im Rahmen aktueller Frauen- und Familienpolitik diesen wiederum als Alternative zur Erwerbsarbeit angeboten (vgl. Beer 1984; Notz 1986a; Backes 1985; Balluseck 1984).

Danach ist zwischen einem männlichen und einem weiblichen Konzept ehrenamtlicher Arbeit zu unterscheiden. In ein »Ehrenamt«, d.h. in ein öffentliches, unbezahltes Amt der Wohlfahrtspflege mit kontrollierenden oder beratenden Funktionen können seit 1922 zwar auch Frauen berufen werden. Nach von Balluseck (1984: 397) sind jedoch bis heute noch 90 von 100 Funktionsträgern männlich. Ähnliches gilt für ehrenamtliche Leitungsfunktionen in freien Trägerorganisationen der Wohlfahrtspflege. Während dieser männliche Teil des Ehrenamtes eher an Qualifikationen und Handlungsnormen der Berufsarbeit gebunden ist, ähnelt die unbezahlte (»ehrenamtliche«) Soziale Arbeit in direktem Kontakt mit den Hilfe-, Rat- und praktische Unterstützung suchenden Klienten eher der Hausarbeit. In diesem Bereich kehrt sich daher das Zahlenverhältnis auch um: Rund 80% der Tätigen sind Frauen (vgl. Notz 1986a: 103).

Unberührt durch diese wesentliche Ungleichheit wird im Berufsfeld sozialer Dienstleistungen unbezahlte Soziale Arbeit als »Ehrenamt« bzw. »ehrenamtliche Arbeit« verstanden, ohne daß die Unterscheidung nach dem Geschlecht der Aktiven beachtet wird. Eine weitere Oberflächlichkeit der Betrachtung ist darin zu suchen, daß das Verhältnis von unbezahlter zu bezahlter Arbeit in bezug auf die Personen selbst als das zwischen »Professionellen« und »Laien« gesehen wird. In der Regel wird dabei versucht, die Unterscheidung der Arbeitsformen und das Verhältnis zueinander mit Begriffskombinationen wie »am Klienten« (Professional) bzw. »für die Person« (Laienhelfer) deutlich zu machen. Hier werden Merkmale zum einen auf der Ebene der Qualifikation und der Kompetenz gesucht (fachlich-sachlich im Unterschied zu ganzheitlich; vgl. Karsten, in diesem Band), zum anderen aber auch auf der Ebene des Verhältnisses zur Zielgruppe des sozial Handelnden vermutet (Kontrolle der sozialen Gruppe versus Verbundenheit, Solidarität bis hin zur Interessenvertretung). Dabei wird vernachlässigt, daß im Selbstverständnis beruflicher Sozialer Arbeit die ganzheitlichen Ansprüche ebenso wie das advokatorische Eintreten für die Klient(inn)en immer auch normativ mitformuliert werden.

Die Unterscheidung zwischen Laienarbeit und professioneller Arbeit im sozialen, erzieherischen und pflegenden Bereich ist aber auch auf der Seite derjenigen, die diese Arbeit »vergeben«, wie auf derjenigen, die die Arbeit »nehmen«, in mehrfacher Hinsicht längst instabil geworden: So werden in Zeiten knapper öffentlicher Ressourcen die sogenannten »freiwilligen Helfer« von den Trägern teilweise gegen das eigene Selbstverständnis auch als Ersatz für fehlende bezahlte Kräfte, als »Reservearmee«, eingesetzt. Auch auf der Seite derjenigen, die Soziale Arbeit unbezahlt leisten, ist die Orientierung an den vorgegebenen Mustern ehrenamtlicher, gesellschaftlicher Arbeit im sozialen Bereich keineswegs als stabil auszumachen. Der seit den 60er Jahren abnehmende Trend, ehrenamtliche Arbeit kontinuierlich und in einem gewissen Umfang zu übernehmen, konnte auch nicht durch die massive politische Propagierung auf der einen Seite aufgehalten noch durch die anwachsende Selbsthilfebewegung auf der anderen gar umgedreht werden. Befragungen von Notz (1986a) und Erfahrungen weisen darauf hin, daß sich vor allem die Hauptgruppe traditioneller, ehrenamtlicher Arbeit, die Frauen in der zweiten Lebenshälfte, diesem Biographiemuster in zunehmendem Maße verweigern. Sie streben in die Berufstätigkeit zurück oder präferieren bei verschlossenem Arbeitsmarkt sogar eher das männliche Konzept des Ehrenamtes in öffentlichen Vereins- und Parteifunktionen. Hinter dem Konzept ehrenamtlicher Arbeit als notwendige Ergänzung professioneller Sozialarbeit steht dagegen eine Gruppe von Männern und Frauen, die eine bereichsfremde Berufsausbildung haben, im Erwerbsleben stehen und ihre spezifischen beruflichen Kenntnisse und Erfahrungen in die Arbeit mit hilfsbedürftigen Gruppen einbringen können.

Neben diesen typischen Gruppen ehrenamtlich tätiger Menschen ist Notz auf Gruppierungen getroffen, für die ehrenamtliche Arbeit einen gänzlich anderen Stellenwert hat. Während die zuvor Genannten auf der Basis gesicherter Existenz ehrenamtliche Arbeit als gesellschaftspolitisches Engagement begreifen können, stellt sich ehrenamtliche Arbeit für Frauen in der zweiten Lebenshälfte, die *eigentlich* in ihrem eigenen gelernten Beruf oder überhaupt erwerbstätig sein wollen, und für Frauen und Männer, die sich in oder nach Abschluß einer einschlägigen sozialen Berufsausbildung befinden, grundsätzlich anders dar, nämlich als ein Betätigungsfeld, in dem sie Erfahrungen für die angestrebte Berufsarbeit erwerben wollen. Vor allem im letzteren Fall verändern sich Motivationen für und Stellenwert des Handelns. Während bei ehrenamtlich arbeitenden Laien das Verhältnis zu dem professionell und hauptberuflich Arbeitenden durch Komplementarität der Qualifikationen und Kompetenzverteilung bestimmt ist, kommt es bei der gesamtgesellschaftlichen Aufteilung der Sozialen Arbeit in bezahlte und nicht bezahlte an gleich oder ähnlich qualifizierte Berufsträger zu strukturellen Disparitäten und grundsätzlich zu einem Defizit an Legitimität, das neue Formen der Bearbeitung erzwingt.

4. Unbezahlte Soziale Arbeit - gesellschaftlich gefragt?

Mit dem Eindringen sozialpädagogisch qualifizierter, unbezahlter Arbeit und der entsprechenden Personen verändert sich das Berufsfeld sozialer Dienstleistungen in seinen grundlegenden Strukturen. Das bisherige Verhältnis zwischen Laienarbeit und beruflich qualifizierter Arbeit oder zwischen Ehrenamtlichen und Hauptamtlichen wird in zunehmendem Maße irritiert und unbalanciert. Die Grenzziehung durch die Definitionen von je eigenständiger Qualifikation, Kompetenz und Funktion werden undeutlicher und unsicherer.

Von vielen, die ehrenamtlich und selbstorganisiert arbeiten, wird diese Entwicklung auf dem Hintergrund eines Selbstverständnisses von einer eigenständigen und erfolgreichen Laienkompetenz bedauert. Es kommt zu einer bewußten Abschottung gegen solche Quasi-Expert(inn)en. Von den meisten selbstorganisierten Gruppierungen wird das spezifische Wissen und Engagement solcher Expert(inn)en, die unbezahlt oder gegen geringes Honorar arbeiten, jedoch durchaus geschätzt.

In vielen Initiativen arbeiten Frauen, die selbst einschlägig qualifiziert sind. Oftmals haben sie aktuell keine Erwartung an eine Statuspassage in den Beruf, wollen aber im Berufsfeld bleiben. Vor allem solche Absolvent(inn)en, die die Passage in den erlernten Beruf anstreben, werden ihre Qualifikationen und Arbeitskraft in der Nähe oder am Rande von traditionellen Verbänden und öffentlichen Trägern anbieten. Sie treten damit in eine Quasi-Berufsrolle ein, in der sie ihr in einem langen Bildungs- und teilweise Aufstiegsprozeß erworbenes »symbolisches Kapital« (Bourdieu) verwerten können. Vor allem wird hier der gleichberechtigte fachliche Kontakt und Austausch mit Kolleg(inn)en gesucht. Auf der Ebene der personalen Zusammensetzung verstärkt sich damit der Charakter der Mischstruktur, wobei die Trennungslinien zwischen den Gruppierungen neuen Definitionen unterworfen werden bzw. teilweise an Legitimation verlieren. Hier sind Auswirkungen für die berufliche Struktur insgesamt und auf die Arbeitsbedingungen im speziellen zu erwarten.

Die Entwicklung von *organisatorischen Mischstrukturen* hängt im wesentlichen von den privaten und öffentlichen Trägern ab, die zu ihrer

Funktion als Organisatoren Sozialer Arbeit sozial und sozialpädagogisch qualifizierte Erwerbstätige benötigen. Die Träger stehen vor einer Entwicklung, die dadurch gekennzeichnet ist, daß Soziale Arbeit zu leisten ist, die von ihnen aufgrund der ihnen zugeteilten Mittel nicht mehr bezahlt werden kann, und daß sozial Qualifizierte vom Arbeitsmarkt ausgegrenzt werden, auf die die Träger zurückgreifen könnten. Auch hier sind je nach sozialer und politischer Orientierung wie Finanzlage der einzelnen Träger unterschiedliche arbeitsorganisatorische und Arbeitsmarktstrategien zu unterscheiden. Ein einheitliches Bild im Umgang mit der Problematik zeichnet sich jedoch noch nicht ab.

Gesamtgesellschaftlich werden je nach politischem Standort sehr unterschiedliche Strategien für die Formation sozialer Dienstleistungen jenseits von Erwerbsarbeit und jenseits der bürokratischen und verbandlichen Organisationsformen entwickelt. So bieten CDU/CSU-Politiker/innen und ihnen nahestehende Verbände vor allem Frauen die Form des Ehrenamtes in der traditionellen Wohlfahrtsorganisation wie auch in Selbsthilfegruppen als Alternative zu Erwerbsarbeit an und setzen auf traditionelle Gemeinschaftsformen wie Ehe und Familie zur Sicherung der Existenz dieser Frauen. Der Selbsthilfebewegung und Vertreter(inne)n sozialdemokratischer und grüner Positionen geht es dagegen um eine neue Ausbalancierung von Erwerbsarbeit und Eigenarbeit mit alternativen Einkommenssicherungen.

Mit Blick auf die zukünftige Entwicklung des Sozialstaates im allgemeinen und der Beschäftigungsmöglichkeiten spezifisch beruflich qualifizierter Arbeitskräfte im besonderen kann nicht von einem quantitativen Ausbau des sozialen Dienstleistungssektors in den alten Strukturen ausgegangen werden. Evers (1986) z.B. kritisiert in diesem Zusammenhang, daß diejenigen, die sich heute in Selbsthilfe- und Eigenarbeitsprojekten aktiv an den Veränderungen Sozialer Arbeit beteiligen, dies teilweise in sozial unwürdigen, risikoreichen und für die weitere Entwicklung ihrer Erwerbsbiographie prekären Formen tun müssen. Er betont aber auch, daß die gewerkschaftlich getragenen Definitionen des Normalarbeitsverhältnisses sowieso nie für Frauen und nur in der historisch einmaligen kurzen Expansionsphase der sozialen Dienstleistungen in diesem Berufsbereich gegolten haben. Positive beschäftigungspolitische Effekte seien nur durch Umbau des Systems sozialer Dienstleistungen bei gleichzeitiger Neuregulierung der Sicherung und Legitimierung alternativer Formen von Arbeit möglich.

Mit der doppelten Forderung an eine Neuorientierung der Sozialen Arbeit und Politik wird auf eine Entwicklung angesprochen, in deren Verlauf die Trennungslinien zwischen traditionellen und alternativen Formen Sozialer Arbeit und ihrer Organisation längst brüchig geworden sind: Insgesamt muß von fließenden Übergängen zwischen formeller Erwerbsarbeit und selbstorganisierter Tätigkeit ausgegangen werden. Auch organisatorisch sind Formen informeller und formeller Arbeit bereits vernetzt und verknüpft. In einzelnen Selbsthilfegruppen treffen wir auf unterschiedliche Mischungen von unentgeltlicher und bezahlter Arbeit bei den Mitgliedern. Eine Rückkehr zu reinen Formen der sozialen Lohnarbeit auf der einen und andererseits zu einer Realisierung puristischer alternativer Organisationen gesellschaftlicher Hilfe ist unvorstellbar. Vielmehr zeigt sich für die Zukunft ein sozial und politisch brisantes Gemisch von Organisationsformen, Arbeits- und Vertragsverhältnissen.

5. Neuartige Arbeitsverhältnisse: wechselnde Arrangements zwischen Beruf, Erwerb und materieller Sicherung?

Diese strukturelle »Gemengelage« findet ihr Gegenstück in den Lebens- und Arbeitsformen derjenigen, die Soziale Arbeit in den unterschiedlichen Formen erbringen. Sie haben sich mit phasen- und gruppenweise wechselnden Arrangements des Verhältnisses von Beruf, Erwerbsarbeit und der sozialen Sicherung auseinanderzusetzen. Wie diejenigen, die von der Notwendigkeit betroffen sind, immer neue Arrangements zwischen traditionell über Lohn gesicherter Berufsarbeit und aus wechselnden Quellen alimentierter, gesellschaftlich sinnvoller Eigenarbeit zu entwickeln, subjektiv mit den konkreten Veränderungen von Arbeit umgehen, ist weitgehend unbekannt. Es muß aber davon ausgegangen werden, daß sie durch die Veränderungen in den *Verhältnissen* ihrer Arbeit und ihres Berufsfeldes auch dann genötigt sind, ihr *Verständnis* von Arbeit und Beruf zu überdenken und zu reformulieren.

Die Personengruppe der für einen sozialen Beruf Qualifizierten hat dabei Anteil an einem gesellschaftlichen Wandel des Verständnisses von Arbeit. Sie stellt unter Umständen sogar die sogenannte Speerspitze einer gesellschaftlichen Bewegung dar; dies nicht nur, weil in ihrem Arbeitsmarktbereich die Lage besonders bedrängend ist, sondern auch, weil im sozialen Bereich traditionellerweise verschiedene Typen von Arbeit nebeneinander existieren, das sogenannte Normalarbeitsverhältnis also keineswegs den Hegemonialtyp darstellt.

Für sie ergeben sich aber auch bedeutende Probleme daraus, daß alle gesetzlich relevanten Mechanismen sozialer Integration weiterhin im wesentlichen über Lohnarbeit organisiert sind. Durch die Verdrängung aus der Erwerbssphäre werden sie potentiell der kulturellen, ökonomischen und sozialen Teilhabe an Gesellschaft entfremdet. Es stellt sich die Frage nach der subjektiven Relevanz von Lohnarbeit vor allem für solche Menschen, deren Staus im Erwerbsleben gefährdet ist und die neuartige Arrangements initiieren müssen. Seit langem wird davon ausgegangen, daß es zu einer bewußtseinsmäßigen Dezentrierung der Arbeitssphäre gegenüber anderen Lebensbezügen sogar bei solchen Gruppen kommt, deren Status im Erwerbsleben nicht oder nicht so sehr gefährdet ist.

Es wird aber auch auf die gegenteilige Entwicklung hingewiesen, die vor allem bei Personen im sozial- und personenorientierten Qualifikations- und Berufsbereich zu finden ist und die als der Versuch zu kennzeichnen ist, die Aufhebung von Entfremdung nicht in arbeitsfernen Freizeit- und Hobbyphasen des Lebens zu suchen, sondern *in der Arbeit selbst*. Behrens (1984) führt z.B. aus, daß Selbstverwirklichung im Beruf - einmal als Lebenserwartung und Habitus von freien Professionen und leitenden Angestellten übernommen - vor allem bei Absolvent(inn)en der Ausbildung für soziale Berufe angesichts des verstopften Arbeitsmarktes zu Strategien führt, deren gemeinsames Merkmal eben die Trennung von Erwerb bzw. Existenzsicherung und solcher Arbeit ist, durch die »Selbstverwirklichung« angestrebt bzw. gewährleistet wird. Dies können Tätigkeiten in Initiativen, im selbstorganisierten Handwerk und in künstlerischen Bereichen sein. Bevorzugt aber werden Tätigkeiten in der Nähe des Berufsfeldes, auf das sie sich in langen Ausbildungsprozessen hin orientiert haben. Auch wenn sie dabei keinen oder nur geringen Lohn erzielen können, so gewähren ihnen solche quasi-berufsförmigen Tätigkeiten Momente der angestrebten Selbstverwirklichung wie z.B. die gesellschaftliche Sichtbarkeit ihrer Arbeit, die Realisierung ihrer erworbenen Kompetenzen und den gleichberechtigten Austausch mit Fachkolleg(inn)en.

Dabei kann aber weder davon ausgegangen werden, daß sich diese berufsqualifizierte Gruppe, die unbezahlte Soziale Arbeit leistet, an den traditionellen Handlungsmustern ehrenamtlicher Arbeit orientiert, noch an jener Gruppierung, die mit einem spezifischen politischen Laienbewußtsein unbezahlte Soziale Arbeit betreiben, diese als notwendige Ergänzung professioneller Arbeit verstehen und sich in der Wahl der Methoden und ihrem Selbstverständnis und Selbstbewußtsein von den Professionellen absetzen. Weder die traditionellen noch die sich neu entwickelnden Formen ehrenamtlicher Arbeit stellen sich als Handlungsmuster bzw. als Vorbild für diejenigen dar, die auf der Basis einschlägiger Qualifikationen in ihrem sozialen Berufsfeld unbezahlt arbeiten. Vielmehr müssen sie eigenständig nach einer Gestaltung ihrer Lebenslage suchen und entsprechende Orientierungen entwickeln.

Maria-Eleonora Karsten

Die neue ehrenamtliche Arbeit - Handlungs(kompetenz)modell für Frauen?

»Neue Ehrenamtlichkeit«, Selbsthilfe, unbezahlte Arbeit, ungesicherte Arbeitsverhältnisse und Laienarbeit sind die wesentlichen Stichworte der Diskussion, die die Entwicklung sozialer Berufe, die Formen der Frauenberufstätigkeit im sozialen Sektor und die Neustrukturierung personenbezogener sozialer Dienstleistungen miteinander in Verbindung bringt. Sie bezeichnen gleichermaßen das Phänomen der Zunahme äußerlich neuer Formen Sozialer Arbeit, die wesentlich von Frauen erbracht werden und für Frauen bedeutsam sind, und einen besonderen Aushandlungsprozeß zwischen bezahlter und unbezahlter (sozialer) Arbeit, der im Zentrum allenthalben anstehender (Neu- oder Um-)Verteilung von Erwerbsarbeit steht (vgl. Bock 1986; Evers/Ostner/Wiesenthal 1987; Notz 1987a; Olk 1987; Rabe-Kleberg, in diesem Band).

Weitgehende Einigkeit besteht in den neueren Veröffentlichungen dahingehend, daß

- die Propagierung ehrenamtlicher sozialer Arbeit im Kontext sozial- und subsidiaritätspolitischer Reflexionen des Verhältnisses von Eigenarbeit, Selbsthilfe und beruflich-professioneller Hilfe zu rekonstruieren ist (vgl. Heinze 1986b);
- die faktische Entwicklung ehrenamtlicher sozialer Arbeit in der Perspektive auf die zugrundeliegenden Arbeitsverhältnisse und ihren arbeitsmarktpolitischen Stellenwert zu bestimmen ist, mit der Folge einer begrifflichen Schärfung und Abgrenzung voneinander (vgl. Ostner/Schmidt-Waldherr 1987; Bendele, in diesem Band);
- in einer frauenpolitischen Forschungsperspektive die Besonderheiten des männlichen und weiblichen Modells der Ehrenamtlichkeit in ihren Implikationen für eine Funktionsbestimmung zu differenzieren sind;
- die Entwicklungslinien und -effekte zwischen der Tendenz der Annäherung an eine Berufsform als Prozeß der Formalisierung und der Auflösung in immer neue Varianten der Kombination unterschiedlichster Formen von Arbeit im sozialen Sektor als Element und Produkt eines Informalisierungsprozesses mit durchaus produktiven Entwicklungsmög-

lichkeiten für die Helfenden und jene, denen geholfen wird, zu beobachten sind.

Die Versuche, informelle Hilfesysteme in ihrer Leistungsstruktur voneinander abzugrenzen und zu klären, wann unentgeltliche soziale Arbeit unter welchen Bedingungen und im Kontext welchen Selbstverständnisses eher der Selbsthilfe oder eher der neuen Ehrenamtlichkeit zuzurechnen sei, und welchen gesellschaftlichen Nutzen die Gesellschaft von solchen Leistungspotentialen erwarten könne (vgl. Heinze 1986b), haben indes nur beiläufig die interne Struktur und das Handeln mitthematisiert und zum Gegenstand einer theoretischen und empirischen Bestandsaufnahme gemacht. Dementsprechend sei die Diskussion um die unbezahlte, freiwillige soziale Arbeit (von Frauen) ideologisch präformiert und von empirisch nicht haltbaren Vorannahmen geleitet, so die zusammenfassende Einschätzung von Vogt (1987b).

Im Hinblick auf Handlungs- und Kompetenzmodelle der neuen Ehrenamtlichkeit als unbezahlter Arbeit sind solche Unschärfen von besonderer Bedeutung, verleiten sie doch dazu, Frauen Qualifikationen und Kompetenzen in einer ungeklärten Kombination mit Arbeitsverhältnissen, Motivationen und sozial- oder gesellschaftspolitisch gewollten Tätigkeitsvollzügen zuzuweisen und damit jener Tendenz zuzuarbeiten, die in der Formel zugespitzt werden kann: »den Männern die Arbeit - den Frauen das Ehrenamt«.

Angesichts der Umstrukturierung Sozialer Arbeit und personenbezogener Dienstleistungen durch das vermehrte Eindringen beruflich voll ausgebildeter Fachkräfte ohne dauerhafte Beschäftigungschance in unbezahlte Formen der Sozialen Arbeit, die sich in ihrer Arbeitsmotivation und in ihren Arbeitsformen sowohl von den alten Ehrenamtlichen als auch von den neuen Ehrenamtlichen unterscheiden, ist zu fragen, welche Handlungserwartungen, -motive und -muster bisher ehrenamtliche Arbeit - von Frauen - im wesentlichen kennzeichneten, welche erforscht sind und welche ihnen im wesentlichen zugeschrieben wurden.

Mit ehrenamtlicher Arbeit und Selbsthilfe werden nämlich soziales Engagement jenseits von Entlohnung, besondere Intensität jenseits berufsmäßiger Arbeits- und Hilfeorganisation, besondere Personen- und Situationssensibilität als Folge von unmittelbarer Betroffenheit und besondere gesellschaftlich oder politisch positive Gemeinwohlorientierung als Folge eines dezidierten Gestaltungswillens gegenüber Mißständen, bei Hilfebedürftigkeit oder in Lücken sozialstaatlicher Versorgung assoziiert werden.

Die nachfolgende Diskussion ist fokussiert auf die innere Struktur der Handlungen neuer Ehrenamtlichkeit und/oder Selbsthilfe. Damit wird erklärt, warum diese neben ihrer unstrittigen Funktionalität für eine Verlagerung sozialer Dienstleistung auf unbezahlte Arbeit so anfällig sind, sozialpolitisch als erwartbares, kostengünstiges Leistungspotential einkalkuliert und verteilungspolitisch als vorrangig weiblicher Part vorgesehen zu werden.

1. Was tun ehrenamtlich arbeitende Frauen, wenn sie unbezahlt tätig sind?

Zunächst ist - durchaus mit Erstaunen - festzustellen, daß über die konkreten, alltäglichen *Handlungen* und Tätigkeiten im Bereich unbezahlter Arbeit wenig zu erfahren ist, ganz im Gegensatz zur breiten Diskussion über Aufgabenbereiche und ihre Klassifizierung. Die Beschreibungen der Arbeitsfelder lesen sich dann in etwa so: »Sie (die befragten Frauen; d.Verf.) sind tätig bei der Betreuung und Beratung von Frauen und deren Familien in Notlagen, sie helfen mißhandelten Kindern und Jugendlichen, sie bemühen sich um alte und kranke Menschen und sie arbeiten mit Behinderten zusammen. Überall dort, wo Unterstützung notwendig ist oder ihr Bedarf augenfällig wird, engagieren sich Frauen und stellen ihre Arbeitskraft zur Verfügung« (Vogt u.a. 1987: 104). Und weiter in diesem Kontext nach dem Hinweis auf verbandliche, Vereins- oder Selbsthilfeorganisationen: »Innerhalb dieser Arbeitsfelder gibt es eine breite Palette von Aufgaben und Tätigkeiten. Diese umfassen sowohl den direkten Kontakt zu anderen Menschen wie z.B. bei dem Besuchsdienst, dem Kontaktkreis, den Beratungstätigkeiten, dem Telefondienst, der Kinderbetreuung, der Hausarbeitshilfe und der Kontaktaufnahme mit Behörden, Lehrer(inne)n, Rechtsanwält(inn)en als auch den indirekten Bezug zu anderen bei der Bewältigung betriebswirtschaftlicher Anforderungen und Rechtsberatungen. Es werden Vereine gegründet, Finanzen geregelt, Koordinationsaufgaben übernommen, Öffentlichkeitsarbeit gemacht, Repräsentationsaufgaben erledigt und darüber hinaus Konflikte in der Organisation bearbeitet« (ebd.: 105).

Ähnlich faßt Olk (1987: 93) auf der Basis einer Literaturdarstellung die Befunde einiger Projekte zur ehrenamtlichen Mitarbeit, hier wesentlich im Altenhilfebereich, zusammen: »Sie (die ehrenamtlich Tätigen; d.Verf.) sehen ihren originären Wirkungsbereich in der persönlichen Zuwendung, der Schaffung sozialer Kontakte, Minderung von Isolation und Einsamkeit gerade solcher Personen, die keine Angehörigen oder Freunde mehr haben und zugleich aufgrund spezifischer Behinderungen nicht mehr mobil sind«.

Während Vogt u.a. (1987) auf die Gesamtbreite der Tätigkeiten eingehen und dadurch auf eine Differenzierung der Sichtweise weiblicher ehrenamtlicher Tätigkeiten hinweisen wollen, berichtet Olk über die Verteilung der Hilfeformen zwischen Ehrenamtlichen und Hauptamtlichen, wobei ein deutlicher Überhang der personenzentrierten Tätigkeiten auf seiten der ehrenamtlich Arbeitenden festzustellen ist. Diese Befunde weisen in die gleiche Richtung wie die zusammenfassenden Einschätzungen aus Frauenforschungsprojekten, die in den Tätigkeiten und ihrer Verteilung auf weibliche Ehrenamtliche die Herausbildung einer weiteren spezifischen Frauenarbeitsweise begründen und die geschlechtsspezifische Segmentierung, die für Berufe allgemein gilt, auch im Feld ehrenamtlicher Arbeit in sozialen Handlungsfeldern nachzeichnen (vgl. Balluseck 1984; Ballhausen u.a. 1986).

Es darf zurecht vermutet werden, daß auch die vom BMJFFG aktuell geförderten Projekte zu Mütterzentren (vgl. Jaeckel, in diesem Band), die Ende 1987 der Öffentlichkeit vorgestellt wurden, nicht nur Element der Aktivierungskampagne freiwilliger Hilfen und ehrenamtlicher Tätigkeiten sind, sondern von Frauen als Müttern, ansetzend an ihrem »originären« Wirkungsbereich, der Kinderaufzucht und -erziehung, das Besondere eines weiblichen Selbsthilfeprofils ehrenamtlicher Arbeit herausstellen werden.

Die Typik, also das tendenziell weibliche Modell ehrenamtlicher sozialer Arbeit, kann, betrachtet frau/man die Untersuchungsfelder der Studie von Notz (1986a), in Feldern verbandlicher und selbstorganisierter Arbeit gleichermaßen beschrieben werden, wäre also als gemeinsamer Trend der Entwicklung der sogenannten alten Ehrenamtlichkeit und der neuen Ehrenamtlichkeit in Gestalt von Selbsthilfe außerhalb etablierter Verbändewohlfahrt bestimmbar.

Die *Tätigkeiten* selbst, die bereichsspezifisch unterschiedlich alle Handlungsbereiche sozialer Hilfe, die auch als berufliche existieren, umfassen, rechtfertigen also erst im Horizont der *Verteilung*, von einem weiblichen und einem männlichen Modell auszugehen. Die Tätigkeiten selbst geben nämlich lediglich Anlaß, bezogen auf die sehr unterschiedlichen Untersuchungen, von einer gewissen Nähe zu auch heute noch üblicherweise von Frauen wahrgenommenen Anteilen gesellschaftlicher Arbeit und ihnen zugeschriebenen besonderen, »natürlichen« Kompetenzen auszugehen:

- Haus- und Familienarbeit,
- Beziehungsarbeit,
- personenintensive und personennahe Arbeiten.

Da zudem derzeit sowohl die gesellschaftliche Verteilung von Arbeit auf Männer und Frauen in Bewegung ist und gleichzeitig der Gesamtumfang entlohnter Arbeit im Verhältnis zu nicht entlohnter Arbeit abnimmt - wobei sich der Bereich der unbezahlten sozialen Arbeit zusätzlich neu formiert -, wäre es ein Festhalten an dem alten Beschreibungsmodell erwerbsarbeitszentrierter Lebensorganisation mit korrespondierenden, dominanten männlichen und weiblichen »Rollen«, wenn die Verteilung von ehrenamtlicher Fremd- und Selbsthilfe in den Figuren der politischen Ehrenamtlichkeit und der sozialen Ehrenamtlichkeit geschlechtsspezifisch zugeordnet wird. Nur in diesem Kontext macht der zu problematisierende Nachweis einer auch im Feld der Ehrenamtlichkeit nachweisbaren Benachteiligung von Frauen in den »schlechteren«, weil weniger honorierten Hilfebereichen, Sinn (vgl. Olk 1987: 96).

So unbestritten es ist, daß es derzeit (noch) eine in absoluten Zahlen nachweisliche Ungleichverteilung gibt, so problematisch ist aber auch die Übernahme dieser Argumentation in immer neue sozialpolitische und sozialwissenschaftliche Veröffentlichungen. Denn überwiegend nicht geschlechtsdifferenzierend angelegt, können so die Befunde aus ganz unterschiedlichen Studien in die Rede von der »weiblichen sozialen Ehrenamtlichkeitsfigur« eingebracht werden, zugespitzt in der »50jährigen, in ehelicher Familie finanziell abgesicherten Frau in einer späteren Lebensphase, die über soziales Engagement und Zeit verfügt und diese in verbandlicher, unbezahlter ehrenamtlicher Tätigkeit realisiert«. Die Befunde verselbständigen sich zu einer scheinbar gesicherten Erkenntnis, die sich bei näherer Betrachtung jedoch als Fiktion herausstellt (vgl. Vogt 1987b: 139 ff.).

Wird das schon fast klassische Modell der Typisierung von Arbeit in Erwerbsarbeit, Hausarbeit und Familienarbeit und ehrenamtliche Arbeit angenommen (vgl. Notz 1987a), das für den Arbeitsmarkt im sozialen Dienstleistungsbereich ohnehin nie trennscharf existierte, dann sind ehrenamtliche Tätigkeiten und Selbsthilfeaktivitäten in inhaltlicher Hinsicht neben Haus- und Familienarbeit einzuordnen, in arbeitsorganisatorischer Hinsicht dagegen zwischen tariflich gesicherten bezahlten und sozialversicherungsfreien und unbezahlten Arbeitsverhältnissen anzusiedeln.

Die Unterscheidung zwischen politischen und sozialen Ehrenämtern ist für den sozialen Dienstleistungsbereich wenig aussagekräftig, zumal in dem geschichteten institutionellen Aufbau kommunaler und verbandlicher sozialer Dienste die Zusammenhänge, die organisatorische Verzahnung und die Zuordnung zu politischer oder sozialer Ehrenamtlichkeit erst noch erfolgen müßte, wenn damit eine weitergehende Differenzierung erreicht werden soll. Häufig sind beide Elemente sowohl in einem Tätigkeitsbereich als auch im Handeln einer Person gleichzeitig vorhanden. In Selbsthilfegruppen kann ohnehin von einer Verquickung beider Elemente, des politischen und des sozialen, ausgegangen werden; sei es, weil dies dem Anspruch an eine ganzheitliche Arbeitsweise entspricht oder sei es, weil eine arbeitsteilige Institutionalisierung erst das Produkt eines längeren Entwicklungsprozesses ist.

Unter Berücksichtigung des Gesamtengagements in unbezahlter sozialer Arbeit im wohlfahrtsverbandlichen Organisationskontext - hier wird übereinstimmend von rund 1,5 Mio. Personen ausgegangen - und in den rund 40.000 Selbsthilfgruppen - hier werden 0,5 bis 1 Mio. aktive Personen zugrundegelegt - und der Verschiebung sozialen Engagements zugunsten nicht wohlfahrtsverbandlich gebundener, tendenziell vielfältiger Assoziationen und Organisationsformen von Selbsthilfen wäre erst eine auf den Organisationskontext bezogene Differenzierung der sozialen Tätigkeiten hinreichend, zu einer Typologie weiblicher ehrenamtlicher Tätigkeit zu gelangen. Die vorgeblichen Fakten selbst geben eine solche genauere Beschreibung allerdings bislang nicht her.

Aus dem Gesamtumfang und aus der Zusammenfassung von einzelnen Tätigkeiten jedenfalls wird allenfalls ein Bild der Erscheinungsweisen weiblicher unbezahlter sozialer Arbeit erstellt, nicht jedoch die Bewegungsmomente und die für Frauen bedeutsamen Neuformierungen im Sektor sozialer Dienstleistungen und Sozialer Arbeit hinreichend begründet. Wenn Frauen aber in unbezahlter Arbeit all jene Tätigkeiten ausüben, die auch von beruflich ausgebildeten Fachkräften getan werden, dann kann aus dem alltäglichen, konkreten Handeln allein kein spezifisch weibliches Tätigkeits-, Handlungs- oder Kompetenzmodell abgeleitet werden. Es entsteht ein Klischee, eine rhetorische Formel.

2. Erwartungen an weibliche Kompetenzen in unbezahlter sozialer Arbeit

Wenn schon die vorfindlichen empirischen Studien keine dezidierten Befunde für ein eingrenzbares weibliches Handlungs-und Kompetenzmodell bereithalten, so ist zu fragen, welche Interessen mit dem Aufrechterhalten der rhetorischen Formel und dem Klischee verbunden sein könnten, welche Motive also die Nutzer unbezahlter sozialer Arbeit ebenso leiten wie jene Frauen und Frauenforscherinnen, die das offensichtlich identitätsstiftende und Wirklichkeiten schaffende Konstrukt der weiblichen Ehrenamtlichkeit diskutieren und problematisieren.

In der Perspektive der Nachfrager von Personal sind kostenneutrale oder kostengünstige Arrangements sozialer Arbeit gleichermaßen willkommen, stellen sie doch sicher, daß der »Nachschub« im welfare-mix eingerechneter freiwilliger Arbeit gesichert wird: Je unspezifischer das Handlungs- und Kompetenzmodell der unbezahlten sozialen Arbeit als Verausgabung sozialen Engagements bleibt *und* dabei für Frauen ein sinnstiftendes Tätigkeitsfeld darstellt, desto flexibler ist die Gesamtheit ehrenamtlichen Engagements einplan- und einsetzbar. Die Nutzer können also damit rechnen, daß es für nahezu jedes entstehende oder vorhandene soziale Problem auch entsprechende freiwillige Arbeitsinteressierte geben kann. Für die Nutzer freiwilligen sozialen Engagements in Form unbezahlter sozialer Arbeit macht es somit Sinn, die Rede von der weiblichen Ehrenamtlichkeit fortzuführen, ohne sich um die faktischen Handlungs- und Kompetenzelemente, die hierdurch erzeugt werden, kümmern zu müssen.

Auch wenn von seiten der etablierten Wohlfahrtsverbände betont wird, daß »ehrenamtlich ... kein Synonym für 'schlecht bezahlt' oder unzulängliche Arbeit« (Gernert 1986: 279) sein dürfe, so ist im Kontext einer Verstärkung der Mitarbeit »tätiger Nächstenliebe« die psychologische Wirkung identifikationsbedeutsamer Bilder über ehrenamtliche Arbeit, mithin also die Erzeugung und Belebung von Klischees oder rhetorischen Formeln, in ihrer Wichtigkeit längst erkannt. Denn: »Die eigene Vorstellung vom Ehrenamtlichen beeinflußt aber den Gedanken an eine Tätigkeit in diesem Bereich wesentlich mit. Dieses Image ist zwar kein hinreichender, aber doch ein relevanter Faktor bei der individuellen Bildung einer Einstellung zur ehrenamtlichen Arbeit: Sie bereitet eine psychologische Motivation gedanklich vor« (ebd.: 271).

Auf der Basis einer Zufallsbefragung auf der Straße kommt Gernert zu Meinungen über Ehrenamtlichkeit im allgemeinen, die sich leicht als Erwartungsmodell an unbezahlte soziale Arbeit für Frauen lesen lassen: »Fassen wir diese Meinungen zusammen, so können wir als Ehrenamtlichen eine Person identifizieren,

- die mit oder ohne spezifische Kenntnisse dieser Arbeit eine bestimmte Aufgabe *freiwillig* wahrnimmt, d.h. ohne Verpflichtung (weder beruflich noch vertraglich, weder juristisch noch moralisch, z.B. aufgrund von Verwandtschaft);
- die Tätigkeit wird *ohne Entgelt* verrichtet, dagegen spricht nicht der Ersatz barer Auslagen, z.B. von Fahrtkosten, Porto/Telefon;
- es handelt sich um eine *öffentliche Hilfeleistung* oder um einen unmittelbaren *Dienst am Mitmenschen*;
- das Tätigwerden ist *zeitaufwendig*, nicht bloß eine kleine Gefälligkeit; man rechnet nicht mit einer Gegenleistung« (ebd.: 274).

Alle hervorgehobenen Aspekte dieses Meinungsbildes entsprechen durchaus Berichten über ehrenamtliches Arbeiten von Frauen seit Beginn der Sozialen Arbeit und sie korrespondieren mit einem auch heute weiterexistierenden weiblichen Lebensmuster. Das Meinungsbild und die Wirklichkeit stimmen deutlich überein. Es scheint deswegen sogar berechtigt, unbezahlte soziale Arbeit für Frauen vorzusehen und erwarten zu können, daß sich für dieses Erwartungsprofil auch tatsächlich Frauen finden.

Daß ein solches, sehr allgemein gehaltenes Erwartungsmodell, weil es verbreitet akzeptiert wird, dann auch ein legitimes Identifikationsmodell darstellt, kann plausibel angenommen werden. Und so scheint es kein Zufall, daß ehrenamtliche Arbeit in Anlehnung an das oben skizzierte Meinungsbild sogar am Ende eines konfliktreichen Prozesses in der Entwicklung von Selbsthilfeprojekten stehen kann (vgl. Vogt u.a. 1987: 123), in denen die eigenen Interessen im Prozeß der Institutionalisierung und berufsmäßigen Durchstrukturierung nicht länger einen Platz haben.

Die Tatsache, daß es zwischen ehrenamtlicher Arbeit im Organisationskontext der Wohlfahrtsverbände und solcher in Selbsthilfen Durchlässigkeit und Wechsel gibt, deutet darauf hin, daß es unbezahlte soziale Arbeit außerhalb der privaten Haushalte - erstens - an ganz unterschiedlichen gesellschaftlichen Orten gibt, und die individuellen Karrieren im Bereich ehrenamtlicher Tätigkeiten - zweitens - abhängig sind von einem wie immer gearteten Erfolg. Solche Karrierewege in unbezahlte soziale Arbeit hinein, innerhalb der Tätigkeitsfelder und aus der unbezahlten in bezahlte, berufliche Arbeit hinein gewinnen für Frauen immer größere Bedeutung, weil für immer mehr Frauen ein Lebensmodell wichtig wird, in dem eigenständige Existenzsicherung verbunden werden kann mit befriedigender Arbeitsgestaltung und einem Leben als Familienfrau (vgl. Ostner 1987).

Die Erwartungen der Frauen an die Handlungsmodelle und Kompetenz(erwerbs)möglichkeiten reichen dementsprechend über die derzeit beschriebenen Motive karitativer, sozialer, politischer, sinnstiftender Tätigkeit hinaus. Dies kommt einerseits in dem deutlich artikulierten Wunsch zu Weiterbildung (vgl. Notz 1986a; Vogt u.a. 1987) innerhalb der Tätigkeitsfelder zum Ausdruck und andererseits in der faktischen Verberuflichung im Prozeß der Institutionalisierung von Selbsthilfeprojekten oder -gruppen. Die Annäherung an berufsförmige Arbeit durch inhaltliche Professionalisierung und durch arbeitsorganisatorische Verfestigung gerät dabei in Widerspruch zu sozialpolitischen und verbandlichen Interessen, die auf immer mehr Ausgliederung von Hilfebedürfnissen in temporär begrenzte und kostengünstigere Hilfeleistungsformen abzielen und sich dabei der sozialen Motive von Frauen bedienen.

Über die Karrieren, Erfahrungen und Wege in die Ehrenamtlichkeit hinein, über die Phase ehrenamtlichen Engagements, über die Kombinationen bezahlter und unbezahlter sozialer Arbeit an wechselnden sozialen Problemen ist im biographischen Maßstab eines Frauenlebens empirisch wenig bekannt. Dies ist umso verwunderlicher, als Soziale Arbeit und personenbezogene Dienstleistungen immer in der Kombination von bezahlter, beruflicher und unbezahlter, privater oder öffentlicher Arbeit erbracht wurden und hier, gerade wegen dieser unvollständigen Verberuflichung des Feldes, zu einem Frauenberuf avancierten (vgl. Rabe-Kleberg 1987). Als ehrenamtliche Tätigkeit in einem Frauenberuf ist es für die Arbeitskraftnutzer auf öffentlicher und verbandlicher Seite, angesichts fehlender empirischer Klarheit leicht, von einer Verquickung der auf berufliche Existenzsicherung ausgerichteten Interessen der Frauen mit dem Interesse an einer sozialen Tätigkeit auszugehen, um demgemäß die im Arbeitgeberinteresse günstigste Variante auszuwählen.

Diese heißt heute unbezahlte soziale, weibliche Arbeit, auch und ganz wesentlich von beruflich Qualifizierten. Denn immer mehr Absolvent(inn)en aus Ausbildungsgängen für soziale Berufe versuchen über sogenannte Praxis- und Berufserfahrung sich die Zugänge zu einer bezahlten Arbeit zu erschließen bzw. zu erhalten, weil solche Erfahrungen als zusätzliche Berufsqualifikationen gelten (vgl. Rabe-Kleberg, in diesem Band).

Es sind also keineswegs nur die sogenannten Jederfrau-Kompetenzen, die unbezahlte soziale Arbeit fundieren, sondern ebenso Kompetenzen, die über Aus- und Weiterbildungen erworben wurden, oder im Verlauf der Tätigkeit erlernt wurden. Vorgängig hergestellte und im Prozeß erworbene Qualifikationen treffen in unbezahlter sozialer Arbeit zusammen und erleichtern die Substitution bezahlter durch unbezahlte Arbeit zusätzlich. Ein konturiertes Erwartungsprofil kann derzeit weder auf seiten der sozialpolitischen Institutionen und Instanzen noch auf seiten der Frauen ausgezeichnet werden. Doch gerade die definitorische Unklarheit, das Nebeneinander von Kompetenzen und die mangelnde Spezifikation der Handlungsformen, die alles ermöglichen ohne es abschließend erklärbar zu machen, umreißt die Funktionsvielfalt, innerhalb deren unbezahlte, ehrenamtliche soziale Arbeit von und für Frauen verortet werden muß.

3. Felder sozialen Engagements von Frauen

Eine Annäherung an die für Frauen bedeutsamen Aktivitätsfelder für ehrenamtliche Arbeit ist in einem kursorischen Durchgang durch die *Ge-*

schichte der Sozialarbeit zu gewinnen. Diese Handlungsfelder erhielten dabei sehr unterschiedliche berufspolitische Bedeutung und sozialpolitisch-öffentliche Aufmerksamkeit. Dementsprechend wurden sie Element von Professionalisierungs- und Institutionalisierungsprozessen, blieben also in Modellen alter Ehrenamtlichkeit befangen oder wurden zu Feldern neuer ehrenamtlicher Arbeit in Selbsthilfeformen. Die derzeit virulente Mischung von arbeitsmarktpolitischen, sozial- und frauenpolitischen Intentionen und Diskussionen findet sich als durchgängiges Moment der Herausbildung sozialer Berufe als moderne Frauenberufe.

Als Beispiel für ein sehr frühes, deutlich nach traditionellen Kriterien der alten Ehrenamtlichkeit beschreibbares Feld, ist die *Bahnhofsmission* zu nennen. Entstanden aus einer umfassenden Mädchenschutzidee Mitte des 19. Jahrhunderts, war die Bahnhofsmission durchgängig ein Feld ehrenamtlicher Tätigkeit in Vereinen von Frauen, wird von Frauen bis heute praktiziert und ist, bei allem Wechsel der konkreten Tätigkeiten, ein im wesentlichen ehrenamtliches Regelangebot im Verbund von Caritas und Diakonie (vgl. Schmidt 1987; vgl. Bock, in diesem Band). Eine Verberuflichung ist zu keiner Zeit nachzuweisen. Heute kann die Bahnhofsmission, trotz ihrer deutlichen Verbindung zur Nichtseßhaftenhilfe als peripherer Dienst bezeichnet werden, dem auch in der Diskussion um ehrenamtliche Tätigkeiten von Frauen nur wenig öffentliche Aufmerksamkeit zugewendet wird, und dies, obschon sie ihrer Grundidee nach als legitimer Vorläufer der heutigen Mädchensozialarbeit bezeichnet werden kann.

Als Beispiele für frauenpolitisch relevante Handlungsfelder in den sozialen Diensten, die seit rund zwanzig Jahren durch wiederkehrende Entwicklungen in der Mischung von ehrenamtlicher und beruflicher Arbeit und sozialpolitischen Prioritäten hervorgetreten sind, können die *Kindererziehung* und die Altenhilfe gelten. In dieser Perspektive stellte die Kinderladenbewegung, die einmündete in die Formierung von Eltern-Kind-Gruppen, eine erste Stufe vermehrter ehrenamtlicher Tätigkeit dar, die im Zuge des Ausbaus des Elementarbereichs sich in die Felder bewegte, die nicht von der Institutionalisierung erfaßt wurden: Kleinstkindgruppen, Tagesmüttermodelle, Mütter-Initiativen.

Der klassische Bereich der Elementarerziehung sog im Zusammenhang des Ausbaus der Kindergärten und Kindertagesstätten, der Fachschulen und Fachhochschulen die Drei- bis Fünfjährigen in die Institutionen, die damit zu einem expandierenden Feld beruflich qualifizierter und berufstätiger Frauen, den Erzieherinnen wurden. Zusammen mit Fortbildungseinrichtungen für diesen Bereich und einem öffentlichen, bildungs- und sozialpolitisch forcierten Bewußtsein, das auch Familienbildungsstätten und ähnliche Institutionen erfaßte, entstand ein Berufsfeld, das erst seit Beginn der achtziger Jahre (wieder) durch finanzielle Restriktionen in seiner Entwicklung gebremst wird.

Seitdem ist neben den kinderbezogenen Betreuungsselbsthilfen und entsprechenden neuen ehrenamtlichen Tätigkeitsfeldern für Frauen ein Kranz frauenpolitisch untermauerter Aktivitätsfelder entstanden: Stillgruppen, Müttergruppen und Selbsthilfen in z.B. gesundheitlich prekären Situationen der Kinder. Und es entstand ein Markt kommerzieller Dienste der Kinderbetreuung als allgemeine und spezialisierte Dienste in den Nischen des Elementarbereichs als Berufsfeld bezahlter Arbeit und als Feld ehrenamtlicher unbezahlter Arbeit von und für Frauen.

Die Konturen und Entwicklungslinien in diesem Feld wären hinsichtlich ihrer empirischen Verbreitung und ihrer Ausprägung in den Handlungsweisen der Frauen zu beschreiben. Eine entsprechende Analyse liegt allerdings nicht vor, so daß an dieser Stelle lediglich darauf hingewiesen werden kann, daß die Prozesse der Verberuflichung und Institutionalisierung in diesem Handlungsfeld zu neuen Formen der ehrenamtlichen Tätigkeit von Frauen für Frauen führten.

Als Beispiele für die von Frauen als ihre originären Handlungsfelder in sozialen Diensten reklamierten, neuen Handlungsfelder, die nur bedingt eine direkte Entsprechung in der jüngeren Geschichte der sozialen Dienstleistungen haben, können im Feld von komplementärer Verberuflichung, Institutionalisierung und ehrenamtlicher Tätigkeit die Frauenhäuser, die Frauenarbeit und die Mädchensozialarbeit moderner Fassung gelten.

Die im Umfeld der feministischen Bewegung entstandenen *Frauenhäuser* und die, sei es kommunalen oder verbandlichen Gegenhäuser, sind bis heute angewiesen auf die unbezahlte, schlecht bezahlte oder arbeitsorganisatorisch und sozial ungesicherte Arbeit von Frauen, und dies, obschon sowohl außerhalb als auch innerhalb der Wohlfahrtsverbände eine deutliche Institutionalisierung und eine öffentliche Akzeptanz vorliegt (vgl. Brückner 1987). Als neuer Bereich mit einer jungen Geschichte und einer klaren frauenpolitischen Position, sind die Frauenhausprojekte bei aller Verstetigung noch keineswegs so dauerhaft etabliert, daß die geschaffenen Berufsplätze und Arbeitsstellen für Frauen das notwendige Gesamtspektrum und den sinnvollen Gesamtumfang der Frauenarbeit abdecken könnten. Gerade aber der Charakter der Quasi-Institutionalisierung in Projekten, die Entwicklung von einer Initiative oder Selbsthilfe aus einer sozialen Bewegung heraus zu einer arbeitsteiligen, berufliche Arbeit gestaltenden Institution sozialer Hilfen für Frauen birgt in sich die Gefahr, daß die klaren arbeitsrechtlichen, arbeitsorganisatorischen und Beruflichkeit sichernden

Grenzen in den entstandenen Arbeitsverhältnissen konfligieren mit Ganzheitlichkeits-, Betroffenheits- und Selbstbestimmungsansprüchen der unbezahlt tätigen Frauen. Diese entlehnen ihre Ehrenamtlichkeitsmotivation weiterhin aus der sozialen Bewegung. Arbeitsteiligkeit, Berufsmäßigkeit und Lohnarbeitsmentalitäten werden dementsprechend gegen die feministische Intentionalität der gemeinsamen Frauenarbeit gerichtet gesehen (vgl. Vogt 1987b).

Seit der Aufwertung frauenpolitischer Sichtweisen, den allseits dezidierten Voten für eine Frauenförderung und den Selbstverpflichtungen, kompensatorisch an der Verwirklichung der Frauengleichstellung zu arbeiten, wurden im öffentlichen Dienst, in der Wirtschaft und im sozialen Dienstleistungsbereich verstärkt Stellen für Frauen geschaffen, die sich in dieser Frauenarbeit beruflich betätigen sollen. Diese Frauen sind aber in ihren Aufgabenfeldern zentral mit der Gleichstellung jener Frauen beschäftigt, die *in* ihren Arbeitsverhältnissen benachteiligt sind, allenfalls noch mit jenen Frauen, für die Zugänge zu Arbeitsstellen, Berufsbereichen, Aufstieg entsprechend allgemeiner Kriterien, Fort- und Weiterbildung oder Wiedereinstiegsmöglichkeiten geschaffen werden sollen.

Nicht jedoch gehört es vorrangig zum Aufgabenfeld der - selbst berufstätigen - Gleichstellungsbeauftragten vor Ort, jene Frauen zu berücksichtigen, die gar nicht erst in eine Arbeit, einen Beruf oder eine sozial gesicherte Tätigkeit hineinkommen. Die ehrenamtlich tätigen Frauen der alten und neuen Art sind aber genau jene, die keine Vertretung durch Frauenbeauftragte oder Gleichstellungsstellen erfahren. So gesehen stellen sie die »natürliche« Konkurrenz der Frauen dar, die im Arbeitsmarkt sind. Für die berufliche und soziale Sicherung ehrenamtlich tätiger Frauen zu plädieren, sich dafür einzusetzen und Arbeitsplätze für sie zu fordern, impliziert somit, die internen Verhandlungschancen möglicherweise zu verschlechtern. Der Preis für die Frauenförderung in Gleichstellungsstellen als berufliche Tätigkeit ist der frauenpolitische Konflikt zwischen drinnen und draußen, jenen, die als Frauen im Arbeitsmarkt für ihre Gleichstellung kämpfen, und jenen, die von außen in diesen gesicherten Arbeitsmarkt eindringen wollen, so sie die ehrenamtliche Tätigkeit als prinzipiellen und individuellen Weg in die Berufstätigkeit ansehen.

Die *Mädchensozialarbeit* hat in der Frauenbildungsarbeit, der Bahnhofsmission und anderen frauen- und familienbezogenen Hilfeformen deutlichere Vorgänger. Sie wurde innerhalb der sozialen Berufe als Konzeption und Zielgruppenansatz in den letzten zehn Jahren (wieder)entdeckt. Als Feld ehrenamtlicher Arbeit steht sie im Zusammenhang der Entwicklung verbandlicher und kommunaler Jugendarbeitsangebote, die traditionell aus einer Mischung von hauptamtlich berufstätiger Arbeit und ehrenamtlich assoziierter, meist gering vergüteter oder unbezahlter sozialer Arbeit bestand. Forciert durch die feministische Bewegung und ihre Wirkungen auf sozial berufstätige und ehrenamtlich tätige Frauen der jüngeren Generation in diesem Feld, konnte die Mädchensozialarbeit einen vergleichsweise unstrittigen Bereich von Frauen für junge Frauen erlangen. Das gemeinsame Interesse, in konzeptionell besonderer und der Mädchenlebenssituation angemessener Weise zu arbeiten, hat die Konflikte zwischen ehrenamtlicher und beruflicher Mädchensozialarbeit kaum öffentlichkeitswirksam aufbrechen lassen, so daß das auch bundespolitisch bestärkte Ziel (vgl. 6. Jugendbericht) zwar die bestehende Ungleichheit nicht aufheben, so doch überdecken konnte. Mädchensozialarbeit und Mädchengruppenarbeit sind zudem häufig eine Begründung für die Beantragung zusätzlicher Arbeitsbeschaffungsmaßnahmen, die aber nicht mehr als eine befristete, und damit temporär unsichere Arbeitsform umfassen. In welchem Umfang sich die verbandlichen Träger und Initiativen über solche Zwischenschritte einer Verberuflichung und Institutionalisierung der Mädchensozialarbeit als Regelangebote nähern, ob die derzeitige Situation lediglich ein Moratorium darstellt, nach dem die Arbeit von Frauen in der Arbeit mit Mädchen einen erneuten Schub der Verehrenamtlichung erfährt, bleibt kärungsbedürftig.

Die Felder sozialen Engagements für Frauen, in denen Prozesse der Verberuflichung und der Verehrenamtlichung parallel, miteinander verquickt und aufeinander bezogen stattfinden, liegen ganz wesentlich in jenen Feldern personenbezogener sozialer Dienstleistungen, die direkt mit Frauenlebenssituationen zusammenhängen: der Kindererziehung und -betreuung, der Hilfen im Alter und der Hilfen von Frauen für Frauen unterschiedlichen Alters. Die Verberuflichungsschübe, die diese Felder der Sozialpolitik erfuhren und damit zu Formen bezahlter Arbeit führten, die ihrerseits die Formalisierung von Qualifikationen, Kompetenzen und (arbeitsteiligen) Handlungskonzepten voraussetzen, sind historisch entweder bildungspolitisch initiiert, durch die Zunahme von Problemsituationen hervorgetrieben oder als (widersprüchliches) Resultat einer frauenpolitisch wirkungsvollen sozialen Bewegung beschrieben worden. Der (Sozial-)Staat war somit bis heute in seiner Realisierung immer auf Frauen als unbezahlt, öffentlich arbeitende Frauen angewiesen.

Während jedoch für einheimische Frauen das legitime Interesse der Überführung ehrenamtlicher, unbezahlter Tätigkeiten in existenzsichernde, berufliche Arbeitsverhältnisse als Effekt weiblicher Berufs- und Erwerbsarbeitsorientierungen diskutiert wird, wird das soziale Engagement ausländischer Frauen wie eine quasi freie Ressource behandelt, die im Interesse einer Verbesserung der Versorgungs- und Lebenssituation der ausländischen Frauen und Kinder genutzt werden könnte. Nur in wenigen Projekten wurde bis heute das dadurch entstehende konflikthafte Verhältnis von bezahlten einheimischen Frauen, die im Hilfeprozeß angewiesen sind auf ausländische, schlechter und/oder unbezahlte Frauenarbeit, thematisiert (vgl. Hebenstreit 1986; Karsten 1987).

Für ausländische Frauen muß sogar davon ausgegangen werden, daß sie die Wahl zwischen freiwilliger Ehrenamtlichkeit und möglicher bezahlter sozialer Arbeit nicht haben, denn die lebenspraktisch erworbenen Qualifikationen und Kompetenzen eines individuellen Migrationsprozesses lassen sich nur höchst selten in fomalisierte berufsbezogene Ausbildungsabschlüsse transponieren. Die besonderen Kompetenzen und Kompetenzzuschreibungen ausländischer Frauen können somit tendenziell nur in ehrenamtlichen Formen sozialer Tätigkeit praktisch werden. Die Verteilung von bezahlter und unbezahlter sozialer Arbeit findet somit im staatsbürgerlichen Status eine weitere Begründung, die auf seiten der Migrantinnen häufig zu erzwungener Ehrenamtlichkeit führt.

4. Ehrenamtliche Tätigkeit - ein Handlungsmodell für Frauen

Die gesellschaftspolitische Funktionalität und die sozialpolitische Bedeutung ehrenamtlicher Tätigkeiten von Frauen (für Frauen, Kinder und Alte) außerhalb des privaten Lebensraumes Familie ist elementarer Bestandteil der Entwicklung der modernen Gesellschaft und des Sozialstaatsmodells mit expandierenden personenbezogenen sozialen Dienstleistungen. Die Flexibilität von beruflich qualifizierten und nicht qualifizierten Frauen, in bestehende und entstehende Handlungsfelder einzudringen, hat sich im Prozeß der Institutionalisierung und bürokratischen Überformung sozialer Hilfen zwar verändert, jedoch als anpassungsfähig erwiesen. Hierfür waren und sind wechselnde ideologische Konzepte, die der Motivation und Identifikation dienen, ein aussagekräftiger Beleg.

In der Figur der »geistigen Mütterlichkeit« fanden frauenbewegte Bürgerfrauen die Folie, auf der sie ehrenamtliche und berufliche Soziale Arbeit aufbauen konnten. Mädchenschutzideale als Norm konnten ehrenamtliches Handeln ebenso leiten wie Emanzipationsnormen, Autonomiebestrebungen und die Ideen einer ganz anderen, weil selbstbestimmten, betroffenen oder ganzheitlich auf die Veränderung von Lebensverhältnissen ausgerichteten Praxis in Initiativen und Selbsthilfen. Soziale Bewegungen, wie die ökologische Bewegung, die feministische Bewegung oder die Anti-Atombewegung ergänzen die ideologischen Konzepte durch aktive Bündelung und Aufbau sozialer Bezugs- und Kommunikationsnetze. Sie münden gemeinsam ein in immer neue Varianten, mal mehr politischen, mehr sozialen, mehr caritativen, mehr gesellschaftskritischen, immer jedoch im Handeln unbezahlter, sozialer, dauerhafter Aktivitäten von zumeist Frauen. Ehrenamtliche Tätigkeit im sozialen Sektor ist somit tendenziell ein Handlungsmodell für Frauen.

Da sich derzeit aber die Erwerbsarbeits-, Selbsthilfe- und Ehrenamtlichkeitsmotivationen von Frauen gravierend verändern, also nicht auf eine quasi-naturwüchsige Reproduktion immer neuer freier Ressourcen für solche Tätigkeiten vertraut werden kann *und* gleichzeitig die Staatstätigkeit im sozialen Sektor etablierte Formen der Institutionalisierung personenbezogener sozialer Dienste als additiven Zuwachs von Immer-mehr-desselben nicht vorsieht, somit auf bisher bekannte Modelle der Mischung von Verberuflichung und freiwilligen Formen der Hilfegestaltung nicht länger rekurriert werden kann *und* strukturelle Arbeitslosigkeit auf Dauer die privaten Ressourcen familieninterner Hilfen aufzehrt, ist ein Konfliktfeld aufgespannt, in dem sich die Prozesse der Informalisierung sozialer Dienstleistungen abspielen. Eine Klärung des Konfliktfeldes zwischen arbeitsmarkt-, frauen- und sozialpolitischen Strategien wird wesentlich davon abhängen, wie ehrenamtliche Arbeit von Frauen im sozialen Sektor zukünftig aussehen wird. Das aber ist nicht länger nur eine Frage einer letztlich konservativen Ehrenamtlichkeitsrhetorik, sondern der materiellen Klärung des Verhältnisses von Arbeit, Frauenarbeit, Frauenberufsarbeit und ehrenamtlicher Arbeit von Frauen.

Heide Funk

Weibliches Ehrenamt im Patriarchat

Wenn wir von ehrenamtlichem Engagement in der Sozialen Arbeit sprechen, dann fallen darunter das »klassische« unbezahlte Engagement von (Haus-)Frauen in Wohlfahrtsvereinen, das heute angeleitet ist und mit hoher Verbindlichkeit weite Teile z.B. der Pflege von chronisch Kranken abdeckt, die unbezahlte oder unterbezahlte Einstiegs- oder Vor-Berufsarbeit erwerbsloser Sozialarbeiterinnen/Sozialpädagoginnen und die Grauzone der interessengebundenen, unbezahlten oder teilhonorierten Selbsthilfe in Initiativen. Aus der gesellschaftlichen Position von Frauen betrachtet ergeben sich mehr und andere Einsichten in die Organisation des patriarchalen Sozialstaats, als sich mit Augenmerk auf Bezahlung und Professionalität ermitteln bzw. gerade versperren und ausklammern lassen.

1. Das Ehrenamt in der Geschichte der patriarchalen Arbeitsteilung

Nicht nur, aber vor allem für die klassischen Strukturen ehrenamtlicher Arbeit gibt es eine geschlechtshierarchische Arbeitsteilung: Männer in den Organisationsspitzen und ganz oben in der Hierarchie, Frauen in der Arbeit vor Ort, im unmittelbaren Arbeitseinsatz, da wo ihre Hilfe und ihre Arbeit praktisch erforderlich ist. Wenn sich so immer wieder die alten Strukturen reproduzieren - Männer in der Außenvertretung, Frauen vor allem in der Innenarbeit (vgl. Ballhausen u.a.: 350 f.) -, so entspringt das nicht nur einem größeren Durchsetzungswillen der Männer, sondern auch der Tatsache, daß Frauen sich sowohl die hausarbeitsnahen Arbeiten, die im Innendienst gebraucht werden, eher zutrauen als auch der bewußten Entscheidung von Frauen: Wirksame Hilfe heißt für sie in erster Linie unmittelbar praktische Arbeit und weniger Verwaltung und Vertretung nach außen, da wo es um Ansehen, Konkurrenz und Geldmittel geht.

Frauen finden sich nur als Ausnahme an den Spitzen der Verbände und Vereine. Sie erfüllen ihr Ehrenamt dort oft unter besonderem Druck. So gibt es immer wieder Frauen, die in Leitungsposten entnervt aufgeben oder Frauen, die sich erst einen männlichen Verhaltensstil zulegen müssen, um halbwegs anerkannt zu sein. Und selbst noch bei der Lösung aus dem Ehrenamt scheint es geschlechtsspezifische Differenzen zu geben: Frauen steigen aus, um zu sich selbst zu kommen, Männer steigen aus, um aufzusteigen, um die im Ehrenamt gewonnenen Verbindungen weiterhin nutzen zu können. »Die Ungleichgewichtigkeit, die Frauen in den anderen Arbeitsbereichen und in der Gesellschaft zu schaffen macht, findet sich im Bereich der ehrenamtlichen Arbeit wieder: Frauen leisten die meiste und konkrete Arbeit unmittelbar an der Basis. In Leitungs- und Führungspositionen, in Positionen, die mit Einfluß, Macht, Anerkennung und finanziellem Gewinn verbunden sind, sind sie hingegen kaum vertreten. Arbeiten, die wirklich mit einem ehrenvollen Amt versehen sind, z.B. die wohlangesehenen ehrenamtlichen Positionen in Aufsichtsräten und Beratungsgremien, in Parteien und Verbänden, die mit ziemlich hohen Aufwandsentschädigungen verbunden sind, oder auch nur in den Vorständen der Verbände, werden von Frauen nur selten ausgefüllt. Dort finden wir fast ausschließlich Männer« (Notz 1986b: 297).

Noch deutlicher als in der aktuellen Gegenüberstellung zeigen sich die Unterschiede im Ehrenamt von Männern und Frauen *in historischer Perspektive*. Bei Männern und bei Frauen setzte das Ehrenamt, oder besser: die ehrenamtliche Arbeit, eine eigene, andere Existenzsicherung voraus. Das Ehrenamt des Mannes kam ihm als Inhaber bedeutsamer Positionen als zusätzliche Aufgabe hinzu, die gerade seinen Zugang zu Privilegien, Gewinnchancen und Machtmitteln mehrte. Die ehrenamtliche, d.h. unbezahlte Arbeit von Frauen war nur möglich, insofern sie als Hausfrauen über den Ehemann »versorgt« und ohne eigene Erwerbstätigkeit freigesetzt waren für andere Aufgaben, für die im Felde der Arbeit, der Politik weder Interesse noch Geldmittel zur Verfügung standen.

»Bereits im Mittelalter bekleideten Fürsten und Adelsherren an weltlichen kirchlichen Höfen, in den Gilden und Bruderschaften 'Ehren-*Ämter*', die ihnen Privilegien, Macht und Ansehen verschafften. Später wurde das Ehrenamt zu einer unbezahlten Aufgabe für die Bürgerschaft, die ehrenwerten Männern, z.B. als Schöffen, Laienrichter, Preßbyter und Kirchenvorsteher, aufgetragen wurde. Die ehrenamtliche *Arbeit* wurde schon immer von Frauen dieser ehrenwerten Männer geleistet, die von den Ehrenämtern qua Geschlecht und daraus abgeleiteter gesellschaftlicher Position ausgeschlossen waren, so die sozialen und caritativen Dienste, Nachbarschaftshilfe und das Kochen und Verteilen der Armensuppe.

Frauen sollten als freiwillige 'Hilfskräfte' die Ehrenämter der männlichen Ehrenbeamten ergänzen. Sie verrichteten auch die unmittelbare barmherzige Arbeit in den Hospizen der Klöster und Gemeinden, in denen Kranke, Sterbende, Alte, Obdachlose und Behinderte aufgenommen und versorgt wurden. Die Trennung zwischen männlichen Ehrenbeamten, die die gesamte Verwaltungsarbeit in der Armenpflege übernahmen - sowohl die Entgegennahme und Prüfung der Bittgesuche, als auch die Entscheidung über zu gewährende Unterstützungen und die Kontrolle über fortlaufend Unterstützte - und der freiwilligen unmittelbaren sozialen Wohlfahrtspflege, die hauptsächlich durch Frauen geleistet wird, bleibt bis heute bestehen. Nur die 'besten und geeignetsten Mitglieder' einer Gemeinde sollten zu Trägern dieser Ämter bestimmt sein. (...) Frauen gehörten nicht zu den besten und geeignetsten Mitgliedern einer Gemeinde, denn bis 1896 waren sie nirgends mit diesem Amt und der sich daraus ergebenden Ehre betraut. 1907 gab es z.B. in Berlin 4.984 Ehrenbeamte, davon 28 Frauen, in vielen Städten nahmen keine Frauen das Amt wahr.

Die Zulassung zu diesen ehrenamtlichen Arbeiten mußten sich die bürgerlichen Frauen erkämpfen, indem sie selbst damit argumentierten, daß Frauen für alle Tätigkeiten, die mit dem Hauswesen zusammenhängen, zuständig sind, und daher auch das Haus der Bedürftigen das ureigenste Arbeitsfeld der Frau sein müsse. Von den Gegnern der Frauenbewegung wurde dem jedoch entgegengehalten, daß die Charaktere der Frauen durch solche Beschäftigungen Schaden erleiden würden und verheiratete Frauen, die solche Ämter ausüben, ihre häuslichen Pflichten vernachlässigen könnten. Dahinter steht der uralte Spruch, der auch von den Gegnern der Frauenerwerbsarbeit immer ins Feld gerückt wurde: Die Frau gehört ins Haus (des eigenen Mannes)« (Notz 1986b: 297 f.).

»Private Liebestätigkeit« ist nicht, wie man glauben machen möchte, seit Jahrhunderten eine Domäne der Frauen. Sie setzt in breiterem Ausmaß erst ein, als sich Frauen des Bürgertums durch »moderne« katastrophale Notstände zu unmittelbarer Hilfe aufgerufen sahen. Hunger, Krankheit und Obdachlosigkeit waren Notstände, die massenhaft durch die Freisetzung bäuerlicher Bevölkerung und die Verweigerung von menschenwürdiger Arbeit und Lohn in den Städten hervorgerufen waren. Schon bald wurden diese Aktivitäten in Wohlfahrtsvereine zusammengeschlossen, die nicht selten von Männern geleitet wurden, zur Stärkung des Vereins sich aber der ehrenamtlichen Arbeit von Frauen bedienten.[1]

Der zweite große gesellschaftliche Anlaß für das humanitäre Engagement von Frauen waren die kriegsbezogenen humanitären Dienste in den Volkskriegen, die um 1848 Frauenvereine entstehen ließen zur Beteiligung der Frauen in den Freiheitskämpfen, die nationale, wohltäterische und frauenrechtliche Argumente und Bemühungen verbanden (vgl. Gerhard 1983: 211

f.). Voraussetzung solchen Engagements von Frauen war ihr Ausschluß aus gesellschaftlich gerichteter Aktivität, der Ausschluß von Frauen aus Berufen und aus Öffentlichkeit. Auch in den Anfängen des ehrenamtlichen Engagements von Frauen verband sich mit der Tätigkeit zunehmend die Hoffnung auf die Sicherung ihrer Existenz in Form von Einkommen oder Versorgung durch die Wohltätigkeitsorganisationen. Der Raum für die humanitäre philanthropische Hilfe wurde Frauen mit der Begrenzung auf ihre »Weiblichkeit« immer unter Konzessionen an unumschränkter Gültigkeit patriarchaler Macht gewährt.[2] Entsprechend hart wurde die politische Kraft »sozialen Engagements« aus den Kämpfen von Arbeiterinnen und bürgerlichen Frauen für Ausbildung, Arbeit, gesunde Lebensbedingungen und sexuelle Selbstbestimmung diffamiert, bekämpft und begrenzt.

Einen Schritt weiter in der Gesellschaftskritik und in Richtung auf politische Anerkennung und Integration ging die deutsche Frauenbewegung mit ihrem Konzept »organisierter Mütterlichkeit«. Mütterlichkeit der nicht erwerbstätigen Frau sollte über den familialen Raum hinaus wirksam werden als soziale Hilfsarbeit oder politische Betätigung. »Darüber hinaus bedeutete Mütterlichkeit in Beruf und Politik die Akzentuierung der Menschlichkeit gegen die einseitige Herrschaft der Sachen; die ausschließliche Ausrichtung jeder Tätigkeit auf ihren Nutzen für das menschliche Leben, für den Kampf gegen die Armut, das Elend, Krankheit« (Stöhr 1983: 224).

»Die von der Frauenbewegung organisierte soziale Hilfsarbeit zielte sowohl auf einen sozialen Frauenberuf als auch auf eine mütterliche Politik zur Lösung der sozialen Frage durch die Herstellung eines konkreten Hilfs- und Kommunikationszusammenhangs zwischen Frauen. Sie mündete in eine eigene Politikform, die eben gerade den handelnden Bezug zu Menschen und nicht den Machtbezug hatte« (ebd.). Einen eigenen politischen Anspruch schöpften Helene Lange und Gertrud Bäumer aus der Komplementarität der weiblichen Beteiligung, die zugleich die Wirksamkeit der gesellschaftskritischen Impulse der geistigen Mütterlichkeit einschränkte; Frauen sollten durch ihren Beitrag erst einen Platz erringen.[3] Die Konfliktlinien und Widerstände gegen patriarchale Machtausübung blieben zurückhaltend und diffus.

Schließlich konnte die Politik dieser bürgerlichen Frauenbewegung nicht verhindern, daß von hier aus in der unmittelbaren Notsituation der Kriegsdienst von Frauen organisiert wurde. In Abgrenzung zur radikalen Frauenbewegung unterwarfen sich diese Frauen auch dem geforderten Verzicht auf sexuelle Freiheit. Mit allen Mitteln versuchten sie sich gegen den Vorwurf sexueller Freizügigkeit zur Wehr zu setzen, den man in dieser Zeit den emanzipierten Frauen als Makel aufzudrücken versuchte.

Auch in der Zeit der Weimarer Republik schöpften die Wohltätigkeitsvereine Bereitschaft von Frauen und jungen Mädchen zu beruflichem und sozialem Engagement ab und bezogen diese Arbeit erstmals in wohlfahrtsstaatliches Kalkül ein, insbesondere als Frauen wieder aus dem Erwerbsleben verdrängt werden sollten. Die im Nationalsozialismus propagierte gesellschaftliche Mitwirkung von Frauen entsprach dem entstandenen, empfundenen Defizit des Ausschlusses und enthielt als »Paradoxon«, zugleich den »Ausschluß von Frauen aus ökonomischer und politischer Macht« (Koonz 1986: 14) und die »Mobilisierung der Frauen in den öffentlichen Bereich hinein« (ebd.) zu betreiben.[4] Die Verantwortlichkeit für Familie und Nation ließ sich so eingliedern in die nationale Verantwortung zu Kriegszeiten.

2. Die »Weiblichkeit« von Sozialarbeit und das Elend der patriarchalen Macht

Wir haben uns zu sehr darauf beschränkt, die ehrenamtliche Arbeit als nichtprofessionelles, unbezahltes Engagement zu kritisieren. Wir verlieren dabei sowohl das gesellschaftliche Motiv als auch den Anlaß für dieses Engagement aus dem Blick. Die Nichtanerkennung von eigenen Zielen, die Frauen für sich zu vertreten hätten und ein Gefühl der Schuld, dem der Ausschluß aus oder die Enteignung von nützlicher Arbeit vorausging, waren und sind auch heute noch die Bedingungen dafür, daß Frauen Sinn in der Linderung offenkundiger Notsituationen finden in Organisationen, die mit Ausnahmen nun ganz in staatlicher und verbandlicher Regie stehen. Die *Anlässe* für ehrenamtliches Engagement sind nur scheinbar sozialstaatliche Dienstleistung und Versorgung, sondern Engagement für diejenigen Bedürfnisse und Personen, die im Wettbewerb und Überlebenskampf, im »Krieg der Nationen« auf der Strecke bleiben. Im Sozialstaat der Nachkriegszeit wird das Engagement von Frauen in der Hausarbeit, im Ehrenamt und schließlich auch in der Sozialarbeit das Feld, auf dem sich *allein* sozialstaatliche Ideologie praktisch einfordern läßt, Verantwortungsbereitschaft, deren Existenzmöglichkeit sich nur hier entsprechend »kleinkariert« unter Beweis stellt, während in der großen Politik das eingelöst wird, was machtpolitisch erforderlich und möglich ist.

Das patriarchale Prinzip dieser Arbeitsteilung besteht nun nicht in der Genauigkeit der Biologie, sondern eher in der Anbindung der Arbeit der

Verbandsspitzen an die Zentren gesellschaftlicher Macht und der Anbindung der ehrenamtlichen Arbeit von Frauen an die private, entöffentlichte, abhängige Hausarbeit.[5]

»So sind auch normale Frauen zu Expertinnen der Hoffnung geworden. Ein Expertentum allerdings mit anderen Inhalten. Pflegen, versorgen, vorsorgen, erziehen, zusammenhalten, sparen, aufsparen, beschränken, beschneiden, geben, verteilen, zurückhalten, immer im richtigen Maß, damit alles in Gang, alles in Ordnung bleibt oder in Ordnung kommt; damit die Misere der eigenen Existenz, die tägliche Einschränkung nicht das Maß des Erträglichen überschreitet. Das ist zu regeln. Unermüdlich das Morgen und Übermorgen der eigenen kleinen Welt im Auge und die Träume vom besseren Leben von Liebe wohl meistens. Und wenn es Konflikte gibt: hoffen, daß sich alles wieder einrenkt, daß die Situation sich rettet oder zu retten ist, hoffen, daß alles so schlimm doch nicht sein kann. Das Ordnungssystem von Frauen ist immer wieder ihr Hoffnungssystem. Ihr Mitfühlen, Mitdenken, Vorausdenken, Begleiten, Reglementieren, Rechnen, Aufrechnen, Lenken, Regie führen, Begreifen, Mißbilligen, Kontrollieren, Beurteilen, Vorurteilen ist darauf gerichtet, aus der kleinen störbaren Ansammlung von Menschen in einem kleinen Stückchen Welt der Beziehung der Bezugsgruppe, der Szene der Familie eine stabile Einheit zu produzieren, aus der niemand ausbrechen darf, zukunftssicher hoffentlich. Eine permanente Anstrengung und Anspannung der Gedanken auf das hin, was diese Anderen, die 'Nächsten', sichtbar tun und tun werden; eine pausenlose Ausrichtung und Einschränkung der eigenen Antennen auf die Sendung dieser weniger Anderen, ein Empfang von Spannung im Vorfeld ihrer Entstehung, ein vorwegnehmendes Eingreifen und Einspringen, ein vorausschauendes Eingehen wechselnder Bündnisse mit den jeweils Beteiligten, um eine vordergründige Harmonie vorläufig zu retten« (Thürmer-Rohr 1986: 59 f.).

Die ehrenamtliche Tätigkeit von Frauen, von Hausfrauen, zielte und zielt wohl immer noch auf die Mehrung des Ansehens des würdigen Ehemanns, enthält historisch und aktuell jedoch auch das Bestreben von Frauen, gesellschaftlich wirksam zu sein, aus eigener Kraft, da wo unmittelbar tätige Wirksamkeit, und eben nicht Geld und Macht gefragt sind und eine Arbeit getan werden muß, die als Dauerarbeit wohl kaum der Mehrung von eigenem Einfluß dienen kann. Von einem solchen Verständnis aus wird aber nicht Macht, sondern erst einmal der Begriff der Macht in Frage gestellt. »Es gibt eine Macht, die herrschaftliche Macht, über Dinge, die Natur, die Menschen. Sie verzehrt, benutzt, verbraucht, empfängt, stülpt sich also *über* die Natur, steht außerhalb von ihr. Und es gibt eine Macht, die tätige, lebendige Macht, die innerhalb der lebendigen Dinge sich bewegt, also auch: *sich einläßt* auf die Erfordernisse der selbständigen Dinge, sie ernst nimmt, um sie zu entfalten. Die herrschaftliche Macht ist die Ordnung: Mann - Weib, stark - schwach, aktiv - passiv; die Fronten sind klar, das System ist hierarchisiert. Die tätige Macht folgt der Gesetzmäßigkeit der Dinge, ordnet sie - Gegenstände und Menschen - nicht lediglich eigenen, außenstehenden Interessen unter. Reproduktionsarbeit z.B. ist 'tätige Auseinandersetzung mit dem Lebendigen', mit den selbständigen unbearbeiteten Dingen und dem selbständigen Leben, der Natur des Kindes« (Rendtorff 1985: 104).

Beide Formen von Macht existieren nicht nur nebeneinander, sie scheinen sich auch als wenig vereinbar ausgeformt zu haben. Das Bestreben nach praktischer Wirksamkeit in unmittelbarem Engagement für die Befriedigung menschlicher Bedürfnisse wie Nähe, Geborgenheit und Versorgung scheint langfristig untauglich zu machen im Kampf um Machtmittel und umgekehrt, obwohl hier Frauen schon eher Zerreißproben bestehen und zu bestehen haben als Männer.

Diese Aufspaltung unseres Welt- und Selbstverständnisses entspricht aber nicht nur einer geschlechtsspezifischen Arbeitsteilung und Sozialisation als Mann oder als Frau, sie befindet sich vielmehr in einem Verhältnis von einseitiger, politisch entmündigter Ausnutzung und Indienstnahme. Ehrenamtliche Arbeit von Frauen, noch mehr jedoch die Arbeit von Hausfrauen, ist in der Beständigkeit und der Zuverlässigkeit als unbezahlte Verrichtung gesellschaftlich notwendiger Arbeit die Voraussetzung dafür, daß sozialstaatliche Versorgung aufrecht erhalten werden kann und der sozialstaatliche Nimbus unserer Gesellschaftsordnung nicht verloren geht. Denn die meisten der machthungrigen Tätigkeiten besitzen keinen Wert für die Versorgung im materiellen oder seelischen Sinne. Und sie machen doch einen Großteil unserer gesellschaftlich geachteten Aktivitäten aus.

Unentgeltbare Hausarbeit - gesellschaftlich notwendig zur Erhaltung und Wiederherstellung der menschlichen Lebensgrundlagen - ist als private, abgespaltene, unpolitische den Frauen als Hausfrauen in den letzten 200 Jahren aufgezwungen und zugleich als gesellschaftliche Quelle von Reichtum unkenntlich gemacht worden.[6] In welcher Weise müssen sich unsere Wahrnehmung und Verständigung ändern, wenn wir einsehen, daß der Grund für diese Verdrängung in der Unverzichtbarkeit dieser Arbeit liegt? Welche Korrekturen in unseren gesellschaftlichen Vorstellungen sind notwendig, wenn wir die Ausgrenzung praktischer Verantwortlichkeit für menschliches Leben und Zusammenleben in ihrer unmittelbaren Seite - auch im professionellen Sektor - in den abhängigen Status von Hausfrauen, Ehrenamtlichen und die professionelle Sozialarbeit aufheben wollen? Unterlegenheit und Ausnutzung von »Weiblichkeit« als Grundlage einer Gesellschaftsordnung muß sich auch daraufhin befragen lassen, ob ihr nicht überhaupt eine eingeschränkte Vorstellung von gesellschaftlicher Ordnung und menschlichem Zusammenleben zugrunde liegt. Dazu wäre es notwendig, die Frage zu verfolgen, was es denn mit der Ehre im patriarchalen Ehrenamt auf sich hat.

»Ehre« im patriarchalen Sinne begründet einen Begriff von Handlungsfähigkeit und Autonomie fern von körperlicher Abhängigkeit. »Ehre« im männlichen Ehrenamt setzt voraus und verleugnet zugleich die Verfügung über Frauen, über ihre Arbeitskraft und ihre Person.[7] Männliche Ehre ist vereinbar mit der sexuellen Verfügung über Frauen, wenn nicht sogar ein fester Bestandteil von ihr. Unterwerfung und Erniedrigung sind in dieser Kultur auch in der sexuellen Annäherung von Männern gegenüber Frauen salonfähig. Eine Gesellschaft, die »Weiblichkeit« in dieser Form braucht, nicht nur um Lebensfähigkeit zu bewahren, sondern vor allem um Gewinn und Lustgewinn zu haben, muß auch die geschlechtsspezifischen Beziehungen zwischen Sexualität, Macht und ihre Folgen für menschliches Zusammenleben erfassen.

Die Doppeldeutigkeit, daß der sogenannte selbstlose Einsatz, d.h. Arbeit um des gesellschaftlichen Nutzens willen und nicht vor allem aus Erwerbsgründen, auf das Modell der »abhängigen Hausfrau« ausgegrenzt und gleichzeitig genutzt und kontrolliert wird, macht es erforderlich, daß wir von hier aus Ansatzpunkte für ein gesellschaftliches Selbstbewußtsein und eine Kooperation mit den Ehrenamtlichen suchen. Hier ist ein neuer Ausgangspunkt, von dem aus wir uns fragen, wo wir als Hausfrauen, Ehrenamtliche und Sozialarbeiterinnen stille Teilhaberinnen oder Zuarbeiterinnen der Macht sind, wo die Barrieren und Konflikte für eine politische Öffnung des Ehrenamtes für Frauen liegen. Denn die uns (selbst) auferlegten Grenzen für eine politische Öffnung des Ehrenamtes liegen da, wo wir uns auf eine Praxis nach dem Gegenwelt-Prinzip beschränken lassen und unseren Respekt vor patriarchaler Macht und einer durch sie begründeten gesellschaftlichen Ordnung nicht aufgeben.

Hans Gängler

Ehrenamt im Jugendalter

Zur pädagogischen Bedeutung von Ehrenamtlichkeit am Beispiel der Jugendverbandsarbeit

---

1. Einleitung

Man dankt ihnen in Festreden. Ihre Initiative, ihr Engagement, ihre Leistung prägen die Jugendverbände. Die Rede ist von ehrenamtlichen Mitarbeiter(inne)n. Nur manche hauptamtlichen Mitarbeiter/innen mäkeln über die mangelnde fachliche Kompetenz ihrer ehrenamtlichen Kolleg(inn)en. Dies ändert jedoch nichts daran, daß ehrenamtliche Mitarbeiter/innen ein zentraler Bestandteil der Jugendverbandsarbeit sind.[1] Mehr noch: Jugendverbände konstituieren sich zuallererst über ihre ehrenamtlichen Mitarbeiter/innen. Dieses freiwillige Engagement von Jugendlichen und Erwachsenen für Jugendliche ist dabei hochgradig organisiert - auf Orts-, Bezirks- und Landesebene bis hin zur Bundesebene. Vor diesem Hintergrund gewinnt das Phänomen des ehrenamtlichen Engagements angesichts der jüngeren Diskussion um Selbsthilfe und Freiwilligenarbeit auch für die Jugendverbände besondere Bedeutung.[2]

Die pädagogische Fachdiskussion hat sich bislang mit Fragen der ehrenamtlichen Mitarbeit in Jugendverbänden eher sporadisch beschäftigt. Sie scheint tendenziell durch eine institutions- und professionsorientierte Betrachtungsweise geprägt zu sein, also vornehmlich durch die Thematisierung der eigenen (professionellen) Existenz. Die wenigen Ausnahmen beschäftigen sich vorwiegend mit der Organisationsrolle der Jugendlichen als ehrenamtliche Mitarbeiter/innen sowie - neuerdings - mit der individuell-biographischen Thematik der Identitätsentwicklung ehrenamtlicher Mitarbeiter/innen.[3] Da die vorliegenden quantitativen Erhebungen deutlich zeigen, daß es sich bei den ehrenamtlichen Mitarbeiter(inne)n der Jugendverbände überwiegend um Jugendliche und junge Erwachsene handelt[4], wird vor allem dieser Sachverhalt Anknüpfungspunkt für die folgenden Überlegungen sein. Diese Altersspezifik rückt die Fragen nach der Bedeutung ehrenamtlicher Tätigkeit für Prozesse der Sozialisation und sozialen Integration in den Vordergrund. Insofern scheint es sinnvoll, die vorliegenden Bestimmungen ehrenamtlichen Engagements (vgl. zusammenfassend Olk 1987) von dieser Seite des Themas her zu ergänzen: Unter dem Aspekt der *sozialen Integration* rückt vor allem das überschaubare Gemeinwesen, in dem sich die ehrenamtliche Tätigkeit abspielt, in den Blick; unter dem Aspekt der *Sozialisation* wird das Augenmerk auf die Bedeutung der sozialisatorisch relevanten Beziehungen in der persönlichen Entwicklung von Jugendlichen und Mitarbeiter(inne)n gerichtet.

Auf diese Weise eingegrenzt lautet meine zentrale Hypothese, daß ehrenamtliche Tätigkeit maßgeblichen Einfluß auf Prozesse der sozialen Integration und Sozialisation von Jugendlichen *und* ehrenamtlichen Mitarbeiter(inne)n hat. Diese Hypothese möchte ich unter drei Aspekten verdeutlichen: *Erstens:* Ehrenamtliche Mitarbeit fungiert in der lokalen Öffentlichkeit als Möglichkeit der *Gewinnung sozialer Anerkennung*. *Zweitens:* Ehrenamtlich organisierte Jugendarbeit vermag in überschaubaren Gemeinwesen ein *»doppeltes Milieu«* zu schaffen, das eine besondere Bedeutung für Prozesse der Sozialisation und sozialen Integration hat. *Drittens:* Die ehrenamtliche pädagogische Arbeit der Jugendgruppenleiter/innen zeigt sich in Jugendverbänden in einer spezifischen Form: Sie findet überwiegend statt in Gestalt der *Gleichaltrigenerziehung* in organisierten Peer-groups.

2. Ehrenamtlichkeit und soziale Anerkennung

Ehrenamtliches Engagement kann soziale Anerkennung verschaffen. Es kann als Ausdruck der sozialen Integration in überschaubaren Gemeinwesen interpretiert werden. Die folgenden Überlegungen beziehen sich zunächst auf ehrenamtliche Mitarbeiter/innen von Jugendverbänden in ländlichen Gemeinden. Es gibt allerdings Hinweise darauf, daß diese Überlegungen in ähnlicher Weise auch auf überschaubare Gemeinwesen im städtischen Bereich (Stadtteil etc.) zutreffen.

Hier läßt sich eine deutliche Differenz zwischen ehrenamtlicher Tätigkeit in Jugendverbänden und anderen Bereichen erkennen: Sie besteht darin, daß es für die Gewinnung sozialer Anerkennung eine wichtige Rolle spielt, ob die ehrenamtliche Tätigkeit von Jugendlichen oder Erwachsenen erbracht wird und ob die Organisation, innerhalb derer die ehrenamtliche Tätigkeit stattfindet, eine Jugend- oder eine Erwachsenenorganisation ist. Lebensalter *und* ehrenamtliches Engagement in der Jugendarbeit stehen in Beziehung zur Gewinnung sozialer Anerkennung im überschaubaren Gemeinwesen.

Ehrenamtliches Engagement im Bereich der Jugendarbeit in ländlichen Gemeinden findet überwiegend in Vereinen und Verbänden statt. Die *Bedeutung von Vereinen* für die soziale Integration und für Statuszuweisungen in lokalen Öffentlichkeiten wurde mehrfach beschrieben und diskutiert (vgl. Böhnisch, in diesem Band).[5] Vereine haben in der Dorföffentlichkeit tendenziell einen höheren Status als die verbandlichen Jugendgruppen. Hieraus resultiert teilweise auch eine Konkurrenzsituation, denn viele Jugendliche auf dem Land sind Mitglied in einem oder mehreren Vereinen. Dies hängt jedoch weniger von der Attraktivität des Freizeitangebots der Vereine ab, als vielmehr von deren sozialer Integrationsfunktion im Dorf. So erwähnen zum Beispiel Gruppenleiter/innen, daß die Jugendlichen »Vereinsheinis« seien und an erster Stelle eben nicht der Jugendverband stehe, sondern beispielsweise der Sportverein.[6]

Es gibt einige Gründe, die diese Präferenz der Vereine plausibel erscheinen lassen: Dorfvereine sind meist ein Spiegelbild der Dorfhierarchie und selbst Teile der sozialen Kontrolle und Sanktionierung (vgl. Lehmann 1979). In ihnen repräsentiert sich zum einen die Geschäftswelt des Dorfes, die sich für das Fortkommen der »dorfeigenen« Jugendlichen einspannen läßt. Zum anderen verfügen die Vereine über Mittel und Räume, die für die Freizeitgestaltung Jugendlicher auf dem Dorf notwendig sind. Neben diesen Gründen für eine Präferenz des Vereins - das eigene Fortkommen, soziale Integration in die Dorföffentlichkeit - liegt ein weiterer Grund darin, »daß man im Verein etwas darstellt, daß hier Leistung gefragt ist, und daß man, wenn man sehr gut ist, Anerkennung bekommt«.[7]

Durch die relativ starke Erwachsenenzentrierung der Vereine können Jugendliche dort allerdings kaum mitgestalten, mitbestimmen und ihre eigenen Interessen vertreten. Jugendlichen Ehrenamtlichen fällt daher in aller Regel die Gewinnung von Anerkennung (auch im Sinne von Mitbestimmung und Mitgestaltung) *innerhalb der Jugendorganisation* leichter. Diese Unterschiede in der örtlichen Hierarchie und innerhalb des lokalen Ehrenamts haben für manche ehrenamtlichen Mitarbeiter/innen in Jugendverbänden (verbands)sozialisierende Wirkungen: Sie stürzen sich in »ihre« Verbandsarbeit und gewinnen daraus verbandsinterne Anerkennung. Daß damit im Negativfall auch eine vollständige Vereinnahmung durch den Verband verbunden sein kann, macht Lüders (1985: 8) deutlich, wenn er die ehrenamtliche Tätigkeit als zeitverschlingenden Moloch charakterisiert: Man »blättere (...) in dem Kalender eines beliebigen, durchschnittlichen Stammesführers. Sitzungen mit dem örtlichen Kreisjugendring, dem Bürgermeister und den örtlichen Vertretern der Parteien und Interessengruppen,

Stammesrat, Vorbereitungen für den Elternabend, das Sommerlager, das Herbstfest und die Skifreizeit, den Tag der offenen Tür und die Straßenversammlung, Aussprache mit erzürnten Eltern, weil die Tochter von der Fahrt eine Grippe mitbrachte, Vorbereitungstreffen für die Versammlung, Stammestreffen, zwischendurch die Übernahme der Gildenrunde, weil der Gildenführer gerade verhindert ist, nebenbei Erledigen der Post usw. usw. Nicht zu vergessen ist dabei, daß unser Stammesführer im Stamm einen Singkreis leitet, weil sonst niemand so schön Gitarre zupft, und gelegentlich - um seine Stammesmitglieder kennenzulernen - immer wieder mal zu den Sippen-, Meuten-, Ranger/Rover- und Führertreffen geht. Übrigens geht er tagsüber in die Schule oder seinem Beruf nach. Über sein Privatleben ist wenig bekannt - bei nur 52 Wochenenden im Jahr auch keine Überraschung«.

Diese ironische Skizze verdeutlicht ein besonderes Merkmal des Ehrenamts in Jugendverbänden. Das Verhältnis von »Ehre« und »Amt« (vgl. Pankoke, in diesem Band) - in der besonderen Ausgestaltung von Achtung, Anerkennung, aber auch Verantwortung - gewinnt in Jugendverbänden eine eigene Gestalt: Ehrenamtliche Tätigkeit verliert zum Teil den öffentlichen Charakter, den etwa das *politische* Ehrenamt hat. Dieser öffentliche Charakter geht aber nicht verloren, sondern er wird in die *Verbandsöffentlichkeit* übertragen. »Ehre« wie »Amt« werden in starkem Maße *verbandsintern* erfahren und zugerechnet. Diese den Mitarbeiter(inne)n verbandsintern gezollte Anerkennung ist möglicherweise ein ebenso motivierender wie bindender Faktor für ihre ehrenamtliche Tätigkeit im Verband.

Unter dem Aspekt der *Altersabhängigkeit* sozialer Anerkennung durch ehrenamtliches Engagement muß auch auf die besondere Bedeutung der Eltern der Jugendlichen (sowohl der Ehrenamtlichen wie der Mitglieder des Jugendverbands) hingewiesen werden. Es ist nicht selten der Fall, daß der Status der Eltern für die Jugendarbeit eine besondere Bedeutung gewinnt: Wenn etwa die Tochter des Bürgermeisters eines kleineren Dorfes Gruppenleiterin der Landjugend ist, ist die Beschaffung von Gruppenräumen ein weitaus geringeres Problem als für andere Gruppen. Eltern können für Jugendverbandsgruppen eine Art lokale Pressure-group sein, indem sie ihren eigenen Status für die Jugendlichen verwenden.

Die Gewinnung sozialer Anerkennung für jugendliche Ehrenamtliche in Jugendverbandsgruppen hängt folglich ab von ihrem eigenen Jugendstatus, der durch die ehrenamtliche Tätigkeit noch einmal lokal-öffentlich und verbandsintern geformt wird. Es spielt demnach eine Rolle, in welchem Rahmen (Organisationsaspekt) und von wem (Integrationsaspekt) die ehrenamtliche Tätigkeit ausgeübt wird. Die Gewinnung sozialer Anerkennung im Gemeinwesen über die ehrenamtliche Tätigkeit im Jugendverband steht damit auch in Zusammenhang mit dem lokalen Status des Jugendverbands selber. Welche Konsequenzen sich hieraus für die ehrenamtliche Tätigkeit ergeben, zeigt sich besonders deutlich an der Möglichkeit der Entwicklung eines »doppelten Milieus« für Jugendliche.

3. Das »doppelte Milieu« für Jugendliche als Mechanismus von Sozialisation und sozialer Integration

In ländlichen Gemeinden, innerhalb derer eine gewisse soziale Kontrolle aufrechterhalten wird (vgl. Stein 1984), erhalten die Jugendverbände häufig eine besondere Attraktivität: Sie werden nämlich im dörflichen Bereich mehr nach ihrem dörflich-öffentlichen Status und weniger nach ihrer tatsächlichen Aktivitätsstruktur eingeschätzt. So geben in unseren Befragungen[8] Jugendgruppenleiter/innen häufig an, daß Eltern ihre Kinder und Jugendlichen im Verband »gut aufgehoben« wissen, weil es sich um einen katholischen Verband handle. Wichtig ist in diesem Zusammenhang weniger die Konfessionszugehörigkeit als vielmehr die Tatsache, daß die Zuschreibung »katholischer Verband« einen einschätzbaren und kalkulierbaren dörflichen Status besitzt.

Dies weist auf die Struktur eines »doppelten Milieus« hin, das Jugendverbände in überschaubaren Gemeinwesen verkörpern können: Jugendverbände haben sowohl einen dörflich-öffentlichen als auch einen »subkulturellen« Status für die Jugendlichen. Da die Definitionsbezüge für den dörflich-öffentlichen und den subkulturellen Status auseinanderfallen (der dörflich-öffentliche Status wird von der Erwachsenenwelt, der subkulturelle Status von den Jugendlichen definiert), bieten sie für die Jugendlichen einen Raum, in dem die übliche soziale Kontrolle des Dorfes gespalten ist: Die dörfliche Sozialkontrolle bezieht sich auf den Jugendverband im Dorf und weniger auf die einzelnen Jugendlichen, die dann - so paradox es klingt - im Schutze dieser »dörflichen Kollektivkontrolle« ihren individuellen subkulturellen Ambitionen nachgehen können. Dies ist sicherlich mit ein Grund dafür, daß Verbände auf den Dörfern beliebt sind. Es unterscheidet die Verbände auch von den erwachsenenorientierten Organisationen, z.B. den Vereinen, in denen diese individuellen subkulturellen Möglichkeiten der »Jugendräume« weitaus weniger gegeben sind, und die dörfliche Sozialkontrolle, aber auch die dörflichen Integrationszwänge und -klischees, auf die Jugendlichen selbst durchschlagen.[9]

Verbandliche Jugendgruppen können in diesem Zusammenhang für Jugendliche Räume (im Sinne von konkreten Orten, aber auch von Frei-, Experimentier- oder Unterstützungsräumen) bieten, in denen alternative Sozialisationserfahrungen gemacht werden können. Es wäre jedoch ein Mißverständnis, diese Freiräume als »Schutzräume« oder »Räume für exotische Jugendbedürfnisse« zu betrachten, denn gerade hier zeigt sich deutlich, daß die reale Lebenslage der Jugendlichen, ihre Schul- oder Berufssituation, ihre Arbeitsperspektive ebenso wie ihre existentiellen Lebensprobleme eine bedeutende Rolle spielen (vgl. Böhnisch 1985).

An diesem Phänomen des »doppelten Jugendmilieus« im Dorf wird die Bedeutung von Ehrenamtlichkeit für Prozesse der Sozialisation und sozialen Integration augenscheinlich: Maßgeblich für das Funktionieren eines solchen »doppelten Milieus« im Dorf sind ehrenamtliche Mitarbeiter/innen des Verbandes, die als akzeptierte und sozial integrierte (weil engagierte und im Gemeinwesen bekannte) Ansprechpartner/innen und Verantwortliche für die dörflichen Sozialgruppen (Kommunalpolitiker, Eltern, Kirchengemeinde etc.) fungieren. Ihre Rolle im Dorf - ihre eigene Dorfsozialisation bzw. soziale Integration innerhalb des Dorfes - sowie der »Ruf« des Verbandes, seine Einbindung in die Dorfgeschichte und -tradition bestimmen maßgeblich das Funktionieren eines solchen »doppelten Milieus«.

Dies zeigt sich auch in folgendem Beispiel: Als in einem kleinen Dorf in Oberschwaben eine selbstorganisierte Gruppe Jugendlicher einen kleinen Raum in einem leerstehenden Gebäude in Anspruch nahm, ihn zur »Teestube« ausbaute und sich regelmäßig dort traf, ging dies gerade so lange gut, bis Gerüchte durchs Dorf schwirrten, dort werde exzessiv Alkohol getrunken. Der Raum wurde geschlossen, die Jugendlichen standen auf der Straße. Ein Jugendgruppenleiter einer verbandlichen Jugendgruppe aus diesem Dorf, der dies berichtete, schloß mit den lakonischen Worten: »Die haben sicherlich weniger getrunken, wie bei uns manchmal getrunken wird. Aber die hatten halt keinen Verantwortlichen«.

Das zur Schaffung eines solchen »doppelten Milieus« für Jugendliche im Dorfe notwendige Ansehen der ehrenamtlichen Mitarbeiter/innen, so läßt sich vermuten, ist in aller Regel selbst schon das Produkt eines Prozesses ihrer eigenen Sozialisation und gelungenen sozialen Integration. Auf diese Weise können ehrenamtliche Mitarbeiter/innen der Jugendverbände die Anforderungen dörflicher Sozialkontrolle »abpuffern«.[10] Dies kann natürlich nur dann gelingen, wenn sich die Verhaltensweisen der Jugendlichen innerhalb dieses »doppelten Milieus« in einem gewissen Rahmen bewegen. Daran anschließend muß allerdings gefragt werden, ob denn das Interesse und Bedürfnis der Jugendlichen nach eigenen Räumen und

Gestaltungsmöglichkeiten nicht längst schon wieder von den Erwachsenen geprägt, überformt und kontrolliert ist.[11] Der Freiraum des »doppelten Milieus« ist ein begrenzter Freiraum. Soziale Kontrolle kann über die ehrenamtlichen Mitarbeiter/innen mediatisiert werden. Diese Ambivalenz der ehrenamtlich vermittelten Prozesse von Sozialisation und sozialer Integration verweist auf die eigentümliche Schlüsselrolle der ehrenamtlichen Mitarbeiter/innen in ihrem Engagement für sich und für andere.

4. Gleichaltrigenerziehung

Unter pädagogischen Gesichtspunkten gewinnt die sozialisatorische Funktion der ehrenamtlich in Jugendverbänden Tätigen eine besondere Bedeutung. Prozesse der Sozialisation und der sozialen Integration Heranwachsender sind in zweifacher Weise institutionalisiert: Jugendliche »erziehen« Kinder und Jugendliche in vergleichsweise kontinuierlich organisierten Gruppen.[12]

Das damit konstituierte Erziehungsverhältnis bezeichne ich als *Gleichaltrigenerziehung* (vgl. Gängler 1987). Es unterscheidet sich in mehrfacher Hinsicht von anderen Erziehungsverhältnissen: Es unterscheidet sich zum einen von der Sozialisation in der Gleichaltrigengruppe (Peer-group), da die Gruppen der Jugendverbände von Verbandsseite aus als *pädagogisches Verhältnis* von Jugendlichen zu Kindern und Jugendlichen *organisiert* und institutionalisiert werden (z.B. in Schulungen, Fortbildungen, Gruppenleiterkursen etc.). Es unterscheidet sich zum anderen vom traditionellen intergenerativen Erziehungsverhältnis (Eltern-Kind oder Lehrer-Schüler), da in verbandlichen Jugendgruppen in aller Regel die im traditionellen Erziehungsverständnis mitgedachte Altersdifferenz, die in der Regel als Generationsverhältnis verstanden wird, wegfällt. Im Rahmen der organisierten Gleichaltrigenerziehung übernehmen die jugendlichen Ehrenamtlichen pädagogische Aufgaben: Sie leiten an, geben vor, beraten, strukturieren, entscheiden stellvertretend etc. Jugendliche Leiter/innen in Jugendverbänden stehen damit in einer »pädagogischen Paradoxie«: Sie müssen die Rolle eines (erwachsenen) Erziehers einnehmen, ohne zunächst über eine legitimierende Alters- und damit auch Erfahrungsdifferenz zu verfügen.

Es wäre jedoch ein allzu enges Verständnis des Phänomens »Gleichaltrigenerziehung«, wollte man es begrifflich so streng fassen, daß damit Erziehungsprozesse nur zwischen Jugendlichen gleicher Jahrgänge gemeint wären. Das Konzept der Gleichaltrigenerziehung zielt vielmehr auf eine *altersnahe* Erziehung, also auf *pädagogische* Prozesse zwischen Jugendlichen und Jugendlichen bzw. Jugendlichen und Kindern.[13] Insofern greift das Konzept der Gleichaltrigenerziehung eine in der Jugendarbeit immer schon vorhandene *Ressource* auf, um sie zu erschließen, reflektiert nutzbar zu machen und darin neue Perspektiven für Jugendarbeit aufzuzeigen.

Ehrenamtliche Tätigkeit von Jugendgruppenleiter(inne)n ist in Jugendverbänden in aller Regel mit pädagogischem Auftrag und Anspruch verbunden. Diese ehrenamtliche Form der Erziehung, die wir als Gleichaltrigenerziehung beschrieben haben, nimmt eine besondere Stellung im Spektrum ehrenamtlicher Tätigkeiten ein. In bezug auf Erziehungsarbeit wird die Kennzeichnung »Ehrenamtlichkeit« in aller Regel für diejenigen Personen verwandt, die als Erwachsene pädagogisch tätig sind.[14] Gerade in den Bereichen von Sozialisation und Erziehung - sei es in eher »öffentlichen« Bereichen (Familienhelfer, Hausaufgabenbetreuung usw.) oder eher »privaten« Bereichen (Nachbarschaftshilfe, Pflege, Selbsthilfe usw.) - entspricht ehrenamtliche Tätigkeit dem klassischen Muster des pädagogischen Bezugs, dem »Generationenmodell«.

Für den Bereich der Jugendarbeit scheint allerdings eine *altersspezifische* Differenzierung sinnvoll. Natürlich findet auch in Jugendverbänden ehrenamtliche Tätigkeit von Erwachsenen statt, allerdings überwiegend auf der Ebene der Organisation, der Leitung des Verbandes, der Interessenvertretung nach außen. Betrachtet man jedoch das Insgesamt ehrenamtlicher Tätigkeiten in Jugendverbänden, so stellt man fest, daß die ehrenamtliche pädagogische Tätigkeit von Jugendlichen *in der Erwachsenenrolle*, die Gleichaltrigenerziehung, ein besonderes Amalgam mit anderen Formen der Ehrenamtlichkeit in Jugendverbänden bildet. Das pädagogische Milieu der Gleichaltrigenerziehung in Jugendverbänden läßt sich als »zweistufiges«, altersdifferenziertes Modell von Ehrenamtlichkeit begreifen: Auf der Ebene der Verbandsorganisation wird durch »politisches Ehrenamt« eine Organisationsform geschaffen, innerhalb derer »soziales Ehrenamt« im Rahmen der Gleichaltrigenerziehung stattfinden kann. Ehrenamtliche pädagogische Arbeit von Jugendlichen (und jungen Erwachsenen) wird von ehrenamtlichen (und hauptamtlichen) Erwachsenen organisiert. Ob diese ehrenamtliche pädagogische Tätigkeit allerdings die Sozialisationsleistungen erbringt, die ihr zugeschrieben oder von den Jugendverbänden selbst postuliert werden - das ist eine ganz andere Frage.

Lothar Böhnisch

Ehrenamtlichkeit in lokaler Tradition

1. Ehrenamtlichkeit und soziale Integration

Ehrenamtlichkeit hat eigenständige historische Entwicklungstraditionen, die in der modernen Relationierung zur Professionalität oft verwischt werden. Die Ehrenamtlichkeit begründet sich nicht aus dem Typ der Arbeit, den die Ehrenamtlichen tun, sondern aus der Stellung, die sie in der Vermittlung der sozialen Arbeit mit der gesellschaftlichen Umwelt haben. In ländlichen Bereichen kann man das heute noch gut beobachten: Landjugendverbände sind zugleich Orte der Geselligkeit Jugendlicher und integrationsorientierte Bereiche der Dorfgesellschaft. Die Ehrenamtlichen in der Landjugendarbeit nehmen damit eine besondere Position ein: Sie helfen auf der einen Seite mit, jugendkulturelle Räume im Dorf zu ermöglichen und abzuschirmen, andererseits stehen sie aber auch dafür, daß sich diese Jugendwelten nicht abkapseln und ausgrenzen, sondern in der dörflichen Umwelt integrationsfähig bleiben. Ehrenamtlichkeit hat heute - gerade im Bereich der Jugend- und Sozialarbeit im ländlichen Raum - noch immer eine Vermittlungsfunktion zwischen sozialen Welten.

Wenn man gerade unter diesem Aspekt des »vermittelnden« Status der Ehrenamtlichkeit entsprechende sozialhistorische Linien verfolgt, wird deutlich, daß Ehrenamtlichkeit nicht mit dem Etikett »Nichtprofessionalität« oder »Laientum« erfaßt und begriffen werden kann. Ehrenamtlichkeit symbolisiert vielmehr ein bestimmtes historisch gewachsenes Prinzip der gesellschaftlichen Vernetzung und Mediatisierung.

Daß soziale Aufgaben bei uns ehrenamtlich wahr genommen werden, ist gleichermaßen ein Symbol dafür, daß es damit um Fragen der Gemeinschaft geht. In dieser öffentlichen Dimension hat sich Ehrenamtlichkeit in der Geschichte der deutschen Sozialarbeit entwickelt und ist so verstanden worden. Wenn sich Bürger ehrenamtlichen Aufgaben zugewandt haben, so brachten sie damit zum Ausdruck, daß diese Aufgaben alle angehen und von ihnen - als Ehrenamtliche - nur mediatisiert, d.h. in den kommunikativen Bereich öffentlicher Belange gehoben werden, ohne gleich in einen institutionalisierten sozialpolitischen Kontext einzugehen.

Nun hat sich inzwischen der Sozialstaat in einem Ausmaß extensiviert und intensiviert, daß Ehrenamtlichkeit funktional und material nicht mehr in diesem ursprünglichen Sinne wirken kann. Das historische Prinzip der Ehrenamtlichkeit - als mediatisierende Struktur öffentlicher Aufgaben - ist aber weiter geblieben. Somit können wir in ihm den historischen und analytischen Zugang zu einer Beurteilung der Entwicklung der Ehrenamtlichkeit heute finden.

Ehrenamtlichkeit hat in ihrer Geschichte bis heute vielfach einen lokalen Bezug. Die Verantwortung der Gemeinschaft als Verantwortung jedes einzelnen wird durch die Ehrenamtlichen personal symbolisiert. Diese personale Rückbindung und Mediatisierung der öffentlichen Verantwortung drückte sich - und drückt sich auch noch zum großen Teil heute - in der lokalen Bedeutung des Ehrenamtes aus. Deshalb ist es auch notwendig, bei der Analyse der heutigen Bedeutung des Ehrenamtes in der Jugend- und Sozialarbeit lokal - d.h. vor allem städtisch und ländlich - zu differenzieren.

Wenn wir nun bei bei der Entwicklung eines analytischen Bezugsrahmens für eine lokal differenzierte Bewertung von Ehrenamtlichkeit heute unsere verschiedenen Überlegungen aufeinander beziehen, so kommen wir zu folgendem Modell: Ehrenamtlichkeit als personal rückbezogenes öffentliches Prinzip und Muster der Mediatisierung sozialer Probleme wird in ihrer Ausprägung vor allem dadurch beeinflußt, wie sich die gesellschaftlichen Öffentlichkeiten und der Umgang mit sozialen Problemen und sozialen Konflikten bis heute entwickelt haben. Wir gehen davon aus, daß diese beiden Dimensionen - Öffentlichkeit und Umgang mit sozialen Konflikten - regional signifikant differenziert sind. Deshalb wollen wir uns zuerst mit dieser regionalen Differenzierung befassen.

2. Regionale Unterschiede im Umgang mit sozialen Problemen

Aus dieser regionalen Sicht läßt sich historisch behaupten, daß die Entwicklung der Formen gesellschaftlicher Öffentlichkeit und des Umgangs mit sozialen Konflikten und sozialen Problemen vor allem durch den Prozeß der Urbanisierung als qualitativ weitergehende Stufe der Industrialisierung im 19. und 20. Jahrhundert geprägt wird (vgl. Böhnisch/Funk 1988). Die Urbanisierung lieferte auch das Vergesellschaftungsmodell der sozialstaatlichen Entwicklung: Im städtischen Bereich prallen kontroverse ökonomische, soziale und kulturelle Inhalte räumlich aufeinander und werden in diesem Aufeinandertreffen gleichzeitig immer wieder befriedet. Diese urbane Dialektik von Konfrontation und Befriedung bringt typische Institutionen und Öffentlichkeiten hervor, in denen die ökonomischen, sozialen und kulturellen Widersprüche historisch neu vermittelt und so vergesellschaftet werden. Die Sozialarbeit ist eine solche Institution, die in diesem urbanen Entwicklungsmuster entstanden ist: Hilfe und Kontrolle, Anonymität und Öffentlichkeit, Arbeit und Freizeit, Abhängigkeit und Autonomie symbolisieren sozial kontroverse Inhalte, die aber institutionell auf einer neuen Stufe aufeinander bezogen, miteinander vermittelt und somit in ihrer Konflikthaftigkeit befriedet sind. Im städtischen Bereich sind - als Ergebnisse dieses Prozesses der institutionellen Mediatisierung - die Beziehungen im Umgang mit sozialen Problemen weitgehend institutionalisiert. Ehrenamtlichkeit hat sich vor allem zu diesen institutionellen Mustern zu verhalten, tritt hinter sie zurück.

In diesem Prozeß der urban-industriellen Vergesellschaftung und Modernisierung sind auch die sozialen Institutionen städtischen Ursprungs in die ländlichen Räume übertragen worden, ohne daß sich dort entsprechende Strukturen von Konfrontationen und Befriedung entwickelt hätten. Ökonomische, soziale und kulturelle Widersprüche wie sie heute in der Folge des Strukturwandels des ländlichen Raums aufzufinden sind, können nur teilweise über die zentral (urban) gesteuerten Institutionen aufgenommen werden. Sonst haben sich aber im ländlichen Raum nicht die entsprechenden Strukturen, Öffentlichkeiten, sozialen Bewegungen und institutionellen Integrationsformen entwickelt, wie wir sie in der Stadt vorfinden. In ländlichen Räumen scheint vielmehr ein nicht vermitteltes »Nebeneinander« von sozialen Konflikten und Problemen zu herrschen, welches durch die zentralen Institutionen nur teilweise überbrückt wird, sonst aber in den mehr personal bestimmten Alltagswelten befriedet werden muß. Diese lokalen Alltagswelten sind - traditionell und bis heute - durch Ehrenamtliche in Vereinen und Verbänden auf das »Insgesamt« des Dorfes hin »personal« vermittelt.

3. Ehrenamtlichkeit in städtischen Öffentlichkeiten

Sowie unterschiedliche Muster der sozialen Konfrontation und Befriedung für die urbanen und ländlichen Räume gekennzeichnet sind und in dieser Art die unterschiedliche lokale Verortung des Ehrenamtes beeinflussen, wirken sich auch - damit eng verbunden - regionalspezifische Unterschiede in den Formen der Öffentlichkeit und des Verhältnisses von öffentlich und privat auf Struktur und Funktion des lokalen Ehrenamtes aus.

Im urbanen Bereich »vermischen« sich beide Öffentlichkeitstypen und -traditionen: Die bürgerliche Öffentlichkeit als öffentliches Verhältnis der Bürger untereinander und die sozialstaatliche Öffentlichkeit als besonderes Anspruchsverhältnis zwischen Bürger und Staat. Ist die bürgerliche Öffentlichkeit traditionell ein Medium der Interessenverständigung und Interesenartikulation privat orientierter sozialer Gruppen gegenüber den staatlichen Instanzen, so handelt es sich bei der sozialstaatlichen Öffentlichkeit um ein Medium der Ausbalancierung und Befriedung von Gruppeninteressen und sozialstaatlichen Steuerungsinteressen. Diese beiden Öffentlichkeiten vermischen sich heute. Eine Beziehung aber bleibt signifikant: Sozialstaatliche Öffentlichkeit bedeutet, daß nur input und output des sozialstaatlichen Balance- und Steuerungsprozesses öffentlich sind, nicht aber der Prozeß selbst. Das heißt die Sozialarbeit als Institution dieses sozialstaatlichen Steuerungsprozesses setzt zwar an sozialen Problemen an und »veröffentlicht« ihre Ergebnisse. Was in der Sozialarbeit selbst passiert, ihre interne Struktur vor allem im administrativen Bereich, ist aber in der Regel nicht öffentlich. Die öffentliche Verantwortung für die sozialen Probleme wird administrativ gesetzt und nicht verhandelt.

In den Formen der bürgerlichen Öffentlichkeit - seien es heute die Massenmedien oder die lokalen Initiativgruppen - dagegen ist es gerade der »Prozeß der Skandalisierung« des Privaten, der internen Strukturen, der die Qualität dieses Öffentlichkeitstypus ausmacht. Die öffentliche Verantwortung für die Lösung und Bewältigung von Lebensschwierigkeiten oder die Benachteiligung sozialer Gruppen wird in ihren Abläufen selbst thematisiert, als Konfliktstruktur begriffen. Die Integrationsperspektive ist deshalb jeweils eine andere: einmal die sozialstaatliche Integrationsperspektive der »Problembefriedung«, zum anderen die bürgerliche Integrationsperspektive der Anerkennung der öffentlich artikulierten Probleme als Probleme des »Gemeinwohls«.

Vor diesem Hintergrund wird Ehrenamtlichkeit im städtischen Bereich höchst ambivalent: Je mehr Verbände und Vereine als Orte der Ehrenamtlichkeit in den sozialstaatlichen Kontext der Funktionszuweisung hineingezogen oder verstrickt werden, desto mehr geraden sie in entöffentlichte Strukturen öffentlicher Verantwortung. Dies ist durch die Professionalisierung und damit weitere Versozialstaatlichung der Verbände augenfälliger geworden. Die immer wieder aufflammenden Auseinandersetzungen um verbandsinterne Öffentlichkeiten in den Jugend- und Wohlfahrtsverbänden signalisieren diese moderne Ambivalenz des sozialstaatlich beeinflußten Ehrenamtes. Demgegenüber stehen Formen »neuer Ehrenamtlichkeit«, wie wir sie in den sozialen Bewegungen und Bürgerinitiativen vorfinden, die sich nicht zuletzt auch gegen Entöffentlichung der sozialbürokratischen und verbandlichen Ablaufstrukturen wenden und für sich in Anspruch nehmen, die Öffentlichkeit der Probleme selbst (und nicht nur die sozialstaatlich selegierte Öffentlichkeit der Problemdefinition) und die der internen Ablaufstrukturen herzustellen. Das Verhältnis von Verbänden und sozialen Initiativgruppen im urbanen Raum ist deshalb auch unter dem Aspekt konkurrierender historischer Konzepte von Ehrenamtlichkeit zu betrachten.

4. Ehrenamtlichkeit und Dorföffentlichkeit

Während es ein Kennzeichen städtischer Öffentlichkeiten ist, daß sie Interessen und Bedürfnisse aus dem privaten Bereich in einen qualitativ anderen »öffentlichen« Bereich vermitteln (sei es die bürgerliche oder sozialstaatliche Öffentlichkeit), fehlt in der ländlichen Tradition der Dorföffentlichkeit diese Trennung und damit auch die Muster der Vermittlung von öffentlich und privat. Dorföffentlichkeit und Alltagswelt des Dorfes sind ineinander vermischt, gehen ineinander über. Überschaubarkeit und Gegenseitigkeit sind die Grundmuster der Verständigung der Interessen der Dorfbewohner. Und doch zerfallen diese dörflichen Quasi-Öffentlichkeiten in zwei Ebenen: in eine informelle, Ebene, die aus der alltäglichen Kommunikation des miteinander oder übereinander Redens auf der Straße und der alltäglichen Interaktion z.B. der Nachbarschaftshilfe besteht. Aus ihr herausgehoben gibt es die »formelle« oder »manifeste« Dorföffentlichkeit, die in den Vereinsvorständen und kommunalpolitischen Gremien hergestellt wird. Sie wird zwar auch wieder durch Personen repräsentiert, die in die alltägliche, informelle Dorföffentlichkeit eingebunden sind - mit der Institutionalisierung des Vereinswesens und der Kommunalpolitik und damit einhergehenden funktionellen Verselbständigung gegenüber der alltäglichen Dorföffentlichkeit, sind sie aber gleichzeitig aus dieser alltäglichen Öffentlichkeit herausgehoben und der dörflichen Alltagskontrolle weitgehend entzogen.

In diesen beiden Dimensionen der Dorföffentlichkeit vermittelt sich auch eine signifikante geschlechtsspezifische Teilung: Die Frauen sind - schon von ihrem privaten und haushaltlichen Alltagsablauf her - vor allem in der informellen oder latenten Dorföffentlichkeit präsent, beziehen hieraus ihre Stärke und Möglichkeiten sozialer Kontrolle für den privaten

Bereich. Die manifeste oder formelle Dorföffentlichkeit der Vereine und Kommunalpolitik ist aber vor allem von den Männern besetzt, organisiert sich in ihren Ritualen und Kooptationen als Männeröffentlichkeit (vgl. Huber 1986).

Dorföffentlichkeiten sind in besonderem Maße Räume sozialer Integration und Ausgrenzung, sozialer Kommunikation und sozialer Kontrolle, die durch die Muster der Überschaubarkeit und Gegenseitigkeit strukturiert sind. Soziale Kontrolle ist vor allem als nachbarschaftliche Kontrolle gewachsen bzw. informell organisiert; die Dorfbewohner fürchten sich in der Regel vor dieser nachbarschaftlichen Kontrolle, auf der anderen Seite beteiligen sie sich selbst daran. Dies führt dazu, daß die Dorfbewohner sich relativ starr an einem traditionalen Mittel von Normalität orientieren und eifersüchtig darüber wachen, daß es nicht verändert wird: sei es in Fragen der Kindererziehung, des nachbarschaftlichen Umgangs miteinander, der Art des öffentlichen Auftretens, Mustern des sozialen Umgangs mit Bewohnern außerhalb des dörflichen Bereichs. Aus diesem, sich immer wieder informell herstellenden Normalitätsmittel eines Dorfes heraus ist abweichendes Verhalten kaum möglich, wird es sofort als Bedrohung eingeschätzt. Daraus ist auch der kulturelle Immobilismus des Dorfalltags zu erklären. Die Kehrseite dieser »immobilisierenden« dörflichen Kontrollstruktur ist die stärker personenzentrierte und damit im Erleben der Dorfbewohner »menschlichere« Kommunikation, die aus der Überschaubarkeit entsteht.

In dieser Überschaubarkeit und Gegenseitigkeit sind auch die institutionelle und formelle Dorföffentlichkeit über Personen miteinander verflochten. Dies führt - ähnlich wie beim kulturellen Immobilismus der dörflichen Alltagsöffentlichkeit - zu einem politischen Immobilismus im Bereich der kommunalpolitischen Institutionen und Vereinswesens. Zwar haben die Bürger über diese Verflechtung größere Chancen des personellen Zugangs und damit der personellen Kontrolle der Mitglieder der Dorfelite in Gemeinderäten und Vereinen; gleichzeitig aber sind sie diesen Personen über die Alltagsöffentlichkeit verpflichtet, wie sie ihnen über die institutionelle Verselbständigung der kommunalpolitischen - und Vereinsgremien ausgesetzt sind.

Mit dem Strukturwandel des dörflichen Zusammenlebens - demographische und soziale Umschichtungen, Trennung und Auslagerung der Lebensbereiche, Assimilation urbaner Lebensformen (vgl. Schmals/Voigt 1986) - wurde die alltägliche Dorföffentlichkeit in ihrer Kontroll- und Kommunikationsgegenseitigkeit ausgedünnt, überformt. Dörfliche Kontrolle ist vielerorts ihrer Verbindlichkeit und Sanktionsfähigkeit entleert, wird teilweise nur noch als »Geschwätz« wirksam. Aber auch die formelle Öffentlichkeit der Vereine und Kommunalpolitik hat durch die verlorengegangene kommunale Selbstverwaltung im Zuge der Verwaltungsreformen ihre institutionelle Grundlage eingebüßt. Die politischen Dorfeliten orientieren sich heute vor allem an den Parteien und damit über das Dorf hinaus in die regionalen politischen Öffentlichkeiten. Trotzdem wird die formelle Dorföffentlichkeit heute immer noch von den alten und neuen Vereinen beeinflußt, die immer noch und weiter Medien der spezifischen Dorföffentlichkeit sind. Da in ihnen nicht nur viele der dörflichen Ehrenämter angesiedelt sind, sondern auch die Grundstruktur des sozialen Ehrenamts im ländlichen Bereich aus dem Muster der Vereinsehrenamtlichkeit abgeleitet ist, möchte ich im folgenden auf einige Aspekte der Bedeutung des ländlichen Vereinswesens eingehen. Es werden also nicht Typen von ländlichen Ehrenämtern ausdifferenziert, sondern es soll das dörfliche Prinzip der sozialen Ehrenamtlichkeit verdeutlicht werden.

5. Die Vereine in der Dorföffentlichkeit

Die Art der Mitgliedschaft in dörflichen Vereinen ist ein Gradmesser für das Sozialprestige, das der Dorfbewohner hat. Allerdings sind es fast immer die selben Persönlichkeiten, die bestimmte Vereinspositionen ehrenamtlich bekleiden und damit kommunales Prestige gewinnen. Vereinen wird in der Regel eine hohe Integrationsfähigkeit und Integrationsleistung für das Dorf zugeschrieben. Diese Integrationswirkung bezieht sich vor allem auf die Sicherung der »Kontinuität der Dorfgemeinschaft«, sowohl symbolisch - über Feste, Feiern und Veranstaltungen - als auch institutionell über Positionen. Ihre Integrationsleistung im kulturellen Bereich besteht vor allem darin, daß sie die im Dorf vorherrschende Wertenormalität und damit nicht selten auch die kulturelle Immobilität aufrecht erhalten, reproduzieren und natürlich auch sanktionieren. Vereine eröffnen Zugänge in die formelle Dorföffentlichkeit. Da gerade die Vereine in einer spezifischen Art zwischen der Alltagsöffentlichkeit und der formellen Dorföffentlichkeit vermitteln können, wurde ihnen lange Zeit eine sozial nivellierende Funktion zugeschrieben. Neuere Umfragen stellen allerdings demgegenüber den Schichtcharakter der Vereine heraus: Kostspielige Reit- und Fahrvereine haben meist Mitglieder aus anderen Gesellschaftsschichten als z.B. die Fußballvereine.

Die Vereine haben auch immer mit dazu beigetragen, daß die sozialen Grundmuster dörflicher Normalität im Dorfalltag reproduziert werden.

Dies ist eine soziale Besonderheit ländlicher Vereine, welche auf die Durchgängigkeit der dörflichen Lebensbereiche zurückzuführen ist. Ehrenamtliche in den dörflichen Vereinen hatten deshalb auch gewisse dorföffentliche Vorbild- und Leitfunktionen. Diese besondere »Dorforientiertheit« ländlicher Vereine war es, welche die besondere Integrationsfähigkeit des ländlichen Ehrenamtes strukturierte. In dem Maße, in dem sie in den letzten Jahrzehnten verloren gegangen ist, und die Vereine sich stärker auf sich selbst beziehen, ist auch der dörfliche Integrationsbezug des vereinsgebundenen Ehrenamtes verlorengegangen.

Diese neuere »Vereinszentrierung« der ländlichen Vereine ist auf verschiedene Entwicklungen zurückzuführen. Einmal wohl allgemein auf den Strukturwandel des ländlichen Raums, in dessen Folge sich soziale Integrations- und Segregationsmuster entwickelt haben, welche die herkömmlichen Formen dörflicher Integration überschreiten. So hat die auch inzwischen im ländlichen Raum verbreitete Freizeitorientierung die klassischen dorforientierten Geselligkeitsformen durchbrochen; Freizeit hat sich auch auf dem Lande zu einem eigenen Lebensbereich ausdifferenziert. Dies hatte für das Vereinswesen zwei Folgen: Zum einen entstanden neben den traditionellen Vereinen immer mehr und immer neue »Freizeitvereine«, die sich nicht auf die Allgemeinheit des Dorfes, sondern nur noch auf das Segment Freizeitbetätigung richten. Zum anderen werden auch traditionelle Vereine heute nicht nur unter dem Aspekt der dörflichen Integration, sondern vor allem auch als »Freizeitanbieter« genutzt. Dieser Funktionswandel der Vereine ist zum zweiten dadurch noch befördert worden, daß zunehmend Neusiedler in den ländlichen Raum gekommen sind, deren sozialer Integrationsbezug nicht dörflich, sondern regional ist und die von daher in örtlichen Vereinen weniger die dörfliche Anbindung, sondern mehr den Freizeit- und Geselligkeitsservice suchen.

Diese Hinwendung zum Freizeitbereich und die damit verbundene »Vereinszentrierung« der ländlichen Vereine haben sie auch wirtschaftlich als Objekte der Freizeitindustrie interessant gemacht. Die »Kommerzialisierung« der ländlichen Vereine ist inzwischen so weit fortgeschritten, daß sie einen eigenen Markt für dörfliche Geselligkeits- und Freizeitgüter bilden. Mit dieser marktförmigen Durchdringung durch den Kommerz hat sich auch in und unter den Vereinen eine »Wettbewerbsstruktur« ausgebildet, die weniger durch das Moment der dorforientierten Integrationsfähigkeit, sondern eher der marktförmigen »Leistungsfähigkeit« geprägt ist: Wer macht die spektakulärsten Feste, ist in der Region am bekanntesten, kann medienwirksam auftreten, kann auf Spitzenleistungen verweisen, die aus seiner Vereinsarbeit hervorgegangen sind.

Dieser Tendenz der »Kommerzialisierung« der ländlichen Vereine entspricht auf öffentlicher Ebene »Kommunalisierung« (vgl. Jauch 1980). Vereine werden in den letzten Jahren immer mehr als Mitträger von Bürgerfesten und ähnlichen kommunalen Veranstaltungen von den Gemeinden herangezogen. In dieser kommunalpolitischen Vereinnahmung können sie leicht ihren mediatisierenden Chrakter - auf dem ihre integrative Funktion beruhte - verlieren, werden zum Werkzeug der regionalöffentlich orientierten Dorfeliten und geraten so in den Sog einer Vermischung mit dem regionalen Kommerz.

Kommerzialisierung und *Kommunalisierung* der dörflichen Vereine haben die tradierten sozialen Dimensionen der ländlichen Ehrenamtlichkeit wesentlich verändert. Status und Prestige im Dorf, die auch heute noch wesentlich an das Vereinsehrenamt geknüpft sind, scheinen sich damit immer weniger aus den tradierten Bezügen der dörflichen Gegenseitigkeit und sozialen Verantwortlichkeit abzuleiten, sondern an der neuen Aura der Teilhabe an einer dörflichen Elite, die sich am Vereinserfolg in der Statuskonkurrenz des ländlichen Freizeit- und Gesellungsmarktes orientiert zu sein. Inwieweit diese »soziale Lücke« durch neue Strukturen sozialen Engagements im ländlichen Raum überbrückt werden kann, soll in einem eigenen Beitrag thematisiert werden (vgl. Stein, in diesem Band).

Gebhard Stein

Vereine und soziale Dienste

Das Ehrenamt auf dem Lande*

1. Traditionelle Formen von Ehrenamtlichkeit auf dem Lande

1.1 Ehrenamtliche Tätigkeit in Vereinen

Auf dem Land wird mit »Ehrenamtlichkeit« primär die Vereinsaktivität von Männern assoziiert. Ohne daß genau zu klären ist, ob eventuell andere Formen von Ehrenamtlichkeit, die beispielsweise im Umfeld sozialer Dienste vorwiegend von Frauen übernommen werden, rein quantitativ bedeutsamer sind, genießt im öffentlichen Bewußtsein die Aktivität in einem Verein, sei es als Vorstand oder Abteilungsleiter, ein hohes Ansehen.

Es ist wenig bekannt, daß das *Vereinswesen*, das als typisch für ländliche Regionen gilt, ursprünglich von städtischen Vorbildern herrührt. Etwa im letzten Drittel des 19. Jahrhunderts entstanden durch die Imitationen städtisch-bürgerlicher Schichten die ersten Vereine, beispielsweise Turn- oder Musikvereine. In der Anfangszeit besaßen sie u.a. für die dörflichen Honoratioren die Funktion, sich durch ein spezifisches Reglement von der Mehrheit der Dorfbevölkerung abzuheben.[1] Im Gebiet des heutigen Zollernalbkreises läßt sich diese Entwicklung insbesondere durch Vereinschroniken oder Festschriften belegen.[2] So entstand beispielsweise in der Gemeinde B. schon 1841 ein Liederkranz, gegründet durch den reichsten Wirt und größten Grundbesitzer der Gemeinde; es folgten Turnverein (1864), Feuerwehr (1883), Musikverein (1883) und ein katholischer Arbeiterverein. Zwischen 1920 und 1930 erweiterte sich die Palette der Aktivitäten in Vereinen in noch breiterem Maße. Damit gewann auch die Möglichkeit an Bedeutung, sich über die ehrenamtliche Tätigkeit, z.B. in Führungspositionen der Vereine, Ansehen in einer Gemeinde zu ver-

* In den folgenden Skizzen werden einige Aspekte ehrenamtlicher Tätigkeit vorwiegend in Vereinen und im Kontext sozialer Dienste exemplarisch an einem ländlich-industrialisierten Landkreis dargestellt. Dieser Landkreis, der Zollernalbkreis, hat etwa 150.000 Einwohner und besitzt drei größere Städte mit ca. 50.000, 25.000 und 15.000 Einwohnern sowie viele ehemals selbständige kleinere Gemeinden, die meist zu sogenannten »Retortengemeinden« zusammengeschlossen sind.

schaffen und damit auch im Rahmen der Kommunalpolitik Einfluß zu gewinnen.

Vorwiegend im kirchlichen Umfeld entstanden nach 1920 erste Formen verbandlicher Jugendarbeit, die meist durch Pfarrer »importiert« wurden. In diesem Kontext sind erste ehrenamtliche Tätigkeiten von Jugendgruppenleitern nachweisbar (vgl. Stein 1984: 126, Anm. 32 sowie Link u.a. 1983: 50 ff.). Vereine und Jugendverbände blieben bis mindestens zum 2. Weltkrieg weitgehend eine männliche Domäne, obwohl es schon erste Ansätze von Mädchengruppen in Turnvereinen gab. Aber selbst diese Mädchengruppen wurden von ehrenamtlich tätigen Männern geleitet.[3]

Ein wichtiges Merkmal der Vereinsentwicklung nach dem 2. Weltkrieg ist die *Ausdifferenzierung*, Verästelung und Angebotsausweitung der Vereinstätigkeiten, verbunden mit der Tendenz zu einer zunehmenden Spezialisierung der Vereine auf eine Haupttätigkeit. So entwickelten sich in allen ländlichen Gemeinden beispielsweise aus den früheren Turnvereinen neue selbständige Vereine, in denen Fußball gespielt oder Skisport betrieben wird und in denen »neuere« Formen sportlicher Betätigung Eingang finden wie in DLRG-Gruppen, Tennis- und Schachclubs. Turnen und Leichtathletik bilden heute allenfalls noch den Kern einer oft großen Anzahl von Abteilungen eines Turnvereins. Mit der Differenzierung und gleichzeitigen Spezialisierung der Vereine ging ab etwa 1960 eine deutliche Beschränkung auf den jeweiligen Vereinszweck einher: Geselligkeitsaspekte, insbesondere unter den immer noch im Vereinswesen dominierenden Männern, traten zumindest bei den Jüngeren allmählich zurück. Während in der Weimarer Zeit in vielen Vereinen für die »Vereinsgemeinde« oder Gemeindeöffentlichkeit Theater gespielt wurde, an Wochenenden gemeinsame Wanderungen unternommen wurden oder auch Chorgesang gepflegt wurde, traten diese »zweckfremden« Aktivitäten ab ca. 1960 nach und nach in den Hintergrund (vgl. Link u.a. 1983: 77 ff.; Ilien/Jeggle 1978: 133 ff., 177 ff.).

Für die ehrenamtlich Tätigen in den Vereinen bedeutete diese Differenzierung und Spezialisierung, sich nicht mehr nur mit Repräsentationsaufgaben zu befassen, kommunalpolitische Beziehungen aufzubauen und zu pflegen, sondern sich auch zunehmend in oft komplizierte Sachgebiete einzuarbeiten. Diese reichen von Problemen der Geldbeschaffung, Buchführung, des Steuerrechts bis zur Notwendigkeit, sich z.B. in der Freiwilligen Feuerwehr mit neuen technischen Details oder im Sportverein mit neuen Methoden und Strömungen auseinanderzusetzen. Ebenso eröffneten sich in der Qualifizierung und Fortbildung von Vereinsmitarbeitern neue Aufgaben für Ehrenamtliche.

Trotz mancher Krisen im Vereinsleben und trotz vielfach beklagter Nachwuchssorgen sind in Gemeinden mit ca. 10.000 Einwohnern über 30 aktive Vereine keine Seltenheit. Dabei muß allerdings berücksichtigt werden, daß in den nach der Gemeindereform »künstlich« entstandenen Kommunen häufig Vereine mit gleichen Aktivitäten in mehreren Teilgemeinden bestehen. In solch einer differenzierten und unüberschaubaren »Vereinslandschaft« eines Landkreises mit einer Zahl von ca. 250 bis 400 Vereinen ist es nicht möglich, die Zahl der ehrenamtlich Tätigen auch nur ansatzweise verläßlich zu schätzen.[4]

1.2 Ehrenamtlichkeit von Frauen

Erst nach dem 2. Weltkrieg gewann die ehrenamtliche Tätigkeit von Frauen in Vereinen im Gebiet des heutigen Landkreises eine gewisse Bedeutung. Zwar gab es schon zwischen den Weltkriegen Vereinigungen, in denen Frauen organisiert waren (z.B. Jungfrauenkongregationen, Müttervereine, nationalsozialistische Organisationen), aber die Leitungsfunktionen wurden meist von Männern (z.B. Pfarrern) ausgeübt. Zunehmend entwickelten sich ab 1950 beispielsweise in Turnvereinen Frauenabteilungen, in denen die Übungs- und Abteilungsleitung durch Frauen verantwortet wurden (vgl. Ilien/Jeggle 1978: 175 ff.). Allerdings repräsentierten sich die wachsenden Vereinsaktivitäten der Frauen keineswegs in den Entscheidungsorganen der Vereine, also in den Vorständen, in denen die Männer weiterhin meist unter sich blieben.

Ehrenamtliche Tätigkeit von Frauen auf dem Land muß im Zusammenhang mit der traditionellen Frauenrolle gesehen werden. In der (klein-) bäuerlichen Produktionseinheit der Familie war die Frau weitgehend auf die Arbeit im Haus und im Reproduktionssektor festgelegt (vgl. Stein 1987: 288). Dabei spielte u.a. die Versorgung der noch nicht oder nicht mehr produktiven Familienmitglieder (Kinder, Alte, Kranke) eine zentrale Rolle. Aus diesem traditionellen Kontext erklärt sich, warum sich im Landkreis die ehrenamtliche Tätigkeit von Frauen hauptsächlich im Rahmen von sozialen Diensten abspielt. Frauen sind dabei oft in nicht-institutionalisierten Feldern tätig: in der Nachbarschaftshilfe, in der Betreuung und Pflege alter und kranker Menschen. Es ist dabei typisch für kleinere ländliche Gemeinden, daß der betreute Personenkreis zunächst die eigene Verwandtschaft umfaßt, sodann - vor allem bei älteren Menschen - z.B. »Jahrgänger«, frühere Schulkameraden, schließlich die Nachbarschaft.[5] Diese Form der nicht-institutionalisierten Hilfe setzt voraus, daß das traditionale soziale Netzwerk des Dorfes noch weitgehend intakt ist. Nun wurden aber die ländlichen Gemeinden vom universalen Modernisierungsprozeß stark überformt, so daß sich beispielsweise in Neubaugebieten am Rande der alten Dorfkerne quasi-urbane Strukturen herausbilden konnten. Als Folge dieser Entwicklung institutionalisierten soziale Organisationen wie Kirchen oder Wohlfahrtsverbände in den letzten Jahren zunehmend soziale Dienste. Mittlerweile gibt es im Landkreis in vielfältigen Formen organisierte Nachbarschaftshilfe, Besucherdienste, Seniorenbetreuung, Sozialstationen usw., in denen überwiegend Frauen ehrenamtlich tätig sind.

In der ehrenamtlichen Tätigkeit von Frauen im Umfeld sozialer Dienste - ob diese sich nun in eher informellen oder institutionalisierten Formen entwickelt haben - verbirgt sich in ländlichen Gemeinden eine wichtige Ressource, die zwar vielfach wie selbstverständlich genutzt wird, aber bislang nur selten diskutiert wurde. Frauen, die für ihre ehrenamtliche Tätigkeit Wissen über traditionelle Zusammenhänge und Deutungsmuster sowie über lokale Strukturen ausnutzen können, die Beziehungsgeflechte in der Gemeinde kennen und nutzbar machen können, tragen dazu bei, für Betroffene Hilfen so zu organisieren, daß die beschrittenen Lösungswege die jeweiligen ländlichen Umweltbedingungen adäquat berücksichtigen. Damit bietet die Ehrenamtlichkeit Zugänge zu stärker am ländlichen Alltag orientierte Konzepte sozialer Hilfe.

2. Neue Formen der Ehrenamtlichkeit auf dem Lande

2.1 Ehrenamtliche »Profis«

Im Gefolge der Ausdifferenzierung der Sozialadministration seit den 70er Jahren ergaben sich interessante neue Aspekte für die Ehrenamtlichkeit im Bereich der sozialen Dienste. Dabei darf man allerdings nicht vergessen, daß die im folgenden beispielhaft herausgegriffenen Segmente unter quantitativen Gesichtspunkten eine nur untergeordnete Rolle spielen. Trotzdem sind sie einer genaueren Analyse wert, weil sich an ihnen die Umbruchsituation ländlicher Räume spiegelt. In den 70er Jahren wurde in ländlichen Regionen in der sozialen Versorgung ein Rückstand gegenüber der Stadt konstatiert, der durch eine verbesserte generelle Ausstattung und Zugänglichkeit zu institutionellen Hilfen ausgeglichen werden sollte. Rahmenvorgaben orientierten sich an Meßzahlen (z.B. eine bestimmte Anzahl Beratungsstellen pro 100.000 Einwohner zur »flächendeckenden« Versorgung).

Nun ergab sich im Zollernalbkreis folgende Entwicklung: Trotz stark verbesserter sozialer Infrastrukturen im Umfeld von Jugend- und Sozialarbeit werden neu entstehende oder ins Gesichtsfeld tretende soziale Probleme nicht ausschließlich durch Institutionen aufgegriffen, sondern zunehmend im Kontext neuer Formen der Ehrenamtlichkeit. Dabei kommt vor allem den im Allgemeinen Sozialen Dienst (ASD) arbeitenden Sozialarbeitern eine Schlüsselstellung zu. Für spezifische Problemlagen, mit denen sie in ihrer Arbeit im Rahmen des ASD konfrontiert wurden, besitzen sie als Vertreter ihrer Institutionen (Jugend- und Sozialamt) nur begrenzte Hilfs- und Lösungsmöglichkeiten.

Eine Reihe engagierter Professioneller begann deshalb, in ihrer Freizeit als Ehrenamtliche außerhalb ihrer Institutionen an diesen weiterreichenden Problemlagen zu arbeiten. Dabei fungierten sie als Kristallisationspunkte für neue Gruppen von Ehrenamtlichen, mit denen sie gemeinsam die Kerne neuer kleiner spezialisierter Institutionen (freier Träger) schufen. Wichtige Beispiele hierfür sind der Aufbau eines Frauenhauses durch einen Verein oder die geschaffenen Hilfen für psychisch Kranke (ambulante Hilfen bzw. in jüngerer Zeit ein sozialpsychologischer Dienst).

Im Kontext dieser Entwicklungen zeigen sich einige Spezifika ländlicher Räume: In Städten werden Problemlagen eher durch Betroffene an die Öffentlichkeit gebracht, werden Schwierigkeiten skandalisiert, wodurch Institutionen zu Befriedigungsstrategien gezwungen werden. Auf dem Lande entstehen im Rahmen des gesamtgesellschaftlichen Modernisierungsprozesses zwar ähnlich wie in den Städten soziale Schwierigkeiten, Problemlagen und Widersprüche. Anders als in der Stadt werden diese aber auf dem Lande in weit geringerem Maße in die Öffentlichkeit getragen. Funken in Konfliktsituationen, die Problemlagen öffentlich sichtbar machen würden, springen nur selten über. In den latenten Konfliktpotentialen wirken sich vielfach traditionale Bewußtseinsstrukturen und Stereotype neutralisierend aus. So z.B.

- Harmonievorstellungen (Vertrauen auf die Konfliktregelungsmechanismen des Privatbereichs und des ländlichen Alltags),
- »Privatisierung« von Lebensschwierigkeiten,
- Vertrauen auf Lösungen unterhalb der Ebene des öffentlichen Austragens von Konflikten,
- Rückzug auf das Stereotyp »es hat früher auch funktioniert« (ohne die Brüche zur Tradition und deren Zusammenprall mit modernen Strukturen zu berücksichtigen).

Die »ehrenamtlichen Profis« können zu Kristallisationspunkten für neue Formen der Ver-Öffentlichung sozialer Problemlagen auf dem Lande werden, wobei sie ständig mit den skizzierten und anderen Stereotypen konfrontiert werden. Allmählich entstehen auf diese Weise auch auf dem Lande Ansätze neuer Sozialöffentlichkeiten. Diese treten im Zollernalbkreis mittlerweile nicht nur im Kontext »ehrenamtlicher Profis« auf, sondern es bilden sich mindestens zwei weitere Strömungen.

2.2 Betroffene organisieren sich selbst

Wie schon seit geraumer Zeit in den Städten, organisieren sich Betroffene auch in ländlichen Räumen zunehmend in unterschiedlichen Selbsthilfegruppen. Beispiele sind im Feld der Gesundheitspflege und Behindertenbetreuuung ebenso zu finden wie in der Entwicklung von Selbsthilfegruppen für Alleinerziehende oder auch in der öffentlichen Anmeldung eines Bedarfs an Krabbelgruppen durch junge Mütter. Untersucht man diese Bewegung genauer, stellt man fest, daß vielfach nicht die etablierten Einheimischen, sondern Zugezogene, z.B. meist in Neubauvierteln wohnende Bürger, die eigentlichen Aktivisten darstellen. Dies dürfte zum einen mit einem »importierten«, eher urbanen Bewußtsein dieser »Neubürger« zusammenhängen, zum anderen aber auch mit der defizitären Infrastruktur im Bereich der sozialen Versorgung, die in den quasi-urbanen Neubauvierteln ländlicher Gemeinden angesichts der fehlenden Integration in die traditionalen informellen Netze in besonderer Weise erfahren werden. Es fällt auf, daß sich dabei oft Frauen engagieren. Diese treffen vielfach auf etablierte institutionelle oder öffentliche Strukturen, die sich bislang kaum jemals mit Formen weiblichen Engagements im Rahmen neuer Sozialöffentlichkeiten auseinandersetzen mußten und deshalb nicht selten hilflos und ungeschickt operieren.

2.3 Freie Träger und neue Spielarten der Subsidiarität

Es ist zu beobachten, daß auch (etablierte) freie Träger allmählich das Feld der neu ins Bewußtsein tretenden sozialen Problemlagen entdeckt haben und darin neue Strukturen entwickeln. Damit ergeben sich Ansätze einer neuen Form von Subsidiarität, die die Träger untereinander zu Koordination und Kooperation sowie gegenüber der staatlichen Sozialarbeit zu neuen Strategien zwingen. Ein Interesse der freien Träger speist sich auch aus der Hoffnung, durch die Expansion in neue Felder neue Finanzierungsmöglichkeiten zu eröffnen. Ein Beispiel dafür sind ambulante Hilfen im Bereich der institutionalisierten Nachbarschaftshilfe und der

Altenhilfe. In diese neu erschlossenen Felder vermitteln die freien Träger ehrenamtliche Mitarbeiter. Im Zollernalbkreis handelt es sich beispielsweise um Aufgaben und Felder wie Familienhilfe, soziale Trainingskurse mit straffälligen Jugendlichen (Ersatz für Freiheitsstrafe etc.), Asylantenbetreuung, ambulante Altenhilfe, institutionalisierte Nachbarschaftshilfe, Pflegschaften für Entmündigte, Kinder- und Jugendkulturarbeit.

3. Soziales Ehrenamt in der Besonderheit des ländlichen Alltags

Aus der sehr knappen Darstellung der Entwicklung einiger Aspekte von Ehrenamtlichkeit in einem ländlichen Landkreis könnte nun geschlossen werden, daß in der dargestellten Entwicklung eigentlich lediglich ein gewisser Rückstand des Landes gegenüber der Stadt ausgeglichen wird. Es könnte gefolgert werden, daß in einigen Jahren Land und Stadt sich bezüglich der Formen von Ehrenamtlichkeit nicht mehr unterscheiden werden. Diese Folgerung verweist auf ein bislang nur unvollkommen analysiertes Problem in der Einschätzung von »Land«. Dieser Ansicht könnte - sehr verkürzt - folgende Argumentation entgegengehalten werden: Selbst wenn es bezüglich der Erscheinungsformen von Ehrenamtlichkeit keine Unterschiede mehr zwischen Stadt und Land gäbe, würde sich trotzdem in ländlichen Regionen der Kontext, in dem Ehrenamtlichkeit (vor allem im Feld sozialer Dienste) angesiedelt ist, von städtischen Kontexten unterscheiden. Auf dem Land verläuft die Genese einer Lebensschwierigkeit oder einer sozialen Problemlage in anderen soziokulturellen Zusammenhängen. Diese sind durch spezifische Formen von Alltäglichkeit durchdrungen, die in wichtigen Elementen immer noch von traditionalen Einstellungen und Bewußtseinsstrukturen geprägt sind. Wir finden in der Stadt wie auf dem Land »moderne« soziale Probleme wie Arbeitslosigkeit, Drogenabhängigkeit usw. Die Bewältigungsstrukturen dieser Probleme aber werden auf dem Land geformt durch spezifisch dichte Kommunikationszusammenhänge und durch traditional bestimmte Werthaltungen und Normen (vgl. Stein 1987).

Lösungs- und Bewältigungsversuche sind in hohem Maße im ländlichen Alltag, also näher an der Privatsphäre angesiedelt. Gegenüber institutionellen Hilfen besteht eine gewisse Abwehrhaltung, die oft erst bei gravierendem Problemdruck überwunden wird. Aus dieser Tendenz zur Privatisierung von Problemen ist erklärbar, daß unter gleichen Rahmenbedingungen in der modernen Gesellschaft in ländlichen Regionen Problemlagen seltener öffentlich auftreten, das Land also »unauffälliger« und »heiler« wirkt und eingeschätzt wird.

Es ist bislang kaum diskutiert, wie sich die neuen und alten Formen ehrenamtlicher Tätigkeit auf dem Lande angesichts dieses Faktums weiterentwickeln sollten. Das Verhältnis von ehrenamtlicher Tätigkeit zu den spezifischen Formen ländlichen Alltags und zu traditionellen Strukturen ebenso wie die eventuellen Rückwirkungen auf die äußere Gestalt ehrenamtlichen Engagements in sozialen Diensten: All dies ist bislang kaum reflektiert worden - was aber keineswegs verhindert, daß ehrenamtliche Arbeit in vielen Felder tagtäglich praktisch funktioniert.

Teresa Bock

Bahnhofsmission

Ökumenisches Engagement für Menschen, die unterwegs sind

Auf 104 Bahnhöfen in der Bundesrepublik und Berlin-West bieten die beiden Kirchen Reisenden und Menschen, die ziellos unterwegs sind oder sich zum Bahnhof hingezogen fühlen, ihre Dienste an. Bahnhofsmissionen (BM) gibt es vor allem in Großstädten, Grenzstädten, Orten mit großen Einrichtungen für hilfebedürftige Menschen und an Verkehrsknotenpunkten. Auf den meisten Bahnhöfen teilen sich evangelische und katholische Bahnhofsmissionen den Dienst und arbeiten dabei eng zusammen.

In der Regel sind die Räume der BM von morgens bis abends, auf großen Bahnhöfen auch nachts geöffnet. Auf besonders frequentierten Bahnhöfen stehen Übernachtungsmöglichkeiten, vorrangig für Frauen und Kinder zur Verfügung.

Die »Konferenz für Kirchliche Bahnhofsmission«, zu der sich der Verband der Deutschen Evangelischen Bahnhofsmission und der Deutsche Verband Katholischer Mädchensozialarbeit als Trägerverbände der evangelischen und katholischen Bahnhofsmissionen zusammengeschlossen haben, gehört zur Gruppe der wenigen Verbände und Einrichtungen der Wohlfahrtspflege, die in ihrer Statistik auch ehrenamtliche Mitarbeiter/innen detailliert erfassen.[1] Das macht differenzierte Aussagen über deren Altersstruktur und Gruppenzugehörigkeit, sowie über die Aufgaben, die sie übernehmen und die Art und den Umfang ihres Einsatzes möglich.

1. Ehrenamtliche Mitarbeiter/innen in der Bahnhofsmission

Die Statistik für das Jahr 1986 weist 2.019 Mitarbeiter/innen aus. Von ihnen sind 1.678 (83%) ehrenamtlich tätig. Zu ihnen kommen 167 kurzfristig beschäftigte zusätzliche Kräfte (Zivildienstleistende, Praktikanten, Studierende). Das Verhältnis zwischen haupt- und ehrenamtlichen Mitarbeiter(inne)n ist in den letzten Jahrzehnten konstant geblieben, die Professionalisierungswelle hat die BM nicht erfaßt. Die Leiter/innen der BM sind in der Regel hauptamtlich tätig. Sie bringen Qualifikationen aus sozialen, pädagogischen, pflegerischen oder verwaltungstechnischen Ausbildungen ein. Sie haben die Gesamtverantwortung und sind zuständig für die personelle und materielle Organisation des Dienstes, Arbeitskonferenzen, Kontakte zu den Dienststellen der Bundesbahn und den sozialen Diensten der Stadt. Den Stamm der Mitarbeiter/innen bilden die Ehrenamtlichen, die an größeren Bahnhöfen durch weitere Vollzeit- und/oder Teilzeitkräfte ergänzt werden. Deren Dienst unterscheidet sich lediglich hinsichtlich des Umfanges, nicht aber in den Aufgaben von dem der Ehrenamtlichen.

Ca. 55% der ehrenamtlichen Mitarbeiter/innen erhalten Aufwandsentschädigungen im Umfang von 1 bis 5 Mark pro Stunde. Für Nachtdienste werden bei einigen BM auch Aufwandsentschädigungen bis zu 10 Mark pro Stunde gezahlt. Die übrigen Mitarbeiter/innen, vor allem diejenigen aus den höheren Altersgruppen, leisten ihren Dienst gegen Erstattung der Unkosten, in manchen Fällen auch kostenfrei.

In den letzten 10 Jahren ist ein deutlicher Trend zur Verjüngung der Altersstruktur zu beobachten. Am stärksten vergrößerte sich mit 40% Steigerung die Zahl der Mitarbeiter/innen aus der Altersgruppe der 26- bis 40jährigen; sie beträgt derzeit 257. Insgesamt arbeiten 248 Männer (15%) ehrenamtlich in den BM mit, von denen 158 unter 40 Jahre alt sind. Der Anteil der über 70jährigen ging zurück. Von den 1.678 Ehrenamtlichen sind 835 über 60 Jahre alt. Damit ist die Bahnhofsmission ein Dienst, in dem Menschen aus allen Altersgruppen zusammenarbeiten. Diejenigen, die sich für ihn entschieden haben, bleiben ihm - wie die große Zahl der Urkunden, die für 10-, 20-, 25jährige Dienste bei den Zentralstellen angefordert werden, beweist - oft über viele Jahre treu. Der Ausspruch einer Mitarbeiterin, »die Bahnhofsmission ist mein zweites Zuhause«, ist symptomatisch für die Verwurzelung vieler Mitarbeiter/innen in diesem Dienst.

Über ihre Lebenssituation gibt eine Umfrage aus dem Jahr 1975/76 Auskunft. Danach hatten über 70% der Mitarbeiter/innen einen Beruf erlernt - an erster Stelle standen Büro- und Verwaltungsberufe, gefolgt von sozialpflegerischen und sozialpädagogischen Ausbildungen - übten ihn aber nicht oder nicht mehr aus. Da sich mit den Einsatzzeiten in einer BM - meist halbtägige Einsätze, nicht selten zweimal in der Woche, auch an Abenden und Wochenenden - eine Erwerbstätigkeit nur schwer vereinbaren läßt, sind die Mitarbeiterinnen in der Regel Frauen, die über ein Einkommen verfügen, das ihren Lebensunterhalt sicherstellt. Über erlernte Berufe und berufliche Tätigkeiten der männlichen Mitarbeiter im Erwerbsalter liegen bisher noch keine Angaben vor. Zur Zeit der Erhebung gab es in den BM, die bis weit in die 60er Jahre eine Domäne der Frauen waren (vgl. Wittwar 1983), nur einen Anteil von 11% männlicher Mitarbeiter. Seit einiger Zeit setzt sich die Erkenntnis durch, daß für viele Aufgaben, die auf dem Bahnhof anfallen, z.B. Nachtdienst, Begleitung Behinderter, Hilfe für Strafentlassene, Nichtseßhafte, Suchtkranke, der Einsatz von Männern wünschenswert und für sie selbst attraktiv ist. Aus den Berichten größerer BM läßt sich entnehmen, daß unter den jüngeren männlichen Mitarbeitern Studenten überwiegen, darunter nicht selten ehemalige Zivildienstleistende und Praktikanten, die dort eingesetzt waren und anschließend blieben.

Eine Untersuchung, die den Motivationen für den BM-Dienst nachgeht, liegt nicht vor. Die Auswertung von Bewerbergesprächen, Aussagen in Einführungsveranstaltungen und Fortbildungskursen sowie die Berichte der Leiterinnen bei Jahreskonferenzen lassen darauf schließen, daß ehrenamtliche Mitarbeiter/innen das Angebot, in konkreten Notlagen konkret zu helfen besonders schätzen; daß es für sie wichtig ist, dies in einem abwechslungsreichen Milieu zu tun, und zwar zu Zeiten, die sie selbst bestimmen können sowie in Gesellschaft anderer. Dazu kommt bei vielen von ihnen Mitleid, das sich im Tun ausdrücken möchte. Die meisten ehrenamtlichen Mitarbeiter/innen sind Mitglieder der evangelischen oder katholischen Kirche, viele, die älteren mehr als die jüngeren, auch praktizierende Christen (vgl. Nölkensmeier 1986; Schober 1983). Ihren Dienst am Bahnhof verstehen sie als praktische Nächstenliebe. Der missionarische Auftrag, der im Namen zum Ausdruck kommt, tritt dahinter zurück, wenngleich die Bezeichnung Bahnhofsmission weder bei den Mitarbeiter(inne)n noch bei denen, die sie aufsuchen, Anstoß erregt. Sie hat sich in mehr als neun Jahrzehnten des Bestehens dieser Einrichtung wie ein »Markenzeichen« eingebürgert. Für manche ehrenamtliche Mitarbeiter/innen öffnet die BM wie sie das auch für viele Hilfebedürftige tut, nach Jahren der Distanz wieder den Zugang zur Kirche. Über deren Engagement für notleidende Menschen kommt es nicht selten zu einer partiellen Identifikation mit ihren Aufgaben und Zielen; BM sind Vorposten der Kirchen oder, wie eine langjährige Vorsitzende sagte, ihr Wohnzimmer auf dem Bahnhof.

2. Geschichte der Bahnhofsmission

Die Gründung der ersten kirchlichen Bahnhofsmissionen am Ende des vorigen Jahrhunderts (1894 evangelische BM Berlin, 1987 katholische BM München) war eine Antwort auf die Not von Mädchen und jungen Frauen. Im Zuge der Industrialisierung wanderten Tausende von ihnen aus ländli-

Im Zuge der Industrialisierung wanderten Tausende von ihnen aus ländlichen Gebieten in die Großstädte und Industriezentren. Frauen aus Verbänden der ev. und kath. Frauenbewegung, dem »Verein der Freundinnen junger Mädchen«, dem »Evangelischen Verband zur Pflege der weiblichen Jugend« und dem »Katholischen Mädchenschutzverein« setzten sich zum Ziel, Mädchen, die vom Land in die Städte gingen um dort Arbeit zu suchen - in Berlin waren das in einem Jahr 50.000 junge Frauen - schon auf dem Bahnhof in Empfang zu nehmen, sie zu beraten und zu begleiten. Dies war der Anfang einer »aufsuchenden sozialen Arbeit«, die heute den Namen »Straßensozialarbeit« trägt. Schon 1907 gab es an 70 Bahnhöfen ehrenamtlich organisierte Dienste von Frauen für Frauen. Anläßlich des ersten europäischen Kongresses der BM in Bern schlossen sich 1910 die beiden Träger der evangelischen und katholischen BM in Deutschland zu einer Arbeitsgemeinschaft, der »Interkonfessionellen Kommission für Bahnhofsmission« zusammen. Ihr entscheidendes Arbeitsmittel waren Plakataktionen. 1911 wurde ein Plakat in 100.000 Exemplaren von der Reichsverwaltung in allen Wagen der 3. und 4. Klasse angebracht. Es machte die reisenden jungen Frauen auf Gefahren durch Mädchenhändler aufmerksam und wies sie hin auf die Hilfe der BM und ihrer Einrichtungen - Wohnheime und Stellenvermittlungen -, deren Adressen angegeben wurden.

In den 20er Jahren überschritten jeden Monat 20.000 deutsche Mädchen die Grenze nach Holland, um dort oder in England Arbeit zu suchen. In dieser Zeit kam es auch zu einer engen Zusammenarbeit mit der jüdischen Bahnhofshilfe und den evangelischen und katholischen männlichen Bahnhofsdiensten, die sich der in den Zeiten der Arbeitslosigkeit umherreisenden Jungen annahmen. 1932 gab es rund 500 BM im Gebiet des damaligen Deutschen Reiches. Ab 1935 errichtete die Nationalsozialistische Volkswohlfahrt die ersten eigenen Bahnhofsdienste. Zum 31.12.1939 mußten die kirchlichen BM ihre Dienste auf allen Bahnhöfen einstellen.

Unmittelbar nach Kriegsende nahmen ehemalige Mitarbeiterinnen die Arbeit am Bahnhof wieder auf. Schritt für Schritt begann der Wiederaufbau auf den meist total zerstörten Bahnhöfen. Von den Mitarbeiterinnen wurden im Kampf um die Mittel zum Helfen und in der Zuwendung gegenüber den Hilfebedürftigen - Flüchtlinge, Vertriebene, illegale Grenzgänger, Kriegsheimkehrer - Einsätze rund um die Uhr geleistet. Von 1945 bis 1948 wurden ca. 40 Mio. Menschen in den BM betreut.

3. Not am Bahnhof

Bis heute werden von den BM wie von einem Seismographen Notsituationen in der Gesellschaft registriert (vgl. Bock 1984; Niklis 1986).[2] Im Jahre 1986 haben rund 2,7 Mio. Menschen, 150.000 mehr als 1985, die Dienste der BM in Anspruch genommen. Die größte Gruppe sind nach wie vor Reisende aus allen Altersgruppen, Bevölkerungskreisen und vielen Ländern. Die Zahl der Besucher aus der DDR stieg um 10% auf fast 600.000 an. Seit Inkrafttreten der Erleichterungen im Reiseverkehr 1987 hat sich dieser Trend erheblich verstärkt. Für fast 30.000 Spätaussiedler sind die Mitarbeiter/innen der BM die ersten Kontaktpersonen in der Bundesrepublik. Hoch ist nach wie vor auch der Anteil der behinderten Reisenden mit über 200.000 Personen. Hinter dieser Zahl verbirgt sich viel mühsamer und anstrengender, aber auch befriedigender Dienst der Mitarbeiter/innen.

An der Zahl von fast 30.000 Menschen mit sozialen Schwierigkeiten - arbeits- und mittellose Männer und Frauen, Nichtseßhafte, Strafentlassene - wird etwas von den verschlechterten Lebensbedingungen für Menschen am Ende der sozialen Rangordnung in unserer Gesellschaft deutlich; es sind 13,5% mehr als 1985 und unter ihnen eine zunehmende Zahl junger Erwachsener. Eine sehr hohe Steigerungsrate (fast 20%) ist bei den Menschen zu verzeichnen, die mit psychischen Auffälligkeiten in die Bahnhofsmission kommen. Die Hilfen der BM für diesen Personenkreis - immerhin über 42.000 - können nur sehr begrenzt sein; sie bestehen vielfach allein im Anhören und Weiterleiten an Fachdienste. Dabei wird deutlich, daß es selbst in Großstädten Lücken im Angebot solcher Dienste vor allem in den Abendstunden und an Wochenenden gibt.

Auch die von den Mitarbeiter(inne)n der BM 1986 geleisteten *Hilfen* haben gegenüber den Vorjahren zugenommen. Noch immer sind Umsteigehilfen, Auskünfte und die verschiedenen kleinen Hilfen am Bahnsteig und in den BM-Räumen mit insgesamt rund 3 Mio. Hilfeleistungen die häufigsten Angebote. Die auffallende Steigerung bei der Ausgabe von Verpflegung um 20% spiegelt die große Zahl von mittellosen Menschen, die hungrig in die BM kommen und um eine Stärkung bitten. Von vielen BM wird berichtet, daß sich andere soziale Einrichtungen nur zögernd bereitfinden, diesen Bedürfnissen zu entsprechen.

Die wachsende Zahl der *Beratungen*, 1986 waren es 155.000, und der *gezielten sozialen Hilfen* für über 87.000 Menschen, ist ein Indiz dafür, daß die Nöte und damit die Aufgaben der BM komplizierter werden, und auch dafür, daß das Netz sozialer Hilfen nicht für alle hilfebedürftigen Menschen ausreicht.

4. Merkmale ehrenamtlicher Mitarbeit

Vielfalt der Aufgaben: Die Aufgaben, die die Mitarbeiter/innen übernehmen, umfassen einen ganzen Katalog. Zu ihnen gehören der gastfreundliche Empfang und die Bewirtung der Besucher; dabei spielen Gespräch und Zuwendung eine große Rolle. Mitarbeiter/innen leisten konkrete Hilfen, indem sie Getränke und Essen bereitstellen, Babynahrung wärmen, Verbände anlegen, Nähzeug besorgen, Behinderte versorgen, Betten herrichten und Übernachtungsgäste einweisen. Sie unterhalten sich - oft ohne große Sprachkenntnisse - mit Menschen aus allen Ländern, die lange Wartezeiten in der BM überbrücken, geben Auskünfte über Zugverbindungen und begleiten Menschen zu Zügen, beraten sie bei persönlichen Schwierigkeiten. Sie vermitteln ihnen einen Arzt, einen Krankenwagen, einen Pfarrer, auch Fahrkarten, eine Unterkunft für die Nacht oder stellen für sie Kontakte zu Behörden und sozialen Einrichtungen her. Sie achten auf Kinder, die ohne Begleitung reisen, gehen auf Hilflose zu, die sich am Bahnsteig oder in den Hallen des Bahnhofes aufhalten, leisten Umsteigehilfen für Behinderte, alte Menschen, Mütter mit Kindern. Sie gehen an die Interzonenzüge und internationalen Züge, um nach Menschen Ausschau zu halten, die sich nicht zurechtfinden, sie melden Menschen, die eine Umsteigehilfe brauchen, bei anderen BM oder Bahnhöfen an und nehmen selbst solche Meldungen entgegen.

Personenorientierte Hilfe: Die Arbeit ist fast ausschließlich personenorientiert. Hilfen werden vom einzelnen Klienten her entwickelt, von seiner besonderen Situation. Klientel und Notsituationen sind ungewöhnlich »bunt«. »Normale« Reisende mit bekanntem, den Helfer(inne)n vertrauten und verwandten Lebenshintergrund in plausiblen Reiseschwierigkeiten - Mütter mit Kindern, Senioren u.a. - und Personen, deren Erscheinungsformen, Verhalten und Lebenszusammenhänge den Helfer(inne)n fremd und unverständlich sind: Geistigbehinderte, psychisch Gestörte, Nichtseßhafte, Alkoholiker, Punks u.a.

Wechselnde, nicht zu planende Anforderungen: Der Ablauf des Dienstes ist nicht vorhersehbar. Es kann ruhig sein, aber auch sehr hektisch zugehen. Es können normale Reisehilfen erforderlich sein, die eingeübt und vertraut sind, z.B. Umsteigehilfen, Bahnsteigdienst, Auskünfte, Bewirtung im Raum, Weitermeldung. Es kann intensives Eingehen auf einen Menschen in besonderen Schwierigkeiten nötig werden, Zuhören, Gespräch, weitergehende Vermittlung, Kontakte zu anderen Stellen, Telefonate u.a. Es können aber auch ungewöhnliche Schwierigkeiten auftreten, die Hilfen erforderlich machen, für die keine Handlungsmuster vorhanden sind. Die

Helfer müssen sich während ihrer Dienstzeit auf ständig wechselnde, unterschiedliche Menschen und Situationen einstellen. Sie müssen immer für neue Anforderungen offen sein und darauf flexibel und nicht selten unter Zeitdruck reagieren. Auch wenn grundsätzliche Regelungen für die einzelnen Hilfen vorgegeben sind, müssen sie für den Einzelfall oft modifiziert werden bzw. sogar unbeachtet bleiben. Streiks bei Eisenbahnern im benachbarten Ausland, Wettereinbrüche, Zugunglücke und die Folgen, die solche Ereignisse für Reisende haben, fordern die Mitarbeiter/innen der BM aus dem jeweiligen Einzugsbereich auf das Äußerste heraus.

Selbstorganisation des Dienstes: Ein großer Vorteil dieser ehrenamtlichen Tätigkeit besteht darin, daß die Mitarbeiter/innen Zeit und Dauer ihres Dienstes selbst wählen können. Sie können sich entscheiden, ob sie wöchentlich einmal, mehrmals, alle zwei oder drei Wochen, vormittags oder nachmittags, tagsüber oder nachts oder am Wochenende eingesetzt werden wollen. Sie können sich auch für einen sporadischen Einsatz als Vertretung oder auf Abruf melden. Die Helfer/innen verpflichten sich zwar für eine feste, regelmäßige Zeit, können aber durch Tausch mit anderen Mitarbeiter(inne)n mehr oder weniger kurzfristig ihre Dienste verlegen. Zwar ist Kontinuität erwünscht, aber es sind auch längere Unterbrechungen des Dienstes möglich, ohne daß der Betreffende damit aus dem Kreis der ehrenamtlichen Mitarbeiter/innen ausscheidet und seine Zugehörigkeit zur BM verliert.

Lernbereitschaft: Die Arbeit verlangt ein großes Maß an Offenheit, Aufmerksamkeit und Interesse auch für Menschen, die nicht zum engeren eigenen Lebenskreis gehören. Das setzt die Bereitschaft voraus, Neues kennenzulernen, sich damit auseinanderzusetzen, sein Wissen, seine Fertigkeiten und seine Einstellung zu überprüfen und gegebenenfalls auch zu revidieren. Ehrenamtliche Mitarbeiter/innen müssen deshalb bereit sein, und sie sind das in erstaunlich hohem Maße, an Einführungs- und Fortbildungsveranstaltungen teilzunehmen. Solche Veranstaltungen finden in Form von regelmäßigen Arbeitskonferenzen in jeder BM statt. Einführungen in die Arbeit und Fortbildung, sowohl für organisatorische Aufgaben wie für die unmittelbaren Hilfen, werden darüber hinaus auch auf Landesebene und von der Konferenz für Kirchliche BM angeboten. Das gibt den Mitarbeiter(inne)n die Chance, Helfer/innen aus anderen Städten kennenzulernen und Erfahrungen auszutauschen. Die Inhalte der Kurse werden grundsätzlich bestimmt durch die Aufgaben vor Ort und die Probleme, die dabei zu bewältigen sind. Sie sind durchgehend informations- und kommunikationsorientiert und verbinden kognitives mit sozialem Lernen. Da viele Mitarbeiter/innen lange Jahre bei der BM sind und in der Regel gerne von der Möglichkeit, eine Fortbildungsveranstaltung zu besuchen, Gebrauch machen, erwerben sie auf diese Weise erstaunliches Wissen über Lebens- und Konfliktsituationen, die über ihren eigenen Lebenskreis hinausgehen. Sie gewinnen Verständnis einerseits und Sicherheit andererseits im Umgang mit schwierigen Menschen und komplizierten Lagen.

Vorgegebener Rahmen und freier Gestaltungsraum: Die Tätigkeit in der BM vollzieht sich in einem vorgegebenen äußeren Rahmen, der nicht zur Disposition steht. Der Dienst in dieser traditionsreichen Institution hat sich bis in das äußere Erscheinungsbild hinein in den letzten Jahrzehnten kaum verändert. Er wird in allen Bahnhöfen nach einem mehr oder weniger gleichen Muster organisiert und wird gleichzeitig durch die Zufälle, die jeder Tag neu bringt, bestimmt. Das garantiert denen, die dort arbeiten einerseits Kontinuität bis zur Routine und gleichzeitig Abwechslung und immer wieder Überraschungen. In der Regel sind in einer »Schicht« mehrere Mitarbeiter/innen im Einsatz. Sie geben sich wechselseitig Sicherheit, auch dann, wenn, wie dies meist geschieht, die einzelne Hilfeleistung allein durchgeführt und verantwortet wird. Das wiederum kommt dem Wunsch nach Selbständigkeit entgegen. Eine formalisierte Arbeitsteilung gibt es, bis auf die Aufgaben, die die Leiter/innen übernehmen, nicht. Jeder und jede ist zuständig für alles und bewertet gerade diese undifferenzierte Vielfalt, die von kollegialer Hilfsbereitschaft begleitet ist, positiv. Vieles regelt sich wie in einer Familie von selbst, hat sich in langen Jahren so eingespielt. Neue Mitarbeiter/innen werden entweder schnell an- und aufgenommen und sind dann bald heimisch oder verschwinden schnell wieder aus dem Milieu Bahnhofsmission.

Monika Jaeckel

Mütterzentren - eine erfolgreiche Alternative zum Ehrenamt

1. Was sind Mütterzentren?

Mütterzentren sind Treffpunkte im Stadtteil oder in der Gemeinde, wo Mütter mit ihren Kindern ihren Alltag zusammen mit anderen Müttern leben und wo sie auch Geld verdienen können (vgl. Mütter im Zentrum 1985).[1] Entstanden sind sie nach den wissenschaftlichen Ergebnissen einer Studie über Elternarbeit, die am Deutschen Jugendinstitut durchgeführt wurde, und die eine Analyse der strukturellen Probleme der institutionellen Eltern- und Sozialarbeit zum Ziel hatte. Professionelle Elternarbeitsprojekte klagen über Zugangsprobleme, geringe Besucherfrequenzen, Probleme der Kontinuität und der schichtspezifischen Inanspruchnahme der Angebote (vgl. Heiliger u.a. 1983).

Eltern erleben institutionelle Elternbildungsangebote und die dort herrschende professionelle Kultur oft als an Defiziten und Problemfällen ausgerichtet und damit als diskriminierend oder stigmatisierend. Lange Anmeldefristen, die den Besitz eines Terminkalenders voraussetzen, terminierte Beratungszeiten, ungewohnte Büroatmosphäre, Öffnungszeiten, die nicht auf den familialen Rhythmus abgestimmt sind, diagnostische statt Alltagssprache sind Faktoren, die die Zugangsschwellen sehr hoch setzen. Solche professionellen Angebote mit ihrer strukturell eingebauten Hierarchie zwischen »qualifizierten Fachkräften« und »unqualifizierten Betroffenen« produzieren zwischen professionell Ausgebildeten und elterlich erfahrenen Erziehungspersonen oft Prozesse gegenseitiger Abgrenzung statt wechselseitiger Ergänzung in den jeweiligen Kompetenzen (vgl. Jaeckel 1980).

In den Mütterzentren sind die Mütter die Experten. Für die Übernahme von Aufgaben im Mütterzentrum, wie Gesprächskreise, Sozialberatung, Kinderbetreuung, Kaffeestube, Buchführung, Putzen, Second-hand-Laden, Friseurecke, Nähstube etc. wird ein Honorar bezahlt. Dabei haben Mütter die Gelegenheit, sich auf gleichberechtigter Ebene mit anderen Müttern über die Erfahrungen ihres Erziehungsalltags auszutauschen. Mütter werden im Mütterzentrum vor allem auf *ihre* Fähigkeiten angesprochen. Es gilt das Prinzip: Jede Mutter kann etwas besonders gut, das sie ins Mütterzentrum einbringen kann.

Im Mütterzentrum richtet man sich nach dem Rhythmus eines Zusammenlebens von Mütter mit Kindern und nicht umgekehrt, wonach sich Mütter an den Rhythmus von Institutionen anpassen müssen. Neben Kursangeboten gibt es viele offene Angebote; das Mütterzentrum ist durchgehend offen. Man kann jederzeit vorbeischauen und trifft immer andere Mütter. Kinder sind jederzeit willkommen, aber es sind die Mütter, die im Mütterzentrum im Mittelpunkt stehen. So entsteht eine neue öffentliche Erwachsenenkultur, in die Kinder selbstverständlich integriert sind, ohne auf eine Kinderinsel abgeschoben, aber auch ohne im Zentrum des Geschehens zu sein.

Historisch geht es in den Mütterzentren darum, verloren gegangene soziale Beziehungsnetze neu zu knüpfen, neue Nachbarschaften aufzubauen. Mütterzentren werden im Schnitt jeden Tag von 30 bis 40 Müttern mit etwa doppelt so vielen Kindern besucht. Es kommen Besucherinnen aus allen in der Umgebung lebenden Bevölkerungsgruppen, besonders und vorwiegend junge Hausfrauen mit Kleinkindern, aber auch ältere Frauen, die ihre Kinder bereits großgezogen haben, alleinstehende Mütter, ausländische und auch berufstätige Frauen. Der aktive Stamm sind 100 bis 150 Frauen, der Umfang der regelmäßigen bis gelegentlichen Besucherinnen beträgt etwa 300 bis 350 Frauen.

Mütterzentren haben einen durchschlagenden Erfolg. Nach den ersten Modellen, die vom Deutschen Jugendinstitut initiiert und wissenschaftlich begleitet wurden, sprießen Mütterzentren und Mütterzentrums-Initiativen im ganzen Land wie Pilze aus dem Boden und schon nach kurzer Zeit platzen sie aus allen Nähten. Derzeit zählen wir an die 100 Mütterzentren und Mütterzentren-Initiativen in der BRD und es werden laufend mehr. Ganz offensichtlich trifft das Konzept auf ein historisches Bedürfnis der heutigen Situation vieler Mütter. Gleichzeitig stellen sie aber die Tradition sowohl der professionellen Sozialarbeit und deren öffentlicher Förderungsrichtlinien als auch der ehrenamtlichen Sozialarbeit traditioneller Verbände in zentralen Punkten in Frage. So muß noch ein breiter Diskussions- und Umdenkungsprozeß stattfinden, bis die Mütterzentren in ausreichendem Ausmaß auch öffentliche Anerkennung und Förderung erhalten können.

Diese Auseinandersetzung zwischen Müttergruppen und der öffentlichen Administration, den Parteien, Verbänden und öffentlichen Geldgebern läuft zur Zeit in vielen Bundesländern und Gemeinden. Es zeigt sich, daß es bei diesen Verhandlungen vor allem um zwei zentrale Konzeptpunkte der Mütterzentren geht, bei denen sich die traditionellen Verbandsstrukturen und die öffentliche Administration schwer tun: daß Mütterzentren ohne professionelle Fachkräfte auskommen, und daß Mütter für ihre Arbeit im Mütterzentrum bezahlt werden. Die Profiwelt und die öffentlichen Geldgeber fördern am ehesten die Sachkosten eines Mütterzentrums, Personalmittel werden fast immer von einer fachlichen Qualifikation abhängig gemacht, wenn sie überhaupt bewilligt werden. Am liebsten hat man Mütter, die ehrenamtlich arbeiten. Damit geht man am Kern des Mütterzentrums-Konzepts, der dieses überhaupt so erfolgreich macht, jedoch vorbei, wie im Folgenden kurz dargestellt werden soll.

2. Die Bedeutung der Honorare im Mütterzentrum

Sozialisation wird im Verständnis unserer Gesellschaft immer stärker eingegrenzt auf die direkte Dyade der Mutter-Kind-Beziehung: Verwandtschaftsbezüge, nachbarschaftliche Netzwerke sind in unserer mobilen Gesellschaft immer weniger in die Erziehungstätigkeit integriert und auch für Väter ist auf Grund der Anforderungen in der Arbeitswelt der Spielraum ihrer aktiven Präsenz im familialen Erziehungsalltag begrenzt. Mütter, aber auch Kinder - und in Folge des Geburtenrückgangs handelt es sich zunehmend um Einzelkinder - spüren die Folgen dieser gesellschaftlichen Isolierung: Zugänge zu Anerkennung und Öffentlichkeit laufen in unserer Gesellschaft über die Erwerbstätigkeit und das selbst verdiente Geld. Wer sich - wie Mütter, wenn die Kinder klein sind - nur noch im Bereich der Privatwelt bewegt, riskiert dabei einen Verlust an Sicherheit im Umgang mit der Öffentlichkeit (vgl. Wahl u.a. 1981).

Frauen sind immer weniger hierzu bereit. Der Anspruch von Frauen ist gewachsen, für ihre Hausfrauen- und Erziehungstätigkeit öffentliche Anerkennung zu erhalten, weiterhin an einem öffentlichen Leben beteiligt zu sein, wie auch die Erfahrungen mit dem Erziehungsgeld zeigen. Frauen sind heute mehrheitlich der Auffassung, für Erziehungs- und Versorgungsarbeit stehe ihnen zumindest ein eigener Rentenanspruch, eigentlich aber ein eigenes Einkommen, unabhängig vom Ehemann zu (vgl. Erler/Jaeckel/Sass 1983).

Die Honorare im Mütterzentrum tragen in entscheidendem Maße zur Stärkung des Selbstbewußtseins der Frauen bei und fördern ihre Motivation und das Selbstvertrauen, sich wieder in öffentlichen Zusammenhängen zu bewegen. Im Mütterzentrum Geld verdienen zu können, gibt vielen

Frauen auch erst die Legitimation gegenüber Ehemann, Schwiegereltern oder Nachbarn, aus ihren vier Wänden heraus zu gehen.

Das Familienbudget ist für viele Familien in der Zeit, in der die Kinder klein sind, sehr knapp. So bedeutet für viele Familien, das Geld, das die Mütter im Mütterzentrum verdienen, eine reale Entlastung und eine konstruktive Alternative zu den vielen Nebenjobs wie Putzen-Gehen, an der Supermarktkasse-Aushelfen, die viele Hausfrauen in der Zeit, in der die Kinder klein sind, aus finanziellen Gründen annehmen. Ehrenamtlich arbeiten zu können setzt wirtschaftliche Unabhängigkeit und Absicherung voraus. Die Bezahlung von Honoraren im Mütterzentrum führt zu einer anderen sozialen Mischung der beteiligten Frauen, als es bei vielen Selbsthilfe- und Elterngruppen sonst der Fall ist. Die Mütterzentren selber könnten ohne die Honorare langfristig nicht dasselbe Engagement und dieselbe vielfältige Aktivität aufrecht erhalten. Die Bezahlung der Dienstleistungen im Zentrum macht es erst möglich, langfristig und kontinuierlich den Mütterzentrum-Betrieb, das durchgehende Cafe, die feste Kinderbetreuung und immer wieder die Motivierung und Einbeziehung neuer Personen aufrechtzuerhalten. Bei reiner ehrenamtlicher Arbeit und bei der Tausch-Selbsthilfe handelt es sich, wie die Erfahrungen im Initiativenbereich zeigen, meist nach einer gewissen Zeit um eine feste Clique von meist Mittelschichtsfrauen, die im Projekt übrig bleiben, wenn die Initiative überhaupt langfristig bestehen bleibt. So werden im ganzen Bereich der Nachbarschaftshilfe inzwischen selbstverständlich die »Ehrenamtsaufgaben« von Babysitten bis Altenpflege mit bis zu 12 Mark Stundenlohn honoriert, auch wenn man Begriffe wie »Aufwandsentschädigung« anwendet, um den Honorarcharakter dieser Gelder zu vertuschen.

Bei Frauen ist das Gefühl, nicht angemessen bezahlt und anerkannt und finanziell abhängig zu sein, zunehmend eine Quelle von legitimer Kritik an vielen Ehrenämtern im sozialen Bereich. Besonders trifft dies im Bereich der kirchlichen Träger zu, wo sie sich ohne eigenes Mitspracherecht häufig auf die unangenehmen Routinearbeiten zurückgedrängt sehen, während interesssante Aufgaben aus dem Ehrenamt ausgegliedert und ins System professioneller Beratung übernommen wurden. In diesem Kontext ist davon auszugehen, daß der Druck von Frauen, bestimmte Tätigkeiten gegen Bezahlung verrichten zu können, wachsen wird (vgl. Erler u.a. 1987).

Sinkende Motivations- und Zeitressourcen für unentgeltliche Arbeit und nachbarschaftliche Hilfe, die mit der Erwerbsorientierung der gesamten Gesellschaft einhergehen, sind Realitäten und nicht durch familienpolitische Rhetorik auszugleichen.

Mütterzentren in der Bundesrepublik Deutschland*

* Die Grafik gibt eine Übersicht über die Verteilung der Mütterzentren im deutschsprachigen Raum. Die Mütter der Mütterzentren kommen aus allen Schichten. Der größte Teil von ihnen ist 20-40 Jahre alt und hat Klein- bzw. Schulkinder. Verallgemeinerbare Aussagen über Initiatoren, Finanzierung und Honorare sind aufgrund großer Unterschiede nicht möglich.

Die Bereitschaft zu ehrenamtlichem Engagement ist rückläufig, nachbarschaftliche Ressourcen sind durch unsere mobile Gesellschaft und der Modernisierungsprozesse in der Städte- und Verkehrsplanung auseinandergerissen und ausgetrocknet, familiale Ressourcen erschöpft durch eine zunehmende Überlastung der Familienfrauen als letzte Instanz, sich um die zu kümmern, die von einer an Olympianormen orientierten Leistungsgesellschaft ausgegrenzt werden: Kinder, Alte, Kranke, Behinderte, Arbeitslose.

3. Zur Qualität der Ehrenamtlichkeit

Ein Hintergrund der Bedenken gegen Bezahlung im Bereich der nachbarschaftlichen und ehrenamtlichen Selbsthilfe ist die Befürchtung, daß damit einer Professionalisierung dieses Bereichs mit negativen Auswirkungen Vorschub geleistet werden könnte. Und auch die Mütter selber äußern häufig Bedenken gegen eine Markt-Logik, die mit der Bezahlung einher zu gehen droht: »Ich möchte nicht dahin kommen, daß ich nur noch etwas tue, wenn es Geld dafür gibt«. Es ist die Dimension von Qualität, die die Diskussion über das Ehrenamt und die Selbsthilfe prägt.

Nachbarschaftliche und familiale Selbsthilfe kann mehr Nähe und authentische Anteilnahme erzeugen, als es großen und anonymen Institutionen mit ihren häufig entfremdeten, bürokratischen, gleichgültigen bis bedürfnisfeindlichen Strukturen möglich ist. Bei Selbsthilfe geht es um die eigene Situation, die eigenen Probleme, bzw. diejenigen gleich oder ähnlich Betroffener. Selbsthilfegruppen arbeiten daher näher, direkter an den Bedürfnissen als die meisten institutionellen Angebote. Es gibt nicht die Schwierigkeit, Bedarf und Angebot kunstvoll aufeinander abzustimmen. Die Qualität der Selbsthilfe besteht in der Qualifikation der Nähe. Aus der Nähe anschauen, heißt intensiver, näher an der Problematik dran sein, heißt Nähe zulassen, aushalten können, heißt im wahrsten Sinne des Wortes Experte sein. Die Qualität der Selbstversorgung der dörflichen Nachbarschaft, der verwandtschaftlichen Beratung, Pflege und Unterstützung des vorindustriellen Familien- und Gemeindelebens ist jedoch nach der Erosion der sozialen Umwelt und Beziehungsstrukturen durch die Industrialisierung, die die Professionalisierung der sozialen Dienste hat entstehen lassen, nicht mehr einfach durch Appelle oder den Abbau des Sozialstaates wieder herstellbar.

Es soll nicht verschwiegen werden, daß über die Bezahlung im Mütterzentrum auch eine problematische Dynamik in Gang gesetzt wird. Die

Mütter fühlen sich in ihrer Arbeit und in ihren Fähigkeiten stärker anerkannt, aber sie fühlen sich auch stärker in die Pflicht genommen und nach ihrer Leistungsfähigkeit beurteilt. Sie geraten unter Druck, ihre Arbeit professioneller zu gestalten, Wochenstunden einzuhalten und sich weniger nach Familienrhythmen auszurichten. Konkurrenz und Kontrolle entsteht, ob die »Honorarmütter« auch genug bzw. gut genug arbeiten, ob sie »ihr Geld wert« sind. Neid kommt ins Spiel, weil nie genug Geld in den Projekten ist, um die heimlichen oder offenen Finanz- und Berufsträume aller Frauen im Mütterzentrum zu erfüllen.

Der gemeinsame Lernprozeß besteht hier darin, in ständiger Reflexion inhaltliche Qualität gegenüber einer reinen Lohnmentalität zu verteidigen wie auch offensiv die Logik einer menschenorientierten, kinderorientierten, bedürfnisorientierten Praxis gegenüber der mit Lohn sonst verbundenen regulären Arbeitslogik zu erhalten.

In den Mütterzentren läuft eine permanente über eine eingebaute Rotation der bezahlten »Teamfrauen« induzierte Auseinandersetzung um Transparenz von Entscheidungsprozessen und eine sozial konstruktive Organisation von Mangel. Es ist eindrucksvoll zu sehen, welche positiven Wege im Umgang mit diesen Problemen im Mütterzentrum gefunden werden, sehr im Gegensatz zu vielen anderen Institutionen auch alternativer Art.

In den Mütterzentren wird nachweislich ein Umgang mit Geld gepflegt, der bisher die negativen Aspekte von Professionalisierung weitergehend verhindert hat, als dies in anderen Projekten der Fall ist (vgl. Erler u.a. 1987; Mütter im Zentrum 1985). Außerdem wird in den Mütterzentren zusätzlich zum bezahlten Anteil mindestens genausoviel ehrenamtlich geleistet. Es ist gerade diese Mischung von Ehrenamt und Bezahlung, die die unverwechselbare Attraktivität und Ausstrahlung der Mütterzentren ausmacht, und auch den Frauen entgegenkommt, in ihrem doppelten Bedürfnis nach eigenem Geld und öffentlicher Anerkennung, aber auch nach genügend Raum in ihrem Lebenszusammenhang für eine nicht markt-konforme Logik, und für Zeit- und Wertestrukturen jenseits der Marktorientierung der traditionellen Erwerbstätigkeit. Jedoch: Auch Qualität hat seinen Preis. Ohne gesellschaftliche Ressourcen in den Haus- und Nachbarschaftsbereich hinein zu geben, sind nachbarschaftliche Netzwerke und familiale Unterstützungssysteme nicht mehr so einfach abrufbar. Der Raum für die Kompetenzentfaltung von Müttern in der Öffentlichkeit und der Eigenaktivierung nachbarschaftlicher Integrationssysteme muß durch Sach- und Finanzleistungen erst vorbereitet und hergestellt werden.

4. Gesellschaftliche Bedeutung und Perspektiven der Mütterzentren

(a) Mütterzentren durchbrechen die unbefriedigende Alternative, wie sie häufig von Frauen beschrieben wird zwischen Berufstätigkeit oder Isolation. Sie zeigen, daß es durchaus Möglichkeiten gibt, auch außerhalb der Erwerbstätigkeit, auch während der Zeit, in der die Kinder klein sind, Zugang zur Öffentlichkeit, zu Kommunikation, Kontakten und Austausch, zu Weiterbildung und Entfaltung der eigenen Person, der eigenen Fähigkeiten, des eigenen Horizonts an Lebenserfahrungen und nicht zuletzt auch Zugang zu eigenem Geld zu schaffen. Dies ist enorm wichtig angesichts der z.T. massiven Depression, die viele Hausfrauen heute angesichts der sich zuspitzenden gesellschaftlichen Marginalisierung der Hausfrauenrolle und angesichts des auch in der Zukunft blockierten Arbeitsmarkts erleben.

Mütter erfahren in den Mütterzentren ein neues Selbstbewußtsein, neue Lebensperspektiven, Anregungen und auch Anerkennung in ihrer Arbeits- und Lebensform, auch dadurch, daß sie im Mütterzentrum zunächst einmal öffentlich sichtbar werden. Damit liegt die Quelle für Anerkennung und Zufriedenheit in dieser Lebensphase nicht nur beim Ehemann, der damit ohnehin meist überfordert ist, sondern wird partiell in die Nachbarschaft zurückverlagert. Daß darin nicht nur praktische Entlastung, sondern auch die Vermittlung von Kompetenzen und Kenntnissen z.B. im Umgang mit Kindern, Relativierung von Ängsten, Reflektieren von Erfahrungen mit angelegt ist, die heute sonst weitgehend von jeder Frau und oft recht hilflos allein erobert werden müssen, ist ein wichtiger sozialer Aspekt. D.h., die private *und öffentliche* Kompetenz von Frauen wird durch Mütterzentren gestärkt und über die Familie hinaus der Gesellschaft wieder zugeführt (vgl. Erler u.a. 1987).

(b) Angesichts der Zunahme von Einzelkindern hat der Bedarf, für Kinder Möglichkeiten des Kontakts zu anderen Kindern zu schaffen, dramatisch zugenommen. Auch, weil die soziale Umwelt in den Städten und Vorstädten es immer weniger zuläßt, daß Kinder unbeaufsichtigt außerhalb des Hauses spielen können. Die Kinder profitieren enorm viel durch das Mütterzentrum. Sie lernen den Umgang miteinander und sie lernen den Umgang mit Erwachsenen in öffentlichen Situationen. Die Lässigkeit, mit der im Laufe der Zeit Mütterzentren-Mütter und Mütterzentren-Kinder lernen, miteinander und mit anderen Kindern und Müttern umzugehen, hat bis jetzt jeden Mütterzentren-Besucher beeindruckt. Man kann mehr zusammen mit Kindern, bzw. in ihrer Gegenwart machen, als unsere öffentliche Kultur uns einzureden versucht. Eine öffentliche Erwachsenenkultur, die die Anwesenheit von Kindern miteinbezieht, ist eine wesentliche Ergänzung familialer Sozialisation. Im Mütterzentrum sind die Kinder stolz auf ihre aktiven Mütter, auch wenn das oft einen wechselseitigen Lernprozess voraussetzt. Wo Mütter häufig als Nicht-Person, als selbstverständliche Dienstleistungsapparate betrachtet werden, die zwar geliebt, aber durch ihre Isolation zugleich wieder entwertet werden, erleben hier gerade auch Kinder, die bereits im Schulalter sind, ihre Mütter in einem interessanten öffentlichen Rahmen, selbstbewußt, kompetent, mit breiten Interessen und vielen Freundschaften. Das wertet die Mütter auf, ohne sie zu zwingen, sich diese Aufwertung in jedem Fall aus einer Erwerbstätigkeit zu holen (vgl. Erler u.a. 1987).

Umgekehrt stärkt das Mütterzentrum auch das Bewußtsein für Kinderbedürfnisse. Die Kinderfeindlichkeit unserer Gesellschaft, die Mütter in ihrem täglichen Umgang mit Kindern hautnah erleben, bietet wichtige Ansätze eines politischen Bewußtseins und auch gesellschaftspolitischen Engagements. Im Mütterzentrum wird Müttern der Rücken gestärkt, für die Interessen ihrer Kinder in der Öffentlichkeit einzutreten.

(c) Mütterzentren erhöhen die Lebensqualität ganzer Nachbarschaften, indem sie anonyme Wohn- und Kommunikationsstrukturen durchbrechen und Dienstleistungen und Entlastung für private Haushalte anbieten oder vermitteln.

(d) Die Marginalisierung und Reduzierung von Familien- und Hausarbeit durch die Berufsorientierung unserer Gesellschaft wird auch unter gesundheitlichen und ökologischen Gesichtspunkten immer bedenklicher. Ökologisch bewußter Umgang mit Nahrung, Abfall, Pflege und Reinigung erfordert Zeit und eine gesellschaftliche Anerkennung der Qualität zeitintensiver Reproduktionsarbeit.

Auch im Gesundheitsbereich zeigt es sich, daß die zeit- und personenintensiven Formen der Pflege und Umgang mit Menschen die wichtigsten Erfolgsmomente von Selbsthilfegruppen im Gesundheitsbereich sind. Um der gesellschaftlichen Erosion der Lebensqualität durch die Industrielogik entgegenzuwirken, braucht es monetäre Absicherungen und Anerkennung der Pflegeleistungen von Frauen, wenn sie weiterhin aufrecht erhalten werden sollen. In den Mütterzentren gehört der Austausch über Fragen gesunder Ernährung und ökologischer Haushaltsführung zum täglichen Programm. Gleichzeitig zeigt es sich jedoch, daß der »kommerzielle Ansatz«, wie er im Mütterzentrum versucht wird, über Dienstleistungen und Handarbeit Verdienstmöglichkeiten aufzubauen, nur sehr mühsam gelingt. Diese zeitintensiven hausfraulichen Tätigkeiten und Dienstleistungen sind nicht »marktfähig« in einer auf Massenproduktion und Fast-food ausgerichteten Kultur. Hier müssen gesellschaftliche Ressourcen und Subventionen neu verteilt werden.

(e) Es wird Vollbeschäftigung, die auch alle Hausfrauen in den Arbeitsmarkt integriert, nicht geben, abgesehen davon, daß eine solche Perspektive auch ökologisch sehr bedenklich erscheint. Unsere Gesellschaft steuert auf eine neue Balance von bezahlter Fremdarbeit und unbezahlter Eigenarbeit zu. Es gibt nicht nur Risiken, sondern auch Chancen in der gegenwärtigen Krise der Arbeit. Und es braucht in diesem Prozeß Pilotprojekte wie die Mütterzentren, die neue gesellschaftliche Räume ausloten.

Die neuen Mischungen von Berufs- und Familienarbeit, die in Mütterzentren erprobt werden, liegen erst mal unterhalb des Niveaus eines 8-Stunden-Tages mit voller sozialer Sicherung. Solche Erwerbsmöglichkeiten in einer grauen Zone zwischen Beruf und Haushalt weisen auf die Notwendigkeit hin, ein Umdenken im Bereich des gesamten wohlfahrtstaatlichen Systems sozialer Sicherung einzuleiten, die bislang durch das Nadelöhr der Lohnarbeit gefädelt ist, die aber, wie die Entwicklung des Arbeitsmarkts deutlich macht, immer weniger in der Lage ist, die gesellschaftliche Entwicklung zu tragen, da immer mehr gesellschaftliche Gruppen aus der Lohnarbeit ausgegrenzt werden (vgl. Erler/Jaeckel/Sass 1987).

Hans-Dieter Will

Vom Feigenblatt zum Lorbeerblatt

Ehrenamtliche in der Straffälligenhilfe

Gustav Radbruch, Strafrechtslehrer und zuweilen auch Justizminister, ist bekannt geworden mit seinem Satz: »Was wir brauchen ist nicht ein besseres Strafrecht, sondern etwas Besseres als Strafrecht«. Doch die Zeiten sind nicht so, den Traum des Professors zu erfüllen. Es leiden nicht nur die Strafgefangenen immer noch in den Gefängnissen (sprich Vollzugsan stalten) an der Fortexistenz des Strafvollzugssystems, es leiden immer wieder auch Mitmenschen, an der Deformation von Persönlichkeitsstrukturen, an der Entsozialisierung und am Ausgestoßensein. Hier liegt auch die Quelle ehrenamtlichen Engagements in der Straffälligenhilfe. Mag es historisch den »Herrschenden« recht gewesen sein, diese Hilfsbereitschaft dem unverändert weiterstrafenden Rechtsapparat als Feigenblatt umzuhängen, so haben sich die Zeiten gewandelt. Der Helfer - gerade der freiwillige Helfer - wird nicht mehr draußen vor gelassen, sondern als zentrale Institution der Besserung und Resozialisierung gepriesen. Der hauptamtliche Helfer - in erster Linie wird das der Sozialarbeiter und Sozialpädagoge sein - sorgt mit fachlicher Umsicht dafür, daß die Institution und der freie Helfer nicht zu sehr in Widerspruch geraten. Die Zulassungsbestimmungen für die Ehrenamtlichen sorgen für die nötige Vorauswahl. So wird aus dem Feigenblatt das Lorbeerblatt des Strafvollzugs.

Bei dem sehr lückenhaften Material, das zum Problem der ehrenamtlich Tätigen in der Straffälligenhilfe vorliegt[1], ist es nicht leicht, einen roten Faden zu finden. Sozialarbeit als professioneller Teil der Strafrechtspflege ist noch weitgehend jüngeren Datums. Im Gegensatz zu der sehr späten Professionalisierung der helfenden Berufe im Strafrechtsbereich und in der Straffälligenhilfe hat die ehrenamtliche Tätigkeit bereits sehr früh Fuß fassen können und eine nicht unbeachtliche Tradition entwickelt. Anhand von Beispielen soll der Frage nachgegangen werden, ob sich die traditionellen Formen mit den aktuellen Professionalisierungstrends überholt haben, wo sie Bestand haben könnten und welche neueren Entwicklungen erkennbar sind.

Strafjustiz und Strafvollzug sind ebenso Gegenstand ehrenamtlicher Bemühungen und bieten dafür reservierte Plätze, wie der einzelne Gefangene und erst recht der Strafentlassene Gegenstand ehrenamtlicher Tätigkeit sind. Man sollte es nicht übersehen: Das ehrenamtliche Engagement ist auf der Ebene der Legitimation, Durchführung und Linderung von Strafjustiz »gefragt«. Laienrichter (Schöffen), Anstaltsbeiräte und Gefangenenhelfer (sogenannte EVH: ehrenamtliche Vollzugshelfer) rekrutieren sich aus dem Potential freiwilligen Engagements und pflegen dabei eine lange Tradition.

Als zentrales Beispiel soll im folgenden die Gefangenenhilfe behandelt werden. Nicht zuletzt, weil sich dort die längste Tradition und wohl auch noch heute der Kern jener Form von Ehrenamtlichkeit findet, die weder durch professionelle Hilfe noch durch Selbstorganisation ersetzt werden kann. Im zweiten Teil sollen dann stärker die Verquickungen und Einmündungen von ehrenamtlicher in professionelle Arbeit thematisiert werden.

1. Zum Helfen verpflichtet. Eine historische Betrachtung

In der Neuzeit faßte der Besserungsgedanke - heute spricht man von Resozialisierung - im Strafvollzug erst im 18. Jahrhundert langsam Fuß. Die Kritik an den Zuständen in den Gefängnissen (vgl. die Howard-Berichte von 1777, 1784 und 1792)[2] gaben den Anstoß für Ideen und Pläne zur Verbesserung der Polizei- und Kriminalanstalten. In Württemberg beispielsweise war es die Zentralleitung des Wohltätigkeitsvereins, die in einer Denkschrift 1823 die »Fürsorge für die aus den Strafanstalten entlassenen Personen« zum Thema machte. 1830 kam es dann - später als in den anderen Reichsgebieten - zur Gründung eines Vereins zur Fürsorge für entlassene Strafgefangene. Ein erlauchter Kreis von Beamten, Klerikalen und Professoren erstellte die Satzung und ließ sie vom königlichen Justizministerium sanktionieren. Seine königliche Majestät verhieß dem gemeinnützigen Unternehmen den allerhöchsten Schutz und erließ am 25.2.1831 den Befehl an sämtliche Departementchefs, »die ihnen untergebenen Beamten in angemessener Weise aufzufordern, für die Zwecke des Vereins auch ihrerseits tätig zu werden«. 3.000 Gulden jährlich wurden zugesichert. Parallel dazu setzte sich die Kirche für die neue Organisation ein. Bischof von Keller aus Rottenburg erließ 1835 einen entsprechenden Hirtenbrief.

Im Gegensatz zum heutigen Verständnis von Straffälligenhilfe wurde damals genau auf die Trennung von Strafe (= Haft) und Hilfe (= Entlassenenhilfe) geachtet. Soweit die *Haft*anstalten reformiert wurden, war dies professionelle Arbeit wie die Beaufsichtigung von Arbeit und die Durchführung von Religions- und Schulunterricht. Die freie *Straffälligenhilfe* des neuen Vereins »beginnt erst da, wo die unmittelbare Tätigkeit der Staatsbehörden aufhört, beim Rücktritt entlassener Strafgefangener ins bürgerliche Leben« (§ 2 der Vereinsstatuten). Das Wohlwollen der Obrigkeit wurde mit Gegenleistungen bedacht, indem es sich der Verein zur Pflicht machte, »alle Beobachtungen und Erfahrungen, welche für die Staatsbehörden von Interesse sein könnten, zur Kenntnis derselben zu bringen, auch auf ihr Erfordern wegen einzelner bei der Verwaltung der Strafanstalten etwa zu treffender Vorkehrungen Vorschläge zu machen« (Scholl 1980: 37).

Die Erfüllung der Helferpflicht mußte im Verlaufe der 150jährigen Geschichte der Straffälligenhilfe noch öfter angemahnt werden und die zahlende Mitgliedschaft - 1832 gab es 2.423 Mitglieder in 52 »Hülfsvereinen« - war eher ein Freikaufen von dieser Pflicht denn ein tätiges ehrenamtliches Engagement. Wo es dies war, wurde es zum Vorläufer späterer professioneller Tätigkeitsbereiche wie der Schutzaufsicht, Bewährungshilfe, Gerichts-, Jugendgerichtshilfe und Gefangenensozialdienst. Als 1951 ein Neuanfang gemacht wurde, war diese Flurbereinigung zwischen freien und hauptamtlichen Kräften bereits vollzogen, wenngleich man aus »materiellen wie ideellen Gründen« nicht ganz auf die Mitwirkung der freien Kräfte der Wohlfahrtspflege verzichten wollte. Ähnlich wie 100 Jahre vorher begann man mit der Entlassenenhilfe.[2]

Bundesweit wurden private Hilfsstellen für Strafentlassene aufgebaut, die vorwiegend mit Hauptamtlichen, oft aber auch zu deren Entlastung und Ergänzung mit Ehrenamtlichen arbeiteten.[3] Eine Ausnahme stellt der Hamburger Fürsorgeverein von 1948 dar, der mit 100 bis 200 Ehrenamtlichen schon frühzeitig diesem Engagement in einem modernen Sinn Entfaltungsmöglichkeiten bot.[4] Für die Einschätzung der Bedeutung ehrenamtlicher Arbeit in der Straffälligenhilfe ist oft unklar, wie groß rein zahlenmäßig der Anteil ehrenamtlicher, sprich unbezahlter, zu hauptamtlicher, bezahlter Arbeit dabei ist. Aufgrund der Unterlagen und eigener Erfahrungen lassen sich *drei Varianten* idealtypisch unterscheiden, die sicher noch weiter differenziert nachweisbar sind:

Erstens: Hauptamtlich Tätige der Straffälligenhilfe/Strafrechtspflege bilden zusammen einen Verein und arbeiten darin ehrenamtlich mit. Sie haben durch die Vereinskonstruktion die Möglichkeit, zusätzlich Mittel für ihre Arbeit zu beschaffen, die ihnen in ihren bürokratisch geregelten Dienstabläufen sonst nicht zur Verfügung stünden, wie Taschengelder an mittellose Untersuchungsgefangene, Zuschüsse für Weihnachtsfeiern, Einstellung eines Lehrers, Fortbildungstagungen.

Zweitens: Die Beratungs- und Betreuungsarbeit wird auf Vereinsbasis von einer Gruppe von Ehrenamtlichen angeboten, die durch einen oder mehrere Hauptamtliche unterstützt und abgesichert ist. Oftmals erwächst aus der Notwendigkeit, die Kontinuität aufrecht zu erhalten oder den Ausfall besonders engagierter Ehrenamtlicher aufzufangen, der Ruf nach einem Hauptamtlichen. Bei knappen Mitteln übernimmt der Hauptamtliche Behördengänge, Dienst zu ungünstigen Zeiten, während ihn die Ehrenamtlichen nach Möglichkeit entlasten und als Multiplikatoren seiner Arbeit auftreten. Der Hauptamtliche ist in der inhaltlichen Arbeit den Ehrenamtlichen gleichgestellt, hat aber im organisatorischen Bereich einen Erfahrungsvorsprung. Eine solche Konstellation, in der die hauptamtlichen Mitarbeiter in der Minderzahl sind, ist kennzeichnend für Aufbauphasen. Wann diese beendet sind, hängt von verschiedenen Umständen ab, nicht zuletzt von der besonderen »Pflege« des Umgangs mit den Ehrenamtlichen und der Rücksichtnahme auf deren Motivation, aber auch von den Finanzierungsmöglichkeiten für Hauptamtliche.[5]

Drittens: Stationäre Angebote für Haftentlassene werden fast ausschließlich von hauptamtlichen Kräften durchgeführt, wobei die ehrenamtliche Komponente - wenn überhaupt - darin zu sehen wäre, daß die normale 40-Stundenwoche nicht für die notwendige Betreuungszeit ausreicht und zusätzlich und meist unbezahlt geleistet wird. Typisch dafür sind Bewährungs- und Übergangsheime, in denen der Betreuer (mit Familie) selbst wohnt. Die Ehefrauen werden dann als ehrenamtliche Hilfskräfte mit in Anspruch genommen. Ehrenamtlich ist dabei - wie in den beiden anderen Varianten - die Vereinsverwaltung.

2. Ehrenamtliche Hilfe als Provokation

Der historisch aufgezeigten Grundstuktur des bürgerlichen Honoratioren-Vereins, der die Straffälligenhilfe auf sein Panier geschrieben hat, steht eine Organisationsstruktur gegenüber, die ebenfalls an der Kritik des Strafvollzuges und der mangelnden Integration der Straffälligen ansetzt, meist aber radikaler in den Forderungen und konsequenter in der Vorgehensweise ist. Unbezahlte (ehrenamtliche) Arbeit ist dabei oft der Preis für die Möglichkeit, unbeeinflußt von behördlichen Denkmustern dem Straffälligen und seiner traditionellen Behandlungsweise anders zu begegnen.

Bekanntestes Beispiel in der Bundesrepublik ist dafür wohl Birgitta Wolf, die seit 1936 als »Einzelkämpferin« und ab 1969 als »Nothilfe Birgitta Wolf e.V.« Gefangenen- und Entlassenenhilfe selbstlos praktiziert. Der caritative Impetus dieser Arbeit schlug sehr bald um in handfeste reformerische Absichten, die dann auch in die Satzung des Vereins Eingang fanden. Neben der Direkthilfe für die Gefangenen ist der wichtigste Vereinszweck »Unterstützung von Reformbestrebungen in bezug auf Strafrecht und Strafvollzug, Bekämpfung der Kriminalität durch vorbeugende Maßnahmen und effektive Resozialisierung (...). Dazu gehört dann auch die Aufklärung der Öffentlichkeit über kriminalitätsfördernde Mißstände in der Gesellschaft und im Strafvollzug ...« (Aktion Junge Menschen in Not 1982: 46 f.).

Im Ausklang der Studentenbewegung gab es bundesweit Initiativen, die sich in die Vollzugsanstalten begaben oder Öffentlichkeitsarbeit machten und z.T. einzelne Mißstände skandalisierten. Die *Arbeitsgemeinschaft Sozialpolitischer Arbeitskreise (AG SPAK)* mit Sitz in München war lange Zeit eine der wichtigsten Organisationen und Ansprechpartner für diese Gruppen. Durch die überörtliche Anbindung war es nicht nötig, daß vor Ort eigene Vereine und eine entsprechende Organisation aufgebaut wurden. Das ehrenamtliche Engagement konnte voll in die direkte Hilfe (meist Knast-Gruppen, die im Vollzug Gefangenenarbeit machten) fließen, während die Öffentlichkeitsarbeit überörtlich effektiver gestaltet wurde mit Vorträgen, Ausstellungen und Weitergabe von Meldungen über Mißstände.

Ein weiterer Zweig der Gefangenen- und Staffälligeninitiativen entstand direkt über kriminalpolitische Zielvorstellungen. Starken Einfluß hatte dabei die skandinavische Gefangenenbewegung, wie sie von Thomas Mathiesen[6] repräsentiert wird. Kennzeichnend ist hier die Abgrenzung zu justizimmanenten Reformvorstellungen in der Form von Verweigerungen, daran mitzuarbeiten. Unter dem Schlagwort der abolitionistischen Strategie hat diese Denkrichtung die Diskussion der ersten Hälfte der 80er Jahre bei den sich justizunabhängig verstehenden »freien Initiativen und Gruppen der Straffälligenhilfe« bestimmt. Diese Gruppen haben sich - nach Auflösung des Arbeitszusammenhangs in der AG SPAK - 1983 in einer eigenen Bundesarbeitsgemeinschaft zusammengeschlossen.

Parallel dazu hat das Büro der Aktion *Junge Menschen in Not e.V.* (Gießen) seit 1972 als zentrale Informations- und Koordinierungsstelle eine wachsende Zahl von Resozialisierungs-Gruppen angezogen. In einer Broschüre (Aktion Junge Menschen in Not 1985a) sind an die 300 Adressen zusammengetragen worden. Bei den 121 Resozialisierungs-Gruppen, die genauere Angaben über ihre Arbeit gemacht haben, ergeben sich insgesamt

349 haupt- und 2.505 ehrenamtliche Mitarbeiter, die nach Angaben der betreffenden Gruppen aktiv sind. Dabei sind die verschiedensten Organisationen - kirchliche, freie und auch Bewährungshilfevereine - vertreten. Wenn auch sicher viele Adressen nicht enthalten sind, läßt sich doch ungefähr erkennen, wie das Verhältnis von haupt- und ehrenamtlicher Arbeit in etwa verteilt ist. Freilich darf nicht übersehen werden, daß die Ehrenamtlichen im Normalfall keine 40-Stundenwoche mit diesem Engagement verbringen, sondern es meist zusätzlich zu ihrem Beruf betreiben. Während historisch immer wieder den Behörden unliebsame andere Strömungen und Anlässe zum Engagement in der Straffälligenhilfe auffordern, so ist doch eine Annäherung bei den Zielen der aktiv Engagierten zu verzeichnen.[7]

Ein Aspekt soll noch kurz erwähnt werden, weil er zur Abgrenzung ehrenamtlichen Engagements herangezogen wird. Es ist die Frage, inwieweit gerade auch bei Straffälligen Selbsthilfeansätze bestehen und *ehemalige* Gefangene als Ehrenamtliche tätig werden. Für die bundesdeutsche Szene sind jedoch nur rudimentäre Ansätze zu verzeichnen. Meist herrscht der solidarische oder der fürsorgliche Impetus vor. In den mir bekannten Reso-Gruppen beschränkt sich die Selbstorganisation auf wenige Vorzeige-»Knackis«, die aber keineswegs den Stil der Arbeit bestimmen. Auch in Hinsicht auf kriminalpolitische Zielsetzungen argumentieren ehemalige Gefangene oft angepaßter als die Wortführer der aktuellen Diskussion. In der Schweiz und in den Niederlanden gibt es interessante Versuche, die ehemaligen Gefangenen in die Straffälligenhilfe einzubinden.[8]

3. Die professionelle Bevormundung. Gibt es ein Spezifikum für ehrenamtliche Straffälligenhilfe?

Kernpunkt der ehrenamtlichen Arbeit im Strafvollzug ist der § 154, Abs. 2 des Strafvollzugsgesetzes, in dem es heißt: »Die Vollzugsbehörden *sollen* mit Personen und Vereinen, deren Einfluß die Eingliederung des Gefangenen fördern kann, zusammenarbeiten«. Wie andere Bundesländer hat auch das baden-württembergische Justizministerium eine eigene Broschüre über die ehrenamtliche Tätigkeit im Strafvollzug herausgegeben (vgl. Justizministerium 1986). Es mißt darin der Arbeit der im Strafvollzug ehrenamtlich Tätigen große Bedeutung zu und möchte sie noch ausbauen und verbessern. Max Busch, der ehemalige Leiter der Jugendstrafanstalt Wiesbaden, wird zitiert. Er betont, »daß Ehrenamtliche im Vollzug keine Lückenbüßer, sondern ein integrierender und unentbehrlicher Bestandteil eines Sozial-

und Therapiekonzepts sind. Die Frage, ob ehren- oder nebenamtliche Kräfte im Strafvollzug zugelassen werden, ist also praktisch schon beantwortet, wenn dem Strafvollzug überhaupt eine konstruktive Aufgabe zugeschrieben wird« (ebd.: 7). Ehrenamtliche können Vorbild sein, sollen tragfähige Bindungen und Halt anbieten, das Gebot der Menschlichkeit üben und die Gefangenen vor dem Vergessen bewahren. Darüber hinaus sollen sie einen wirklichkeitsgerechten Eindruck von der Außenwelt vermitteln und den schädlichen Wirkungen des Freiheitsentzuges entgegenwirken.

Die Arbeiterwohlfahrt (AWO) sieht die Funktion von Ehrenamtlichen ähnlich: »Überließe man die Bemühungen um Sozialisation allein den Institutionen des Justizvollzugs, so würde die verhängnisvolle Trennung zwischen Straffälligen und Gesellschaft fortdauern« (AWO 1976). Die Erwartungen an die Ehrenamtlichen im Strafvollzug sind hoch. Die Aufgaben liegen in den Brennpunkten der Haft- bzw. Resozialisierungsproblematik. Das baden-württembergische Justizministerium unterscheidet zwischen der Einzel- und der Gruppenbetreuung von Gefangenen und nennt folgende Funktionen, die dabei von Ehrenamtlichen wahrgenommen werden können:
Bei der *Einzelbetreuung:*

- Verhinderung sozialer Entwurzelung haftungewohnter Gefangener,
- Gegensteuern zu den schädlichen Einflüssen durch hafterfahrene Mitgefangene,
- Gegengewicht zum »Haftschock«,
- Vermitteln des Gefühles, nicht ausgestoßen zu sein,
- Verminderung von Vollzugsschäden bei Langzeitgefangenen,
- wirklichkeitsgetreue Repräsentation von Außenwelt,
- Gestaltung von Ausgängen und Hafturlaub,
- Hilfe bei Wohnungssuche, Arbeitssuche, Behördengängen,
- Fernhalten vom alten Milieu,
- Bewährungshilfe oder Unterstützung des Bewährungshelfers,
- Vorbild sein für Jugendliche,
- Drogen- und Alkoholabhängige zur Therapie motivieren,
- Familienarbeit besonders bei weiblichen Gefangenen.

Bei der *Gruppenbetreuung:*

- soziales Training, dabei Einbringen der eigenen beruflichen Fähigkeiten und Qualifikationen als Trainer,
- Problembearbeitung in Gesprächsgruppen,
- Sportstunden für Gefangene,
- Arbeits- und Lerngruppen mit Vermittlung von Schul- und Fachwissen,
- Freizeitangebote,
- seelsorgerische Angebote.

Das sind natürlich alles Aufgaben, die auch hauptamtliche Kräfte wahrnehmen können. Deshalb soll nochmals besonders hervorgehoben werden, wo den Ehrenamtlichen *mehr* zugetraut wird. Das ist einmal bei der *Intensität* der Betreuung z.B. bei Langzeitgefangenen, weil Ehrenamtliche am ehesten den »wirklichkeitsgetreuen Eindruck von der Außenwelt« (Justizministerium 1986: 11) verschaffen können; das ist nach der Haftentlassung, weil der Ehrenamtliche als einziger die *Kontinuität* zwischen Vollzug und danach herstellt; und drittens in Fragen der Motivierung, wo ein *Vertrauensverhältnis* gefragt ist. Denn Gefangene bauen »nur selten vorbehaltlos ein Vertrauensverhältnis zu Bediensteten« (ebd.) auf.

Unabhängig davon, ob diese Aufgabenzuweisung an die Ehrenamtlichen überhaupt als realisierbar einzuschätzen ist, steckt der tatsächliche Einsatz von Ehrenamtlichen im Strafvollzug schon rein zahlenmäßig noch in den Kinderschuhen, wenn auch die Zahl der ehrenamtlichen Helfer von 1978 bis 1984 um 400 auf 900 angestiegen ist. 1984 (Stichtag 1.Mai) zeigt für Baden-Württemberg folgendes Bild:

-	Untersuchungs- und Strafgefangene insgesamt	ca. 8.000
-	hauptamtlich Bedienstete im Strafvollzug	ca. 3.200
	davon Sozialarbeiter	111
-	ehrenamtliche Helfer im Strafvollzug zugelassen	900
	davon als Einzelbetreuer (der Rest Gruppenbetreuer)	300

Gefangene, die um Einzelbetreuung bitten, haben oft lange Wartezeiten. Es gibt allein 1.000 Langzeitgefangene mit einer Jugend- oder Freiheitsstrafe von fünf und mehr Jahren. Man kann nun fragen, warum sich nicht mehr Ehrenamtliche engagieren. Bei den Gruppenangeboten bekommt der Betreuer sogar eine Entschädigung von 12 Mark pro Stunde - was meist jedoch nur ein Ersatz für die Fahrtkosten zu den oft entlegenen Vollzugsanstalten ist.

4. Handlanger - Konkurrenten - Partner - Gegner?

Unter diesem Fragezeichen fand 1985 eine Fachtagung über freie Helfer im Strafvollzug statt. 23 Teilnehmer waren dem Bereich der freien Hilfe, 13 dem Strafvollzug und 3 der Bewährungshilfe zuzuordnen. Dieses Zahlenverhältnis spiegelt die Relation der ehrenamtlichen Arbeit durchaus wider.[9] Der Ablauf der Tagung spiegelt aber noch viel mehr das Verhältnis wider, von dem der Umgang mit den Ehrenamtlichen geprägt ist. Mißtrauen, Unterstellungen und Vermutungen, aber auch Vereinnahmungen sind allgegenwärtig. Das beginnt schon bei den Begriffen, mit denen man diese Tätigkeit kennzeichnen möchte. Der *Begriff* »Ehrenamtlicher« wurde abgelehnt, weil eben keine Amtsbeziehung, sondern eine freiwillige Beziehung zwischen Helfer und Klienten angestrebt werde. Die Vollzugsbeamten wünschen dagegen den Begriff des freiwilligen »Mitarbeiters«. Die Ehrenamtlichen vermuten bereits hinter dem Begriff, daß sie sich den Weisungen und Regeln des Vollzuges unterwerfen sollten.

Aber auch bei der Benennung der *Ziele* ehrenamtlicher Straffälligenhilfe ergab sich eine Inkongruenz der Meinungen. Während die freien Helfer sachliche Ziele - etwa: den Gefangenen Mut machen, ihre Eigenverantwortung fördern, praktische Hilfe leisten - nannten, wurden ihnen von den anderen Berufsgruppen (Vollzugsbediensteten, Bewährungshelfern) verschiedenartige *Motivationen* unterstelllt: Das ging von beruflichen und wissenschaftlichen Interessen, wie Erstellung einer Diplomarbeit, über die Kompensation eigener Persönlichkeitsbedürfnisse, wie z.B. schlechtes Gewissen wegen ihrer guten finanziellen Situation, christliche oder grundsätzlich altruistische Einstellung, bis zum Vorwurf, die freiwilligen Helferinnen suchten bewußt oder unbewußt sexuelle Kontakte mit den Gefangenen.[10]

Deutlich wurde aber auch, daß da, wo die Professionellen an ihre Grenzen stoßen, der Ehrenamtliche gefragt ist. Die freien Helfer sollen demnach Öffentlichkeitsarbeit auch im Sinne der Anstalt betreiben, zwischen Anstalt und Gefangenen vermitteln, ein angstfreies Klima im Gespräch mit den Gefangenen pflegen und »Elendshilfe« leisten, worunter ein Tätigwerden für jene Gefangenen zu verstehen ist, mit denen der Vollzug nicht fertig wird.

Die Ehrenamtlichen befürchten weiter, daß sie nur als billige Kräfte gesucht werden, um die Betreuungskosten für die Gefangenen niedrig zu halten. Diese Handlangerfunktion, in Verbindung mit dem Verzicht auf Kritik am Strafvollzug und reibungsloser Anpassung an den Anstaltsbetrieb, erbost die Ehrenamtlichen immer wieder. Im Verhältnis zum hauptamtlichen Sozialdienst der Anstalten sehen sie sich darüberhinaus in einem Konkurrenzverhältnis, weil sie die »schöne Rolle« des Helfers übernähmen, interessante Angebote machen und ohne Rücksicht auf die Institution arbeiten könnten.

Von den Hauptamtlichen wird auch auf die Fälle hingewiesen, wo Ehrenamtliche von Gefangenen hintergangen und ausgetrickst werden, wo die fachliche Beratung nicht ernst genommen wurde. Die Stellung des Helfers gegenüber dem Gefangenen ist ein wunder Punkt gerade dann, wenn die Rollen des Vollzugsdienstes und des Helfers nicht mehr deckungsgleich sind. Der Württembergische Ratgeber für Ehrenamtliche versucht diese Klippe mit einer sowohl-als-auch-Umschreibung zu nehmen: »Der ehrenamtliche Betreuer ist in erster Linie Helfer für den Gefangenen, aber auch Helfer des Vollzuges. Insoweit ist Kooperation geboten; die ehrenamtlich Tätigen sind aber keine 'Kontrolleure der Gefangenen'« (Justizministerium 1986: 20).

Um die Unwägbarkeiten der doch recht unklaren Position des ehrenamtlichen Helfers im Vollzug möglichst gering zu halten, wurden wenigstens präzise Auswahlkriterien in einer Verordnung des Justizministeriums aufgestellt.[11] Zu junge Betreuer (unter 21 Jahre), die nicht bereit und in der Lage sind, dem Gefangenen zu helfen, künftig in sozialer Verantwortung ein Leben ohne Straftaten zu führen, oder die Sicherheit und Ordnung in der Vollzugsanstalt durch ihre Zulassung beeinträchtigen, werden nicht zugelassen. Ausgeschlossen sind auch Vorbestrafte.

Zu dem bereits oben geschilderten Überforderungskatalog bei den Aufgaben des Ehrenamtlichen paßt dann bei der Beschreibung des Leistungsprofils ebenfalls eine Idealfigur, der in der Realität kaum entsprochen werden kann.[12] Bedenklich wird es dort, wo die Grundlage für die besondere Position des Ehrenamtlichen, z.B. beim Aufbau eines Vertrauensverhältnisses, mit gegenläufigen Ratschlägen unterminiert wird und eben die Form von Professionalität verlangt wird, die den Hauptamtlichen oft schnell an seine Grenzen führt. Der Verzicht auf Emotionalität wäre solch ein Kriterium.

Unter dem Strich ergibt sich im Verhältnis von Haupt- zu Ehrenamtlichen im Vollzug ein Gefälle, über das die Proklamationen der Unentbehrlichkeit des Ehrenamtlichen nicht hinwegtäuschen können. Überall wo sich Ehrenamtliche artikulieren, tauchen deshalb auch die Forderungen auf, dieses Verhältnis zu ändern:
- mehr Toleranz gegenüber den Nichtprofessionellen,
- Sicherheit und Ordnung der Anstalt nicht zum letzten Maßstab der Entscheidungen zu nehmen,
- ein Verhältnis gegenseitigen Respektes zu pflegen, wozu Information und Beteiligung gehören.

Nimmt man diese Forderungen ernst, dann »stören« die Ehrenamtlichen - noch dazu wenn sie in wirklich großer Zahl aktiv werden - den bislang üblichen Betrieb des Vollzuges. Aber diese Störungen sind notwendig, wenn - wie es doch proklamiert wird - die totale Institution Strafvollzug durch die »freie Hilfe« in ihren schädlichen Auswirkungen etwas mehr zugunsten des wohlverstandenen Wohles der Gefangenen abgemildert werden soll. Und warum sollten über kurz oder lang nicht auch die Professionellen davon profitieren?

5. Tendenzen und Entwicklungen

Die Suche nach dem Potential ehrenamtlicher Helfer ist auch an der Straffälligenhilfe nicht spurlos vorbeigegangen. Daß die benötigte professionelle Hilfe angesichts sich leerender öffentlicher Kassen nicht mehr bezahlbar ist, verschärft den Druck. So sieht die CDU im Ruhrgebiet allein ein Potential von 10.000 Ehrenamtlichen, das noch nicht ausgeschöpft ist.[13] Daß Hauptamtliche aber in verstärktem Maße die Interessen von Ämtern und Institutionen verkörpern und rationelleren Gesetzen von Arbeitszeit und Fallzahlen unterliegen, hält gerade im Bereich der Straffälligenhilfe die Kluft zwischen haupt- und ehrenamtlichen Helfern deutlich offen.

Das Mauerblümchendasein, das sie im Vollzugsbetrieb führen, wird sich nicht so schnell ändern. Die AWO (KV Karlsruhe Land) hat nun schon in der 3. Auflage eine Werbebroschüre (AWO 1985) herausgegeben mit Überlegungen und Anregungen, wie die oben genannten Probleme gemeistert werden können. Was aber viel wichtiger ist: Die AWO Karlsruhe hat als gleichgewichtigen Schwerpunkt ihrer Straffälligenarbeit die Fortbildung und eine Kursreihe »Freie Mitarbeit in der Straffälligenhilfe« aufgenommen. Themen sind: Kenntnisse über den Strafvollzug, Ursachen von Kriminalität, Leben hinter Gittern, Entlassungsvorbereitung, Alternativen zum Vollzugssystem und Möglichkeiten und Grenzen der Hilfe. Aufbaukurse und Fortbildungsseminare sind vorgesehen.[14]

Wenn auch als Eingangsvoraussetzung für die Ehrenamtlichen keine besondere Qualifikation und in erster Linie Engagement gefordert werden, so ist doch eine Mini-Helferausbildung vorgesehen - und die ist natürlich Aufgabe der Hauptamtlichen. Hier zeichnet sich eine Lösung ab, die beiden Seiten zu nützen scheint. Das Engagement der Ehrenamtlichen trifft nunmehr gefiltert durch solche Einführungs- und Fortbildungskurse auf die Institutionen und ihre Hauptamtlichen. Aber nicht nur die Profis haben damit kompetentere Partner, auch Ehrenamtliche ersparen sich manche vorhersehbare Enttäuschung, die zum Abbruch des Engagements führen kann. Gerade die etablierten Straffälligenhilfevereine klagen immer wieder über den Wildwuchs und den damit angerichteten Schaden durch ehrenamtliche Eintagsfliegen: »Mit Sorge sieht die Anlaufstelle ein plötzliches Auftreten von sogenannten 'Selbsthilfegruppen', d.h. von Straffälligenhilfe durch ehemals Straffällige ohne fachkundige Betreuung als Alternative und Konkurrenz zum örtlichen Bezirksverein. Ebenso bedenklich sind die wohlgemeinten, aber oft nicht über den Tag hinausreichenden sozialpädagogischen Einzelinitiativen von Schülern, Studenten und beschäftigungslosen Sozialpädagogen/Sozialarbeitern, die zuweilen den Eindruck erwecken, als suchten sie Arbeits- und Verdienstmöglichkeiten« (Jahresbericht 1986: 5). »Fachliche Betreuung« wird also zur Voraussetzung für integratives Arbeiten und als Konfliktprophylaxe immer stärker gefordert.

Beispielhaft läßt sich diese Entwicklung bei der Bewährungshilfe demonstrieren. Obwohl vom Gesetz haupt- und nebenamtliche Bewährungshelfer gleichrangig vorgesehen sind, haben sich bundesweit die professionellen Bewährungshelfer durchgesetzt. Das ging zeitweise nicht ohne eine Abqualifizierung der Ehrenamtlichen ab. 1976 verfaßte die Deutsche Bewährungshilfe eine Broschüre, in der sie ausdrücklich vor einer Gleichstellung oder gar Überbewertung der Ehrenamtlichen warnte. Nachdem die Ehrenamtlichen fast ganz aus dem Feld gedrängt sind - natürlich ist es auch für Richter einfacher, sich an Profis wenden zu können, als selbst einen Stamm von Ehrenamtlichen zu pflegen -, werden sie von den hauptamtlichen Bewährungshelfern neu entdeckt. Nun aber von vornherein eingebunden in die fachliche Autorität des Hauptamtlichen. Seit dem 1.4.1987 erprobt der Verein zur Förderung der Bewährungshilfe im Landgerichtsbezirk Ravensburg e.V. mit Unterstützung des Justizministeriums das Projekt »Ehrenamtliche und freie Hilfe in der Bewährungshilfe«. Eingestellt wurde ein hauptamtlicher Diplompädagoge mit folgenden Aufgaben:

- Werbung und Gewinnung freier Mitarbeiter,
- Einführung der ehrenamtlichen Helfer durch Einzelgespräche und Kursangebote,
- Fortbildung der ehrenamtlichen Helfer,
- Ansprechpartner und Anlaufstelle, Organisation und Leitung regelmäßiger Treffen der Helfer,
- Mittler zwischen ehrenamtlichen Helfern und hauptamtlichen Bewährungshelfern bzw. Richtern und Staatsanwälten (vgl. Mutz 1987).

Diese Form ehrenamtlichen Engagements scheint auch den Adressaten zu entsprechen. Die ersten 30 interessierten Mitbürger haben sich für die 7 Abende und das Kurzwochenende des Einführungskurses bereits eingeschrieben.

Der oben beschriebene Typus 2 des Verhältnisses von Haupt- zu Ehrenamtlichen setzt sich nun in umgekehrter Form durch. Der Hauptamtliche erwächst in seiner Anstellung und Funktion nicht mehr aus der Logik der ehrenamtlichen Arbeit heraus zu einem festen Anstellungsverhältnis, sondern er ist bereits vor den Ehrenamtlichen da und leitet deren Engagement in die (richtigen) Wege. Ob die Entwicklung ehrenamtlicher Arbeit mit Straffälligen geradlinig in dieser Richtung weitergeht, ist noch nicht eindeutig. Es gibt weniger direktive Beratungsformen.[15] Aber es gibt auch grundsätzlichen Widerstand gegen die Einvernahme als Mini-Sozialhelfer, Mini-Geistliche oder Mini-Bewährungshelfer und auch die entsprechende Organisationsform dafür.[16]

So fällt auf, daß die Zahl der Ehrenamtlichen, die in Baden-Württemberg im Vollzug als Einzelbetreuer vollkommen ohne materielle Entschädigung arbeiten, nur halb so groß ist, wie die Zahl der ehrenamtlichen Mitarbeiter, die Gruppenarbeit leisten und mit einem Stundensatz von 12 Mark entschädigt werden. Das wäre ein Hinweis darauf, daß mehr Ehrenamtlichkeit auch nicht zum Nulltarif zu haben ist.[17] Erst recht nicht, wenn man dazurechnet, daß die Werbung und Organisation von Ehrenamtlichen neue Hauptamtliche erforderlich macht. Und dann kommt bei der Trendprognose noch spezifisch in der Straffälligenhilfe eins dazu: Dieser Bereich sozialen Engagements speiste sich schon immer in besonderem Maße aus der Kritik am Strafvollzug. Humanitäres Denken und Helfen mündet oft in die gleiche Richtung. Deshalb könnte eine zu starke fachliche und organisatorische Einbindung ehrenamtlichen Engagements in der Straffälligenhilfe gerade die Bereitschaft dazu unterbinden. Oder aber dieses Engagement setzt sich jenseits der vorgegebenen Organisationsformen dennoch in - wie auch immer gearteten - neuen Formen »freier« Straffälligenhilfe durch.

Es wird also auch eine Frage (selbst-)kritischer Distanz fachlicher Ausbildung des Bereiches Straffälligenhilfe sein, ob und wie sich darin haupt- und ehrenamtliche Tätigkeiten weiterentwickeln. Sicher wurde dem ehrenamtlichen Engagement mehr Glanz verliehen. Es ist die Wandlung vom Feigenblatt zum Lorbeerblatt. Doch äußerlich bleibt auch dieses das gewandelte Attribut einer Institution, deren besseres Pendant man noch vergeblich sucht.

Hildegard Müller-Kohlenberg

Laienhilfe - die bessere Alternative?

Ist das Hilfsangebot ehrenamtlicher Kräfte gegenüber den Klienten verantwortbar? Erlauben die Ergebnisse und die Qualität ihrer Arbeit den großzügigen Einsatz von Laienhelfern? Diese Frage nach der *Erfolgskontrolle* ist im psychosozialen Feld immer eine methodisch aufwendige Aufgabe, weil der Erfolg definiert und der Vergleich zu einer Kontrollgruppe gezogen werden muß. Es liegen jedoch einige Untersuchungen hierzu vor, die im folgenden für die drei Bereiche Beratung/Therapie, Strafvollzug und Erziehungshilfe exemplarisch dargestellt werden sollen.

Eine *Trendaussage* vorab: Laienhelfer arbeiten im allgemeinen ebenso gut wie professionell ausgebildete Sozialarbeiter bzw. Psychologen, manchmal besser, selten schlechter.

1. Beratung und Therapie

Bereits 1979 veröffentlichte Durlak (1979: 80) ein Sammelreferat bzw. eine Metaanalyse empirischer Untersuchungen zum Effektivitätsvergleich professioneller und paraprofessioneller Helfer. Er bezog sich auf 42 empirische Untersuchungen[1], gruppierte sie nach ihrem methodischen Niveau in mehr oder weniger aussagekräftige Arbeiten und formulierte die Gesamttendenz dieser Forschungsergebnisse. Sie lautete: »Die klinischen Erfolge, die Laienhelfer erreichen, sind gleichwertig oder signifikant besser als die, die Professionelle erzielen ... Professionelle verfügen nicht über erkennbar überlegene Therapiefertigkeiten im Vergleich zu Paraprofessionellen. Und darüber hinaus sind Ausbildung, Training und Erfahrung im psychosozialen Bereich keine notwendigen Voraussetzungen für eine effektive Helferpersönlichkeit« (Durlak 1979: 85).

Diese Veröffentlichung, die an den Fundamenten des beruflichen Standesbewußtseins rüttelte, wurde selbstverständlich aufs Korn genommen. In den Jahren 1981 und 1984 erschienen Kommentare, die vor allem der Frage nachgingen, ob das methodische Vorgehen Durlaks und der von ihm referierten Untersuchungen hinreichend abgesichert sei, um derart weitgehende Folgerungen zu ziehen. Vor allem Nietzel und Fisher hielten die Vorgehensweise für so angreifbar, daß sie den Artikel geradezu »verrissen« (Nietzel/Fisher 1981: 555 f.). Entgegen der amerikanischen Gepflogenheit, sich in wissenschaftlichen Auseinandersetzungen kollegialer Höflichkeit zu befleißigen, enthielt dieser Aufsatz - wie auch Durlaks Erwiderung (Durlak 1981: 566 f.) - eine ungewöhnliche Schärfe. Es wird von Irreführungen, betrügerischen Darstellungen u.a. gesprochen. Vermutlich ist es das Thema, mit seinen existentiellen Implikationen, das die Gemüter erhitzte.

Die Kritik von Nietzel und Fisher bezieht sich vor allem auf die Einschätzung der 42 Originalbeiträge durch Durlak. Dieser hatte sich an einem von Luborsky u.a. (1975: 995) entwickelten Verfahren orientiert, die 13 Kriterien für die Beurteilung der Qualität empirischer Untersuchungen entwickelt hatten. Leicht modifiziert wendete er diese Design-Kriterien auf die veröffentlichten Arbeiten aus den Jahren 1961 bis 1976 an, indem er einen Index auf einer 5-Punkte-Skala vergab: a) bedeutete, daß die Design-Kriterien überwiegend zufriedenstellend sind; b), daß ein oder zwei Kriterien mangelhaft sind ..., e), daß mehr als fünf Kriterien mangelhaft sind. Bei seinen interpretierenden Folgerungen berücksichtigte er, ob es sich um eine aussagekräftige Studie handelte oder nicht. Nietzel und Fisher wenden dagegen ein, daß unzulängliche Studien überhaupt nicht in die Auswertung mit einbezogen werden sollten: »Dürftige Daten sind schlimmer als gar keine« (Nietzel/Fisher 1981: 564). Sie wollen nur 5 von den ursprünglich 42 Untersuchungen gelten lassen.

Dennoch sind ihre Schlußfolgerungen nicht radikal unterschieden von Durlaks Einschätzungen. Auch sie halten es für augenscheinlich, daß »Laienhelfer, die mit Psychiatriepatienten unter Supervision von Professionellen arbeiten, gleiche oder bessere Ergebnisse erzielen, als Therapeuten mit höchsten Abschlüssen« (ebd.: 563). Dazu Durlaks Kommentar: »Wenn ähnliche Ergebnisse von widerstreitenden Autoren erzielt werden, dann sind solche Ergebnisse besonders bedeutsam« (Durlak 1981: 569).

Drei Jahre später wurde das Thema nochmals in Australien von Hattie u.a. aufgegriffen (1984: 534 f.). Sie brachten nicht nur einen beruhigenden und sachlichen Ton in die Debatte, sondern bereicherten den Kenntnisstand auch um etliche interessante Details, indem sie - wieder bezogen auf die 42 Untersuchungen - diese mit einer sehr viel brauchbareren Methode, der Metaanalyse nach Glass und Hedges (Glass 1976: 3 f.; Hedges 1981: 107 f.), überprüften. Bei diesem Verfahren werden keinerlei Studien von vorneherein ausgesondert, sondern die Daten werden transformiert, wobei auch inhaltliche Beschreibungen berücksichtigt werden. Die Befunde dieser Studien stützen im wesentlichen die Aussagen Durlaks (oder wenn man so will: aller drei Autoren), sind jedoch von zusätzlicher Aussagekraft, so daß sie hier auszugsweise wiedergegeben werden sollen (alle Ergebnisse sind im statistischen Sinne signifikant):

a) Im Durchschnitt fühlte sich ein Klient, der von einem Paraprofessionellen (das entspricht etwa dem deutschen Begriff Laienhelfer) behandelt wurde, am Ende der Therapie besser als 63% der Personen, die von einem professionellen Helfer Hilfe erhielten. Obwohl dies kein allzu großer Unterschied ist, wird damit doch Durlaks These gestützt, daß Paraprofessionelle im Vergleich zu Professionellen äquivalente - manchmal sogar bessere - Leistungen erzielen.
b) Erfahrene Paraprofessionelle leisten effektivere Arbeit als unerfahrene Anfänger.
c) Teilt man die Professionellen in drei Gruppen ein, nämlich fortgeschrittene Studenten, Supervisoren und erfahrene praktizierende Berufsangehörige (z.B. Psychiater, Psychologen, Berater, Verhaltenstherapeuten), so unterscheiden sich die fortgeschrittenen Studenten am meisten von den Paraprofessionellen. Diese Gruppe von Helfern, die sich am Ende ihrer Ausbildung befand, war im Vergleich zu den übrigen Gruppen am effektivsten.
d) Eine Unterstützung der Paraprofessionellen durch die professionellen Berufsangehörigen bewirkt nur eine geringe Steigerung der Effektivität.
e) Je länger das Training der Paraprofessionellen dauert, desto effektiver erweisen sie sich im Vergleich zu Professionellen.
f) Je länger die Intervention dauert bzw. je mehr Begegnungen zwischen Helfer und Hilfesuchenden stattfinden, desto größer ist der Effekt (durchschnittliche Dauer der Behandlung 10 Monate).
g) Es erbringt keinen signifikanten Unterschied, ob den Paraprofessionellen genaue Anweisungen bezüglich des Vorgehens gegeben werden oder nicht.
h) Je nachdem, welches Kriterium man für den Erfolg heranzieht[2], differieren die Ergebnisse: Wenn die Klienten selbst den Erfolg einschätzen, ist die Differenz zugunsten der Paraprofessionellen am größten; keine Differenzen zwischen Paraprofessionellen und Professionellen werden gefunden, wenn spezifische Verhaltensmessungen durchgeführt werden.
i) Das Behandlungsergebnis ist unabhängig davon, ob die Paraprofessionellen nach einem Auswahlverfahren eingestellt werden oder ob die freiwilligen Helfer aufgrund ihrer eigenen Entscheidung arbeiten.

Bereits Durlak hat 1979 darauf aufmerksam gemacht, daß die Forschungsergebnisse in der Fachdiskussion ignoriert wurden. Das gilt auch für die hier zusammengestellte Kontroverse, die längst nicht in dem Maße die wissenschaftliche Forschung, die Praxis und die Ausbildung beeinflußt hat, wie man das hätte erwarten können. Es gilt sogar in gewisser Weise für Durlak selbst, daß er wichtige zusammenfassende Vorläufer für seine Arbeit unberücksichtigt läßt. 11 bzw. 10 Jahre vor seiner Analyse erschien - textgleich an zwei Orten publiziert - ein Aufsatz von Robert Carkhuff, in dem er die unterschiedliche Arbeit von Laien und professionellen Helfern darstellte (vgl. Carkhuff 1968: 117 f.). Er bezog sich auf 30 empirische Arbeiten, ebenfalls zurückreichend bis ins Jahr 1961, von denen jedoch nur zwei Arbeiten identisch sind mit den von Durlak zitierten. Auch Carkhuffs Schlußfolgerungen lassen an Eindeutigkeit nichts zu wünschen übrig. Trainierte Laien arbeiten nach seiner Darstellung auf einem Niveau, das ebenso hoch oder höher (niemals signifikant geringer) ist, als das der Professionellen. Selbst Teilergebnisse, wie beispielsweise die Überlegenheit der Professionellen während der Ausbildung und die Bedeutung der Selbstauswahl von Laien, wurden von Carkhuff beschrieben.

Carkhuff faßt seine Ergebnisse in dem provozierenden Satz zusammen: »Wir können uns nicht länger den Luxus erlauben, auf Kosten unserer Klienten eine Effektivität professioneller Behandlung zu unterstellen« (Carkhuff 1968: 122). Damit geht er einen Schritt weiter als Durlak, der lediglich die *Überlegenheit* der Professionellen bestritt. Obwohl Carkhuff bei dieser negativen Aussage keineswegs stehenbleibt, sondern in seinem zweibändigen Hauptwerk sehr genau untersucht, wie die helfende Beziehung zu gestalten sei, wurde er in den zurückliegenden 20 Jahren - zumindest im deutschen Sprachraum - so gut wie nicht rezipiert.

2. Strafvollzug und Bewährungshilfe

Im Strafvollzug und in angrenzenden Gebieten bestehen vielfältige Arbeitsmöglichkeiten für Laienhelfer: Ehrenamtliche Mitarbeit im Strafvollzug (und Jugendstrafvollzug), Betreuung nach der Entlassung, Bewährungshilfe, ehrenamtliche Mitarbeit in der Jugendgerichtshilfe (vor allem Betreuungsweisungen nach § 10 JGG), Mitarbeit beim Vollzug des Jugendarrests und Betreuung der Familien von Häftlingen. In diesen Feldern gilt eine Zuspitzung des Loyalitätskonflikts, der unter den Bezeichnungen »doppeltes Mandat«, »Dreiecksverhältnis« oder »Zweispurigkeit« in der Sozialarbeit bestens bekannt ist (vgl. Böhnisch/Lösch 1973: 21; Orlowsky 1979: 27; Cyrus 1982: 360). Besonders extrem gilt das Dilemma für ehrenamtliche und hauptamtliche Bewährungshelfer, weil sie durch ihre Aufgabenbeschreibung eindeutig in das Justizsystem eingebunden sind. Sie müssen gleichzeitig helfende Vertrauensperson wie Berichterstatter an das Gericht sein. Informationen, die aufgrund des Vertrauens eines Klienten erworben wurden, können vom Bewährungshelfer dazu verwendet werden, die Bewährung aufzuheben und den Klienten ins Gefängnis zu überstellen. Eine solche Verhaltensinkonsistenz mag bei einem beamteten Bewährungshelfer durchsetzbar sein - er ist dienstrechtlich zu Auskünften verpflichtet -, für einen Ehrenamtlichen jedoch, der sich für einen Menschen in Schwierigkeiten engagiert, ist es kaum zumutbar.

Die einzige Möglichkeit, einen auskunftsunwilligen ehrenamtlichen Bewährungshelfer zu disziplinieren, ist die Aufhebung des Betreuungsverhältnisses. Diese Unsicherheit läßt viele Richter auf die Bestellung von ehrenamtlichen Bewährungshelfern verzichten. Auch von seiten der hauptamtlichen Bewährungshelfer wird aus nachvollziehbaren Gründen die Existenz der Ehrenamtlichen kritisiert. Sie befürchten vermutlich eine Dequalifizierung ihrer Arbeit in den Augen der Richter und der Öffentlichkeit, wenn unausgebildete Personen ihre Funktionen übernehmen.

Soweit empirische Vergleiche zwischen der Arbeit von professionellen und ehrenamtlichen Bewährungshelfern vorliegen, wird die Befürchtung minderer Leistungen jedoch *nicht* bestätigt. Die Datenbasis ist allerdings sehr schmal, insbesondere deshalb, weil die Arbeit der Laien-Bewährungshelfer kaum dokumentiert ist.

Als Kriterium für Erfolg und Mißerfolg der Bewährungshelfer gilt die Widerrufsquote, d.h. die Aufhebung der Strafaussetzung. Die Mißerfolgsquote für *professionelle* Bewährungshelfer lag 1976/77 bei 45% und sank in den folgenden Jahren auf 40% (Kerner/Hermann/Bockwoldt 1984). Diese vergleichweise auf breiter Basis (BRD) erhobenen Daten müssen mangels besserer Möglichkeiten mit einer Stichprobe *ehrenamtlicher* Bewährungshelfer aus Hamburg (N = 62) verglichen werden (Siekmann 1977: 202 f.). Legt man sehr strenge Maßstäbe an, d.h. werden als Erfolg nur die Fälle gewertet, die tatsächlich einen Straferlaß zur Folge hatten, unter Abzug der Fälle, in denen der Bewährungshelfer gewechselt wurde, der Proband verstarb oder umgezogen ist, so beträgt die Mißerfolgsquote 42%. Das bestätigt die Tendenz, die sich bei Vergleichen zwischen Professionellen und Laien immer wieder abzeichnet: die Laienhelfer sind in ihrer Arbeit nicht weniger erfolgreich als Professionelle.

Eine weitere Evaluationsstudie zum Erfolg ehrenamtlicher Bewährungshelfer wurde 1978 an der State University in Long Beach, Californien, durchgeführt (vgl. Dowell 1978: 357). Es handelte sich um eine Gruppe von 33 Studenten sowie Frauen mittleren Alters, also um nicht-professionelle Bewährungshelfer, die sich um die Resozialisierung jugendlicher

Straffälliger bemühten. Die Erfolge der Betreuung wurden anhand der Kriterien Rückfälligkeit, Arbeitsplatzbeständigkeit bzw. Schulbesuch und »ausgewähltes Problemverhalten« (z.B. exzessives Trinken) überprüft und mit einer Kontrollgruppe verglichen. Diese bestand aus einer Gruppe von 14 Jugendlichen, die hinsichtlich Alter, Geschlecht, Rasse und Vorstrafen vergleichbar war. Letztere wurde von *professionellen* Bewährungshelfern betreut. Die Ergebnisse zeigen, daß das Verhalten der Jugendlichen, die von Laienbewährungshelfern betreut wurden, »was not different from traditional probation« (ebd.: 359). D.h. die Kontrollgruppe unter der üblichen Bewährungshilfe verhielt sich nicht nennenswert anders als die von ehrenamtlichen Helfern betreute.

Ähnlich verlief eine Untersuchung an der Universität Nebraska (vgl. Berman 1975: 111 f.). Dort wurde eine Gruppe von 32 zufällig ausgesuchten Rechtsbrechern durch Richter betreut, also ebenfalls Personen ohne die traditionelle Bewährungshelfer-Vorbildung.[3] Es zeigten sich im Vergleich zur üblichen Bewährungshilfe ebenfalls keine bedeutsamen Unterschiede.

Bemerkenswert ist in diesem Zusammenhang, daß beide Autoren das Ergebnis eher negativ einstufen. Die Tatsache, daß die Erfolge der Ehrenamtlichen nicht *über* denen der traditionellen Bewährungshilfe liegen, erscheint ihnen als Mißerfolg der Projekte. Dowell, der Verfasser der Long Beach-Studie, faßt zusammen, seine Evaluationsstudie zeige, daß Volunteers nicht effektiv seien. Es müßte jedoch präzise heißen, daß sie nicht *effektiver* als die probation officers seien. Und diese Feststellung liegt nun wieder ganz auf der Linie eines Großteils der Vergleichsuntersuchungen: Die Unterschiede im Erfolg sind nicht so gravierend, wie allgemein unterstellt wird.

3. Erziehungshilfe

Im letzten hier behandelten Bereich sozialpädagogischer Laienhilfe geht es um Pflegefamilien bzw. um ambulante Erziehungshilfen. Traditionellerweise waren Pflegeeltern - ebenso wie die leiblichen Eltern - »Laien« (im hier verwendeten Sinne). Anfang der 70er Jahre wurden jedoch im Zuge der Erwartungen, die man mit Fachlichkeit und Professionalisierung verband, Versuche mit pädagogisch ausgebildeten Pflegeeltern gestartet. Der Landeswohlfahrtsverband Hessen schuf ab 1972 sogenannte Erziehungsstellen, die speziell für verhaltensgestörte Kinder und Jugendliche vorgesehen waren. Diese Pflegeeltern sollten durch fachliche Qualifikation ausgewiesen sein; sie erhielten für ihre Tätigkeit eine am BAT orientierte Aufwandsentschädigung.

Das hessische Modell arbeitete mit beachtlichem Erfolg; die Erfolgsquote betrug 78% (vgl. Piorkowski-Wühr 1978: 159). Dieses positive Ergebnis ist sicherlich mit verursacht durch die intensive Beratung und das besondere Augenmerk, das auf die Zuordnung eines bestimmten Kindes mit seiner ganz speziellen Problematik zu einer ausgesuchten Pflegefamilie gelegt wurde (Luuka 1980: 226 f.).

Schon wenige Jahre später finden sich jedoch Veröffentlichungen, die die pädagogische Fachausbildung als Hauptkriterium für die Auswahl von Pflegeeltern infrage stellen. Die ersten Zweifel wurden vom Landeswohlfahrtsverband Hessen selbst angemeldet. In einem Resümee wurde darauf hingewiesen, »daß gerade bei den Gasteltern mit 'höchstem Ausbildungsgrad' bzw. 'qualifizierter Ausbildung' die meisten Abbrüche zu verzeichnen waren« (Piorkowski-Wühr 1978: 161). Es heißt dort weiter, hierdurch wurde bestätigt, was jeder weiß: »Eine pädagogische Berufsausbildung allein ist noch keine Garantie für das Vorhandensein pädagogischer Fähigkeiten in der Praxis«.

Auch auf einer Fachtagung des Bundesverbandes der Heilpädagogen (1979) wurde von Andreas Mehringer auf diese Tatsache hingewiesen. »Die Erfahrungen in den letzten Jahren zeigen ... ganz deutlich: Dort, wo man allzu optimistisch auf das Kriterium Vorbildung setzte, wurde man häufig enttäuscht, - häufiger als bei nicht vorgebildeten einfachen Pflegeeltern« (Mehringer 1980: 59).

Auch der Heimleiter des »Osterhofs« im Schwarzwald, Ulrich Schmidt, bemüht sich, Kinder an Pflege- und Adoptiveltern zu vermitteln, wenn dies notwendig ist. Auf dem Hintergrund langer Erfahrungen berichtet er, daß sich ausgerechnet Familien, von denen man annimmt, sie seien in besonderer Weise als Pflegefamilien geeignet, nämlich Ehepaare mit sozialpädagogischer, psychologischer oder pädagogischer Ausbildung, meist als ungeeignet erweisen, einem Kind auf Dauer Heimat zu geben. Mit Arbeiter- und Handwerkerfamilien, in die er 55% seiner Kinder vermittelt, machte er dagegen positive Erfahrungen (Schmidt 1980: 259).

Ähnliche Stimmen kommen aus Schweden und aus den Niederlanden. Die »Stichting Therapeutische Gezinsverpleging« arbeitete ursprünglich bevorzugt mit pädagogisch vorgebildeten Eltern zusammen. Im Laufe der Zeit hielt man dann aber dieses Kriterium für wenig bedeutsam und orientierte sich an den praktischen pädagogischen Fähigkeiten (vgl. Letschert 1980: 172 f.). Aus Schweden wird über Pflegeeltern berichtet, die sich um drogenabhängige Jugendliche, Jungen und Mädchen im Alter von 16-20 Jahren, bemühten (Kälvesten 1980: 180 f.). Es handelte sich um Bauern auf isoliert liegenden Höfen in der nördlichsten Provinz Jämtland, einer spärlich bevölkerten Waldgegend. Die Erfolge dieses Modells sind nicht sensationell: 20% der Jugendlichen gelten als voll rehabilitiert, 60% als gebessert und bei 20% war die Situation mindestens so schlecht wie zuvor. Verglichen mit den professionell betriebenen Einrichtungen für Drogenabhängige sind diese Ergebnisse jedoch keineswegs schlechter.

Wenn die fachlich-pädagogische Ausbildung nur geringe bzw. sogar negative Auswirkungen auf die Qualität der Familienpflege hat, stellt sich die Frage, welche Faktoren es sind, die pädagogische Laien dazu befähigt, adäquate und erfolgreiche Erziehung zu praktizieren. In den beschriebenen Projekten ist man dieser Frage nachgegangen und kam - zusammengefaßt - zu folgenden Erfahrungen. Es sind die Fähigkeiten, durchzuhalten in allen Krisen, sich einzustellen auf die Bedürfnisse eines psychisch labilen Kindes, tolerant zu sein, Frustrationen und Enttäuschungen zu verkraften, Geduld zu haben, nicht alles zu problematisieren, Humor zu haben. In einer Kurzformel ausgedrückt: »Engagiert, verläßlich, warmherzig, unpathetisch« (Schmidt 1980: 260).

Aus der Vielfalt von Projekten, in denen Laien als Helfer für Kinder und Jugendliche ambulant arbeiten (d.h. die Kinder leben weiter in der Herkunftsfamilie) möchte ich ein Beispiel aus den USA der 40er Jahre herausgreifen, weil daran die unterschiedliche Arbeitsweise von Professionellen und Laien ansatzweise deutlich werden kann. Es handelt sich um die »Big Brother« - und »Big Sister«-Programme in jüdischen Gemeinden der USA (vgl. Avrunin 1944: 137 f.; Houtz 1944: 285 f.). Anlaß für die Werbung von Laien war - gegen Ende des 2. Weltkriegs - ein akuter Mangel an Sozialarbeitern für die Betreuung von Kindern, die körperlich oder emotional vernachlässigt waren. Dennoch betonen die Verantwortlichen (Jewish Board of Guardians in New York City) die spezifischen Stärken von Laien und machen nicht den Versuch, sie im Sinne von Sozialarbeitern einzusetzen. Es heißt vielmehr: »The Big Brother does not *do* treatment. He can *be* treatment«. Es sei die Anwesenheit, die Haltung und die soziale Natur des Kontakts, die einen Großteil der »Behandlung« ausmachen. Es komme darauf an, daß das Kind befriedigende Sozialerfahrungen mit einem erwachsenen Freund machen kann, die ihm Sicherheit auch in anderen Situationen verleihen.

Auch in diesem Modell arbeiten hauptamtliche Sozialarbeiter. Sie übernehmen die Supervision und arbeiten mit den Klienten, wenn es ratsam erscheint. Hinter der Arbeitsteilung zwischen Big Brother und Sozialarbeiter stehen die folgenden Überlegungen: Während der Laienhelfer dem

Klienten die Erfahrung der befriedigenden menschlichen Beziehung vermittelt, ist es der Part des Sozialarbeiters, die passenden »Bruderpaare« auszuwählen und deren Beziehung durch Supervision zu begleiten. Zum anderen werden durch die reale menschliche Beziehung beim Klienten Gefühle und Einstellungen bewußt oder kommen zum Vorschein. Diese Themen und Probleme werden dann vom Sozialarbeiter bearbeitet. Ob diese Trennungslinie in der Praxis immer eindeutig zu ziehen ist, ist fraglich. Auf diese Weise könnten sich aber grundsätzliche Probleme lösen lassen, die einen Therapeuten im üblichen Therapiesetting vor eine schwierige Aufgabe stellen, nämlich die Gewährung von support einerseits und die Heranführung an selbstkritische Realitätsbezüge andererseits.

Die Zweiteilung des Vorgehens verweist auf die theoretische Diskussion über die »klassische« und »neue« Therapie (vgl. Cremerius 1979: 580 f.). Die alte Form, die als Einsichtstherapie oder paternalistische Vernunftstherapie bezeichnet wird, entspricht im angeführten Beispiel eher der Rolle des Sozialarbeiters. Die neue Therapieform gilt als »korrektive emotionale Erfahrung« und kann in der Tätigkeit des Big Brothers erblickt werden. Mit den neuen emotionalen Erfahrungen können - so das theoretische Konzept - Entwicklungsstörungen ausgeglichen werden, die auf emotionalen Mängeln der frühen Mutter-Kind-Beziehung bzw. auf weiterer emotionaler Vereinsamung beruhen. Der Therapeut, vor allem der Laientherapeut, kann so die Erfahrung des Angenommenseins und der liebevollen Zuwendung vermitteln.

Daß Laien diese Aufgaben besonders gut erfüllen können, ist nicht auf emotionale Unfähigkeit der Professionellen zurückzuführen, sondern eher auf die Tatsache, daß Hauptberufliche ihre Zeit und Kraft einer Vielzahl von Klienten zur Verfügung stellen müssen. Reale freundschaftliche Gefühle für mehrere Personen pro Tag, und das Jahr für Jahr, sind nicht zu erbringen. Das verbietet das Zeitbudget und die Ökonomie des eigenen Gefühlshaushalts. Der paraprofessionelle Therapeut hat den nicht zu unterschätzenden Vorteil, überlicherweise nur einen (oder wenige) Klienten zu betreuen. Er kann es sich leisten, ein Freundschaftsangebot zu machen und verausgabt sich nicht. Im Gegenteil: Er selbst wird um eine soziale Erfahrung bereichert.

Irmtraut Paulwitz

Volunteers

Freiwillige Soziale Arbeit in den USA

Ehrenamtliche in der BRD und Volunteers in den USA werden in Fachkreisen kontrovers diskutiert. Im Beschäftigungs- wie im Ausbildungssystem der Sozialen Arbeit[1] macht sich die Sorge um weiteren Stellenabbau und Verlust professioneller Domäne breit. Volunteers/Freitätige/Ehrenamtliche wollen sich dagegen engagieren, in soziale Arbeit einbezogen werden, oft zugleich Neues lernen und anderen Menschen begegnen. Immer brisanter geht es um das »Wie« des Zusammenwirkens. Für Volunteer-Feldexperten[2] in den USA ist »networking« und »collaboration«[3] das Ergebnis ihrer Forschungen (vgl. Schindler-Rainman 1987: 48 ff.). Dieses Spannungsverhältnis und die angedeuteten Lösungsansätze sollen im folgenden aus der Sicht der USA[4] in fünf Abschnitten aufgezeigt werden.

1. Anmerkungen zum Begriff »Volunteer«

Für die deutsche Bezeichnung »Ehrenamtlicher« verwenden die Amerikaner »Volunteer«. Vier Merkmale identifizieren freigewähltes Tätigwerden: Relativ unerzwungenes Mitwirken mit einer Tendenz zu Hilfe, keine primären Gedanken an finanziellen Gewinn und Arbeit, kein Spiel (vgl. Scheier 1980: 9). Ellis/Noyes (1978: 7 ff.) halten das Vorhandensein von »Wahlmöglichkeiten« und »Entscheidungsfreiräumen« für grundlegend bei Volunteer-Einsätzen und für einen wesentlichen Teil des »Anreizes«, wenn Volunteers Verantwortung übernehmen aber nicht entlohnt werden. Das offene Akzeptieren des persönlichen Interesses, daß es also ohne Eigennutz keine Motivation für eine Aktion gibt, wird in den USA als neue Entwicklung im Volunteering der vergangenen zehn Jahre bewertet (vgl. Smith 1982: 23 ff.). Viele Bürger, die keine altruistischen Motive, sondern ehrlicherweise eigene Bedürfnisse für ihr soziales Engagement vertreten, finden mit diesem Zugeständnis »eine geöffnete Tür« vor (Allen 1983: 3). Die international anerkannten Volunteer-Feldexperten Schindler-Rainman und Lippitt (1977) analysieren Volunteering als einen wesentlichen

Beitrag zur Selbstaktualisierung, zum Praktizieren demokratisch-pluralistischer Grundordnungen und zum Subjekt-Sein in einer auf Soziale Arbeit für alle angelegten Welt.

Extreme Volunteer-Verfechter (vgl. Scheier 1980) entdecken im »Volunteer-Weltraum« unzählige Variationen von Volunteer-Möglichkeiten, von denen nur etwa 100 als erforscht und zugänglich gelten, weit weniger sind in Anspruch genommen. Die im »Zentrum« stehenden Volunteers werden in einem »strukturierten Rahmen« tätig. Sie sind mit Dienste leistenden Einrichtungen verbunden und mit Volunteer-Programmleitungen verknüpft.

In Anlehnung an diese sozialräumliche Volunteer-Erfassung sollen Handlungsdimensionen mit vorgegebenen Rahmenbedingungen im Mittelpunkt der weiteren Betrachtung stehen. Unberücksichtigt bleiben Formen der Selbsthilfe und der Bürgerinitiativen. Mit der Übernahme der Bezeichnung »Volunteer« in meiner Darstellung ist kein Austausch des Begriffes »Ehrenamtlicher« intendiert, auch wenn es seit langem an einer zeitgemäßen begrifflichen Neuschöpfung mangelt.

2. Ähnliche Betroffenheit in der Sozialen Arbeit von BRD und USA

Viele Gemeinsamkeiten mit Blick auf die Verdrängung und Herausforderung von Professionellen durch Ehrenamtliche in der BRD und Volunteers in den USA weisen in einer Zeit der Umbrüche und strukturellen Veränderungen in die gleiche Richtung. Durch Abbau von öffentlichen Sozialdiensten wird in beiden Ländern wohlfahrtsstaatliches Handeln zurückgefahren und auf eine tief verwurzelte Tradition freiwilligen Engagements durch Familie, Nachbarschaft und Laien zurückgegriffen. Die Wohlfahrtsstaatskrise und die »Krise der Arbeitsgesellschaft« sind Schnittpunkte, »die eine Umorientierung des sozialpolitischen Denkens und Handelns bestimmen« (Süssmuth 1986: 93 f.). Zur erfolgreichen Bewältigung werden »alte und neue Lösungsmuster« herangezogen und »Handlungsprinzipien« genannt: »Eigeninitiative, Eigenverantwortlichkeit und Selbsthilfe; Reprivatisierung sozialer Dienste; Familiensolidarität; sozialpflichtige Tätigkeiten in Ehrenämtern« (ebd.). Die US-Administration setzt noch rigoroser und unverblümter auf Bürgerkompetenz: »Mit derselben Energie, mit der Präsident Roosevelt (in den 30er Jahren; d.Verf.) staatliche Lösungen für soziale Probleme suchte, wollen wir private ausfindig machen ... 'Voluntarism' ist ein wesentlicher Bestandteil unseres Planes, die Regierung dem Volk zurückzugeben« (Ronald Reagan, zitiert nach Salamon 1984).

Weite Bevölkerungskreise stimmen dieser Einstellung zu. Im Kampf gegen »Wohlfahrts-Durcheinander« und »-Mißbrauch« fühlen sie sich direkt angesprochen. Sie mißtrauen der geldverschlingenden Bürokratie, der undurchsichtigen Verwaltung und den ausgeuferten Sozialdienstprogrammen, die durch wachsende Besteuerung der Bevölkerung aufrecht erhalten werden und dazu tendieren, Menschen durch professionalisierte Bearbeitungsformen passiv und unselbständig zu machen. Sie engagieren sich lieber persönlich, wenn sie dabei auch für sich eine Befriedigung erkennen und einem einleuchtenden Zweck dienen können (vgl. Palmer/Sawhill 1982 und 1984; Naisbitt 1982: 107 ff.).

Bei der Wiederaufnahme von Praxiskontakten zu »alten« Berufskolleg(inn)en im öffentlichen Wohlfahrtssektor im Umfeld von San Bernardino (S.B.) und San Diego (S.D.), Californien, 1982, zehn Jahre nach meinem ersten Aufenthalt dort (vgl. Paulwitz 1986: 105 ff.), wurden meine Erwartungen auf eine »Modellbildung einer vernetzten Koexistenz« (Frommann 1985: 178) von Professionellen und Volunteers enttäuscht. Deprimierte und entmutigte Sozialarbeiter/innen hatten, klientengleich, mit individuellen Anpassungsstrategien und Überlebensproblemen zu kämpfen. Langjährig angewandtes, erprobtes und bewährtes Fachwissen mußte über Bord geworfen werden. »Kosten sparen und mehr tun« war die Handlungsmaxime. Die Verantwortung der ausgebildeten »Generalisten» für Prävention, frühzeitige fachspezifische Intervention und für alltagsorientierte Hilfen und Lernangebote zugunsten von Benachteiligten, wurde aus dem öffentlichen Sozialdienst eliminiert. Programme mußten reduziert werden auf rechtliche Handhabungen bei Gefahr im Verzuge, vor allem bei Kindern und alten Menschen. Anstelle eines sorgfältigen Aufnahmedienstes hatten »Ausleser« (Screener) die Aufgabe, neuen Hilfesuchenden, die nicht in eng ausgelegte Vorschriften paßten, den Zugang zu öffentlichen Sozialprogrammen zu verwehren und sie an den voluntary oder gemeinnützigen Sektor zu verweisen.

Es ist verständlich, daß sich das berufliche Arbeitsklima entsprechend verschlechtert hatte und daß Professionelle das Interesse verloren, Volunteers in ihre Tätigkeiten einzuarbeiten, auch wenn fachfundierte, ausgefeilte Programme zur Ergänzung und Vernetzung der Berufsarbeit durch Volunteering in allen Landkreisen vorhanden waren, auch wenn die Berufsträger aufgefordert wurden, möglichst viele ihrer Tätigkeiten zu durchforsten und in die kostenlosen Hände der Volunteers abzugeben. Wen wundert es angesichts dieser »double-bind«-Lage, daß beide Mitarbeiterfraktionen im öffentlichen Sozialdienst-Sektor lieber getrennte Wege gehen, um sich gegenseitig nicht mehr Schaden als Nutzen zuzufügen?

3. Das Panorama im Voluntary Sector

Das Volunteer-Panorama tut sich vorwiegend im gemeinnützigen Sektor auf. Dort, wo Bürger für Bürger Stellen mit niedrigen Schwellen errichten, wo Menschen sich gegenseitig informieren und unvoreingenommen wieder trennen, wo die einen materielle Hilfen, die anderen Zeit, Kraft und Talente zur Verfügung stellen, wo mit menschlichen Ressourcen und fachwissenschaftlichem »know how« verantwortungsbewußt, modern und partnerschaftlich-überschaubar gearbeitet wird, dort dehnt sich ein selbstbewußter und selbstkompetenter Volunteer-Markt aus. Er entwickelt sich mit Erfindungsreichtum und management-orientierten Arbeitsweisen, unbeschadet von wechselnden Regierungsprogrammen und sozialen Berufsinhabern.

Ich möchte diesen Elan bei United Way in S.D. County exemplarisch verdeutlichen: United Way - zu deutsch »Gemeinsamer Weg« - ist eine in erster Linie aus Volunteers bestehende, gemeinnützige Dachorganisation zur fachlichen und finanziellen Förderung eines breiten Spektrums von Einrichtungen und sozialen Diensten auf lokaler Ebene. 1983 beliefen sich die von allen 2.200 autonomen United Way-Organisationen in den USA gesammelten Spendengelder auf mehr als 1,78 Mrd. Dollar. Sie können nachweisen, daß sie nicht mehr als 10% dieser Gelder für Personal-, Verwaltungs- und Sachkosten ausgeben. Hier liegt der Schlüssel für das hohe Ansehen dieser Institution und für die Kooperationsbereitschaft sehr vieler Bürger mit ihr. Zu den organisatorischen Rahmenbedingungen von United Way gehören beratende Volunteer-Ausschüsse von ortsansässigen Bürgern aus allen Berufs- und Lebensbereichen mit unterschiedlichen politischen, religiösen und ethnischen Hintergründen. Diese sogenannten »Citizen Review«-Ausschüsse sind fünf Fachabteilungen der lokalen Dachorganisation zugeordnet: (1) dem Leitungsgremium, (2) der Planungs- und Forschungsabteilung, (3) der Dienststelle für Spendenvergabe und Ressourcensammlung, (4) dem Referat für Öffentlichkeitsarbeit und (5) der Abteilung für Gemeinwesendienste. United Way legt erste Priorität auf Koordination mit allen Sozialdiensten der Region. Das vernetzte Zusammenwirken soll eine effektive Verwendung aller Ressourcen sicherstellen und Angebotsdoppelungen vermeiden helfen. Zum Beispiel verfolgen in der Abteilung Community Volunteer Services drei Angebote das Ziel, soziale Dienste empfängerorientiert, aber auch kostengünstig zu optimieren, nämlich

(1) das Management-Beistands-Programm, (2) »Guideline« oder der Informations- und Überweisungsdienst und (3) das Volunteer Bureau.

Das Management-Beistands-Programm stellt für gemeinnützige Dienste und Einrichtungen beruflich qualifizierte Berater-Volunteers aus Verwaltung und Industrie auf Anfrage zur Verfügung. Das kostenlose Angebot dieser Experten wird bei United Way in einer »Skillbank« zum Abruf bereit gespeichert - sei es auf Karteikarten oder neuerdings in Computern - und bei konkretem Bedarf in Aktion gesetzt.

»Guideline« versteht sich als telefonisches Bindeglied zwischen Hilfesuchenden und leistungsanbietenden Diensten im Landkreis, denn Hilfe finden kann sehr frustrierend sein, wenn Menschen nicht wissen, welche Angebote auf ihre Notlage genau passen und an wen sie sich am schnellsten und besten wenden können. Im Jahr werden über 10.000 Anrufe entgegengenommen, auf den Kern der Problemstellung fokussiert und in problemlösender Absicht von Professionellen und Volunteers telefonisch gezielt weitervermittelt.

Das dritte Angebot, das Volunteer Bureau, hat im Umgang mit Volunteers eine Schlüsselstellung inne. Man könnte auch von einer »Vermittlungsbörse« sprechen: Nachfragen sehr unterschiedlicher Menschen nach Volunteer-Arbeit werden abgestimmt auf Tätigkeitsangebote von Einrichtungen für konkret beschriebene Aufgaben als ergänzende Hilfe für das professionelle Personal oder für Pioniertätigkeiten und Prävention.

Das Volunteer Bureau in S.D. arbeitet in der Regel mit 8-10 Volunteers und einer hauptamtlichen Volunteer-Koordinatorin mit über 600 Organisationen und Einrichtungen des Landkreises zusammen. Jährlich werden ca. 3.000 Volunteer-Bewerber von Angesicht zu Angesicht interviewt und folgenden Volunteer-Gruppierungen zugeordnet: (1) »Retired Senior Volunteers« - also Senioren außerhalb der Erwerbszeit, (2) »General« oder allgemein interessierte Volunteers im Alter zwischen 18 und 60 Jahren, (3) Schüler- und Studenten-Volunteers, (4) »Transitional« oder Übergangs-Volunteers, mit denen während einer psychotherapeutischen/psychiatrischen Behandlung ein freiwilliger Belastungs- und Arbeitsversuch in Absprache mit ihren Behandlern unternommen wird, (5) »Youth Referred Volunteers« zwischen 14 und 18 Jahren, die von kommunalen Diensten der Jugend- und Gefährdetenhilfe aus dem Volunteer Bureau empfohlen werden und Auflagen für bestimmte Stundenzahlen zugunsten gemeinnütziger Einrichtungen zu absolvieren haben, sowie (6) vom Gericht überwiesene Volunteers, auch »Alternative Service Volunteers« genannt. Sie stehen - wie auch die Jugendlichen aus der Gefährdetenhilfe - im Grenzbereich der »Freiwilligkeit«. Sie sollen und wollen anstelle von Geldbußen unbezahlte Arbeit übernehmen und werden mit festgelegter Stundenzahl übermittelt. Auch bei vorzeitig beendeter Gefängniszeit der »Court Referred Volunteers« kann die anschließende Bewährung mit unbezahlten Tätigkeiten zugunsten sozialer Arbeit in der Kommune verbunden werden.

Die von mir erlebten Bewerber kamen mit Stundenbemessungsgrößen zwischen 10 und 2.000 ins Volunteer Bureau. Sie wurden dort wie alle anderen Volunteers »face to face« interviewt und nach den erprobten Standards so weit wie irgend möglich ihren Wünschen und ihrem Können entsprechend in geeignete Tätigkeiten vermittelt. Viele von ihnen machten Erfahrungen, die sie veranlaßten, sich nach Ablauf ihrer Auflagen bei den »General Volunteers« einzureihen. Das Volunteer Bureau ist ein »clearing house« für das Gemeinwesen und seine Bürger. Hier werden Bewerber unter differenzierten Gesichtspunkten analog von Angebot und Nachfrage sorgfältig ausgewählt und in optimalen Einklang gebracht. Fachkompetent wird zwischen zwei Arbeitsmärkten vermittelt: zwischen dem bezahlten, berufsmäßigen und dem des Volunteering.

Die Bereitschaft, sich persönlich durch freigewähltes Tun zu engagieren, war nach dem Ergebnis einer wissenschaftlich begleiteten Gallup-Studie 1980/81 bei 52% der erwachsenen US-Bevölkerung und 53% der Teenager vorzufinden; 31%[5] der Befragten betätigten sich im Durchschnitt mehr als zwei Stunden pro Woche, 1985 waren es bereits 3,5 Stunden.[6] Immer noch waren mehr Frauen als Männer unter den Volunteers. Als Herausforderung zum freigewählten Mitmachen zogen persönliches Angesprochenwerden und Vorfinden von Handlungs- und Entscheidungsfreiräumen am meisten.

Volunteers sollen möglichst nicht als Einzelkämpfer vereinnahmt werden oder als Helfer auf verlorenem Posten ins Abseits geraten. Feldexperten sorgen für Zugehörigkeit, Zusammenschluß und Standesbewußtsein. Sie arbeiten seit Jahren an regionalen, nationalen bis internationalen Verknüpfungssystemen zugunsten eines Erfahrungs- und Forschungsaustausches. Unter der Bezeichnung »professioneller Volunteerism« ist in den USA seit Beginn der 70er Jahre eine klare, konzeptionelle Ausrichtung im Gange, wie sie sich bei der Darstellung von United Way (S.D.) bereits abzeichnet.

4. Die Entwicklung eines Handlungsmodells für eine Verknüpfungsarbeit von Professionellen und Volunteers

Auf dem Weg zu einem »kollaborierenden Pool« von bezahlten und freitätigen Mitarbeitern haben interdisziplinäre Fachleute und Volunteers ihre

Erkenntnisse zusammengetragen und einen Aufgabenkatalog entworfen. Dazu zählt neben organisatorischen, rechtlichen und sozial-ethischen Leitsätzen ein Handlungsstruktur-Modell für eine Kompetenzverknüpfung von beiden Seiten. Bürger als Volunteers - aus sehr verschiedenen Lebenssituationen kommend - erwarten zur Förderung und Abstützung ihres Engagements partnerschaftliche Orientierung, Auswahl von geeigneten Tätigkeiten und Lernimpulse sowie Handlungsübersicht, Anleitung und Begleitung. Die Bereitschaft zur Partizipation kann viel Frustration und Leerlauf erleiden, wenn Tätigkeiten sinnlos erscheinen oder zu reinen Handlangerdiensten degradiert werden.

Nach eigenen Feldbeobachtungen gliedert sich ein vorhandenes Kooperations-Modell zwischen Professionellen und Volunteers in Schlüsselaufgaben und sensibel aufeinander bezogene Handlungsschritte. Dazu gehören *erstens* die Beachtung von Motivationsaspekten bei bezahltem und unbezahltem Personal, *zweitens* die Berücksichtigung von allgemeinen Programm-Leitsätzen, drittens Schlüsselaufgaben für die Vorgehensweisen mit Volunteers, sowie *viertens* die dazugehörigen Handlungsschritte. Letztere bestehen im einzelnen darin, 1. Hauptberufliche verbindlich einzubeziehen (Staff Commitment); 2. gute Tätigkeiten für Volunteers zu entwerfen (Good Job Design); 3. neue Wege in der Werbung für Volunteer-Mitarbeit zu gehen (Recruitment); 4. mit Volunteers Erstgespräche zu führen (Interviewing); 5. Volunteers auszuwählen und zu vermitteln (Selection and Placement); 6. sie zu orientieren und Verbindlichkeiten festzulegen (Orientation and Commitment); 7. sie einzuarbeiten (Training), und 8. ihnen Supervision zu gewähren (Supervision). Schließlich ist es notwendig, 9. Volunteers wieder gehen zu lassen (Release); 10. sie anzuerkennen (Recognition) (vgl. Paulwitz 1986: 191).

Sorgfältig aufeinander abgestimmte Arbeitsphasen dürfen nicht zur strategischen Technik verkommen. Stattdessen dienen sie als Vehikel, um Angebot und Nachfrage für zwei unterschiedliche Sozialarbeitsfraktionen gekonnt zu verknüpfen und zu maximieren. Aus dieser koexistenten Verbindungsarbeit resultiert in den USA seit 1976 ein neues Berufsprofil, das vielerorts - bezahlt oder unbezahlt - praktiziert wird und überwiegend die Bezeichnung »Volunteer-Koordinator« trägt. Eine verantwortungsbewußt geführte Programmleitung soll situatives und sozial-räumliches Netzarbeiten ermöglichen, Schutz gewähren und gegenseitige Grenzüberschreitungen verhindern.

Die entscheidende Vorarbeit der öffentlichen Anerkennung und Stellenschaffung für Volunteer-Koordinatoren hat die Standesorganisation »Association for Volunteer Administration« (AVA) 1983 geleistet. Als weiterer Schritt in die gleiche Richtung wurde 1986 erstmals eine bundesweite Umfrage bei 1.042 Volunteer-Programmleitern durchgeführt. Sie sollte vor allem Erfordernisse und Stand des Berufsprofils ermitteln (vgl. Stubblefield/Miles 1986: 4 ff.).

Seit Jahren wird im Ausbildungssektor diskutiert, wo und wie curriculare Basiselemente zugunsten einer Vermittlung von Volunteering verankert und »Collaboration« zwischen Bürgerkompetenz und Professionellen qualifiziert gelernt werden kann. Die Schools of Social Work stehen mitten in der Diskussion bei der Suche nach einem Ausbildungsstandort. Nach meinem persönlichen Eindruck (1986/1987) verhalten sie sich trotz Druckes von außen bis jetzt noch distanziert. Ihr Hauptinteresse gilt der eigenen Profilierung. An drei verschiedenen Schools of Social Work in Californien gab es »auf den ersten Blick« noch keine Anhaltspunkte für fachlich geforderte Hereinnahme von Volunteering als Lernelement. Dies wurde auch von dort Lehrenden bestätigt.

Bei der School of Social Welfare University of California, Los Angeles (UCLA), zeichnet sich verdeckt im Studienführer (UCLA 1986: 1) eine Annäherung ab: »Auftrag der UCLA ... ist es, zum Verständnis von sozialen, ökonomischen und politischen Kräfteverhältnissen ... beizutragen. ... Selten gab es eine so günstige Zeit, unseren Wissensbereich ... in den Dienst des Gemeinwesens zu stellen«.

Diese sozialarbeitspolitische und gemeinwesenorientierte Perspektive wird in einer Kurskorrektur und Suche nach alternativen Handlungsentwürfen auf der Mikro- und Makro-Ebene fortgesetzt. Eine Neuorientierung auf der Mikro-Ebene könnte Raum schaffen für die Sorge um Menschen in ihren alltäglichen Lebenszusammenhängen, mit dem Ziel situativer Unterstützung zu eigenen Befähigungen und präventiven Vorgehensweisen, die von Sozialwissenschaftlern an anderer Stelle als »Lebensraumgestalter«, »Alltags-Strukturanbieter« und »Lebensfeldbegleiter« gekennzeichnet werden (vgl. Redl 1971: 52 ff.; Toffler 1980: 376 f.). Noch bedeutender sind Befähigungen zu Makro-Interventionen für organisationsübergreifende kommunale Vernetzungen und multiprofessionelle Einmischungen. In diesem Kontext vertritt UCLA einen neuen Unterrichtstypus. Studierende müssen sich für integrative Diskussions- und Verhandlungs-Foren einschreiben, gebunden an quer durch relevante Disziplinen laufende Seminare, geleitet vom Lehrpersonal der School of Social Welfare. Hier werden Grundsteine gelegt für »Collaboration« mit anderen Sozialwissenschaften und für einen partnerschaftlichen Umgang in Fachgremien einer zukünftigen Praxis.

Im College of Human Services, School of Social Work San Diego University, laufen seit Jahren Bemühungen, künftige Sozialarbeiter vom Vorzug der Makro-Handlungskonzepte gegenüber eher klinisch ausgerichteten Mikro-Konzeptionen zu überzeugen. Die von den Studierenden präferierten Methoden beziehen sich fast ausschließlich auf die Mikro-Ebene (90%).

An allen drei Schools of Social Work wird die Wichtigkeit einer modernen Verpflichtung zur Verknüpfungsarbeit von Bürger-Volunteering und Expertenhandeln konstatiert - der Weg dorthin liegt noch im Dunkeln. Neuerdings tauchen in der Literatur Forschungsansätze auf, die sich um Richtungsweisung bemühen (vgl. Schwartz 1982: 38 ff.; Strickler 1987: 24 ff.). Auch die 1986 bundesweit durchgeführte Studie zur Lage der hauptberuflichen Volunteer-Programmleiter mahnt bei den Universitäten fehlende Entwicklungsbeteiligung an.

An der Sozialarbeiterbasis fanden dagegen nach eigenen Erkundungen (1986/87) Veränderungen und Umdenkungsprozesse statt. Die öffentlichen Sozialdienste bewegen sich weg von zu vielen Problemlösungen im Alleingang, hin zu einem partnerschaftlichen Suchen nach Lösungen zusammen mit allen vorhandenen Anbietern im regionalen Umfeld. Unter der Amtsbezeichnung »Human Resource Agency« wird beispielsweise im Landkreis S.B. um Konsensbildung in der Angebotspalette gerungen. Das neu geschaffene Jugendhilfe-Forum »Childrens network« erarbeitet kontinuierlich detaillierte Antworten auf Bedarfslagen im Gemeinwesen. Beteiligt sind alle Sozialdienste aus dem öffentlichen, dem voluntary und dem privaten Sektor. Auch in anderen Landkreisen, z.B. Ventura und Fresno, Californien, werden »interorganisatorische und multipersonelle Kollaborations-Prinzipien« erprobt (vgl. Schindler-Rainman 1987).

Netzarbeiten, Koordination, Kooperation und »Collaboration« gelten in der Sozialarbeitspraxis als zukünftig wesentliche Handlungsmodelle. Von diesen Tätigkeitsprofilen ist das zuletzt genannte bis jetzt noch am wenigsten erforscht und besonders in der BRD mit Vorurteilen behaftet.

Bei einem »Interagency Forum« in Fresno wurde »Collaboration« von Solomon (1985: 4) definiert als »Partizipation an einer weitgehend geteilten Bemühung, bei der von jeder Seite beträchtliche Autonomie für kollektiven Gewinn aufgegeben werden muß«. »Collaboration« ist mit eigenen Verlusten verbunden zugunsten eines gemeinsam angestrebten Weges mit nicht vorhersagbarem Ausgang.

Viele »kreative Kompromisse« (vgl. Schindler-Rainman 1985) sind gegenwärtig gefragt und gefordert bei nicht annähernd ausreichender Unterstützung durch öffentliche Mittel. Parallel dazu sind Problemkonstellationen in vielen Bereichen - z.B. Mißhandlung und Vernachlässigung von Kindern, alten und psychisch kranken Menschen - so viel schwieriger und rechtliche Vorschriften so viel komplizierter geworden, daß Volunteers in vielen öffentlichen Sozialdiensten einfach nicht eingesetzt werden können, dies selbst aus Angst vor Versagen nicht wollen und von Klientenseite abgelehnt werden. Diskussionen - auch in den Massenmedien der USA - haben in der Bevölkerung die hohen Fallzahlen im Public Social Service Sector und die Folgen der rigorosen Personalverknappungspolitik bewußt gemacht. Sie haben die Aufmerksamkeit auf die erschreckende Verbreitung von Unterversorgung, Armut und psychosozialen Notlagen gelenkt. Gilders (1981) beinahe menschenverachtender Philosophie »Jeder ist seines Glückes Schmied« werden immer offensiver »Ombudsmen- und Advokaten-Funktionen« durch Bürger-Volunteering entgegengesetzt.

5. Zusammenfassende Aspekte und Ausblick

Die neue Volunteer-Bewegung in den USA läßt sich nicht einfach mit kostensparenden Verlagerungsvorgängen von bezahltem auf unbezahltes Personal klären. Volunteers sind auch nicht an einer Konkurrenz zu Professionellen interessiert. Neben einer Sinn- und Orientierungskrise wird in den USA neuerdings von einer chancenreichen Problemlösungswelle - »let's do it« - gesprochen. Noch weit mehr amerikanische Bürger wären nach Umfrageergebnissen bereit, sich durch selbst ausgewählte Eigen-Arbeit in sozialen Angelegenheiten zu engagieren, wenn sie genauer wüßten, wo und wie sie dies »anpacken« könnten (vgl. Naylor 1983). Nach Forschungsergebnissen vieler Volunteer-Feldexperten gibt es keine Menschen, die für »Tauschhandel-Dienste« (vgl. Andersen 1979) von einem zum anderen nichts anzubieten haben, z.B. an Zeit, Erfahrung, Wissen, Fähigkeiten. Sie müssen nur entdeckt, persönlich angesprochen und optimal eingepaßt werden (matching) in Bereiche, in denen genau ihr Angebot zur Wirkung kommen und wechselseitig Gewinn bringen kann. Allerdings gilt auch in diesem Kontext: »Nichts ist für nichts zu haben« - Modellberechnungen ergaben schon 1980 für den optimalen Einsatz eines Volunteers eine Ausgabenhöhe von 1,25 bis 1,50 Dollar pro Stunde oder 500 bis 1.000 Dollar pro Jahr bei einem regelmäßigen Einsatz von 350 bis 700 Stunden jährlich (vgl. Scheier 1981: 7).

Das Mißtrauen vieler Sozialarbeiter gegenüber sogenannten »Wohlfahrtsdamen« und »Elite-Volunteers« verbirgt für Orr (1982: 112) das ungeprüfte Fortschreiben eines »lady bountiful image«. Mangelnde Grundlagen in der Ausbildung führen zu Voreingenommenheiten, diffusen Ängsten vor Beurteilungen durch Laien und Furcht vor einem Weitertragen von Arbeitserlebnissen in die breite Öffentlichkeit. Dieses Verhalten verunsichert auch

Volunteers. Es löst Gefühle von Unterlegenheit, Minderwertigkeit und Identitätskonflikte aus. Schwartz (1982: 46) betont deshalb die gemeinsame Bearbeitung dieser gegenseitigen Irritationen und Konfliktpotentiale, die sonst das Arbeitsklima permanent - oft unausgesprochen - berühren.

Die politischen, ökologischen und sozialen Umwälzungen gelten als Herausforderung aller Menschen. Sie werden begleitet von der Notwendigkeit einer gesellschaftlichen Neuorientierung zum Lernen, zum Maßhalten, zum Bilanzieren und Teilen - im amerikanischen Voluntary Sector mit der Prämisse verknüpft: »Mit weniger mehr und Besseres tun« unter Einsatz eines Sozialmanagements und moderner Technologien (vgl. United Way of San Diego County 1985: 31 ff.). Innovationen und Handlungsforschungen weisen Wege in Richtung »interagency-networking« und »bottom up participation« (Naisbitt 1982: 109) zur »Maximierung der Entfaltung von Humanvermögen durch Kollaboration« (Schindler-Rainman 1981: 120) und streckenweise bewußtem, personellem Interventionsverzicht.

Tatsächlich entwickelt sich Volunteering zum Sprachrohr vieler sozial bedrohter und betroffener Mitbürger, zum öffentlichen Medium, an dem sich Experten des Sozialen nicht mehr vorbeimogeln können. Dies verlangt von der Schlüsseldisziplin Sozialarbeit eine veränderte Annäherung an ihre »Vorhut« und »alten Verbündeten« (vgl. Collins/Pancoast 1981: 152), an zum Mitmachen bereite, aus Reserve- und Konsumhaltung hervorgelockte, mündige Bürger.

Eckart Pankoke

Ehre, Dienst und Amt

Zur Programmgeschichte »ehrenamtlichen« Engagements

Wenn die »Formen des Helfens im Wandel gesellschaftlicher Bedingungen« (Luhmann 1973) sich ändern, bedeutet dies nicht nur die Frage nach dem Strukturwandel sozialstaatlicher *Systembildung*; in »subjektorientierter« Perspektive interessiert zugleich auch der Wertwandel im Bereich der *Sinnbildung* altruistischer Bereitschaft und sozialen Engagements. Die Begriffsgeschichte kann dazu deutlich machen, wie die ständischen Klammern von »Ehre« und »Stand«, »Dienst« und »Opfer« im Modernisierungsprozeß brüchig wurden, insofern der geborene »Stand« abgelöst wurde durch die erworbene Position von »Amt« und »Beruf«: An die Stelle einer Wahrung der »Ehre« kam die funktionale Bewährung von »Verdienst« und »Leistung«. Moderne Systembildung in den Medien Geld, Recht und Macht faßte so auch den sozialen Dienst als entlohnbare Arbeit, regulierte die Ansprüche auf Rat und Hilfe durch positives Recht und band die öffentlichen Ämter sozialer Verwaltung an die legale Macht sozialer Politik. Damit baut moderne Lebensführung auf Normalitätsstandards und Modernitätskriterien, deren Gewährleistung kaum mehr zu sichern ist über »gemeinschaftliche« Ordnungen und Bindungen, sondern rationalisierbar wird über die Medien moderner Regulierung und Generalisierung: *Recht, Macht, Wissen* und vor allem *Geld*. Diese Modernisierung sozialstaatlicher Systembildung verweist die Lösung sozialer Probleme weniger auf die Lebensnähe sozialen Vertrauens, als auf die berechenbaren Sicherheiten von »Systemvertrauen«.

In all diesen Bereichen sozialstaatlicher Systembildung erfahren wir heute Krisen und Grenzen: Die Aktualisierung der »Ehre« verspricht dabei konservative, aber auch alternative Widerständigkeit zur etablierten Moderne, zumal im Bereich der sozialen Dienste und Berufe - bei aller Verberuflichung und Versachlichung - immer noch Sinnelemente der »Ehre« lebendig blieben: dies nicht nur im Sinne selbstloser »Arbeit«, sondern auch im Selbstverständnis einer wertbewußten »Verantwortung« professioneller Identität und konfessionellen Engagements. Gerade weil im durchgesetzten Erwartungs- und Bewertungsrahmen moderner Gesellschaften die

Bedeutungen und Verpflichtungen des Wertprinzips »Ehre« ihren gemeinschaftsbildenden Bezug und lebenspraktischen Sinn verlieren mußten, wird dieses Begriffs- und Bedeutungsfeld aber auch vielfältig ideologisierbar und manipulierbar. Immer wieder führt ein appellatives Beschwören gemeinsamer »Ehre« zu Diensten und Opfern, wie sie im Tausch rein gegen Geld, aber auch unter dem Druck bloßer Macht sonst nicht zu haben sind.

Gewiß nicht zufällig gewinnt das Prinzip »Ehrenamt« heute dort an Interesse, wo die modernen Regulative von Geld und Recht auf Grenzen stoßen. Dies zeigen aktuelle Aufrufe zu ehrenamtlicher Dienstbereitschaft. Von Kritikern hört man dazu allerdings den Vorwurf, daß ein »Aufheben« der Ansprüche auf Leistung und Gegenleistung ins rein »Ideelle« oft nur materielle Zwänge verdeckt, auf Billigkeit und Willigkeit setzen zu müssen. In der aktuellen Berufsnot sozialer Berufe wird die Beschwörung tradierten Ehrbewußtseins jedoch in dem Maße problematisch, wie damit lediglich Entberuflichung und Deprofessionalisierung verklärt werden soll.

Begriffsgeschichtlich wäre dem entgegenzuhalten, daß die traditionelle Verbindung von »Ehre« und »Amt« kaum zu übersetzen ist im Sinne unentgeltlicher Dienste - eher im Sinne eines selbst bewußten Anspruchs auf die Autonomie solidarischen Engagements. »Ehrenamt« bedeutet dann nicht allein selbstlose »Arbeit«, sondern, darauf aufbauend, den Autonomieanspruch selbstbewußter »Verantwortung«. Programmatiker wie Kritiker des »Ehrenamtes« wären damit gut beraten, sich die Umwertungen des *»Ehr«*-Begriffes begriffsgeschichtlich (vgl. Zunkel 1975) und gesellschaftsgeschichtlich bewußt zu machen. Historisch erscheinen die Umwertungen von »Ehre« als Schwellen fortschreitender Modernisierung.

1. Ständische Ehre: »Stand« und »Dienst«

Suchen wir die alteuropäische Bedeutung von »Ehre« sprachgeschichtlich zu identifizieren, so verweist der indogermanische Wortstamm »ais« (lat. aestimare = schätzen, würdigen) darauf, daß hier die Wertschätzung sozialer Bindung angesprochen ist: Im ständischen Gefüge bedeutete »Ehre« den ins Vorbildliche gehobenen Geltungsanspruch eines Standes. Begriffsgeschichtlich bemerkenswert ist eine deutlich defensive Aspektstruktur ständischer Ehr-Formeln. »Ehre verloren - alles verloren«, hieß es definitiv. Jeder war besorgt und bestrebt, »seine Ehre« zu wahren und zu verteidigen - bis hin zum Grenzfall des »Ehrenkampfes«, dem »Duell« auf Leben oder Tod, Ehre oder Schande.

Gegenbegriff ständischer Ehre war »Not«, die drückende Sorge, unter dem Druck von Mangel das standesgemäße Leben zu verfehlen und eigenen Anspruch fallen lassen zu müssen. »Ehre und Not«, das war eine jener alten Beschwörungsformeln, wie sie die Spannweite ständischen Lebens umschrieben. Auch das Verhältnis derjenigen, die »Ehre haben«, zu denen, die »Not leiden«, war ständisch geordnet. Zwei Stränge der Begründung von Rat und Hilfe als »Ehrensache« sind rekonstruierbar:

- In christlicher Tradition verwies »Ehre« letztlich auf die Gnade Gottes. »Gott die Ehre geben« war die Umschreibung des »Opfers« (= »Ehrengabe«): »Ehre den Herrn von Deinem Gut und von den Erstlingen alles Deines Einkommens« heißt es in den Sprüchen Salomons (Spr. Sal. 3,9).
- Eine »soziale« Umsetzung des Opfergedankens findet sich schon im Alten Testamemt: »Wer sich des anderen erbarmet, der ehret Gott« (Spr. Sal. 14,31). Das christliche Gebot der »Nächstenliebe« sollte diesen Gedanken dann bis in jene radikale Solidarität steigern, die den alteuropäischen Rahmen von »Ehre« und »Opfer« letztlich sprengen sollte.

Übersetzen wir die theologische Argumentation in soziologische Rekonstruktion, so erscheint im Spannungsfeld von »Ehre und Not« die ständische Verpflichtung zu »Rat und Hilfe« allerdings auch als Bestätigung und Bestärkung ständischer Ordnung. Dem Armen zu helfen, das war immer zugleich auch symbolische Interaktion, um ständische Unterscheidung zu bestätigen. »Not« als Bedrohung von »Ehre« wurde über den Gestus des Helfens ständisch verortet. »Ehre nehmen« im Verbund mit »Achtung bieten« war zugleich Unterwerfungsgeste ständischer Bescheidenheit.

In soziologischer Perspektive weist der gesellschaftshistorische Rückblick auf die Umwertungen von »Dienst und Sorge«, »Rat und Hilfe« auch darauf hin, daß über solche Sozialverhältnisse zugleich Regulative sozialer Grenz- und Distanzkontrolle wirksam wurden. In den etablierten Formen des Helfens konnte so die Differenz von »reich« und »arm«, »Herr« und »Knecht« über symbolische Interaktion stabilisiert werden.

2. Reformation: »gemeiner Nutz« und »christliche Freiheit«

Eine erste Umwertung ständischer »Ehre« zeichnete sich ab in der frühreformatorischen Radikalisierung des Prinzips »Gemeinde«. Auch hier führte eine fundamentalistische Begründung menschlicher Gleichheit zur Forderung nach Freiheit von gesellschaftlicher Herrschaft. »Ehre« bezog sich nun auf das Amt, das in der gemeinschaftlichen Willensbildung von *»Gemeinde«* gründen sollte: Selbstbewußt präsentierte sich dies kommunale Amtsverständnis - so in der Bauerngemeinde Wendelstein - gegenüber dem neubestellten Pfarrer: »Wir werden dich für kain Herrn, sundern allain für ein Knecht und Diener der Gemaind erkennen, das du nit uns, sundern wir dir zu gebieten haben« (vgl. Blickle 1987).

Dies Prinzip des gemeindlichen Mandats fand auch Ausdruck in der auf dem Innsbrucker Landtag 1525 geforderten neuen Landesordnung, welche den neuen Gedanken umsetzen sollte, daß »bruederliche Lieb gehalten und gemainer Nutz gefürdert werd«. Hier wurde programmatisch die Verbindung gesucht zwischen einer auf dem Neuen Testament gründenden »Nächstenliebe« und einer »brüderlichen« Ordnung des Arbeits- und Wirtschaftslebens, welches den »Eigennutzen« aufheben sollte. Daß die Radikalität eines dezidiert »kommunalen« Gemeinde-Lebens die tradierte Stände- und Herrschaftsordnung außer Kraft setzen mußte, wurde im aufbrechenden Bauernkrieg zum Impuls geschichtlicher Bewegung.

Martin Luther hat diese radikale »Theologie des gemeinen Mannes« domestizierend in ein eher »obrigkeitliches« Amts- und Berufsverständnis zurückgeführt und so die Bewegung der Reformation im Sinne herrschender Ordnung in Führung genommen. Damit wurde auch »der gemeine Nutzen« zur legitimierenden Eingangsfigur der fürstlichen Landes- und Polizeiordnungen; die aus der evangelischen Gesinnung erwachsenden Werke bedeuten nun nicht mehr nur brüderliche Liebe, sondern, wie ein deutscher Fürst schon 1525 prophetisch sagte, »der Oberkait gehorsam sein« (vgl. Blickle 1987).

Dennoch bedeutete die protestantische Grundlegung von »Beruf«, »Verdienst« und »Amt« als individuelle Erwählung, Berufung und Bewährung eine Abkehr von der traditionellen Statik ständischer »Ehren« und »Dienste«: Dies machte die neuzeitlichen Konzepte des *»(Ver)dienstes«* und des auf dieser Grundlage zu berufenden ***»Beamten«*** zu Schwellenbegriffen gesellschaftlicher Modernisierung: »Dienst« war im alteuropäischen Grundverständnis von lat. »servitium« eher der Gegenpol zu »Ehre«. Bedeutete »Ehre« die Wertschätzung und Wertbindung ständischer »Freiheit«, so war »Dienst« etwas, wozu man durch den Status der »Unfreiheit« gezwungen war. Die theologische Formel, daß vor Gott jeder Mensch zum Gottesdienst verpflichtet sei, war demgegenüber kein Gegenbild - sondern nur letzte Bestätigung der herrschaftlichen Fügung von »Dienst« und »Ehre«. Luther hatte 1520 dazu in seiner Schrift zur »Freiheit eines Christenmenschen« die »beiden widerständigen Reden der Freiheit und der Dienstbarkeit« in die moderne Dialektik gewendet, daß gerade die radikale Bindung radikal frei machen kann: »Eyn Christen mensch ist eyn freyer herr über alle dinge und niemandt unterthan. - Eyn Christen mensch ist eyn dienstpar knecht aller ding und yederman unterthan« (Luther 1897: 239).

3. Rationalisierung: »Öffentlicher (Ver)dienst« und »öffentliches Amt«

»Dienst« bedeutete im Rahmen altständischer Gesellschaft eher die Unterwerfung unter herrschaftliches Gebot - aus Zwang, aus Not oder gegen Geld. Daß im niederen Stand des Dienens wenig Ehre zu finden war, zeigen gerade die *»unehrenhaften«* Berufe und Dienste, die für Höhergestellte jeweils die peinlichen, schmutzigen, anstößigen oder ärgerlichen Arbeiten leisten mußten. Bis in die frühe Neuzeit und tendenziell bis in die Gegenwart zählten dazu:

- der Henker und seine Folterknechte mit ihrem finsterem Geschäft an der Grenze des Menschlichen (zur »Ehre« des Scharfrichters vgl. Nowosadtko 1987);
- die Abdecker mit ihrer schmutzigen Arbeit öffentlicher »Entsorgung«;
- die Schreiber, Zöllner und Büttel, die mit beflissner Dienstfertigkeit fremde Macht verwalten mußten;
- der gemeine Soldat, der im Unterschied zum edlen Ritter seinen »Kriegsdienst« gegen Sold verrichtete;
- die Bettel-, Gassen- und Armenvögte, die im Vorfeld moderner Sozialarbeit und damit in der Spannung zwischen sozialer Kontrolle und sozialen Diensten sich als »Polizeiknechte« mit den lästigen Problemen der »Säuberung« des öffentlichen Raumes von sozialer Auffälligkeit herumschlagen mußten (vgl. Albrecht 1986).

Der Prozeß der Modernisierung bedeutete nun für das Selbstverständnis, aber auch für das öffentliche Ansehen gerade der »sozialen« Dienste und Berufe entscheidende Umstellungen und Umwertungen: Gerade jene Dienste, welche die sozialen Grenzen ständischer Gesellschafts- und Gemeinschaftsfähigkeit unter Kontrolle hielten, wie die Bettelvögte, hatten zunächst im Spektrum ständischer »Unehrenhaftigkeit« zwischen Henkern, Bütteln und Söldnern keinen »guten Stand«. Dies mußte sich ändern mit dem offiziellen und professionellen Ausbau der öffentlichen Dienstleistungen im modernen Kultur- und Wohlfahrtsstaat. Gewiß verbindet sich mit den Berufen sozialer und kultureller Dienstleistung auch heute nur bedingt gesellschaftliche »Ehre« - und doch gewinnen die sozialen, kulturellen und öffentlichen Dienste an Wert, wenn bewußt wird, daß hier jeweils besonderes »Engagement« gefordert ist.

- *»Verdienst«* bezog sich auf die Bedeutung eines gesellschaftlichen Berufes oder eines öffentlichen »Amtes« für das Gemeinwesen. Auch der »soziale Dienst« präsentiert sich in seiner programmatischen Semantik als Einordnung und Unterordnung des Individuellen unter eine höher geordnete und bewertete »Gemeinnützigkeit« der Sorge für Andere.

- *»Amt«* (aus der althochdeutschen Wurzel »ambaht«) gehört gleichermaßen zum Bedeutungsfeld des »Dienens«. Im Mittelalter verengte sich die Bedeutung auf solche Tätigkeiten, die sich auf klar abgesteckte und fest umrissene Aufgaben beziehen: »Unter *Amt* wird eine nach überlieferten Tätigkeitsmerkmalen fest umrissene Aufgabe verstanden, die Stellung, die ihre Autorität nicht ihrem eigenen Recht oder Anspruch verdankt, sondern einem Dauerauftrag, eine nach bestimmten Normen festgelegte Reihe von Privilegien und Pflichten in gewohnheitsmäßig fixierten und sanktionierten sozialen Zusammenhängen« (Jeserich/Pohl/Unruh 1983: 82).

Im Deutschland des 18. Jahrhunderts entwickelten sich die Muster und Werte bürgerlicher Modernität zunächst im Kontrast zum partikularen Ehrbegriff ständischer Herrschaft und Gemeinschaft. Die bürgerliche Aufwertung von öffentlichem »Verdienst« und gemeinem »Nutzen« bereitete sich vor im bewußt exklusiven Extrastatus ausgegliederter, oft geheimer »Gesellschaften«. In diesen Nischen der Ständegemeinschaft bot eine kommunikative Kultur des »offenen Gesprächs« und der »freien Geselligkeit« die neue Kompetenzerfahrung bürgerlicher Subjektivität und Intersubjektivität. Zugleich bestätigte man sich in der Berufung zu gemeinem Nutzen und öffentlicher Verantwortung. Diese gelehrten, geheimen und geselligen Kreise eines frühbürgerlichen Selbstbewußtseins gaben den Rahmen, die Muster ständischer »Ehre« im Interesse einer neuen Offenheit und Öffentlichkeit bewußt aufzuheben.

»Verdienst« und *»Nutzen«* als Organisationsprinzipien und Selektionskriterien des freien Assoziationswesens der Aufklärung sollten nun - zumindest im Extrastatus der gelehrten, geselligen, geheimen oder »patriotisch-gemeinnützigen« Gesellschaft - den herrschaftlichen Ehrbegriff außer Kraft setzen, indem die Mitgliedschaftsrechte in den neuen Vereinigungen auf *»Verdienst«* sich gründen sollten. Wenn in diesen Vereinigungen oder im Gemeinwesen ein aus freier Verantwortung übernommenes öffentliches Amt sich als *»Ehrenamt«* verstand, ist das semantische und programmatische Bezugssystem eines solchen Titels nicht mehr nur auf die Ordnungen ständischer Gemeinschaft zu beziehen, sondern weist bereits voraus auf den Erwartungs- und Bewertungsrahmen bürgerlicher Modernität.

Verdienst und *Vernunft, Idee* und *Interesse, Enthusiasmus* und *Engagement:* Mit solchen Formeln wollte bürgerliche Modernität gegenüber der alteuropäischen Welt ständischer *Ehre* ihre tendenziell universalistische Bewertungsgrundlage durchsetzen: Traditionell bedeutete *»Ehre«* die Auszeichnung, Ortung und Würdigung ständisch verstandener »Besonderheit«; demgegenüber bezieht sich ein modernes Verständnis von »gemeinem Nutzen« und »öffentlichem Verdienst« auf den universellen Erwartungsrahmen und Bewertungsgrund gesellschaftlicher und staatlicher Verallgemeinerung.

Suchen wir nach historischen »Quellen«, so finden sich »Schwellentexte« für den Umbruch und Übergang zwischen einem vormodernen Verständnis »ständischer Ehre«, der »inneren Ehre« bürgerlicher Wohlanständigkeit und der »äußeren Ehre« ökonomischen Erfolgsstrebens vor allem in den auf neue Begriffe und Bedeutungen besonders sensibel reagierenden Wörterbüchern der Zeit. Noch auf der »Schwelle« zur Moderne zu verorten ist der Artikel »Ehre« in Zedlers »Universal-Lexikon« mit seinem Hinweis darauf, daß sich Ehre nicht mehr bindet an die Geltung ständischer Ordnung, sondern abhängig wird von der »Meynung anderer Leute«:

»Ehre ist eine Meynung andrer Leute, nach der sie einem Menschen einen Vorzug vor den andern bringen. Diejenigen Mittel, dadurch ehrbegierige Gemüther einen Vorzug vor andern zu suchen pflegen, sind unterschieden. Der eine sucht durch Tapferkeit, der andere durch Gelehrsamkeit, der dritte durch besondre Heiligkeit, der vierte durch äusserliche Pracht, und so weiter sich bey andern schätzbar zu machen; doch können alle diese Vorzüge in zwey Classen eingetheilt werden. Einige suchen ihre Ehre in innerlichen Vortheilen, die sie in der Geschicklichkeit der Welt zu dienen durch sonderbaren Fleiß erlanget haben. Man nennet dergleichen insgeheim Verdienste. Andere hingegen suchen ihre Ehre in äusserlichen Vortheilen, welche sie entweder durch ihren Beytrag, oder auch durch das Glück alleine, an Stand, Reichthum und dergleichen, erlanget haben. Auf Seiten anderer Leute kann die Ehre, in Ansehung, daß es die Meynung ist, mit Affecten verknüpft seyn oder nicht, dahero sie denn in eine passionierte und unpassionierte eingetheilet werden« (Zedler 1734: 415 ff.).

Im »öffentlichen Dienst« führte die Rechtfertigung öffentlicher Macht durch »allgemeinen Nutzen« zu einem neuen Verständnis des *»Amtes«*, das sich nun mit dem bürgerlichen Begriff des *»Verdienstes«* verband: Auch wo der Begriff des »Amtes« noch nicht auf die obrigkeitliche Verwaltung »öffentlicher Macht« fixiert war, spiegelt sich in diesem Verständnis des *»Amtes«* doch der Prozeß einer Versachlichung und rechtlichen Verfestigung von Aufgaben.

An die Stelle eines unbedingten Dienstes im personalen Herrschaftsverhältnis tritt eine funktionale Differenzierung von Sachaufgaben und Leistungserwartungen im Rahmen abgeklärter Verpflichtungsverhältnisse. Dem entspricht auch der lateinische Wortgebrauch: Der Begriff des »Beamten«, im Mittelalter des »Amtmannes«, bezeichnet demgegenüber ein moderneres Dienstverhältnis, das anders als das feudale Lehnsverhältnis nicht angeborenen Status, sondern leistungsbezogene Positionen und Funktionen einsetzte. Das institutionell und funktional orientierte *»officium«* verdrängt das auf den herrschaftlichen Personalverband zwischen Herr und Diener bezogene Dienstverhältnis (*»servitium«*). Damit war auch die Verbindung von »Ehre« und »Amt« vorbereitet:

»Ehren-Ämter, Ehren-Stellen: Es sind diese Pflichten, die man durch Beiträge solcher Personen, die dazu tüchtig befunden werden, und deswegen einen besonderen Vorzug verdienen, auferleget, dem gemeinen Wesen in einem und dem anderen Stande Dienste zu leisten. (...) Hierbey muß auch eine Regelung seyn. Was man gezwungen thut, geräth sehr selten« (Zedler 1734: 426 f.). Im Aufbruch zu bürgerlicher Modernität wurde die Einbindung der Ehre in das Ethos ständischer Gemeinschaft und Herrschaft zum Anstoß, sich auch begriffsstrategisch von den älteren Mustern und Werten abzusetzen. In der Selbstdarstellung und -verständigung bürgerlicher Aufklärung präsentierte sich der Anspruch auf gesellschaftliches Ansehen und die Berufung zu gesellschaftlichem Engagement in einer neuen Semantik, in der sich die alten Verbindlichkeiten ständischer Ehre auflösen sollten:

- Gesellschaftliche Statusansprüche sollten sich gründen auf *»Verdienst«*. Dies wurde gerade dann zum Maßstab, wenn es galt, ein öffentliches »Amt« auszufüllen.
- Beweggründe sozialen Handelns - nicht nur in der wirtschaftlichen Welt des Handels - sollten sich orientieren an *»Interessen«*.
- Bewegenden *»Sinn«* fand Handeln im Bezug auf allgemeinmenschliche *»Ideen«*. Damit kam in gesellschaftliche Verhältnisse geschichtliche Bewegung.
- Bei der Identifizierung der bewegenden Kräfte wurde der statische Begriff der *»Ehre«* aufgehoben durch die freie Bindung von *»Enthusiasmus«* und *»Engagement«*.

4. Idealismus: Öffentliche Vernunft und Stand der Intelligenz

Im Sinne der universalistischen »Ideen von 1789« *Freiheit*, *Gleichheit*, *Brüderlichkeit* kam die alteuropäische Ordnung von »Ehre« und »Opfer«, »Amt« und »Dienst« unter die Beweislast der Modernisierung. Wie sehr eine Modernisierung des Helfens im Sinn sozial-staatlicher Verallgemeinerung das ständische Gefüge von »Ehre und Not« außer Kraft setzen mußte, war schon dem jungen Hegel bewußt: In einem frühen Aufsatz »über die wissenschaftlichen Behandlungsarten des Naturrechts« (1802) konfrontiert er die partikularistische Bestimmtheit ständischer Armut mit der universalistischen Maxime, »den Armen zu helfen«:

»So drückt die Bestimmtheit, den Armen zu helfen, aus die Aufhebung der Bestimmtheit, welche Armut ist; die Maxime, deren Inhalt jene Bestimmtheit ist, geprüft durch Erhebung derselben zum Prinzip einer allgemeinen Gesetzgebung, wird sich als falsch erweisen, denn sie vernichtet sich selbst. Wird es gedacht, daß den Armen allgemein geholfen werde, so gibt es entweder gar keine Armen mehr; oder lauter Arme, und da bleiben keine, die helfen können; und so fiele in beiden Fällen die Hilfe weg; die Maxime also als allgemein gedacht hebt sich selbst auf; sollte aber die Bestimmtheit, welche die Bedingung des Aufhebens ist, nämlich die Armut bleiben, so bleibt die Möglichkeit der Hilfe; aber als Möglichkeit, nicht als Wirklichkeit« (Hegel 1802: 439). In diesem auf der Schwelle zu Industriegesellschaft und Wohlfahrtsstaat auf den Begriff gebrachten Paradox der gesellschaftlichen »Bestimmung« des Helfens spiegeln sich die institutionellen Verunsicherungen der Epochenwende. Bewußt wurde der epochale Perspektivenwechsel, mit dem die soziale Frage des Helfens nicht mehr »ständisch« als Ehrensache gefaßt werden konnte, sondern als öffentliche Angelegenheit, als »Prinzip einer allgemeinen Gesetzgebung«.

Später hat Hegel die Problematik der Überführung ständischer Armenfürsorge in moderne Sozialstaatlichkeit schärfer fassen müssen. In Vorlesungen über »Naturrecht und Staatswissenschaft« entwickelte er seine »Philosophie des Rechts« als Institutionenlehre der bürgerlichen Gesellschaft. Auch hier ging es darum, die sozialen Fragen im Schnittbereich von Arbeit und Armut durch sozialstaatliche Regulierung zu lösen. Zur Verwaltung dieses öffentlichen Auftrages forderte Hegel ein modernes Beamtentum, welches er als »Stand der Intelligenz« dazu berufen sah, gegenüber ständischer Partikularität wie gegenüber privater Subjektivität »das Allgemeine« durchzusetzen. Die alteuropäische Frage nach der Ordnung von »Not und Ehre« scheint nun übersetzt ins institutionelle Gefüge von »Staat und Gesellschaft«.

In der Frage nach dem Verhältnis zwischen der Souveränität öffentlicher Verantwortung und der Autonomie gesellschaftlichen Engagements verweist Hegels »Philosophie des Rechts« (1821) auf die Modernität sozialstaatlicher Rationalitätskriterien und Organisationsprinzipien, welche die Abhilfe bei gesellschaftlichen Notlagen von den »Zufälligkeiten« und »Besonderheiten« ständischer Gemeinschaftsbindung unabhängig machten.

Es galt, »in der Notdurft und ihrer Abhilfe das Allgemeine herauszufinden und zu veranstalten und jene (von ständischer Besonderung abhängige) Hilfe entbehrlich zu machen. (...) Der öffentliche Zustand ist im Gegenteil für umso vollkommener, je weniger dem Individuum für sich nach seiner besonderen Meinung im Vergleich mit dem, was auf allgemeine Weise veranstaltet ist, zu tun übrig bleibt« (Hegel 1955: § 242). Die Forderung nach »öffentlicher Veranstaltung« galt ausdrücklich auch für eine Ermächtigung zu »öffentlicher Erziehung« im Falle der Schwächung oder Störung des familialen Erziehungsfeldes: »Die allgemeine Macht übernimmt die Stelle der Familie bei den Armen, ebensosehr in Rücksicht auf ihren unmittelbaren Mangel als der Gesinnung der Arbeitsscheu, Bösartigkeit und weiterer Laster« (ebd.: § 241).

Moderne Sozialstaatlichkeit sollte diesen Anspruch auf Verallgemeinerung später über die generalisierenden Prozesse der Verwissenschaftlichung sozialer Fragen, der Verrechtlichung sozialer Ansprüche und der Verrechenbarkeit sozialer Leistungen einlösen. Doch schon an der Schwelle der industriellen Revolution und ihrer sozialstaatlichen Stabilisierung zeigten sich prinzipielle Frontstellungen und Konfliktmuster des sozialstaatlichen Ausbaus. Mit Verweis auf das *»Subjektive der Armut«*, was der Verallgemeinerung im Sinne sozialstaatlicher Souveränität entzogen schien, sah Hegel die Moralität sozialen Engagements in ihrer je »besonderen« gesellschaftlichen Lagerung und Sinnrichtung gefordert. »Das Subjektive der Armut und überhaupt der Not aller Art (...) erfordert auch die subjektive Hilfe, ebenso in Rücksicht auf die besonderen Umstände des Gemüts und der Liebe. Hier ist der Ort, wo bei aller allgemeinen Veranstaltung die Moralität genug für sich zu tun findet« (ebd.: § 242).

Über die durch »Gemüt« und »Gesinnung« besonders gelagerten und besonders gerichteten Aktivitäten der »Mildtätigkeit« sollte die Subjektivität sozialer Betroffenheit und die Moralität helfenden Handelns bewußt jenseits der »Grenzen der Staatstätigkeit« ihren »Ort« finden: »Der Mildtätigkeit bleibt noch genug für sich zu tun übrig, und es ist eine falsche Ansicht, wenn sie der Besonderheit des Gemüts und der Zufälligkeit ihrer Gesinnung und Kenntnis diese Abhilfe der Not allein vorbehalten wissen will und sich durch die verpflichtenden allgemeinen Anordnungen und Gebote verletzt und gekränkt fühlt« (ebd.).

Die damit angesprochenen Leitbilder und Organisationsprinzipien sind nicht nur zu beziehen auf eine korporativ gebundene ständische »Ehre« von Rat und Hilfe, sondern auch schon auf eine moderne *»Subjektivität der Armut«* als Anstoß philanthropischer und altruistischer Gesinnung, wie sie sich bald in den Vereinigungen und Bewegungen moralischen und solidarischen Engagements organisieren sollte. Dies verweist auf Spannungen und Vermittlungszwänge zwischen einer auf sozialstaatliche Verallgemeinerung zielenden »Souveränität« und dem das Eigenrecht und das Eigenleben gesellschaftlicher Besonderung begründenden Organisationsprinzip der »Subsidiarität«. Ein von Hegel im Sinne des Vollzugs geschichtlicher Vernunft als *»Stand der Intelligenz«* gefeiertes Staatsbeamtentum sah sich bald nicht nur konfrontiert mit den traditionellen Korporationen ständischer Ehre und Sorge, sondern auch mit neuartigen, zunächst auf das »Subjektive der Armut«, dann aber auch auf die Objektivität kollektiver Lagen ausgerichteten »Assoziationen« sozialer Bewegung.

5. Altruistische Bewegung: »Engagement« und »Assoziation«

Auf die sich im Zuge der industriellen Revolution abzeichnenden sozialen Fragen antwortete der bürgerliche Liberalismus zunächst mit der prinzipiellen Systemtrennung von »Staat« und »Gesellschaft«. Programmiert wurde dies als der »Versuch, die Grenzen des Staates zu bestimmen« (Humboldt 1903). So sollte im Sinne einer »Polizeiwissenschaft nach den Grundsätzen des Rechtsstaates« (Mohl 1832/33) die Staatstätigkeit auch in »wohlfahrtspolizeilichen« Fragen an verallgemeinerbare Regeln gebunden werden, deren Grenzen im Sinne des Rationalitäts- und Legitimtitäskriteriums der Verrechtlichung regulierbar schienen (zur »polizeywissenschaftlichen« Tradition »socialer Politik« vgl. Pankoke 1986). Die liberale Begrenzung staatlicher Eingriffsgewalt auf generalisierbare Regelungen begründete zugleich einen Anspruch auf »freie Assoziation« im Bereich gesellschaftlicher Interessen und sozialen Engagements. Als Spezifikum moderner Vergesellschaftung und als entscheidende Differenz zur ständischen »Corporation« konnte für die modernen »Assoziationen« die Freiheit der Mitgliedschaft und die Offenheit der Willensbildung herausgestellt werden.

Der Anspruch auf freie Assoziation verband sich mit dem gesellschaftspolitischen Prinzip der Subsidiarität. Aktuell wurde dies im Bewußtsein der gesellschaftlichen Folgen des durch industriewirtschaftliches Wachstum zwingenden »Gesetzes wachsender Staatstätigkeit« (A. Wagner). Als Problem wurde bewußt, daß einerseits sozialstaatliche Kontrollen mehr und mehr auf gesellschaftliche Lebenszusammenhänge übergriffen, damit zugleich aber auch die Korporationen, Assoziationen und Organisationen gesellschaftlicher Solidarität zur »öffentlichen Angelegenheit« wurden, öffentliche Förderung beanspruchten und öffentlicher Regelung bedurften.

Als geschichtliche Antwort auf »sociale Fragen« entwickelte sich unter dem Druck »socialer Bewegung« eine »sociale Politik« sozialstaatlicher Interventionen (vgl. Pankoke 1970). Die »künstliche Armut« (Marx) von arbeitsgesellschaftlicher Pauperisierung und Proletarisierung war nicht mehr wie ständische Not als Gottes Geschick hinnehmbar und annehmbar, entzog sich aber auch der »objektiven Gleichgültigkeit« (Marx) rein rechtsstaatlicher Formalisierung. Vielmehr sollte das Bewußtsein der Künstlichkeit sozialer Verhältnisse hinweisen auf eine Machbarkeit gesellschaftlicher Veränderung. Für die Vereinigungen und Bewegungen altruistischen, caritativen oder auch sozialistischen Engagements konnte gerade ein humanistisch reflektierter Anspruch auf Entwicklung der »Persönlichkeit« das Bewußtsein schärfen, daß in proletarischer Verelendung und Entfremdung die »*Würde*« des Menschen verweigert sei.

Auch dort, wo die Sorge für den Nächsten noch in ständischen Kategorien der »Ehrenpflicht« verstanden wurde, zeigte die Dynamik organisierten Engagements eine »Umwertung der Werte«, die den Rahmen tradierter Ehrvorstellungen sprengen mußte. Dies demonstrieren gerade jene »moralischen Unternehmer« (Giesen 1983) und »altruistischen Abenteurer« (Dießenbacher 1981), die scheinbar noch aus dem Vermächtnis eines tradierten Ehrverständnisses handelten. Beispiele ehrenamtlicher Verantwortung geben Leben und Werk der großen Gründer der freien Wohlfahrtspflege: Friedrich von Bodelschwingh und Johann Hinrich Wichern in der protestantischen »Inneren Mission«, Lorenz Werthmann und Agnes Neuhaus im katholischen Bereich der »Caritas«, Bertha Pappenheim im Bereich der jüdischen Wohlfahrtspflege, Alice Salomon in der Gründungsphase der Wohlfahrtsschulen, Emil Münsterberg beim Aufbau einer kommunalen Armenpflege oder die Damen des »Vaterländischen Frauenvereins« im Vorfeld des »Deutschen Roten Kreuzes« (vgl. die exemplarischen biographischen Geschichten zur Geschichte der Sozialarbeit in Sachße/Tennstedt 1981).

Gerade solche biographischen Fallstudien verweisen auf mögliche Wechselwirkungen von persönlich tiefgreifender Betroffenheit und einer Radikalisierung sozialen Engagements. Zu denken gibt, daß Identität und Engagement gerade dort besonders produktiv werden konnte, wo der Bruch zwischen ständischer oder bürgerlicher »Ehre« und einer modernen »Umwertung der Werte« besonders heftig und schmerzlich erfahren wurde. Neben den sozialpsychologischen Analysen zur psychodynamischen Genese sozialen Engagements interessieren in sozialpolitischer Perspektive aber auch die Hinweise, daß Engagement nicht nur auf der Ebene individueller Einstellungen als Umwertung der Werte programmiert ist, sondern immer zugleich über einen Umbau gesellschaftlicher Assoziationsformen zu organisieren war. Praktische Beispiele dafür finden sich nicht nur in der

Gründungsgeschichte der heute etablierten Wohlfahrtsverbände, sondern auch in den aktuellen Assoziationsversuchen der Selbsthilfebewegung.

Vergegenwärtigen wir uns die Entwicklung von traditionalistisch gebundener »Ehre« zu einem »idealistisch« bewegten »Engagement«, so verweisen die modernen »Ideen« eines Patriotismus, Humanismus, Altruismus oder Sozialismus auf geistesgeschichtliche »Umwertungen« von partikularistischen zu universalistischen Orientierungen. Die wissenssoziologische Frage nach der gesellschaftlichen »Seinsverbundenheit« (Mannheim) beschränkt sich nicht nur auf die Frage nach gesellschaftlichen Trägerschichten, im Sinne einer ideologischen Relativierung von ständischer »Ehre«, von bürgerlichem »Idealismus« oder von sozialistischer »Bewegung«. Letztlich führt die wissenssoziologische Zuordnung von »Ideen« und »Interessen« zur Frage nach den geschichtlichen »Figurationen« (Elias), die es möglich machten, gesellschaftliches »Engagement« über entsprechende »Orientierungsweisen« zu vermitteln und über entsprechende »Organisationsprinzipien« in gesellschaftliche Praxis umzusetzen.

Die Verbindung ständischer Traditionen stadtbürgerlicher Ehrenrechte und Ehrenpflichten mit dem modernen Gedanken bürgerschaftlicher Selbstverwaltung fand seine programmatische Ausgestaltung in der Städteordnung der Preußischen Reform. So wurde noch weit im Vorfeld moderner Sozialstaatlichkeit das gesellschaftliche »Vereinswesen« des liberalen Bürgertums zum Lernfeld demokratischer »Selbstverwaltung«. Die Probleme und Chancen der Verbindung von »Engagement« und »Organisation« kann am »altruistischen« Vereinswesen deutlich werden. Das Emanzipationsmodell der bürgerlichen Moderne, das von ständischer »Ehre« frei machen sollte, wurde in der Programmsprache des frühen 19. Jahrhunderts auch mit dem Begriff der *»Assoziation«* angezeigt. Die Aspektstruktur kultureller Leitbilder fand so in gesellschaftlichen Organisationsprinzipien die strukturgeschichtliche Entsprechung. Verwies »Ehre« auf den strukturellen Rahmen der Verbindlichkeit und Geschlossenheit ständischer *»Korporation«*, so bedeutet *»Assoziation«* demgegenüber die Ausrichtung gesellschaftlicher »Vereinigung« über die Selbst- und Mitbestimmung der Mitglieder. Bürgersinn organisierte sich auch über das soziale Vereinswesen der bürgerlichen Armenpflege und Privatwohltätigkeit. Gewiß verband sich ein offensives soziales Engagement dabei mit ängstlicher Defensive und Prävention gegenüber der »roten Gefahr« einer Selbstorganisation der Armut. Als geschichtswirksame Organisationsmodelle des bürgerlichen Altruismus sind besonders hervorzuheben:

- der preußische »Zentralverein für das Wohl der arbeitenden Klassen« (1845) als Verbindung von vereinsmäßig organisierter Hilfsbereitschaft mit ordnungspolitischen Interessen an einer Befriedung durch soziale Reform;

- das »Elberfelder System« als Konstruktion einer Verbindung von kommunaler Selbstverwaltung und »ehrenamtlichem Engagement«;
- das in bürgerlicher wie kirchlicher »Frauenbewegung« sich entwickelnde Selbstverständnis eines zunächst ehrenamtlichen, zunehmend aber auch als Berufsperspektive bewußteren Engagements »sozialer Mütterlichkeit« (vgl. Sachße 1986).

In der Entwicklung von »öffentlicher« und »privater Fürsorge« erscheint so der *Verein* als typische Handlungsform von Privatwohltätigkeit. Dies galt gerade auch für den konfessionellen Bereich, wo sich oft in bewußter Spannung zur korporativen Struktur kirchlicher Ordnung das Engagement radikaler »Nächstenliebe« als »Assoziation« formierte. Verwiesen sei nochmals auf das gegen amtskirchliche Widerstände von J.H. Wichern begründete Engagement von *»christlicher Assoziation«* und *»innerer Mission«*. Das Paradox von Planung und Begeisterung, Nächstenliebe und Organisationsgesellschaft wurde im Aufruf zur Gründung des Deutschen Caritasverbandes 1899 von L. Werthmann auf den Begriff gebracht: »Ihr Caritasfreunde ... tretet aus der bisherigen Verborgenheit und Vereinsamung heraus, sammelt Euch, beratet Euch in Versammlungen, begeistert Euch für eine noch umfassendere und planmäßige Ausübung der Werke der Nächstenliebe« (Pankoke 1984: 96).

Emil Münsterbergs klassisches Werk zur »Armenpflege« (1897) erinnert an diesen Zusammenhang von personalem Engagement und organisierter Aktivität: »Tatsächlich haben diejenigen Vereine, deren Gründung besonderen Anlässen und der Initiative einzelner Personen entsprang, die einen bestimmten Notstand besonders scharf empfanden, ganz besonders viel und Nützliches geleistet. Denn nur da, wo dies der Fall ist, pflegen sich die Gründer ganz besonders für die Sache zu interessieren, für sie zu arbeiten, Opfer zu bringen, andere zu Opfern anzuregen. Auch hier nehmen wir eine auf unserm Gebiet mit großer Regelmäßigkeit zu beobachtende Richtung in der Entwicklung der Vereine wahr. Meist ganz kleine Vereine, die aufopferungsvolle Hingabe einiger weniger; dann wachsende Teilnahme weiterer Kreise, bei der der Verein eine führende Rolle spielt, so daß an seiner Spitze zu stehen auch für andere den Gegenstand des Eifers und Ehrgeizes bildet; endlich, wenn der Zweck im wesentlichen erreicht ist oder wenn dieser erste persönliche Eifer nachgelassen hat, ein Heruntersinken des Vereins von seiner Höhe« (Münsterberg 1897: 69 f., vgl. Sachße/Tennstedt 1980: 239).

Dieser kurzgefaßte Aufriß zum typischen Entwicklungs-Zyklus vereinsmäßig organisierten Engagements thematisiert zugleich die Problematik, daß der wachsende Organisationsdruck großer »Werke« die Motivationsstruktur personalen Engagements neutralisieren könnte. Das später von Max Weber idealtypisch herausgearbeitete Phänomen der »Veralltäglichung des Charismas« wäre auch auf solche moralischen Kosten der »Organisationsgesellschaft« (vgl. Gabriel 1979) zu beziehen. Wird der Rationalisierungszwang, nun auch die »Werke« der Nächstenliebe in langen Handlungsketten zu organisieren, für individuelle Initiative, personales Engagement und assoziative Aktivität letztlich nicht kontraproduktiv? Muß mit dem systematischen Abbau des ehrenamtlichen Engagements nicht auch soziales Engagement weg-rationalisiert werden?

Mit den sich im industriellen Ausbau verschärfenden sozialen Fragen kam auch die stadtbürgerliche Tradition »ehrenamtlicher Armenpflege« unter Rationalisierungs- und Professionalisierungszwänge. So ist zu erklären, daß das gegenüber dem ehrenamtlichen »Elberfelder System« modernere Prinzip einer Überführung des »Ehrenamtes« in sozialpolitisches Fach-Beamtentum (sog. »Straßburger System«) gerade von den Großstädten der neuen Industrie-Reviere gegenüber dem »Ehrenamt-System« bevorzugt wurde. Diese Entwicklung bildet den Hintergrund sehr prinzipiell geführter Auseinandersetzungen und Verhandlungen über das Verhältnis von öffentlicher und freier, beamteter und ehrenamtlicher Hilfe. Sie fanden ihr Forum insbesondere in dem 1881 gegründeten »Deutschen Verein für öffentliche und private Fürsorge«.

6. Ausblick: »Ehre« als »Arbeit« und »Verantwortung«

Die begrifflichen Spannungsfelder von »Ehre« und »Amt«, »Dienst« und »Beruf«, »Organisation« und »Engagement« werden auf neue Weise aktuell mit den Grenzen und Krisen offizieller und professioneller Systembildung. Fragen nach der Vereinbarkeit von subjektivem Engagement und offizieller wie professioneller Objektivität gewinnen zunehmend aber auch Brisanz in Auseinandersetzungen um die »Relationen« (Kooperation und Konkurrenz, Komplementarität und Konfrontation) zwischen den organisationsgesellschaftlichen Prinzipien der Wohlfahrtspflege und dem bewegenden Engagement ehrenamtlicher Verantwortung und freier Initiative. Dies gilt nicht nur im Bereich von Sozialpolitik, sondern zunehmend auch in weiteren Feldern des kulturellen und öffentlichen Lebens. Heute scheinen die institutionellen Balancen von Souveränität und Subsidiarität, Rationalität und Moralität aufs Neue in Bewegung zu kommen. Im sozialpolitischen Gefüge von primärer Eigen-, organisierter Fremd- und engagierter Solidarhilfe kommt es so zu Verschiebungen und neuen Spannungen durch den Problemdruck neuer sozialer Fragen und neuer sozialer Bewegung.

Gegen den Autonomieanspruch »ehrenamtlichen Engagements« etwa stehen Argumente, daß sich die Neutralität und Professionalität des Helfens nur über berufliche und amtliche Armenpflege sichern lasse. Berufspolitisch gewinnt das Prinzip »Ehrenamt« dabei den Akzent, daß es den von akuter Berufsnot betroffenen Sozialarbeitern als »Alternative« zu entlohnter »Arbeit« angetragen wird. Zumutbar scheint inzwischen, daß ehrenamtliche Praxis zumindest in der Grauzone nach dem Studium die berufliche Bewährung ersetzen soll. So wird es fast schon zur Regel, daß der beruflichen Einstellung eine vertrauensbildende Phase ehrenamtlicher Kooperation vorgeschaltet wird. Daß ein solches unter- oder gar unbezahltes »Volontariat« als insgeheimes »Referendariat« nicht ohne Probleme ist, wird auch die Semantik der »Ehre« nicht wegdefinieren können. Wo Not zur Tugend wird, bleibt der Begriff der »Ehre« unangebracht. Die dann naheliegende Reduktion von »Ehre« auf unbezahlte »Arbeit« würde zugleich programmatische Ladungen von »Ehre« und »Amt« entwerten, wie sie die Begriffsgeschichte überliefern konnte.

So kann der begriffsgeschichtliche Rekurs darauf verweisen, daß die heute übliche semantische Engführung von »Ehrenamt« im Sinne von »Unentgeltlichkeit« gesellschaftspolitische Chancen verbauen wird. Hinzuweisen wäre hier auf die in den Niederlanden traditionell versäulte »Freiwilligenarbeit« (Nokielski 1987), oder auf das im deutschen System öffentlicher und freier Wohlfahrtspflege lebendige Prinzip »ehrenamtlicher Verantwortung«. Gerade im Selbstverständnis der »Freien Träger« blieb »Ehre« immer mehr als nur quantifizierbarer Ersatz für fehlendes Geld; eher zielt die Semantik der »Ehre« auf eine besondere Qualität der Motivations- und Organisationsstruktur helfenden Handelns.

Als *Motivationskonzept* bedeutet »Ehrenamt« dann den Anspruch auf verantwortliches Engagement, wie es in sozialen Diensten allerdings nicht nur den »Ehrenamtlichen« vorbehalten sein sollte. Als *Organisationsprinzip* eröffnet »Ehrenamtlichkeit« besondere Chancen, »freies Engagement« in der relativen Autonomie gesellschaftlicher »Selbststeuerung« entfalten zu können. In dieser Wechselwirkung von »freiem Engagement« und »relativer Autonomie« könnte die im älteren Begriff des »Ehrenamtes« gehaltene Spannung von »Dienst« und »Freiheit« heute aufs Neue lebendig werden. In den Krisen der Arbeitsgesellschaft ist allerdings zu bedenken, daß die Not verweigerter Professionalität die Freiheit ehrenamtlicher Verantwortung nicht wird erzwingen können.

Thomas Rauschenbach/Siegfried Müller/Ulrich Otto

Vom öffentlichen und privaten Nutzen des sozialen Ehrenamtes

Das soziale Ehrenamt ist nicht mehr das, was es einmal war. Wenn wir darüber reden, meinen wir alle das Gleiche - und jeder etwas anderes. Freiwilliges Engagement, unentgeltliche Arbeit, persönliche und spontane Hilfe abseits öffentlicher Märkte und Organisationen, uneigennützige Mitarbeit von nicht eigens ausgebildeten Personen, eine auf Freundschaft, Betroffenheit oder religiös-caritativer Überzeugung beruhende Hilfe oder dergleichen mehr. Dies alles ist das Ehrenamt *auch* - und es ist es doch nicht. Oder zugespitzt formuliert: Die Dynamik der Diskussion um das soziale Ehrenamt lebt davon, daß sie Gleiches mit Ungleichem vergleicht.

In dieser Situation kommt es darauf an, das soziale Ehrenamt neu zu vermessen, seine strukturellen Ausgangsbedingungen ebenso zu klären wie die Veränderungen, in denen sich das Ehrenamt selbst befindet. Zwei Annahmen lassen sich dabei als Leitidee für den nachfolgenden Gedankengang festhalten. Erstens: Das soziale Ehrenamt hat einen *symbolischen* und einen *ökonomischen* Wert. Zweitens: Das soziale Ehrenamt hat sowohl einen *öffentlichen* als auch einen *privaten* Nutzen. Beide Annahmen haben indessen Folgen für eine angemessene Formatierung des sozialen Ehrenamtes in der heutigen Zeit.

(1) Freiwillige Mitarbeit außerhalb verwandtschaftlicher oder nachbarschaftlicher Verpflichtungen und freiwilliges Engagement außerhalb beruflicher Rechte und Pflichten verringert nicht nur die Kosten, die Personen, Institutionen oder staatliche Unterstützungssysteme ansonsten in erwerbsabhängigen Diensten übernehmen müßten. Darin liegt allein der *ökonomische* Wert derartiger freiwilliger und unentgeltlicher Hilfen (vgl. auch Bendele, in diesem Band). Überdies sind sie aber auch stets ein willkommenes Vorzeigestück, oder genauer: Grundlage einer Gesellschaft mit einem humanen, solidarischen Anspruch. Das Ehrenamt als soziale Hilfe für andere ohne direkten Anlaß, also jenseits verwandtschaftlicher oder beruflicher Verpflichtungen, hat so einen ganz elementaren *symbolischen* Wert für das Sozialgefüge einer Gesellschaft (vgl. auch Münchmeier, in diesem Band). Dieser »soziale Kitt« einer zunehmend zerfasernden und

erodierenden, einer »individualisierten Risikogesellschaft« (Beck) ist ein Prüfstein auf deren noch vorhandene innere Konsistenz. Und empirischen Indikatoren zufolge schmilzt dieses Potential: Vom »Schwinden des Ehrenamtes« ist demgemäß die Rede (kontrovers hierzu vgl. Vogt 1987b). Dennoch: Ehrenamtliches Engagement ist eine der letzten Bastionen, in der eine auf Vertrauen, Einfluß und Anteilnahme basierende Sozialintegration jenseits der systemischen Steuerungsmedien von Geld, Recht und Macht gelingen kann. Mit ihm versucht die Gesellschaft dem Dilemma zu entrinnen, soziale Dienste entweder nur noch marktmäßig feilbieten bzw. gesetzlich »verordnen« zu können oder aber allein auf die Existenz und das Funktionieren lebensweltlich vorhandener Bezüge vertrauen zu müssen. Es geht somit auch um die Frage, wie in einer hochdifferenzierten, verrechtlichten und monetarisierten Tauschgesellschaft eine gesellschaftliche Integrationskraft gesichert werden kann, die letztlich an die Freiheit von Personen und Gruppen, an ihre Bereitschaft, Überzeugung, Möglichkeit und Fähigkeit zu ehrenamtlichem Engagement rückgebunden ist.

(2) Indem wir den ökonomischen und den symbolischen Wert des sozialen Ehrenamtes zwischen »preiswerter« Arbeit zum Nulltarif und ihrer sozialintegrativen Bedeutung im Sozialgefüge einer Gesellschaft konstatieren, wird hier unmittelbar ihr *öffentlicher* Nutzen sichtbar. Dieser hat sich in den letzten 30 Jahren auf der *symbolischen* Ebene insofern dramatisch verschärft, als Vertrauen, Kontinuität und Zuverlässigkeit bei steigender Komplexität immer wichtiger und zugleich immer weniger systemisch kalkulierbar, immer schwieriger »erzeugbar« werden. Im Bewußtsein wieder deutlicher hinzugetreten ist seit Anfang der 80er Jahre darüber hinaus auf der *ökonomischen* Ebene die finanzpolitische Seite dieses Engagements in einer krisengeschüttelten Arbeitsgesellschaft. Die - prinzipiell unendliche - Vermehrung personenbezogener sozialer Dienste jenseits einer marktwirtschaftlichen Selbstregulation ist dabei ohne limitierende Entscheidungen nicht durchführbar und wird infolgedessen zum Spielball politischer Interessen.

Die Hoffnung, in dieser Situation wieder verstärkt auf die arbeitsmarkt- und (finanz-)haushaltsentlastende »stille Reservearmee« der Ehrenamtlichen zurückzugreifen, übersieht indessen die gesellschaftlichen Veränderungen, angesichts derer das soziale Ehrenamt in alter Form nicht mehr ohne weiteres zu haben ist. Neu stellt sich damit die Frage nach dem *privaten* Nutzen, nach einer neuen Attraktivität ehrenamtlichen Engagements für die Erbringer dieser Leistung in Anbetracht einer fast explodierenden Fülle von konkurrierenden Angeboten und Verlockungen der Zeitgestaltung und -absorption jenseits der durch Erwerbs- und Hausarbeit gebundenen

Zeit. Auf dieser Seite des Ehrenamtes zeigt sich der Strukturwandel und der Anspruch an eine voraussetzungsvolle Neukonzipierung des sozialen Ehrenamtes am deutlichsten. Was historisch lange Zeit über *Lokalgemeinschaften* und *Wertgemeinschaften* entstanden ist und stabilisiert wurde (vgl. auch Sachße, in diesem Band), verliert unter den heutigen gesellschaftlichen Bedingungen an handlungsauslösender und -stabilisierender Kraft: Der wertgebundene »Gotteslohn« mit seiner uneigennützigen Nächstenliebe als barmherziger Samariter ebenso wie das soziale Ansehen und die »Ehre« im Gemeinwesen und in der lokalen Öffentlichkeit (vgl. auch Pankoke, in diesem Band). Die zentrale Frage ist die nach dem je persönlichen Nutzen dieses Engagements für die ehrenamtlich Tätigen selbst. Die Zukunft des sozialen Ehrenamtes hängt infolgedessen davon ab, inwieweit tragfähige Antworten darauf gefunden werden.[1]

Das soziale Ehrenamt wird mithin künftig kaum noch in der Lage sein, im Schleier ständischer oder bürgerlicher Ausstaffierungen unbemerkt in den Nischen einer demgegenüber fundamental gewandelten Gesellschaft seinen Platz zu wahren. Und dies ist keineswegs eine Frage der fehlenden Moral in der Bevölkerung, die mit Mitteln der symbolischen Politik und politischen Rhetorik so einfach nachgebessert werden könnte. Das soziale Ehrenamt muß sich vielmehr seiner eigenen *reflexiven* Modernisierung stellen. Es muß seine Voraussetzungen und Optionen unter den heutigen gegebenen Bedingungen neu verorten, wenn es überhaupt in relevantem Umfang bestehen und seinen Eigensinn nicht völlig verlieren soll.

Angesichts dieser Situation wollen wir im folgenden diskutieren, an welche Voraussetzungen die Bereitschaft zu ehrenamtlichem Engagement überhaupt geknüpft ist (1), wie das gesamte System des sozialen Bedarfsausgleichs in unserer Gesellschaft konturiert und darin das Ehrenamt zu verorten ist (2), wie sein Verhältnis zu diesen ihrerseits gewandelten Formen sozialer Hilfe und damit das Ehrenamt selbst sich verändert hat (3), mit welchen Konturen das Ehrenamt der Zukunft ein Profil gewinnen kann und welche sozialpolitischen Optionen damit verknüpft sind (4).

1. Alles hat seinen Preis - auch das soziale Ehrenamt

Die Entscheidung, etwas für andere zu tun, ist voraussetzungsvoll und nicht bedingungslos. Unbezahlt für andere arbeiten kann nur, wer erstens materiell gesichert ist und wer zweitens über Zeit verfügt. *Zeitsouveränität* und *Existenzsicherung* sind die grundlegenden Voraussetzungen des Ehrenamtes und die entscheidenden Selektionskriterien an der Schnittstelle zwischen der Bereitschaft zum Engagement und den Möglichkeiten seiner Verwirklichung. Basis der unentgeltlichen Arbeit für andere ist die individuelle, familiale oder sozialstaatliche Absicherung der eigenen Existenz. Hinzu kommt, daß Erwerbsarbeit ebenso wie Erziehungs- und Hausarbeit in je spezifischer Weise *zeitraubend*, sozusagen »enteignete Zeit« ist. Verfügbare Zeit für sich und andere wird so zu einem knappen Gut, ist doch Zeit nicht nur eine quantifizierbare Größe, sondern auch eine soziale Kategorie.[2] Zeit zur falschen Zeit ist wertlose Zeit. Erst die Verfügungsmöglichkeit über die Zeit macht sie zu einem »nutzbaren Gut«. Denn Zeit ist eine »qualitative, ungleichwertige, diskontinuierliche, durch soziale Zeitordnungen und normative Regulierungen strukturierte ... soziale Ressource« (Müller-Wichmann 1984a: 285), die erst in Abhängigkeit von diesen Bedingungen durch Handlungen genutzt werden kann. Die Verfügungsmöglichkeit über Zeit für sich und andere ist durch die *Zeitordnungen* von Erwerbs- und Hausarbeit begrenzt und entlang der Kriterien Schicht, Geschlecht und Alter in einem hohen Maße ungleich verteilt. Flexibilisierungen der Zeitordnungen von Erwerbs- und Hausarbeit, Strategien der Zeitbeschaffung, Techniken der Zeitstrukturierung und Möglichkeiten des Zeitkaufens erhöhen die Zeitsouveränität und damit die Voraussetzungen, Zeit für andere zu haben (vgl. Müller-Wichmann 1984b: 174 ff.).

Ehrenamtliches Engagement heißt immer auch, sich Zeit für andere Personen zu nehmen. Zeit für andere zu haben, die man auch anderweitig für sich nutzen könnte, ist lediglich unter der Annahme einer *altruistischen* Moral ein ebenso selbstloses wie unproblematisches Geben. Diese Form des Zeit-»Verschenkens«[3] in ehrenamtlicher Arbeit hat jedoch, so sie denn je für das Ehrenamt gegolten haben sollte, ihre handlungsgenerierende Kraft verloren. Jenseits dieser Moral des selbstlosen Handelns war und ist das soziale Ehrenamt stets auch mit (sehr unterschiedlichen) Erwartungen der Gratifikation verbunden. Die *Norm der Reziprozität*[4] von Geben und Nehmen ist somit, so unsere zentrale Annahme, das entscheidende handlungsmotivierende Kriterium des sozialen Ehrenamtes. Die *Erwartbarkeit* je individuell attraktiver Rückerstattungen wird zum wichtigsten Parameter für das Zustandekommen ehrenamtlicher Mitarbeit (sofern Zeit und Geld kein Hindernis darstellen).

Dabei können diese Rückerstattungserwartungen unmittelbar sein oder sich auf einen späteren Zeitpunkt beziehen (synchrone versus diachrone Reziprozität). Sie können sehr konkret (»dies gegen das«), aber auch recht vage sein (»dies gegen etwas«). Und sie können sich direkt auf den Empfänger oder indirekt auf eine dritte Seite richten. Im Unterschied zum rechtlich codifizierten Äquivalententausch sind die Rückerstattungserwartungen im ehrenamtlichen Handeln vielschichtig, im Falle der Enttäuschung jedoch nicht einklagbar und auch nicht auf einen Geld- oder Sachtausch beschränkt. Das soziale Ehrenamt läßt sich infolgedessen auf einer Skala an Interaktionsformen einordnen, an deren einem Ende der kontraktuelle Äquivalententausch (Geld gegen Ware) und am anderen Ende das an der Wohltätigkeitsnorm orientierte altruistische Handeln (nicht kalkulierendes, selbstloses Handeln) steht, je nachdem, wie konkret die Erwartungen sind, wie zeitlich flexibel die Rückerstattung erfolgen kann und wie hoch die Rückerstattungsgewähr ist. Dies macht die Unkalkulierbarkeit einer Bereitschaft zu ehrenamtlichem Engagement aus und setzt deren Freiwilligkeit voraus. Unterschiedliche »Währungseinheiten« gestatten jedoch eine differenzierte und an den spezifischen Bedürfnissen der ehrenamtlich Tätigen orientierte Belohnung ihres Engagements. Sie erklären die Nähe des Ehrenamtes zum altruistischen Handeln (»Eigenwertorientierung«) gleichermaßen wie zur Erwerbsarbeit (Nutzenkalkül).

Im Begriff des sozialen Ehrenamtes sind unterschiedliche Typen des Engagements zusammengefaßt, die sich hinsichtlich Existenzsicherung, Zeitsouveränität und Lebenslage voneinander unterscheiden und die in Abhängigkeit dazu an unterschiedlichen Gratifikationen interessiert bzw. darauf angewiesen sind.[5] Mit der Ausdifferenzierung des sozialen Ehrenamtes haben sich auch die Rückerstattungserwartungen vervielfältigt, treten materielle (monetäre wie nicht-monetäre) und immaterielle Gratifikationen, akkumulierbare und nicht-akkumulierbare Rückerstattungseinheiten zugleich und nebeneinander auf. Das an der nicht-reziproken *Norm der Wohltätigkeit* (»etwas gegen nichts«) orientierte Engagement für andere ist in den heutigen Formen des sozialen Ehrenamtes bestenfalls noch von marginaler und punktueller Bedeutung. Wohltätiges Handeln realisiert sich noch am ehesten im Kontext von engen und intakten sozialen Beziehungen der Familie und des Freundeskreises, d.h. zuallererst in mehr oder minder stabilen, wertgebundenen Gemeinschaften. Das ehrenamtliche Engagement basiert dagegen überwiegend auf sozialen Beziehungen, die durch Wohlfahrtsbehörden, selbstorganisierte Initiativen und Vereine zum Zweck der sozialen Hilfe *hergestellt* werden.[6]

2. Formen des Helfens im System des sozialen Bedarfsausgleichs

In modernen Gesellschaften existiert im Falle nicht-autarker Eigenhilfe ein mehrschichtiges System unterschiedlicher Formen sozialer Hilfe, die sich hinsichtlich ihres Zustandekommens, ihrer Qualität, Zugänglichkeit und Erwartbarkeit voneinander unterscheiden. Das Spektrum reicht von Hilfen, die im familial-verwandtschaftlichen Verbund erbracht werden über Hilfen in den Netzwerken des sozialen Nahraumes (Freunde, Bekannte, Nachbarn) bis zu organisierten Formen der Selbsthilfe und schließlich den formalisierten beruflichen Diensten.[7] Nur in einem derartigen Gesamtsystem des sozialen Bedarfsausgleichs kann das soziale Ehrenamt angemessen verortet werden.

(1) Die *familialen* Hilfeleistungen werden im Kontext der auf Ehe und Verwandtschaft basierenden sozialen Beziehungen erbracht. Die Hilfe ist eingebunden in die Alltäglichkeit des familialen Reproduktionszusammenhangs und wird mitunter als Hilfe erst dann deutlich, wenn sie von anderen (z.B. den sozialpädagogischen Familienhelfern) oder für andere (z.B. Nachbarn) erbracht wird[8]: Stabile und - zumindestens prinzipiell - auf Dauer angelegte soziale Beziehungen[9] sind die Voraussetzung der normativen Verpflichtung dieses wechselseitigen Gebens und Nehmens. Die globale Annahme einer innerfamilialen Balance zwischen einem letztlich gleichwertigen Geben und Nehmen erübrigt die rechtliche Codifizierung einzelner Äquivalenz-Garantien: Es wird gegeben im Vertrauen auf eine wie auch immer geartete und wann auch immer stattfindende Rückerstattung. Diese *zeitinvariante* Reziprozitätsannahme bindet die Interaktionspartner langfristig aneinander.

Geben kann nur, wer etwas hat, was er zur Befriedigung seiner eigenen Bedürfnisse nicht unbedingt selbst braucht, was aber andere benötigen. Dies ist keineswegs lediglich eine Frage individueller Bedürfnishierarchien und subjektiver Belastungsgrenzen, sondern im familialen Binnenraum auch ein strukturelles Problem der vorhandenen Reproduktionskapazitäten (und der durch Erwerbsarbeit bereits verbrauchten Ressourcen). Die Möglichkeiten und Grenzen eines innerfamilialen Bedarfsausgleichs sind dabei nicht nur durch zeitliche Kontinuitätshorizonte bestimmt, sondern auch durch die Haushaltsgröße, durch die Verfügungsmöglichkeit über zeitsparende Unterstützungssysteme (Haushaltsgeräte, Transport- und Kommunikationsmittel etc.) sowie die Rückbindung der Familie in den Arbeitsmarkt, in den konsumtiven Dienstleistungs- und Gütersektor und in eine produktivitätssteigernde Vernetzung mehrerer Haushalte.

Die Zahl der Privathaushalte hat in den letzten 60 Jahren deutlich zugenommen, während die durchschnittliche Haushaltsgröße gleichzeitig zurückgegangen ist. Die Zahl der Ein-Personen-Haushalte ist infolgedessen um das Achtfache gestiegen; fast 25 Mio. Personen lebten 1985 insgesamt in Ein- oder Zwei-Personen-Haushalten (vgl. Statistisches Bundesamt 1987:

14). Mit der Verkleinerung der Haushalte sinkt die Effizienz und die Verfügbarkeit über alle für die Reproduktion notwendigen Ressourcen. Dadurch werden die innerfamilialen Kapazitäten für Hilfeleistungen begrenzt und die Abhängigkeit von anderen Bedarfsausgleichssystemen erhöht.

(2) Hilfeleistungen in den *Netzwerken des sozialen Nahraumes* werden im Kontext *vorhandener* Sozialbeziehungen erbracht. Freunde, Bekannte und Nachbarn bilden ein »spontanes und natürliches Hilfesystem« (vgl. Caplan 1976), das im Bedarfsfall elementare Hilfen leistet und das sich von den familialen ebenso unterscheidet wie von den organisierten (z.B. Selbsthilfegruppen) und professionalisierten Hilfesystemen. Entscheidendes Kriterium der Zuordnung zu diesem Bedarfsausgleichssystem ist die vorhandene Intensität und Intimität der sozialen Beziehungen (Freunde, Bekannte) sowie die Einbindung in einen überschaubaren lebensweltlichen Zusammenhang oder sozialen Nahraum (Nachbarschaft). Dieses lebensweltliche Netz an Kontakten und Bezügen kommt als Hilfepotential vor allem dann zum Tragen, wenn die innerfamilialen Hilfeleistungen fehlen oder nicht ausreichen. Im Unterschied zu diesen sind die Unterstützungen des sozialen Nahraumes allerdings zumeist punktuell, kurzfristig und auf aktuelle Krisensituationen (akute Erkrankungen, Streß, Ehe- und Partnerprobleme etc.) oder alltägliche Bedarfsausgleiche (Einkaufen, Kinderbetreuung etc.) beschränkt (vgl. Grunow u.a. 1983).

Informelle Hilfesysteme sind nur begrenzt belastbar, hochselektiv, fragil und ausgesprochen voraussetzungsvoll. Sie basieren in einem hohen Maße auf aktuellen oder potentiellen Reziprozitätserwartungen (vgl. Collins/Pancoast 1981). Im Gegensatz zur familialen Binnen-Reziprozität hat die Wechselseitigkeit der Hilfe im sozialen Nahraum einen kürzeren Zeithorizont und einen höheren Konkretionsgrad. Die Rückerstattungserwartungen sind direkter und unmittelbarer. Notorisch einseitig überlastete Schuldkonten, die nicht aufgrund der Wohltätigkeitsnorm storniert werden können, gefährden die Kontinuität sozialer Beziehungen. Erst mit wachsender Intensität, Intimität und Kontinuität sozialer Beziehungen wächst auch die Akzeptanz diachroner Reziprozität und unbestimmter Verrechnungsmodi (nicht mehr »dies gegen das«, sondern »dies gegen etwas«).

(3) Hilfeleistungen in *Selbsthilfegruppen* erfolgen in eigens *hergestellten* Sozialbeziehungen. Das Spektrum der in diesen Wert- oder Zweckgemeinschaften erbrachten Hilfeleistungen ist zwar vielfältig, ist aber aufgrund seines Charakters auf die wechselseitige Unterstützung, Aktivierung und Beratung *Gleichbetroffener* beschränkt (vgl. auch Olk, in diesem Band).[10]

In psycho-sozialen Selbsthilfegruppen werden die Hilfeleistungen primär untereinander in direkter, synchroner Reziprozität ausgetauscht. Identitätsstiftendes Merkmal ist - neben der Non-profit-Orientierung und der weitgehenden Ausgrenzung professioneller Experten - die Selbstbetroffenheit und Gleichbetroffenheit der Gruppenmitglieder sowie ein damit verknüpftes gemeinsames Sachinteresse (vgl. auch Trojan/Deneke 1985). Dies garantiert in einem hohen Maße die Wechselseitigkeit von Geben und Nehmen und begründet das Ausgrenzen von Personen, die an Rückerstattung nicht interessiert sind: Sie stören nicht nur die symmetrischen Interaktionsstrukturen, sondern repräsentieren, zumindest als professionelle Experten, einen Problemlösungstypus, der vielfach erst Anlaß der Gründung von Selbsthilfegruppen war. Die Leistungsschwächen von Selbsthilfegruppen sind ihre mangelnde Kontinuität und Verläßlichkeit (vgl. Badelt 1985), ihre ungleiche regionale und aufgabenbezogene Präsenz sowie ihre selektive Zugänglichkeit.

(4) *Berufliche* Hilfeleistungen im Erwerbssystem schließlich basieren auf einem *institutionell hergestellten* und formal codifizierten Interaktionsverhältnis. Als Bestandteil des staatlich arrangierten Bedarfsausgleiches sind sie universalistisch, öffentlich, planbar, erwartbar, standardisiert, flächendeckend und (im Rahmen rechtlich normierter Gewährleistungsverpflichtungen) quantitativ und qualitativ einklagbar. Die Experten-Klienten-Beziehung ist die dominante Form der beruflichen Hilfe - und zugleich zentraler Kritikpunkt einer durch systemische Imperative (wie Verrechtlichung, Bürokratisierung) bestimmten Ent-Alltäglichung des Helfens.

Die Experten-Klienten-Interaktion im professionalisierten Hilfesystem ist von direkten intersubjektiv-reziproken Erwartungen entlastet, da der Experte für seine Leistungen in der Regel von dritter Seite entlohnt wird. Mit ihr tauscht er investierte Energie, also Zeit und Arbeitskraft gegen Lohn in einer vorab geregelten Form. Damit verlagern sich die Erwartungen einer Rückerstattung für die erhaltene Hilfe vom helfenden Experten auf die helfende Organisation. Der Hilfeempfänger steht nun in der »Schuld« dieser Organisation, wenn er nicht schon aufgrund von Vor-Leistungen oder sozialstaatlicher Garantien einen Anspruch auf die Hilfe erworben hat.

(5) Die Hilfeleistungen, die im Rahmen des *sozialen Ehrenamtes* erbracht werden, lassen sich im System des Bedarfsausgleichs nicht an einer Stelle einordnen. Ehrenamtliches Engagement konkretisiert sich in den unterschiedlichsten Segmenten zwischen den familialen Hilfeleistungen einerseits und den beruflichen Hilfeleistungen andererseits und ist hier jeweils mit der Erwartung konfrontiert, die je spezifischen Defizite der anderen Segmente zu kompensieren. Ehrenamtliche Arbeit ist in dieser Form ebenfalls hergestellt und aufgabenbegrenzt. Sie wird persönlich oder anonym er-

bracht, als unmittelbare Hilfe für Menschen oder als Herstellung von Sachen bzw. als Bereitstellung von Diensten. Ehrenamtliche Arbeit ist als Fremdhilfe bei Nicht-Gleichbetroffenen aber weder Hausarbeit noch Erwerbsarbeit. Als »Zwischenarbeitsverhältnis« enthält sie Merkmale der Hausarbeit *und* der Erwerbsarbeit und »erfüllt Funktionen, die aus diesen ausgelagert sind oder dort nur unzureichend erfüllt werden« (Backes 1987: 88). Hausarbeit, ehrenamtliche Arbeit und Erwerbsarbeit: Um Arbeit handelt es sich in allen drei Bereichen; bezahlt wird dabei nur die Erwerbsarbeit. Sie allein sichert die materielle Existenz und ist damit Voraussetzung jeder nicht-entlohnten Arbeit. Und der hierauf bezogene Zeitverbrauch reduziert für die Erwerbstätigen die Möglichkeit, Zeit für andere zu haben. Zeitbindend ist ebenfalls die (unbezahlte) Erziehungs- und Hausarbeit, deren Effizienz mit der Isolierung und Kleinformatigkeit der Familie sinkt. Die unterschiedlichen Zeitordnungen von Erwerbsarbeit und Hausarbeit präformieren somit die Möglichkeiten zu ehrenamtlicher Arbeit.

Insgesamt verweisen diese Veränderungen auf den einzelnen Ebenen des sozialen Bedarfsausgleichssystems auch auf einen Wandel des sozialen Ehrenamtes. Die einzelnen Ebenen bleiben jedoch durch je spezifische Funktionsdefizite und Leistungsschwächen gekennzeichnet. Insofern übersehen die diffusen Erwartungen an das Ehrenamt, möglichst so verbindlich, qualifiziert und kontinuierlich wie berufliche Dienste und gleichzeitig aber auch so spontan, freiwillig, persönlich und unentgeltlich wie Hilfen im sozialen Nahraum zu sein, vielfach die Anbindung der spezifischen Leistungen und Defizite an die einzelnen Teilsysteme. Ein künftig erhöhter Bedarf an ehrenamtlichem Engagement dürfte dabei allerdings eher aus einer verringerten Leistungskapazität der lebensweltlichen Bezüge im sozialen und zeitlichen Nahraum und nicht primär aus den Schwächen erwerbsmäßiger Hilfen resultieren, zumal dem sozialen Ehrenamt einige Nachteile des Berufssystems wie mangelnde Intimität, persönliche Kontinuität und erst herzustellendes Vertrauen in gleicher Weise anhaften.

3. Zur Erosion des Ehrenamtes

Gemeinhin wird das soziale Ehrenamt gekennzeichnet als unbezahlte, freiwillige und freitätige Arbeit für andere, ohne eigens dafür ausgebildet zu sein (vgl. Bock 1986). In Anbetracht der Annahme modifizierter und sich differenzierender Rückerstattungserwartungen einerseits sowie einer Neukalibrierung zwischen den einzelnen Formen im System des sozialen Bedarfsausgleichs andererseits liegt es jedoch nahe, auch eine veränderte

Adaption hierauf in diesen strukturbildenden Elementen des sozialen Ehrenamtes anzunehmen. Wir wollen diesen Strukturwandel auf zwei Ebenen skizzieren: zum einen in den zunehmend konturenloser werdenden Merkmalen selbst, zum andern in der typenbildenden Ausweitung und Spezifizierung der ehrenamtlich tätigen Personen.

3.1 Vom Schwinden des ehrenamtlichen Profils

Entsprechend unserer Hypothese vom Wandel der Rückerstattungserwartungen im sozialen Ehrenamt verliert dieses in den Parametern Bezahlung, Qualifikation, Organisation und Freiwilligkeit seine Trennschärfe gegenüber den erwerbsmäßig angebotenen sozialen Diensten. Wir wollen dies im einzelnen knapp skizzieren.

(1) *Unentgeltlichkeit* gilt weithin als das markanteste Kriterium für das soziale Ehrenamt. Vordergründig ist es auch das sozialpolitisch wichtigste Motiv für eine Fortschreibung ehrenamtlichen Engagements: Soziales Ehrenamt als nicht-bezahlte soziale Arbeit ist allemal billiger als erwerbsmäßig organisierte soziale Dienste. Doch unter mindestens drei Gesichtspunkten fängt diese Trennlinie von unbezahltem Ehrenamt und bezahlter Erwerbsarbeit an unscharf zu werden.

Erstens nimmt die Bedeutung monetärer Gratifikationsangebote im sozialen Ehrenamt unübersehbar zu. Auslagenersatz, Aufwandsentschädigungen und geringfügige Bezahlungen werden - in alters- und feldspezifischer Brechung - immer häufiger konstatiert (vgl. J.Braun 1987). Abgekürzt formuliert: Ehrenamtliches Engagement ist vielfach ohne Geld nicht mehr zu haben, sei es, weil die sonstigen Möglichkeiten der Existenzsicherung für die Hilfswilligen nicht ausreichen, oder sei es, weil andere attraktive Gratifikationsangebote fehlen und ehrenamtliches Engagement infolgedessen nicht zustande kommen würde (so zeigen Untersuchungen und Erfahrungen immer wieder, daß insbesondere jüngere Personen auch mit Geld zur Mitarbeit gewonnen werden müssen; vgl. etwa Oswald u.a. 1987: 61 ff.).

Zweitens weiten sich die Spielarten »ungeschützter Arbeitsverhältnisse« im sozialen Sektor immer mehr aus (vgl. auch Rabe-Kleberg, in diesem Band; Rudolph u.a. 1987). Marginale Beschäftigungen in Teilzeitarbeitsverhältnissen unter 20 Wochenstunden, stundenweise Beschäftigungen, Werkverträge, befristete Projekte und ABM-Stellen gehen einher mit einer generellen Absenkung der ohnehin unterdurchschnittlichen Vergütungen im Arbeitsmarktsegment der sozialen Berufe (vgl. etwa Bahnmüller u.a. 1988). Diese »Erosion des Normalarbeitsverhältnisses« fördert eine Öffnung erwerbszentrierter Arbeitsformen in die Grauzonen des ehrenamtlichen und unentgeltlichen Engagements. Der hinzukommende moralische Imperativ, Beziehungs- und Gefühlsarbeit nicht dem Primat eigener, monetärer Kosten-Nutzen-Kalküle zu unterstellen, verstärkt diese Entwicklung im sozialen Sektor in besonderer Weise.

Drittens schieben sich zwischen das unbezahlte Ehrenamt und die bezahlte Erwerbsarbeit weitere Formen der Mitarbeit, wie sie in Umfang und Form in keinem anderen Arbeitsmarktsegment anzutreffen sind. Zivildienstleistende, Personen im Freiwilligen Sozialen Jahr, Praktikant(inn)en und auch das weit gespannte Netz von ABM-Stellen ergänzen die Palette von Mitarbeiter(inne)n im sozialen Sektor.[11] Infolgedessen sind hier in punkto Bezahlung die Übergänge von Unentgeltlichkeit, schlechter und geringfügiger bis zu tariflicher Bezahlung fließend, ist von der Arbeit zum Nulltarif über Billiglohnarbeit bis zur Arbeit zum Normaltarif alles im Nebeneinander und vergleichsweise wenig strukturiert zu finden.

Wenngleich damit die fehlende Bezahlung immer weniger zu einem ausreichenden Bestimmungskriterium ehrenamtlicher gegenüber beruflicher Arbeit wird, so würde die konsequente Überführung dieses Teils gesellschaftlicher Arbeit in das Erwerbssystem auf der anderen Seite doch mit einer Reihe von Problemen »erkauft«. Dabei spielt die Finanzierbarkeit im Falle einer völligen Transformation ins Erwerbssystem ebenso eine Rolle wie die Gefahr einer explosionsartigen Anhäufung »ungeschützter Arbeitsverhältnisse«, die vornehmlich und zuallererst Frauen träfe (vgl. Backes 1987; Notz 1987c).

Fundamental verändert würde damit aber auch der ganze öffentliche und private Nutzen des sozialen Ehrenamtes. Dies betrifft u.a. die Anerkennung des sozialen Ehrenamtes qua Monetarisierung der Arbeit. Weitgehende Einigkeit besteht - wenn auch aus völlig unterschiedlichen Gründen - darüber, daß der Wert der ehrenamtlichen sozialen Arbeit von der Bezahlung unabhängig sei. Zum einen bestehe er darin, daß es sich dabei (wie bei der unbezahlten Haus- und Erziehungsarbeit) um eine gesellschaftlich nützliche Arbeit handelt. Zum anderen wird darauf verwiesen, daß die Arbeit selbst einen »Eigenwert« (Badelt 1985: 65 ff.) habe, weil sie vor allem den (Haus-)Frauen die Möglichkeiten emotionaler Befriedigung und sozialer Anerkennung bietet. Obwohl beide Argumente überzeugend erscheinen, sind sie nicht unproblematisch, da sie einer Ideologie Vorschub leisten, die das Nebeneinander von unentgeltlichen und entlohnten Leistungen in oft identischen Arbeitsvollzügen für selbstverständlich hält und lediglich die »daraus resultierende ökonomische und soziale Abhängigkeit zwar bedauert«, aber für »unvermeidlich« hält (Beer 1984: 24). Das »Verschenken«

von Arbeitskraft mit der Begründung seiner gesellschaftlichen Nützlichkeit liegt quer zu der gesellschaftlich dominierenden Logik, die den Wert einer Arbeit nach ihrer leistungsgerechten Entlohnung bemißt - und eben nicht nach ihrer Nützlichkeit. So integriert sich die demonstrative Betonung des gesellschaftlichen Nutzens ehrenamtlicher Arbeit unter der Hand in die auf Einsparung abzielende Rationalisierungsstrategie.

(2) Mit dem sozialen Ehrenamt wird üblicherweise die Arbeit von Laien charakterisiert. Deren spezifische Stärke liegt darin, das Handeln aus den Ressourcen alltäglicher Erfahrung und nicht aus den routinisierten, auf formaler Qualifikation (Ausbildung) basierenden Berufsvollzügen abzuleiten (vgl. dazu Thiersch, in diesem Band). Die Art der *Qualifikation* wird so zu einem entscheidenden impliziten Argument für die qualitativen Vorzüge nicht-beruflicher Bedarfsausgleichssysteme. Expertenkritik und Distanz zu Wissenssystemen markieren infolgedessen den materialen Kern einer neuen Attraktivität des Ehrenamtes und insbesondere der Selbsthilfebewegung im Anschluß an die forcierte Expansion sozialer Dienste im Erwerbssystem seit den 70er Jahren.

Aber auch hier beginnen sich die Konturen aufzulösen. Galt bislang die Zuordnung formaler Qualifikation zur beruflichen Arbeit, der Selbstbetroffenheit zur Selbsthilfebewegung und einer lebensweltlichen Erfahrung zum ehrenamtlichen Engagement, so überlappen sich diese je eigenen Relevanz- und Kompetenzsysteme in vielerlei Spielarten. *Erstens* ist diese Zuordnung auf ein Professionsverständnis fixiert, das mit der Ausgrenzung von Erfahrung und Betroffenheit sich selbst zum Problem geworden ist. *Zweitens* konstituiert sich ehrenamtliche Arbeit nicht vorrangig und notwendig über (Selbst-)Betroffenheit und aufgabenrelevante Erfahrung, sondern einzig und allein aus der Bereitschaft, sich für andere zu engagieren (und dem eigenen Zutrauen hierzu). Dabei sind im sozialen Ehrenamt alle Kombinationen von Wissen, Distanz, Erfahrung und Betroffenheit denkbar. *Drittens* haben sich ehrenamtlich seit langem Tätige in vielen Bereichen einen Wissensstand angeeignet, der dem Expertenwissen oft nicht unähnlich ist.[12] *Viertens* wird schließlich auch die formale Qualifikation selbst als Parameter der Zuordnung unscharf, da immer mehr einschlägig Ausgebildete (insbesondere Frauen) während der Ausbildung, neben der Arbeit oder statt der Erwerbsarbeit - sei es vor Berufsantritt, sei es in Phasen der Nicht-Erwerbstätigkeit oder sei es in der empty-nest-Phase - sich ehrenamtlich engagieren. Erfahrungsgesättigte Berufstätigkeit trotz formaler Ausbildung wird deshalb ebenso selbstverständlich wie die formale Qualifikation ehrenamtlich engagierter oder in Selbsthilfegruppen involvierter Personen. Dabei ist auch zu berücksichtigen, daß ohnehin von einem generellen Bedeutungszuwachs gegenstandsrelevanten Wissens für die Bewältigung sozialer Probleme ausgegangen werden muß (vgl. Bahnmüller u.a. 1988: 19 ff.). So gesehen aber wäre die Kennzeichnung von Ehrenamt und Selbsthilfe als dezidiert expertenfern nur noch die ideologische Hülse eines zunehmend qualifizierten, jedoch kostengünstigen Ehrenamtes.

(3) Immer noch schwingt im sozialen Ehrenamt die Analogie zum zufällig vorbeikommenden barmherzigen Samariter mit, der einem anderen, in Not geratenen Menschen spontan und uneigennützig hilft (vgl. Rauschenbach 1986). Während ehrenamtlichem Engagement somit die »freitätige Hilfe von Mensch zu Mensch« (vgl. Fischer 1954) zugeordnet wird, verbinden sich mit Verberuflichung und Expertentum die Merkmale Bürokratisierung, Verrechtlichung und Institutionalisierung fast wie von selbst. Gerade die Altlasten einer sich ständig ausweitenden »organisierten Nächstenliebe« (vgl. Bauer/Dießenbacher 1984) waren mit ein wesentlicher Impuls für die Entstehung und neue Attraktivität kleiner, überschaubarer und autonomer Selbsthilfegruppen. Die eigene Zuständigkeit im vorinstitutionellen, informellen Raum der eigenen Lebenszusammenhänge, die Unabhängigkeit von institutionellen Rahmenbedingungen, die Selbstverfügung über Zeit, Ort, Form und personelle Zusammensetzung im Kontext des selbst dosierten Engagements war die neue und ganz andere Attraktivität von Initiativen und Selbsthilfegruppen (vgl. Reis/Dorenburg 1985).

Das Dilemma der Ehrenamtlichkeit liegt jedoch darin, daß es in großen Teilen zuallererst »organisierte Ehrenamtlichkeit« ist, meist also ein- und rückgebunden ist in Kirchen und Einrichtungen der Freien Wohlfahrtspflege. In diesem Punkt ist es somit in nahezu gleicher Weise wie die beruflichen sozialen Dienste davon entfernt, eine sehr persönliche Hilfe von Mensch zu Mensch zu sein. Hier liegt die ganz eigene Attraktivität von Selbsthilfegruppen, die demgemäß auch das traditionelle Ehrenamt »bedrohen«, zur Entstehung eines neuen, *informellen*, also außerhalb enteignender Organisationsformen liegenden Ehrenamtes beitragen und dadurch die Differenz zwischen Ehrenamt und Selbsthilfe zu verschwinden droht.[13] Allerdings bleibt diesbezüglich - mit Blick auf die steuerungstechnische Seite der Bedarfsausgleichsproblematik - auch in Zukunft das Problem bestehen, eine raum-zeitliche Synchronität von Angebot und Nachfrage herzustellen. M.a.W.: Eine Bereitschaft zu ehrenamtlichem Engagement zur falschen Zeit und am falschen Ort ist nutzlos. Insofern wird das soziale Ehrenamt unter Effektivitätsgesichtspunkten nur bedingt aus strukturierenden größeren Organisationseinheiten ausgegliedert werden können.

(4) Das vielleicht entscheidende, noch verbleibende Kriterium ehrenamtlicher Arbeit scheint somit die *Freiwilligkeit* zu sein. Doch die freiwillige

Entscheidung, etwas für andere zu tun, ist keineswegs bedingungslos. Voraussetzung der Freiwilligkeit zur unbezahlten Arbeit für andere ist *erstens* die eigene Existenzsicherung und die Dispositionsfreiheit über die soziale Ressource Zeit. Im Zwang zur materiellen Reproduktion ist die Ambivalenz der Freiwilligkeit begründet: Mit der enteigneten Zeit durch Erwerbsarbeit reduziert sich die eigene Verfügbarkeit über Zeit. Mit der »Befreiung« von Erwerbsarbeit steigt die Zeitsouveränität, jedoch um den Preis der Abhängigkeit von einer alimentierenden Existenzsicherung. So wird die Freiheit, Zeit in das soziale Ehrenamt zu investieren, »erkauft mit der Unfreiheit zum Verkaufen der Arbeitskraft auf dem Erwerbsarbeitsmarkt« (Backes 1987: 99) oder mit Abhängigkeiten gegenüber Dritten.

Zweitens wird die Freiwilligkeit der Entscheidung zu ehrenamtlichem Engagement auch durchlöchert durch »strukturelle« Zwänge und Abhängigkeiten. Wer sich ehrenamtlich engagiert, weil er sich dadurch einen Zugang zu einem ansonsten geschlossenen Arbeitsmarkt erhofft; wer sich engagiert, weil er ansonsten sozial diskriminiert wird (in einer sozial kontrollierenden Wert- oder Lokalgemeinschaft); wer ehrenamtlich arbeitet, weil ihm ansonsten auch die letzten Reste sozialer Kontakte fehlen würden: der kann all dies letztlich nie ganz aus freien Stücken tun. Die konsequent freie Entscheidung würde somit die Abwesenheit eigener Bedürfnisse und eigener Nützlichkeit erfordern, eine Voraussetzung, die wir im Kontext der gewandelten Rückerstattungserwartungen als wenig wahrscheinlich charakterisiert haben.

Drittens schließlich wird auch der freiwillige Charakter unbezahlter Arbeit (für andere und ohne eigene Ausbildung) durch staatliche Interventionen ausgehöhlt. Mit einem kalkulierbaren und quantitativ keineswegs marginalen Reservoir verpflichtender »Freiwilligkeit« in Form von Zivildienstleistenden, insbesondere im sozialen Sektor, wurde ein Potential und Instrument der Substituierung von freiwilligem ehrenamtlichen Engagement geschaffen, das sich staatlicher Steuerung nur bedingt entziehen kann. Und mit dem Aufkommen der Diskussion um ein soziales Pflichtjahr für Frauen werden diese Substituierungspotentiale angesichts eines schwindenden traditionellen Ehrenamtes und mittelfristig abnehmender Zivildienstzahlen auszuweiten bzw. zu kompensieren versucht. In der Tendenz verschwimmen damit auch Pflicht und Freiwilligkeit in den Formen der Mitarbeit im sozialen Sektor unterhalb der Erwerbsarbeit (und dies nicht zufällig durch Verpflichtungsversuche jüngerer Menschen).

Insgesamt bleibt festzuhalten, daß das soziale Ehrenamt in seinen inneren Verankerungen als unbezahlte, unausgebildete, freitätige und freiwillige Arbeit für andere an Stabilität verliert. Durch die veränderten Anforderungen an das soziale Ehrenamt als Teil des Bedarfsausgleichssystems einerseits und die gewandelten Rückerstattungserwartungen an die investierte Energie in ehrenamtliche Arbeit andererseits ist das traditionelle Ehrenamt erodiert und im Begriff, sich zu einem neuen, anders gelagerten Ehrenamt zu verwandeln.

3.2 Von der Pluralisierung »typischer« Ehrenamtlichkeit

Mit dem Strukturwandel des sozialen Ehrenamtes korrespondiert auch eine Pluralisierung und Differenzierung von Typen ehrenamtlich tätiger Personen. Nach Notz (1987c: 142 ff.) lassen sich dabei sechs Typen voneinander unterscheiden. Beim *ersten* Typus handelt es sich um Frauen mit kleinen Kindern oder zu versorgenden Familienangehörigen, also an familiale Versorgungsaufgaben gebundene Frauen, die »Schwierigkeiten haben, Haus- und Erziehungsarbeit mit Erwerbsarbeit zu vereinbaren. Sie arbeiten ehrenamtlich, weil sie neben der Hausarbeit gesellschaftlich nützliche Arbeit leisten wollen« (ebd.: 142) (Ehrenamt als außerhäusliches Betätigungsfeld, als Kontakt zur Öffentlichkeit). Bei dem *zweiten* Typus handelt es sich um »Frauen im mittleren Lebensalter«, deren materielle Existenz durch den Ehepartner abgesichert ist. Nach der Reduzierung familialer Belastungen (z.B. in der empty-nest-Phase) suchen sie außerhalb der Erwerbsarbeit ein neues sinnstiftendes Betätigungsfeld (Ehrenamt als nützliche Aufgabe). Der *dritte* Typus ist repräsentiert durch ältere Frauen und Männer, die ihre Erwerbsbiographie abgeschlossen haben, deren materielle Existenz gesichert ist und die in der ehrenamtlichen Arbeit »eine gesellschaftlich sinnvolle, anerkannte und befriedigende Beschäftigung« suchen (Ehrenamt als soziale Relevanzerfahrung im Alter). Bei dem *vierten* Typus handelt es sich um erwerbstätige Frauen und Männer, die in der ehrenamtlichen Arbeit einen Ausgleich für die sie nicht befriedigende Erwerbsarbeit suchen (Ehrenamt als Kompensation). Im *fünften* Typus sind Frauen und Männer zusammengefaßt, »die sich noch in der Berufsausbildung befinden« bzw. studieren. Sie arbeiten ehrenamtlich, um berufsrelevante Erfahrungen zu sammeln (Ehrenamt als berufsbezogenes Übungs- und Orientierungsfeld). Beim *sechsten* Typus handelt es sich schließlich um Frauen und Männer, die ihren Arbeitsplatz verloren bzw. nach der Ausbildung noch keine Stelle gefunden haben (Ehrenamt als berufliche Einstiegshilfe).

Mit einer derartigen, eher empirisch gewonnenen Typenbildung verdichtet sich unser bisheriger Argumentationsstrang in mehrfacher Weise. *Zum einen* wird hiermit deutlich, wie sich die Rückerstattungserwartungen der ehrenamtlich Tätigen ausgeweitet und zugleich gewandelt haben. Erleichterung der Berufseinmündung, Überbrückung von Phasen der Nicht-Erwerbstätigkeit, Partizipation an lokaler Öffentlichkeit, Ausgleich für eine erstarrte Berufsroutine, soziale Relevanzerfahrung im Alter oder Mehrung sinnvoll genutzter Zeiträume sind nur einige der Währungseinheiten, in denen die Ehrenamtlichen die Gratifikation und ihren privaten Nutzen für ihr Engagement erwarten. Diese Pluralisierung der Rückerstattungserwartungen führt folgerichtig zu einer Ausdifferenzierung unterschiedlichster Personengruppen und damit auch zu einer Entstandardisierung des stereotypen Bildes der etwa 50jährigen, caritativ-religiös motivierten, existentiell abgesicherten Mittelschichtsfrau mit fast erwachsenen Kindern.[14]

Zum zweiten wird hierdurch plausibel, warum das soziale Ehrenamt mehrheitlich von Frauen getragen wird, warum dieses also ein *weibliches Ehrenamt* ist.[15] Wenn das soziale ehrenamtliche Engagement (a) geknüpft ist an die Voraussetzung selbst verfügbarer Zeit *außerhalb* der Erwerbsarbeit oder an die Zeitverfügbarkeit erhöhende Existenzsicherung von dritter Seite; wenn (b) zudem die angebotenen Gratifikationen bislang eher auf direkten, allerdings fast ausschließlich symbolischen Rückerstattungen wie Dankbarkeit, Anerkennung und emotionaler Befriedigung basieren und nicht etwa in monetären oder beruflichen Vorteilen oder in der Mehrung des Prestiges in öffentlichen Statushierarchien ihr privater Nutzen liegt; und wenn (c) zudem in den Tätigkeiten selbst, haus- und erziehungsarbeitsnahe Fähigkeiten und Arbeitsvermögen sowie lebensweltrelevantes Wissen gefragt sind und nicht systemrelevantes Wissen, öffentliche Reputation oder effizienzorientierte Handlungskompetenzen: dann ist es empirisch nicht weiter verwunderlich, wenn das soziale Ehrenamt in Quantität und Qualität einem weiblichen Ehrenamt gleicht.

Drittens schließlich verweist die Ausweitung der Typen ehrenamtlich Tätiger auf einen Parameter, der bislang vergleichsweise wenig Aufmerksamkeit auf sich gezogen hat: die *lebensphasenabhängige* Ausprägung des ehrenamtlichen Engagements (zu einigen Grundelementen der Lebenslauforientierung vgl. etwa Kohli 1985; Beck 1986: 205 ff.). Erst in den lebensphasenabhängigen Lebenslagen etwa der Noch-Nicht-Erwerbstätigkeit im Jugendalter, der vorübergehenden Nicht-Erwerbstätigkeit in Zeiten der Kinderversorgung oder der Nicht-Mehr-Erwerbstätigkeit im Rentenalter, erst mit einem damit korrespondierenden Wandel eigener Zeitsouveränität sowie einem lebenslagenspezifisch zunehmenden oder abnehmenden Bestand an sozialen Kontakten und Beziehungen lassen sich typisierende Merkmalskombinationen generieren, die sich auf die Bereitschaft und Möglichkeit zum ehrenamtlichen Engagement grundlegend auswirken: Der existenzgesicherte, über Zeit verfügende Jugendliche, der sich in der ehrenamtlichen Jugendarbeit Erfahrungen für die eigene Persönlichkeitsentwicklung erhofft (vgl. Gängler, in diesem Band); der beruflich tätige, aber dort nicht völlig absorbierte Mann, der über sein Vereinsengagement soziale Anerkennung in der lokalen Öffentlichkeit erhält (vgl. Böhnisch, in diesem Band); die über den Mann versorgte und an Haushalt und Kinder gebundene Ehefrau, die mit wechselseitiger Kinderbetreuung sozialer Isolation zu entrinnen sucht; die finanziell abgesicherte Frau in der empty-nest-Phase, die aus ökonomischen Gründen auf eine Integration in das Erwerbssystem verzichten kann, aber eine außerhäusliche, befriedigende Aufgabe sucht, in die sie ihre spezifischen Kompetenzen einbringen kann; die Männer und Frauen im Rentenalter, die in je spezifischer Weise ihre Lebenserfahrung unentgeltlich einzubringen in der Lage sind und sich dafür die soziale Erfahrung einer Partizipation an Öffentlichkeit und Gemeinwesen bewahren. Bereits in einem derart kursorischen Überblick wird deutlich, wie sich materielle Abhängigkeiten und Unabhängigkeiten, Zeitordnungen und Zeitsouveränität zwischen Erwerbsarbeit und Hausarbeit je nach Lebensphase und Lebenslage gravierend verschieben und damit auch veränderte Gratifikationserwartungen einhergehen. An der Berücksichtigung dieser privaten Kosten-Nutzen-Kalküle im Lebenslauf wird sich die Attraktivität des Ehrenamtes in Zukunft entscheiden.

4. Das Ehrenamt der Zukunft. Sozialpolitische Perspektiven

Eine Gesellschaft, die antritt, einem neuen Ehrenamt eine Chance zu geben, ohne es nur zum Schließen von Bedarfslücken im Hilfesektor oder als Lückenbüßer erwerbszentrierter, meist weiblicher Biographien zu mißbrauchen, weist wohlfahrtsstaatlicher Politik eine diffizile Aufgabe zu. In dem Maße, in dem das Ehrenamt von der Freiwilligkeit lebt, scheint es sich gegen politische Interventionen zu sperren. Es ist zu anspruchsvoll, als daß es nur durch moralische Wohltätigkeitsappelle oder Überzeugungsprogramme abgerufen werden könnte; es ist zu eigensinnig, als daß es einfach mit Geld eingekauft werden könnte; es ist zu fragil, als daß es durch staatliche Dienstpflicht oder den stummen Zwang der Berufsnot verordnet werden könnte, ohne seinen Charakter qualitativ entscheidend zu verändern.

Zwischen den hier entfalteten Bezugspunkten der Existenzsicherung, der Zeitsouveränität und der Differenzierung des Gratifikationsfonds zeichnen sich demgegenüber die Umrisse eines wohlfahrtsstaatlichen Strategienbündels ab, das sich in zweifacher Hinsicht als *Zeitpolitik* versteht. *Zunächst* versucht Zeitpolitik, die Verfügungsmöglichkeiten der Menschen (und damit der potentiellen Helfer) über ihre Zeit auszuweiten und abzusichern: Tarifliche, Arbeitsmarkt- und Sozialpolitik können je unterschiedlich dazu beitragen, die rigiden Regime der erwerbsgebundenen und der nicht erwerbs-, aber durch vielfache andere Abhängigkeiten und Anforderungen gebundenen Zeit aufzulockern. Mit anderen Worten und mit Bezug auf freiwilliges Engagement: Zeitpolitik zielt darauf, daß mehr Menschen über mehr Zeit souveräner *verfügen* können. *Zweitens* zielt sie auf dieser Grundlage darauf, daß vermehrt Menschen sich Zeit ausgerechnet für freiwillige soziale Tätigkeiten nehmen - Zeitpolitik meint hier eine Politik der sozialen Verwendung der Zeit und materialisiert sich in der Frage nach den dafür motivbildenden Gratifikationen.

Die Garantie einer universellen Existenzsicherung, einer nicht an Vorleistungen und Bedingungen geknüpften Grundsicherung (vgl. z.B. Opielka/Zander 1988) ist basaler Bestandteil und erster Schritt, um minimale menschliche Existenz- und soziokulturelle Teilhabemöglichkeiten in allen Lebenslagen zu garantieren. Wachsende Teilnahme in freiwilligen Hilfsarrangements ist allein dadurch aber etwa mit Blick auf die beschriebenen Helfertypen kaum zu erwarten. Erst wenn aus Geld soziale Zeit werden kann, wenn der Transfer nach Opulenz und Ausgestaltung neue zeitliche Spielräume zu schaffen vermag - was im Lebenslauf je Verschiedenes bedeutet -, ist er ein wirksames Element der Zeitpolitik. Eine starr verfaßte Erwerbsgesellschaft ist deren zentraler Widerpart und zugleich ihr Hauptansatzpunkt - zumindest für die Säule der Geldleistungen.

Für die Noch-Nicht-Erwerbstätigen geht es darum, daß der Zugang zum Arbeitsmarkt verflüssigt wird, die Alternativlosigkeit der Erwerbsarbeit für Einkommen und Lebenssinn relativiert wird bzw. an lähmendem Schrecken verliert. Für die Erwerbstätigen müßte die Pflicht zur kontinuierlichen Teilnahme an der Kompaktveranstaltung Arbeitsleben gelockert werden, und zwar in Tages-, Wochen-, Jahres- und Lebensperspektive: z.B. in Form von ausgeweiteter Teilzeitarbeit vermittels Freistellungen (Sabbatjahre u.ä.) oder durch den Ausbau der Rentenversicherung zur »Zeitsparkasse« (Gross 1988). Erst so kann Zeitsouveränität wachsen, kann die Synchronisierung von Notwendigkeiten oder Wünschen im Lebenslauf mit den Möglichkeiten nicht-erwerbsgebundener Zeit besser abgestimmt werden. Die Grenzen zu den Gerade-Nicht- oder Bald-Wieder-Erwerbstätigen werden damit fließender, die exit-option steht nicht mehr unter der Strafe des dauerhaften Ausschlusses. Für den Ausstieg aus dem Erwerbsleben gilt entsprechendes: Auf der Basis einer grundsätzlichen Sicherung, einer Flexibilisierung (nach unten und nach oben) durch Teilrentenmodelle, der Ermöglichung von Zuverdiensten usw. sowie von attraktiven Betätigungsformen außerhalb beruflicher Arbeit wachsen die Optionen sinnvoller Verwendung wachsender Zeitreserven.

Diese individuell nicht an Voraussetzungen geknüpften Möglichkeiten, die Zeitsouveränität in je unterschiedlichen Lebenssituationen zu mehren, funktionieren zu einem Teil entweder auf der Basis der Entkoppelung von Arbeit und Einkommen oder auf der Entkoppelung von Arbeits*zeit* und Einkommen - was eine Synchronisierung von Teilen des Arbeitseinkommens mit Nichterwerbszeiten bedeuten würde.

Zeitpolitik darf sich aber nicht auf eine Politik der Lockerung des erwerbszeitlichen Korsetts beschränken. Vor allem als soziale Infrastruktur- und Dienstleistungspolitik stützt sie die - wiederum zumeist weiblichen - Versuche, auch die nicht durch die Erwerbsteilnahme bedingten, aber nicht minder einengenden Zeitordnungen wie die der Haus- und Erziehungsarbeit zu lockern (z.B. durch ein entsprechendes öffentliches Erziehungsnetz zwischen Krabbelgruppen, Ganztageskindergarten, Schülerhorten oder Ganztagesschulen).

Gemeinsames Ziel aller dieser Maßnahmen ist es, zeitliche Spielräume der Menschen und ihre Verfügungsmöglichkeiten darüber zu mehren, sie markieren Umrisse einer Politik der Zeitsouveränität. Mit dem zweiten Aspekt von Zeitpolitik rückt die *Verwendung* der gewonnenen Zeit in den Blick. Scheiden für eine Politik des dritten Weges und der Solidarität Zwangsdienste aus, so stehen im wesentlichen Versuche der Neuverkoppelung *sozialen* Arbeitseinsatzes - etwa im sozialen Ehrenamt - mit *verschiedenen Gratifikationen* zur Debatte.

Wiederum ist eine *monetäre* Form dieser Verknüpfung sozialpolitischer Steuerung am leichtesten zugänglich: die Verknüpfung sozialen *Einkommens* mit sozialer Arbeit. Diskutiert werden beispielsweise tatbestandsgebundene Freistellungen für häusliche Pflege oder ehrenamtliche Aktivitäten. Das Ehrenamt bietet sich hier auch deshalb als Institutionalisierungsform solcher Aktivitäten an, weil in ihm das Nachweis- und Kontrollproblem organisierbar erscheint. Gleiches gilt für den Vorschlag einer Anrechnung von Äquivalenzzeiten für entsprechende Tätigkeiten in der Sozialversicherung (z.B. Kindererziehungszeiten, Pflegejahre). Das Angebot lautet: »Etwas gegen Sicherheit«. Die Rückerstattung ist diachron, aber sicher erwartbar institutionalisiert.[16] Die Bemessungseinheit für die Gratifikation ist zunächst allein der zeitliche Input.

Ein anderer Weg besteht darin, die reziproke Rückerstattung beispielsweise durch die Zwischenschaltung *nicht-konvertierbarer* »Währungseinheiten« erwartbar zu sichern (vgl. etwa zum Modell der Mütterzentren Jaeckel, in diesem Band; zum Modell der »Kooperationsringe«[17] vgl. Offe/Heinze 1986). Welche Sicherheiten demgegenüber ein »neuer Generationenvertrag« (Ulf Fink) in den Augen der Helfenden bietet, liegt noch im Dunkeln.

Bei all diesen Modellen geht es um Versuche, mit staatlichen Mitteln und Mittlern zu erreichen, was aus lebensweltlichen Ressourcen nicht mehr selbstverständlich zu haben ist: Den ökonomischen und symbolischen Nutzen des Ehrenamtes qua Mehrung des privaten Nutzens zu erhalten und zu stärken, ohne die speziell im »neuen« Ehrenamt aufscheinenden Grenzen zu akzeptieren. Schließlich schnüren die hier immer deutlicher werdenden Verschiebungen hin zu konkreteren und direkteren sowie zeitlich näheren Rückerstattungserwartungen die Leistungsfähigkeit des Ehrenamtes gerade bezüglich solcher Problemlagen empfindlich ein, die in Zukunft immer umfangreicher werden und immer weniger durch die primären Bedarfsausgleichssysteme aufgefangen werden können (z.B. die Pflege alter Menschen). Betrachtet man allerdings die in den verschiedenen Lebenslagen und -phasen sehr unterschiediichen Erwartungen der Hilfswilligen, so wird vielfach deren lebensweltlicher Bezug hinsichtlich *immaterieller und symbolischer* Gratifikationen sichtbar. Damit treten Gratifikationen in den Vordergrund, die nicht akkumulierbar sind (z.B. persönliche Kontakte, soziale Anerkennung, Dankbarkeit). Diese »exklusiven« Gratifikationen, die im monetarisierten Erwerbssystem so jedenfalls nicht immer zu haben sind, müssen auch in Zukunft ins Kalkül gezogen werden und dürfen für »Geld« nicht geopfert werden.

Es scheint so, als ob die Grenzen wohlfahrtsstaatlicher Politik bei dem Versuch, tatsächliches und dauerhaftes Engagement durch differenzierte Gratifikationen wieder attraktiv zu machen, relativ schnell erreicht sind, wenn das Ehrenamt in seiner Substanz als solches nicht Schaden nehmen soll. Hier ist die Gesellschaft als ganze sehr viel grundsätzlicher gefordert. Und dies nicht zuletzt auch auf der Ebene eines über die arbeitsgesellschaftlichen Bornierungen hinausreichenden Diskurses über den Wert und die Honorierung *aller* Formen gesellschaftlich nützlicher Arbeit. Und dazu gehört auch das Ehrenamt.

Anmerkungen

(Ulrich Bendele)

1 Der Terminus »Freie Wohlfahrtspflege« bezeichnet die Gesamtheit aller Dienste und Einrichtungen, die einem der sechs Wohlfahrtsverbände angeschlossen sind. Die Spitzenverbände bilden zusammen die Bundesarbeitsgemeinschaft der Freien Wohlfahrtspflege (BAGFW), vgl. Bauer (1987); BAGFW (1985b); Gernert (1987).

2 Die Gesamtstatistik der Einrichtungen der Freien Wohlfahrtspflege (BAGFW), Stichtag 01.01.1984, weist 656.484 Beschäftigte insgesamt aus, darunter 484.895 Vollzeit- und 171.589 Teilzeitbeschäftigte. Nach der neuesten Gesamtstatistik, Stichtag 01.01.1987, sind insgesamt 758.202 hauptamtlich beschäftigt, darunter 557.440 Vollzeit- und 200.762 Teilzeitbeschäftigte.

3 Eine Ausnahme stellt die Personalstrukturerhebung in der Jugendhilfe von 1974 dar. Hier wurden ehrenamtliche Mitarbeiter teilweise erfaßt (vgl. Statistisches Bundesamt 1976: 685 ff.).

4 Immerhin beschäftigen die Wohlfahrtsverbände mehr Mitarbeiter/innen als die Kreditinstitute und dreimal soviel wie die Deutsche Bundespost.

5 Ausdrücklich nennt ein »Internes Positionspapier« des Statistik-Ausschusses der BAGFW als eine der »Hauptgruppen«, an die man denken müsse, wenn von ehrenamtlicher Arbeit die Rede sei, jene »ehrenamtlichen Mitarbeiter, die sich sozialem Tun oft in Ergänzung hauptamtlicher Sozialarbeit widmen und vielfach einem sozialen Dienst zugeordnet sind« (BAGFW 1982: 1). Unbezahlte Mehrarbeit von Hauptamtlichen wird zu den ehrenamtlich erbrachten Leistungen gerechnet und die über die »marktübliche Entlohnung« hinausgehende Leistung als »eine Art Spende des Mitarbeiters an die Einrichtung« veranschlagt (Spiegelhalter 1985: 26 f.). Diese zusätzlichen Leistungen von Hauptamtlichen im Sinne einer Einsparung von Lohn- und Gehaltskosten als »Spende« und damit als Eigenkapital der Wohlfahrtsverbände zu deklarieren ist an sich gewagt genug; wenn daraus aber noch eine Hauptgruppe »ehrenamtlicher« Mitarbeiter/innen wird, ist die Definition der Ehrenamtlichkeit komplett konfus.
Fast völlig konturlos wird bei dieser Sichtweise die Stellung der Ordensangehörigen bei Caritas und Diakonie: Diese Mitarbeiter/innen werden in der Personalstatistik bei den hauptamtlich Beschäftigten mitgezählt. Da sie aber »für ihre Tätigkeit nur Entgelte erhalten, die zum Teil erheblich unter dem marktgerechten Arbeitslohn liegen«, ist ihre Leistung aus der Sicht des Finanzdirektors des Deutschen Caritasverbandes eine »Spende« (Spiegelhalter 1985: 27) und wird so den ehrenamtlichen Leistungen zum Verwechseln ähnlich.

6 In den Ausgaben der BAGFW-Gesamtstatistiken 1970, 1973 und 1975 wurde die ehrenamtliche Mitarbeit nicht miterfaßt. In der Ausgabe 1977 wird erstmals die Zahl von 1,5 Mio. genannt, unter Berufung auf Allensbach; in den Ausgaben 1981, 1984 und 1987 erscheint die Zahl nur noch als Schätzung der Verbände.

7 Die Einzelangaben sind nach den Selbstdarstellungen der Verbände zusammengestellt, vgl. BAGFW (1985b). Das DRK nennt hier nur die Summe seiner Personalkosten, diese wurde nach dem Durchschnittsverdienst aller Mitarbeiter in der Freien Wohlfahrtspflege (Quelle: BGW o.J.) auf Mitarbeiterzahlen umgerechnet. Die Angaben über ehrenamtliche Mitarbeiter basieren auf geschätzten Eigenangaben der Verbände bzw. erschlossenen Größenordnungen.

8 Eine dankenswerte Ausnahme machte Dr. Hans Harro Bühler, Leiter des Referates Statistik beim Deutschen Caritasverband; er sorgte mit der Überlassung der Einrichtungs-Statistik (Deutscher Caritasverband 1982) für Einblick in Strukturen der Einrichtungen und Mitarbeiter.

9 In der statistischen Deskription der Wohlfahrtsarbeit werden allgemein vier Einrichtungsarten (-gruppen) unterschieden: 1. Heime und Krankenhäuser/stationäre Einrichtungen, (z.B. Altenwohnheim, Jugendwohngemeinschaft, Frauenhaus); 2. Tageseinrichtungen/teilstationäre Einrichtungen, (z.B. Tagesklinik für Drogenabhängige, Kindergarten, Lehrgang für jugendliche Arbeitslose); 3. Offene Hilfen

(z.B. Beratungsstellen, ambulante/mobile Dienste, Sozialstationen, Jugendhaus); 4. Aus- und Fortbildungsstätten für soziale Berufe, (z.B. Fachschule für Sozialpädagogik, Altenpflegeschule).

10 Diese Tendenzen ergeben sich aus Berechnungen auf der Basis der DCV-Einrichtungsstatistik (Deutscher Caritasverband 1982), die neben den Merkmalen Vollzeit, Teilzeit, nebenamtlich auch nach der Ausbildung differenziert.

11 Vgl. Der Zivildienst 1983 (Selbstdarstellungen der Verbände); Jugendwohl 1984 (Thema: Zivildienst als sozialer Dienst); Blätter der Wohlfahrtspflege 1982 (Thema: Mitarbeiter auf Zeit: Mitarbeiter zweiter Klasse?); BAGFW (1981: 463 ff.); Wagner (1982).

12 Der Einberufung zum Zivildienst geht in der Regel eine Abmachung - genannt »Einverständniserklärung« - voraus, die das Produkt eines arbeitsmarktähnlichen Auswahl- und Vorstellungsverfahrens ist »Freiwilligkeit des Dienstleistenden« ist für die Spitzenverbände eine unabdingbare Voraussetzung für ihren Einsatz (BAGFW 1981: 464).

13 Die Angaben basieren auf einer schriftlichen Auskunft des BMJFFG vom März 1987.

14 Bauer (1985: 185) nennt eine Entsprechung von 200.000 bezahlten Mitarbeitern; Notz schätzt, daß durch die Ehrenamtlichen etwa 170.000 Arbeitsplätze »im Bereich der Erwerbsarbeit eingespart werden« (1987a: 53). Die Rechenwege werden allerdings nicht sichtbar. Als Quellen für meine Umrechnung vgl. BAGFW-Gesamtstatistik (Ausgabe 1984) für die Zahl der Beschäftigten, vgl. BGW o.J. für die Gehalts- und Lohnsumme.

(Ursula Rabe-Kleberg)

1 Vgl. Busch/Hommerich (1981a, 1981b); Kaiser (1981); Kaiser/Hallermann/Otto (1984); Blossfeld (1985); Stooß (1985) und Rauschenbach (1986, 1987).

2 Diese Annahme gründet nicht nur auf der Plausibilität, daß sozial interessierte Studierende sich mit ihrer zukünftigen Praxis auseinandersetzen und diese aus eigener Erfahrung kennen, sondern auch auf Aussagen von Lehrenden in den genannten Studiengängen. Bestätigt wird die Annahme durch erste Ergebnisse einer Untersuchung über Erwerbs- und Weiterbildungsverhalten verschiedener Kohorten von Fachhochschulabsolventinnen. Es zeigt sich, daß die Erzieherinnen sich gründlich mit ihren Arbeitsmarktchancen auseinandersetzen und auch eine weitere Ausbildung zur Sozialpädagogin in dem Spannungsfeld von Wissenszuwachs und Berufschancen diskutieren (vgl. Projekt Frauenberufe, unter Leitung von Helga Krüger, Universität Bremen).

3 So zeigt sich, daß eine Reihe von graduierten und diplomierten Sozialpädagog(inn)en in Positionen arbeiten, die von der Eingangsvoraussetzung auch durch Absolvent(inn)en der jeweils darunter liegenden Qualifikationsstufe besetzt sein könnten, oder daß Absolvent(inn)en im vollen Kompetenzbereich eingesetzt werden, aber nach niedrigeren Gehaltsklassen eingestuft werden. Bei beiden Beispielen handelt es sich um Entwicklungen, die auch in anderen Berufen deutlich werden und auch dort zwangsläufig hingenommen werden. Überraschend ist nur, wie wenig Einfluß diese Beschränkungen auf die sogenannte »Berufszufriedenheit« der sozialen Berufsträger hat. Dieser Tatbestand fordert eine Erklärung heraus, die im Rahmen dieses Aufsatzes u.a. versucht wird.

4 Die Daten über ehrenamtlich Tätige sind umstritten. Ballhausen (1984), Backes (1985), Notz (1986a), und Olk (1987) haben sich um genauere Angaben bemüht, dabei aber die Unzulänglichkeit der Datenbasis nur ein weiteres Mal bestätigt (vgl. auch Bendele, in diesem Band). Trotz eigener Aussagen über eine stabile Größe von ehrenamtlich Tätigen ist aus den Kreisen der Träger ehrenamtlicher Arbeit die Klage über die abnehmende Bereitschaft vor allem bei Frauen zu vernehmen, ehrenamtlich tätig zu werden. Diese Tendenz hat sich auch in neueren Versuchen, Frauen nach der Lebensmitte die ehrenamtliche Arbeit als Alternative für eine Erwerbsarbeit schmackhaft zu machen, gezeigt.

(Heide Funk)

1 Beispielhaft bei Prelinger (1985) für den Aufbau der Diakonie.

2 Im großen Stil wurde diese »begrenzte« Indienstnahme von Frauen zu Not- und Kriegszeiten staatlich organisiert in den vaterländischen Frauenvereinen. Ilka Riemann stellt nicht nur die Bedeutung für die Zweiteilung der Sozialarbeit in Fürsorge und Versicherungswesen, sondern auch für die gesellschaftliche Öffnung des Hausarbeits-Engagements von Frauen heraus; vgl. Riemann (1984).

3 Sie verhalfen somit ihrer Tätigkeit auch dem »bürgerlichen« Hausfrauen- und Mutter-Ideal bei Arbeiterfrauen zum Durchbruch. Dieser Einfluß war meines Erachtens jedoch geringer, wenn er in Vergleich gesetzt wird zum geschlechtsspezifisch kontrollierten Arbeitsmarkt und einem weithin noch gültigen Platz der verheirateten Frau in der häuslichen Subsistenzwirtschaft sowie der sozialpolitischen Durchsetzung einer Ideologie des männlichen Familienernährer-Modells.

4 Damit löste der Staat die Kirche ab, die bis dahin den Frauen Raum für öffentliche Beteiligung geboten und zugleich kontrolliert hatte; vgl. Koonz (1986: 14) und Dammer (1986: 275 f.).

5 Die große Männerausnahme jenseits des Einzelfalles sind die Zivildienstleistenden; nach Auftrag und gesellschaftlich zugebilligtem Status brauchen sie den Vergleich mit der Hausfrau nicht zu scheuen. Als Antwort auf ihre Verweigerung von Loyalität gegenüber ritualisierter Gewaltausübung und Vernichtungsdrohung tun sie ihren Dienst wie Frauen in Bereichen, wo die umfassende Zuständigkeit für Hilfsbedürftige im elementaren Sinne den Alltag ausmachen.

6 Zur Grundlegung dieser feministischen Theorie der Hausarbeit vgl. die verschiedenen Beiträge in Werlhof/Mies/Bennholdt-Thomsen (1983).

7 Verschwiegene Gewaltausübung im Privaten, Verleugnung von Körperlichkeit und Tod sind unausgesprochen Bestandteil öffentlicher Machtrituale. »Männlichkeit und Gewalt sind patriarchal miteinander verschränkt, und durch die Norm, die männliche Ehre bewahren und verteidigen zu müssen, rituell fixiert. (...) Wenn man fragt, liebt keiner Gewalt. Aber die Faszination ist beträchtlich, da sind sich die öffentlichen und privaten Gefühle fast gleich, und auch Frauen lieben Helden. Dennoch bleibt das Problem bei den Männern. Die Angst das Gesicht zu verlieren, verknüpft die öffentliche und private Gewalt der Staatsmänner und Ehemänner: Ehre, Angst und Gewalt sind drei Schattenseiten männlicher Existenz« (Lessing u.a. 1987: 187).

(Hans Gängler)

1 So sehr die Bedeutung der ehrenamtlichen Mitarbeiter/innen betont wird, so wenig bekannt ist ihre genaue Zahl. Nach der bislang einzigen Erhebung des Statistischen Bundesamtes im Jahre 1974 sind über eine Viertelmillion ehrenamtlicher Mitarbeiter/innen in der außerschulischen Jugendarbeit tätig, davon der überwiegende Teil in Jugendverbänden (vgl. Statistisches Bundesamt 1976). Diesen stehen für den gesamten Bereich der außerschulischen Jugendarbeit nur knapp 12.000 haupt- und nebenamtliche Mitarbeiter/innen gegenüber. Diese Zahlen haben sich in den vergangenen Jahren sicherlich verschoben; die Zahl der Hauptamtlichen dürfte eher angestiegen sein. Die Relation von Haupt- bzw. Nebenamtlichen zu Ehrenamtlichen ist nichtsdestotrotz ein deutlicher Hinweis für die Bedeutung ehrenamtlichen Engagements in Jugendverbänden.

2 Zu einer soziologischen Analyse der Hilfeformen vgl. Gängler/Rauschenbach (1986). Zur neueren Diskussion um Selbsthilfe verdeutlichen die Jugendverbände ihre eigene Position folgendermaßen: In einer 1984 bei der 56. Vollversammlung des Deutschen Bundesjugendrings in Köln einstimmig verabschiedeten Stellungnahme zum Thema »Selbsthilfe und ehrenamtliche Mitarbeit« wendet sich der DBJR ausdrücklich gegen eine »Funktionalisierung der Selbsthilfe und der ehrenamtlichen Mitarbeit« (DBJR 1986: 33) im Zuge der Sparpolitik der Bundesregierung.

3 Vgl. neben den älteren Studien von Wurzbacher u.a. (1961); Mollenhauer u.a. (1969) und Schefold (1972) v.a. Sielert (1978); Reckmann (1981); Hamburger u.a. (1982); Sauter (1986); Wulf (1986) sowie - explizit zur Organisationsrolle und

daher die folgenden Überlegungen ergänzend - Hamburger (1988); zur Identitätsentwicklung vgl. Kliemann (1983) und Niklaus (1985).

4 In der Untersuchung von Sielert (1978) zeigte sich, daß 3/4 aller befragten jugendlichen Gruppenleiter/innen weniger als 30, die Hälfte sogar weniger als 22 Jahre alt war. Ebenso waren 2/3 der von Hamburger u.a. (1982) befragten Gruppenleiter/innen jünger als 25 Jahre. Auch in der Tübinger Pfadfinderbefragung (Tübinger Projektgruppe 1988) zeigt sich, daß über 3/4 der Gruppenleiter/innen 25 Jahre und jünger sind. Allerdings ist in bezug auf die Altersstruktur der Mitarbeiterschaft eine verbandsspezifische Differenzierung zu beachten, auf die Sielert (1978) und Beck/Wulf (1984) hinweisen: Die konfessionellen Verbände sowie die Pfadfinder haben die durchschnittlich jüngsten, sach- und fachorientierte Verbände hingegen etwas ältere Mitarbeiter/innen.

5 Funktionen, die in diesem Zusammenhang genannt werden, sind etwa: Selbsthilfe, Freizeitgestaltung, Partizipation, intermediäre und politische Funktion, Dienstleistungs-, Institutionalisierungs- sowie Integrationsfunktion (vgl. Dunckelmann 1975; Bühler/Kanitz/Siewert 1978).

6 Natürlich sind die jugendlichen Mitglieder im Sportverein automatisch Mitglieder des Jugendverbands »Deutsche Sportjugend« (DSJ). Allerdings spielt die DSJ im Rahmen der Jugendverbandsarbeit eine besondere Rolle (vgl. Dierkes 1985; Winkler/Karhausen/Meier 1985): Überwiegend geschieht die Wahrnehmung und Zurechnung der sportverbandlichen Jugendarbeit nach dem Muster »Sport*verein*« und nicht nach dem Muster »Jugend*verband*« (vgl. Dierkes 1982; Hafeneger 1982). Zudem sind Sportvereine überwiegend erwachsenenorientiert.

7 Vgl. hierzu die Aussagen von Jugendgruppenleiter(inne)n der Katholischen Landjugendbewegung zum Verhältnis zu den Sportvereinen bei Glaser (1986).

8 Es wird auf Befragungen von Leiter(inne)n verbandlicher Jugendgruppen im Raum Oberschwaben Bezug genommen, die im Rahmen eines Projekts des Deutschen Jugendinstituts, München, »Lebensverhältnisse Jugendlicher in ländlichen Regionen« unter der Leitung von L. Böhnisch und H. Funk durchgeführt wurden (vgl. Böhnisch/Funk 1988). Ein Fragenschwerpunkt hierbei war die Bedeutung von Jugendverbänden als Sozialisationsmilieu (vgl. Gängler 1986).

9 Lehmann (1979: 111) stellt fest: »Aufs ganze gesehen zeigt sich, daß das Vereinsleben zwar prinzipiell allen Einwohnern des Dorfes - darunter auch der Jugend - offensteht, daß aber dem Lebensalter und dem Familienstand große Bedeutung zukommt. (...) Jedoch läßt sich ganz allgemein das Vereinswesen als *die* Form der Organisation der verheirateten Männer auffassen«.

10 Interessant in diesem Zusammenhang ist auch die Entwicklung eigener regionaler Jugendkulturen, denen es in ähnlicher Weise gelingt, solche abgesicherten Räume für Jugendliche zu schaffen. Im Oberschwäbischen beispielsweise treffen sich Jugendliche in von ihnen selbst ausgebauten und ausgestalteten Schuppen oder Kellern, sogenannten »Buden« (vgl. Rüdenburg 1986). Diese Buden sind Treffpunkte zum Reden, Musikhören oder als Sammelpunkte für gemeinsame Unternehmungen. Das Freizeitangebot auf den Dörfern »ist praktisch auf Null!« Und diese Buden sind die selbstorganisierten »Jugendhäuser«. Über ganz Oberschwaben sind solche Buden verteilt. In manchen Dörfern gibt es auch mehrere, häufig nach Altersgruppen organisiert. Mit den Erwachsenen im Dorf gibt es relativ wenig Schwierigkeiten. So hat in einem Dorf die Bude »einen guten Ruf. Im Dorf sagen viele Ältere, daß die Bude besser ist, als wenn wir nur in Kneipen rumhocken würden. So weiß jeder wo wir sind und was wir machen« (ebd.: 21). Auch in anderen Regionen wird von solchen, den Jugendlichen in Selbstverwaltung zugesprochenen »Jugendräumen« berichtet - die Backesclubs im Hunsrück, in Hessen, die Milchhäuschen in Unterfranken u.a.m. (vgl. Schlicht 1987).

11 In einer soziologischen Analyse der Entwicklung der Wandervogelbewegung betont Aufmuth (1979) die zentrale Rolle der Erwachsenen in diesem Prozeß. Nicht nur als Führer oder aufgeschlossene Fürsprecher der Bewegung waren es vor allem Erwachsene, die den »Zumutungen« der Jugendlichen durch die »Offerte« einer relativ autonomen Jugendsphäre entgegenkamen, sondern bald entwickelte sich mehr und mehr eine Funktionärsschicht, die die strategischen

Positionen im Ordnungsgefüge der Wandervogelbewegung innehatte. Nach der Analyse Aufmuths ergibt sich das Bild, daß unter dem Einfluß und Schutz der Erwachsenen ein gesellschaftlicher »Freiraum« für die Jugendlichen ausgewiesen wurde, so daß innerhalb dieses Rahmens die Jugendlichen von Jugendlichen geführt, erzogen, geleitet werden konnten.

12 Die empirischen Erhebungen zu den Mitarbeitern der Jugendverbände bestätigen eine relativ hohe Altershomogenität von Leitern und Jugendlichen. Es gibt deutliche Hinweise darauf, daß in Jugendverbänden Jugendliche und Kinder überwiegend durch Jugendliche erzogen werden (zur Altersverteilung vgl. Anmerkung 4).

13 Die durchschnittliche Altersdifferenz in der Tübinger Untersuchung zwischen Gruppenleiter/in und Jugendlichen bzw. Kindern liegt z.B. bei ca. 4,5 Jahren. Interessant wäre in diesem Zusammenhang ein Vergleich mit Formen der Gleichaltrigenerziehung in anderen institutionellen Zusammenhängen, z.B. Formen der Erziehung unter Geschwistern, wenn etwa den älteren von den Eltern explizit eine Art »Erziehungsauftrag« für die jüngeren übertragen wird. Weitere Formen der Gleichaltrigenerziehung finden sich beispielsweise im Rahmen der Vorschulerziehung ebenso wie in Internaten. Auf diese und ähnliche Formen der Gleichaltrigenerziehung kann hier jedoch nur hingewiesen werden.

14 Vgl. hierzu die differenzierte Diskussion einer Ansiedlung der freiwilligen, unentgeltlichen Tätigkeit zwischen Haus- und Erwerbsarbeit (vgl. Olk 1987, Rauschenbach/Trede 1988). Allerdings wurden im Rahmen dieser Diskussion bislang Fragen nach der Altersspezifik ehrenamtlicher Tätigkeiten kaum berührt.

(Gebhard Stein)

1 Vgl. dazu Bühler/Kanitz/Siewert (1978: 146 ff.), Braun (1965: 350 ff.) sowie Shorter (1977: 258 ff.), der diese Entwicklung an den »Veillées« im Elsaß darstellt.).

2 Vgl. stellvertretend für viele Schriften dieser Art: Liederkranz Burladingen (1966); zusammenfassend Link u.a. (1983: 174 ff.).

3 Vgl. dazu den »Bisinger Turnstreit« 1930 (Link u.a. 1983: 51 ff.). Der Pfarrer der Kirchengemeinde versuchte, diese Mädchenturngruppe unter männlicher Leitung zu unterbinden, da er »Unsittlichkeit« witterte. Er konnte sich durchsetzen.

4 Weder über die Zahl der Vereine noch über die Zahl der Ehrenamtlichen liegen Materialien vor. So kann beispielsweise auch das Vereinsregister des Amtsgerichts nicht als Materialbasis genutzt werden, da viele wichtige Vereine den Status eines nichteingetragenen Vereins besitzen.

5 Nach dem Definitionsvorschlag von Olk (1987: 85 ff.) befindet sich ehrenamtliche Arbeit auf einem Kontinuum zwischen Hausarbeit und Erwerbsarbeit. Bestimmte traditionale Formen von nichtorganisierter, ehrenamtlicher Tätigkeit in sozialen Diensten von Frauen auf dem Lande fielen nach dieser Definition nicht unter »ehrenamtliche Arbeit«. Damit bliebe ein wichtiges Segment sozialen Engagements, das sich auf dem Land unter bestimmten spezifischen Bedingungen eher alltagsnah als institutionell vermittelt konstituiert, unberücksichtigt.

(Teresa Bock)

1 Vgl. außerdem die von der Konferenz für Kirchliche Bahnhofsmission herausgegebenen Broschüren: »Bahnhofsmission« (1970 und 1975), »unterwegs« (1979), »75 Jahre gemeinsam unterwegs« (1985), sowie »75 Jahre Konferenz für Kirchliche Bahnhofsmission in Deutschland 1910-1939 bzw. 1945-1985« (Werkbriefe 1/85 bzw. 2/85, Freiburg und Stuttgart).

2 Die folgenden Angaben sind der Statistik 1986 der Konferenz für Kirchliche Bahnhofsmission entnommen.

1 Es gibt zwei Dissertationen zum Thema und eine Anzahl von Diskussionsbeiträgen in den Fachzeitschriften.

2 Der englische High Sheriff John Howard kümmerte sich aus der Kenntnis der Zustände in seiner Grafschaft intensiver um die mißlichen Vehältnisse der Gefangenen und verfaßte drei Berichte, die von G.L.W. Köster 1780 unter dem Titel »Über Gefängnisse und Zuchthäuser« ins Deutsche übersetzt wurden.

3 In diese Richtung geht z.B. der Bezirksverein Hohenasperg.

4 Vgl. Aktion Junge Menschen in Not 1985b, S. 63 f.

5 Die Stuttgarter Sozialberatung e.V. hat dies praktiziert. Häufig anzutreffen ist dieser Typus bei ambulanten Angeboten für Jugendliche, wo Betreuuungsweisungen in einer 1:1 Betreuung angeboten werden. Solche Betreuungsweisungen sind im Grunde eine Fortsetzung des Mittels der Erziehungsbeistandschaft auch über das 17. Lebensjahr hinaus. Man könnte sie auch als vorgezogene Bewährungshilfe auffassen für Fälle, in denen noch keine Freiheitsstrafe angedroht ist. Praktiziert wird diese Art von Betreuungsweisungen nach § 10 JGG z.B. vom Verein Hilfe zur Selbsthilfe e.V. in Reutlingen.

6 Vgl. Mathiesen (1979), eine Beschreibung von Theorie und Praxis der skandinavischen Gefangenenbewegung, eingeleitet von K.F. Schumann mit der Frage, ob fortschrittliche Sozialarbeit zumal in geschlossenen Institutionen möglich ist.

7 In einer Antwort auf eine Anfrage der Parteien beim baden-württembergischen Justizministerium antwortete Staatssekretär Volz in versöhnlichem und anerkennendem Sinn, daß die traditionellen und die freien Organisationen gleichermaßen zur Erfüllung der Aufgabe beitragen, wobei anerkennend vermerkt wird, welche innovatorischen Leistungen gerade auch von außerhalb der traditionellen Gefangenenhilfe kommen (vgl. Landtagsdrucksache 9/4320: 3 f.). Im Tenor wird dennoch recht deutlich, daß man sich am liebsten auf die etablierten Vereine stützen möchte. So werden die Zuschüsse des Justizministeriums bisher ausschließlich über die Landesverbände der Straffälligenhilfe verteilt und kommen nur den ihnen angeschlossenen Vereinen zugute (vgl. ebd.: 5).

8 Vgl. Eggert (1981: 359; 361, Anm. 38).

9 Dies konstatiert auch der Organisator H.J. Trapp, vgl. Trapp (1985).

10 Im Rahmen seiner Dissertation befaßte sich Künkel mit der Motivation »freier Helfer« und untersuchte 88 Helfer aus 20 Gruppen im norddeutschen Raum (vgl. Künkel 1978 und 1979). Er stellt dabei ein breites Spektrum von egoistischen und altruistischen Motiven fest und fordert mehr Bewußtheit über die Motivationen der Helfer.

11 Ausführungsverordnung des Justizministeriums vom 22.3.1979 (4439-VI/14).

12 Auch das bayerische Merkblatt für ehrenamtlich Tätige in der Bewährungshilfe nennt einen solchen Helfertyp: »Ehrenamtliche Mitarbeiter müssen für dieses Amt besonders geeignet sein. Hierzu gehören insbesondere praktische Lebenserfahrungen und Realitätssinn, Einfühlungsvermögen und psychische Belastungsfähigkeit, sowie die Bereitschaft, mit der Justiz zusammenzuarbeiten und sich beraten zu lassen« (Bayerisches Staatsministerium der Justiz 1986: 3).

13 Stellungnahme der drei im Landtag vertretenen Parteien zur Ehrenamtlichkeit, in: NRW-Landtag intern, 18.11.1986.

14 Dies ist auch das Erfolgsrezept des Hamburger Fürsorgevereins, der damit bereits seit Jahren ein großes Potential Ehrenamtlicher mobilisieren kann.

15 In Hessen gibt es z.B. ein »Projekt: Beratungsstelle für die freiwilligen Mitarbeiter in der Straffälligen- und Bewährungshilfe«. Für die regionalen Schwerpunkte Frankfurt, Kassel, Wiesbaden, Darmstadt/Dieburg bietet sich der Diplompädagoge Manfred Förster für Beratung und Fortbildung ehrenamtlicher Helfer im Strafvollzug und der Entlassenenhilfe an, vermittelt Kontakte, macht Werbe- und Fortbildungsseminare - also dasselbe, was in Ravensburg speziell für Bewährungshelfer gilt für einen regionalen Raum.

16 Vgl. die selbstbewußte Darstellung der Arbeit ehrenamtlicher Betreuer »aus eigener Sicht« bei Siebolds (1986: 271 f.).

17 Der Hamburger Fürsorgeverein zahlt Ehrenamtlichen eine monatliche Unkostenpauschale.

(Hildegard Müller-Kohlenberg)

1 Auf folgende Arbeitsbereiche beziehen sich die 42 Studien: Arbeit mit Alkoholikern, (Gruppen-)Arbeit mit Schizophrenen, Krisenintervention, Enuresis, Gewichtsprobleme, Sprechangst, Telefonberatung, Stottern, Studienberatung, Nachsorge für psychiatrisch Erkrankte, Arbeit mit heranwachsenden weiblichen Jugendlichen und auf den Vorschulbereich. Die Vorbereitung der Paraprofessionellen auf ihre Aufgabe war in den einzelnen Untersuchungen sehr unterschiedlich. Paraprofessionell ist nicht immer gleichbedeutend mit unausgebildet, bisweilen ist damit auch eine Kurzausbildung (Kursus oder Orientierungsveranstaltungen) gemeint.

2 Die Erfolgskriterien wurden in den 42 Untersuchungen unterschiedlich gewählt: Standardisierte psychologische Tests, Selbsteinschätzung der Klienten hinsichtlich ihrer Veränderung bzw. Zufriedenheit, Informationen von signifikanten Bezugspersonen, Ratings von unabhängigen Beurteilern, Verhaltensbeobachtungen, Analyse der Empathie, Wärme und Selbstkongruenz seitens der Therapeuten, Kompetenzen im Rollenspiel bzw. in in-vivo-Situationen, Einschätzungen des Supervisors, Länge des Klinikaufenthaltes der Patienten u.a. Im Falle der Studienberatung wurden beispielsweise akademische Leistungen und das Arbeitsverhalten als Kriterium herangezogen, bei Klienten mit Übergewicht der Gewichtsverlust usw.

3 Man mag einwenden, daß Richter keine »Laien« seien; in bezug auf übliche Anforderungen eines Bewährungshelfers ist das Tätigkeitsprofil eines Richters jedoch recht unterschieden. Verhör und Beratung sind diametral entgegengesetzte Kommunikationsformen.

(Irmtraut Paulwitz)

1 Eine Trennung von Sozialarbeit und Sozialpädagogik wird nicht vorgenommen, zumal in den USA »social work« überwiegt und Sozialpädagogik häufig »education« genannt wird.

2 Mit »Volunteer-Feldexperten« sind Fachleute unterschiedlicher Disziplinen gemeint, die sich seit Jahren in Theorie und Praxis um kompetente Verknüpfungsarbeit zwischen Volunteers und Hauptberuflichen bemühen.

3 In der BRD wird mit *»Kollaboration«* sofort die Zusammenarbeit mit Feinden, die Preisgabe von Hoheitsansprüchen, von besetztem Terrain etc. assoziiert. International findet dieser Begriff immer häufiger Verwendung zur Kennzeichnung gemeinsamer Strategien in vorher strikt, fast feindlich getrennt verlaufenen Handlungsformen und Arbeitsfeldern.

4 Mein erster, achtmonatiger Aufenthalt erfolgte 1972/73 durch die Beteiligung an einer Krisen- und Familienhilfe und einer ehrenamtlichen Mitarbeit im Welfare Department, San Bernardino County, das der Sozialbehörde eines Landkreises in der BRD vergleichbar ist. Die internationale Sicht professioneller und freitätiger Sozialarbeit veranlaßte mich, im Rahmen eines Praxis- und Forschungssemesters 1986/87 mit meinen beruflichen Freunden in Süd-Californien erneut zusammenzuarbeiten.

5 Die wissenschaftliche Begleitgruppe der bundesweit durchgeführten Gallup-Studie ging davon aus, daß es sich bei den Volunteers mit einem Aufwand von durchschnittlich zwei und mehr Stunden pro Woche um die sogenannten »typischen Volunteers« handelt (vgl. Gallup Organization 1981: V). Zum Vergleich: Für die BRD ermittelten Braun/Röhrig 1984 »16% der Bürger, die mehr als drei Stunden pro Woche tätig sind« (Braun/Röhrig 1986: 60).

6 1985 wurde nur eine begrenzte Gallup-Nachuntersuchung in den USA durchgeführt (Gallup Survey 1986).

(Thomas Rauschenbach/Siegfried Müller/Ulrich Otto)

1 Daß es dabei zugleich um eine Synchronisierung von öffentlichem und privatem Nutzen geht, ist eine zusätzlich zu berücksichtigende Variante auf dem Weg zum sozialen Ehrenamt der Zukunft.

2 Die soziale Dimension der Zeit wird in der Diskussion über die Möglichkeiten der Aktivierung potentieller Hilfsbereitschaft weitgehend vernachlässigt. Die im Zusammenhang mit der Frage nach den Mobilisierungspotentialen immer wieder reklamierten Zeitbudget-Studien (so z.B. Schmidtchen 1983) haben nur einen begrenzten Erkenntniswert, da sie die (Frei-)Zeit lediglich als eine quantitative Größe begreifen.

3 Die Rede vom »Verschenken« von Zeit ist auf den ersten Blick so irritierend wie die Begrifflichkeit des Zeitsparens, Zeitkaufens und Zeitdiebstahls in Michael Endes Roman »Momo«. Sie bekommt erst einen Sinn, wenn man Zeit als soziale Kategorie faßt und das Schenken nicht lediglich als einen einseitigen Akt der Teilhabe anderer am eigenen Reichtum ansieht, sondern als eine soziale Handlung (vgl. dazu die sozialhistorischen und ethnologischen Studien von Hannig 1988; Malinowski 1983; Perroux 1961). Am Beispiel des *Potlatsch*, einem Geschenk-Ritual indianischer Stämme Nordwestamerikas und Britisch-Kolumbiens, hat Marcel Mauss (1968) die durch Reziprozität gesteuerten sozialen Beziehungen archaischer Gesellschaften dokumentiert. Die Reziprozität des Schenkens reguliert die Beziehung zwischen Gleichen. Erst im Verschenken des Überflusses zeigt sich der Reichtum. Wer ein Geschenk nicht erwidern kann, offenbart damit seine Unterlegenheit. Mangelnde Ressourcen zur Gegengabe erzeugen eine Verpflichtung zur Dankbarkeit, die ebenso wie die Zurückweisung eines Geschenks Ausdruck eines inferioren Status ist. In der sprachlichen Figur der *Retour-Kutsche* und in dem Trinkritual des Rundenwerfens (vgl. dazu Schivelbusch 1985: 181 ff.) zeigen sich noch Reste dieses ritualisierten Erwiderungszwanges.

4 Mit der Norm der Reziprozität wird soziales Handeln als Tausch thematisiert (vgl. dazu ausführlich Gouldner 1984). Tauschorientiert ist ein Handeln, wenn es von vorneherein mit der Erwartung einer Rückerstattung verbunden ist, sei sie auch noch so diffus und unbestimmt. Nicht-reziprokes (altruistisches) Handeln ist demgegenüber ein selbstloses Handeln. Es orientiert sich *primär* an der Wohlfahrt und dem Glück anderer und nicht an der Befriedigung der eigenen Wünsche und Bedürfnisse. Gouldner spricht infolgedessen von der Norm der Wohltätigkeit. Die Rede vom »reziproken Altruismus« als einem kollektiven Egoismus ist so gleichermaßen verwirrend wie die Bezeichnung eines beruflichen Helfers als »professionellen Altruisten« (Kruse 1985). Altruistisches Handeln ist ein nicht-reziprokes Handeln. Dies schließt nicht aus, daß das an der Wohlfahrt anderer orientierte Handeln dem Handelnden eine Befriedigung verschafft und zwar unabhängig von dem konkreten Anderen und dem Ergebnis des Handelns. Badelt bezeichnet diese Form der Selbst-Gratifikation als »Eigenwertorientierung« (Badelt 1985: 65 ff.). Diesem Typus am nächsten kommen dürfte das im Kontext der neuen sozialen Bewegungen verstärkt hervorgetretene Engagement aus gesellschaftlicher, politischer oder sozialer *Verantwortung*, das auch insbesondere Bereiche des informellen, neuen Ehrenamtes speist (vom Frauenhaus über Kinderschutzzentren bis zu Aids-Initiativen).

5 Wir thematisieren das Problem der Reziprozität von Geben und Nehmen hier ausschließlich aus der Sicht der Gebenden. Unberücksichtigt bleibt dabei der interaktive Deutungsprozeß ebenso wie die Frage nach der Bedeutung der Gabe für die Empfänger.

6 Selbsthilfe unterscheidet sich diesen Überlegungen zufolge vom Ehrenamt dadurch, daß sie immer schon eine Hilfe für sich und andere ist und zwar von ihrem Charakter her ein Tausch zwischen Gleichbetroffenen (»das gegen das«). Gleichbetroffenheit ist aber genau nicht die Ausgangssituation des ehrenamtlichen Engagements für andere.

7 Jenseits dieser durch unterschiedliche soziale Beziehungen strukturierten Formen des Helfen existieren vielfältige Hilfeleistungen, die im Alltagszusammenhang (z.B. beim Trampen) und in nicht-alltäglichen Situationen (z.B. Verkehrsunfällen) spontan und anlaßorientiert erbracht werden (vg. dazu Bierhoff 1980; Lück 1977).

8 Von der Kindererziehung bis zur Betreuung und Versorgung pflegebedürftiger Angehöriger wird der soziale Bedarfsausgleich bislang mehrheitlich innerfamilial, von Frauen und ohne externe Gratifikationen erbracht.

9 Die wachsende Instabilität der Familie begrenzt ihr Leistungspotential. Mit zu-

nehmender Scheidungshäufigkeit steigt die Anzahl der Alleinerziehenden und reduziert sich die Erwartbarkeit der Rückerstattung immaterieller Investitionen. Die diachrone, zeitinvariante familiale Binnen-Reziprozität verliert damit ihre wichtigste Voraussetzung: das Vertrauen in die Langfristigkeit sozialer Beziehungen. Mit der gegenseitigen Degradierung des Ehepartners zum Lebensabschnitts-Gefährten verengt sich auch der Zeithorizont der Rückerstattungserwartungen und die Bereitschaft zu langfristigen Investitionen.

10 Über die Anzahl der in Selbsthilfegruppen engagierten Personen liegen keine für die Bundesrepublik repräsentativen Daten vor. Die auf der Basis von regionalen Studien (z.B. Braun/Röhrig 1986; Grunow u.a. 1983) zu bestimmten Problembereichen (Gesundheit, Soziales) vorgenommenen Hochrechnungen bzw. Schätzungen über die tatsächliche Mitarbeit in Selbsthilfegruppen und über die potentielle Bereitschaft zum ehrenamtlichen Engagement allgemein, variieren zum Teil ganz erheblich. Bei aller gebotenen Vorsicht gegenüber den Daten und Schätzungen kann man davon ausgehen, daß die *Bereitschaft* zu einem Engagement im psycho-sozialen Bereich weitaus größer ist als die tatsächliche Beteiligungsquote der Bevölkerung (etwa 0,5%-1%), daß aber nur ein Teil dieses Personenpotentials bereit ist, sich innerhalb der organisierten Verbändewohlfahrt zu engagieren.

11 Das sind gegenwärtig rund 34.000 Personen auf ABM-Stellen, 22.000 Praktikant(inn)en, 70.000 Zivildienstleistende und 14.000 Personen, die ein Freiwilliges Soziales Jahr absolvieren (vgl. auch Bendele, in diesem Band). Zusammen umfassen diese Personengruppen - je nach Berechnungsgrundlage - immerhin 15% bis 30% des vollzeittätigen Personals im Bereich der Jugendhilfe bzw. der sozialen Dienste oder der Wohlfahrtsverbände (vgl. Rauschenbach/Bendele/Trede 1988).

12 Unter dem Gesichtspunkt der Effektivität des Handelns von Laien und Professionellen im psycho-sozialen Bereich ist die Abgrenzung zudem problematisch, da Untersuchungen immer wieder zeigen, daß Laien unter bestimmten Voraussetzungen gleichermaßen kompetent sind (vgl. auch Müller-Kohlenberg, in diesem Band; zusammenfassend Gunzelmann/Schiepe/Reinecker 1987).

13 Mithin wird auch die Frage der Kleinformatigkeit und der Selbstinitiierung entsprechender Handlungseinheiten zum entscheidenden Kriterium der Zuordnung zur Selbsthilfebewegung gemacht und nicht die Unterscheidung zwischen Gleichbetroffenen und Nicht-Gleichbetroffenen, wodurch allerdings eine Trennung von Selbsthilfe und Ehrenamt noch willkürlicher wird (vgl. Trojan/Deneke 1985: 42).

14 Dieses Idealbild des sozialen Ehrenamtes basiert im wesentlichen auf den Ergebnissen der Studie des Deutschen Frauenrates (vgl. Kleemann 1977). Die dort erwähnten Grenzen der Generalisierbarkeit der Ergebnisse haben die Stereotypisierung des sozialen Ehrenamtes nicht verhindert (vgl. Vogt 1987b: 152 f.).

15 Nach der baden-württembergischen Studie von Oswald u.a. (1987) beträgt der Anteil der im sozialen Bereich ehrenamtlich arbeitenden Frauen 67%. Er schwankt allerdings in den einzelnen Tätigkeitsfeldern erheblich (vgl. dazu auch die *Schätzungen* von Vogt 1987b: 151). Von den Frauen sind nach der Studie von Oswald u.a. rund 40% Hausfrauen, 24% Rentnerinnen und 30% Erwerbstätige (14% Vollzeit, 13% Teilzeit, 3% nebenberuflich). Bei den Männern sind rund 71% vollzeitbeschäftigt und 18% Rentner.

16 Steuer- und Transfergutscheine (vgl. Gretschmann/Heinze 1985) oder »tax-work« (vgl. Gretschmann 1986) basieren dagegen auf synchroner Gratifikation. Die Grenzen zu bezahlter Arbeit werden so allerdings schon teilweise überschritten.

17 Kooperationsringe sollen die »Selbstversorgungsfähigkeit privater Haushalte qualitativ und quantitativ steigern«. Der Austausch von Gütern und Dienstleistungen zwischen 100 und 500 räumlich benachbarten Haushalten soll *marktförmig* organisiert und öffentlich subventioniert werden. Der Leistungsaustausch soll nicht über Geld, sondern über Gutscheine erfolgen, die man wiederum für andere Leistungen verwenden kann. Verrechnungseinheit der Bons ist die investierte Zeit. Ein Verfallsdatum soll das Horten von Gutscheinen verhindern. Diese marktförmige Organisation wechselseitiger Hilfe basiert auf dem *rationalen Kalkül* eines effizienten Bedarfsausgleichs. Im Gegensatz zu den gemeinschaftlichen Arrangements nachbarschaftlicher Hilfe muß dabei nicht das Vertrauen in die Reziprozität von Geben und Nehmen hergestellt werden.

Literatur

Abkürzungen: BldW = Blätter der Wohlfahrtspflege; JVA = Journal of Volunteer Administration; JVAR = Journal of voluntary action research; TuP = Theorie und Praxis Sozialer Arbeit; ZtStrVo = Zeitschrift für Strafvollzug und Straffälligenhilfe

Aktion Junge Menschen in Not e.V. 1982: Reso-Initiativen (hg. von der zentralen Informations- und Koordinierungsstelle), Gießen.

Aktion Junge Menschen in Not e.V. 1985a: Resozialisierungsgruppen in der BRD, Adressenbroschüre (hg. von der zentralen Informations- und Koordinierungsstelle), Gießen.

Aktion Junge Menschen in Not e.V. 1985b: Reso-Initiativen (hg. von der zentralen Information- und Koordinierungsstelle), Gießen.

Albrecht, P. 1986: Die Armenvögte der Stadt Braunschweig um 1800, in: Niedersächsisches Jahrbuch für Landesgeschichte, Bd. 58, S. 55-75.

Alff, J./Martini, H./Braun, H. 1985: Ehrenamtlichkeit im sozialen Bereich (Institut für Kommunalwissenschaften der Konrad-Adenauer-Stiftung), Recklinghausen.

Allen, K.K. 1983: Effective management recruitment, in: LIVE, Volunteer 10, S. 3.

Andersen, R. 1979: Answers. A handbook for coordinators of volunteer services, Huntington Beach.

Arbeiterwohlfahrt Bezirksverband Baden e.V. (AWO) o.J.: Geschäftsbericht 1983-1985, o.O.

Arbeiterwohlfahrt-Bundesvorstand (AWO) 1976: Vorschläge der AWO zur Strafvollzugsreform, in: ZtStrVo, 25. Jg., Heft 3, S. 169-176.

Arbeiterwohlfahrt KV Karlsruhe-Land (AWO) 1985: Straffälligenhilfe - Informationen über ein Arbeitsgebiet, 3. Aufl., Bruchsal.

Aufmuth, U. 1979: Die deutsche Wandervogelbewegung unter soziologischem Aspekt, Göttingen.

Aves, G.M. u.a. 1973: Freie Mitarbeiter in sozialen Diensten, Freiburg/Br.

Avrunin, W. 1944: The volunteer in case work treatment, in: The Family, 25. Jg., Heft 4, S. 137-143.

Backes, G. 1985: Soziales Ehrenamt - die verblümte Wahrheit der unbezahlten Frauenarbeit, in: Huber, M./Bussfeld, B. (Hg.), Blick nach vorn im Zorn, Weinheim und Basel.

Backes, G. 1985a: Ehrenamtliche Dienste in der Sozialpolitik, in: WSI-Mitteilungen, 38. Jg., Heft 7, S. 386-393.

Backes, G. 1987: Frauen und soziales Ehrenamt, Augsburg.

Badelt, Chr. 1985: Politische Ökonomie der Freiwilligenarbeit, Ffm/N.Y.

Bader-Schönfeld, I./Gerwig, W. 1986: Lernen in verschiedenen Arbeitsbereichen, in: Gerwig/Sticht (1986), S. 75-101.

Badura, B. 1987: Sozialer Wandel und neuer sozialpolitischer Handlungsbedarf, in: Heinze/Hombach/Scherf (1987), S. 87-91.

Bahnmüller, R. u.a. 1988: Diplom-Pädagogen auf dem Arbeitsmarkt, Weinheim und München.

Ballhausen, A. u.a. 1986: Zwischen traditionellem Engagement und neuem Selbstverständnis - weibliche Präsenz in der Öffentlichkeit: Eine empirische Untersuchung, Bielefeld.

Balluseck, H.v. 1984: Zum Verhältnis von bezahlter und unbezahlter Sozialarbeit in der Bundesrepublik Deutschland und Berlin (West) von 1950-1980, in: Soziale Arbeit, 33. Jg., Heft 8/9, S. 390-404.

Bataille, F. 1975: Die Aufhebung der Ökonomie (Das theoretische Werk, Bd. 1). München.

Bauer, R. 1985: Die Politik der »Freien Träger«, in: Krüger, J./Pankoke, E. (Hg.), Kommunale Sozialpolitik, München und Wien, S. 174-195.

Bauer, R. 1987: Anatomie der Wohlfahrtsverbände - warum, womit und wo sie helfen, in: Mühlfeld u.a. (1987), S. 9-27.

Bauer, R./Dießenbacher, H. (Hg.) 1984: Organisierte Nächstenliebe, Opladen.

Bayerisches Staatsministerium der Justiz 1986: Merkblatt über die ehrenamtliche Tätigkeit in der Bewährungshilfe, April.

Beck, U. 1986: Risikogesellschaft. Auf dem Weg in eine andere Moderne, Ffm.

Beck, C./Wulf, C. 1984: Ehrenamtliche Mitarbeiter in der Jugendarbeit, in: deutsche jugend, 32. Jg., S. 33-38.

Beer, U. 1984: Unentgeltliche Arbeit im Lebenszusammenhang von Frauen und deren Reflexion in den Sozialwissenschaften, in: Sektion Frauenforschung in den Sozialwissenschaften in der DGS (Hg.), Frauenforschung. Beiträge zum 22. Dt. Soziologentag 1984, Ffm/N.Y., S. 22-39.

Behrens, J. 1984: »Selbstverwirklichung« - oder: vom Verblassen aller Alternativen zur Berufsarbeit, in: Hoffmann-Nowottny, H.-J./Gehrmann, F. (Hg.), Ansprüche an die Arbeit. Umfrage, Daten und Interpretationen, Ffm/N.Y., S. 117-135.

Bellebaum, A./Becher, H.J./Greven, M.Th. (Hg.) 1985: Helfen und Helfende Berufe als soziale Kontrolle, Opladen.

Berman, J. 1975: The volunteer in parole program, in: Criminology, 13. Jg., Heft 13, S. 111-113.

Berufsgenossenschaft für Gesundheitsdienst und Wohlfahrtspflege (BGW) o.J.: Bericht über die sechste Amtsperiode der Selbstverwaltungsorgane der BGW 1980-1986, Hamburg.

Bierhoff, H.W. 1980: Hilfreiches Verhalten, Darmstadt.

Bissing, W.M.Frhr.v. 1968: Das Ehrenamt im historischen und soziologischen Überblick, in: Schmollers Jahrbuch für Wirtschafts- und Sozialwissenschaften, 88. Jg., Halbbd. 1, S. 17-30.

Blickle, P. 1987: Die Gemeinde, das Maß aller Dinge. Die Anfänge der Revolution und der Beginn der Neuzeit, in: FAZ vom 31.10.1987.

Blossfeld, H.-P. 1985: Bildungsexpansion und Berufschancen. Empirische Analysen zur Lage der Berufsanfänger in der Bundesrepublik, Ffm/N.Y.

Bock, T. 1984: Die Bahnhofsmission - Seismograph der Not, in: Caritas '84, Jahrbuch des Deutschen Caritasverbandes, Freiburg.

Bock, T. 1986: Ehrenamtliche Tätigkeit im sozialen Bereich, in: Deutscher Verein (Hg.), Fachlexikon der sozialen Arbeit, 2. Aufl., Ffm, S. 223-225.

Böhnisch, L. 1982: Der Sozialstaat und seine Pädagogik, Neuwied und Darmstadt.

Böhnisch, L. 1984: Vom Sozialstaat verlassen? Sozialpädagogisches Handeln ins gesellschaftlich Ungewisse, in: Müller, S. u.a. (Hg.), Handlungskompetenz in der Sozialarbeit/Sozialpädagogik II, Bielefeld, S. 77-99.

Böhnisch, L. 1985: Die veränderten gesellschaftlichen Bedingungen der Jugendverbandsarbeit, in: Deutscher Bundesjugendring, Jugend und Jugendpolitik (Schriftenreihe des Deutschen Bundesjugendrings, Heft 10), Bonn, S. 8-20.

Böhnisch, L./Funk, H. (Hg.) 1988: Jugend im Abseits? Zur Lebenslage Jugendlicher im ländlichen Raum, Weinheim und München.

Böhnisch, L./Lösch, H. 1973: Das Handlungsverständnis des Sozialarbeiters und seine institutionelle Determination, in: Otto/Schneider (1973), Bd. 2, S. 21-40.

Bonhoeffer, M./Widemann, P. (Hg.) 1980: Kinder in Ersatzfamilien, Stuttgart.

Braun, H. 1987: Zur Problematik von Bedarfsrechnungen für die stationäre Altenhilfeplanung, in: Brandt, H./Dennebaum, E.-M./Rückert, W. (Hg.), Stationäre Altenhilfe, Freiburg/Br., S. 98-106.

Braun, H./Articus, St. 1983: Hilfeleistungen in Familie und Nachbarschaft als Ansatzpunkte kommunaler Sozialpolitik, Melle.

Braun, H./Articus, St. 1984: Die häusliche Versorgung pflegebedürftiger alter Menschen, Melle.

Braun, J. 1987: Einschätzungen zum sozialen Engagement der Bevölkerung, in: Sozialer Fortschritt, 36. Jg., Heft 1-2, S. 21-28.

Braun, J./Röhrig, P. 1986: Umfang und Unterstützung ehrenamtlicher Mitarbeit und Selbsthilfe im kommunalen Sozial- und Gesundheitsbereich, in: BMBW (1986), S. 1-164.

Braun, R. 1965: Sozialer und kultureller Wandel in einem ländlichen Industriegebiet im 19. und 20. Jahrhundert. Erlenbach.

Brecht, H.-Th. 1984: Die neuen gesetzlichen Regelungen des Zivildienstes, in: Jugendwohl, 65. Jg., Heft 6, S. 216-221.

Breitkopf, H. 1983: Entwicklungschancen und Barrieren hinsichtlich der Teilnahme an gesundheitsbezogenen Selbsthilfegruppen in der Bevölkerung der Bundesrepublik, in: Asam, W.H./Heck, M. (Hg.), Soziale Selbsthilfegruppen in der BRD, München, S. 50-67.

Breuer, W./Hellmich, A. 1979: Frauen in Arbeitsbeschaffungsmaßnahmen (hg. vom Ministerium für Arbeit, Gesundheit und Soziales NRW), Köln.

Brückner, M. 1987: Frauenhäuser, in: Sozialwissenschaftliche Literatur Rundschau, 10. Jg., Heft 15, S. 7-18.

Buff, W./Hoffmann, G.H. 1985: Wo steht der Zivildienst als Teil der sozialen Arbeit gegen Ende der 80er Jahre? in: Weltweite Hilfe 3/1985.

Bühler, H.H. 1986: Verzeichnisse sozialer Einrichtungen. Ein Sammelverzeichnis, in: Caritas-Korrespondenz, Sonderheft 1, 3. Aufl.

Bühler, W./Kanitz, H./Siewert, H. 1978: Lokale Freizeitvereine, Sankt Augustin.

Bundesarbeitsgemeinschaft der Freien Wohlfahrtspflege (BAGFW): Gesamtstatistik der Einrichtungen der Freien Wohlfahrtspflege, versch. Jahrgänge, Bonn.

BAGFW 1981: Empfehlungen zur Neuregelung des Zivildienstes, in: TuP, 32. Jg., Heft 12, S. 463-466.

BAGFW 1982: Ehrenamtliche Arbeit in der Freien Wohlfahrtspflege, internes Positionspapier (Ausschuß »Statistik«), Bonn.

BAGFW (Hg.) 1983: Die Freie Wohlfahrtspflege - eine Arbeitshilfe, Bonn.

BAGFW 1985a: Ehrenamtliche Mitarbeit in der Freien Wohlfahrtspflege, in: TuP, 36. Jg., Heft 3, S. 82-87.

BAGFW (Hg.) 1985b: Die Spitzenverbände der Freien Wohlfahrtspflege - Aufgaben und Finanzierung, Freiburg/Br.

BAGFW-ISB 1983: Individuelle Betreuung von Schwerstbehinderten. Eine Orientierungshilfe für Träger ambulanter Pflege- und Hilfsdienste, Bonn.

Bundesministerium für Bildung und Wissenschaft (BMBW) (Hg.) 1986: Freiwilliges soziales Engagement und Weiterbildung, Bad Honnef.

Bundesministerium für Jugend, Familie, Frauen und Gesundheit (BMJFG) (Hg.) 1978: Bericht über »Forschung zur sozialen Lage Haftentlassener« und »Hilfen zur dauerhaften Resozialisierung Haftentlassener, Bonn-Bad Godesberg.

BMJFFG (Hg.) 1986: Vierter Familienbericht. Die Situation der älteren Menschen in der Familie, Bonn.

Bundeszusammenschluß für Straffälligenhilfe (Hg.) 1975: Tips für Helfer, Bonn-Bad Godesberg.

Busch, D.W./Hommerich, Chr. 1981a: Probleme der Berufseinmündung von Diplom-Pädagogen, in: Projektgruppe Soziale Berufe (1981), S. 65-112.

Busch, D.W./Hommerich, Chr. 1981b: Bremer Sozialpädagogen in Studium und Beruf, Bremen.

Caplan, G. 1976: Spontaneus or natural support system, in: Katz, A.H./Bender, E.J. (Hg.), The strength in US Self-help groups in the modern world, N.Y.

Carkhuff, R.R. 1968: Differential functioning of lay and professional helpers, in: Journal of Counselling Psychology, 15. Jg., S. 117-126.

Collins, A.H./Pancoast, D.L. 1981: Das soziale Netz der Nachbarschaft als Partner professioneller Hilfe, Freiburg/Br.

Cramon-Daiber, B. 1983: Frauen und ehrenamtliche Sozialarbeit in der Altenhilfe, in: Schmidt (1983a), S. 109-120.

Cremerius, J. 1979: Gibt es zwei psychoanalytische Techniken? in: Psyche, Nr. 33, S. 577-599.

Cyrus, H. 1982: Ehrenamtlich - Laienhelfer im Strafvollzug und in der Bewährungshilfe, in: Bewährungshilfe, 29. Jg., Heft 4, S. 357-364.

Dammer, S. 1986: Nationalsozialistische Frauenpolitik und soziale Arbeit, in: Otto, H.-U./Sünker, H. (Hg.), Soziale Arbeit und Faschismus, Bielefeld, S. 269-287.

Datenreport 1987: Zahlen und Fakten über die BRD (hg. vom Statistischen Bundesamt), Bonn.

van Dawen, B. 1984: Freiwilliges soziales Jahr - zwischen Sozialarbeit und Beschäftigungsprogramm, in: TuP, 35. Jg., Heft 3, S. 97-100.

Dehler, J./Schreiber, J./Thiemel, F. (Hg.) 1982: Wir haben die Jugend ... fest im Griff. Plädoyer für eine andere Jugendarbeit in Sportorganisationen, Ffm.

Deutscher Bundesjugendring (DBJR) (Hg.) 1986: Jugendpolitische Leitsätze, Bonn.
Deutscher Caritasverband 1982: Statistik der katholischen sozialen Einrichtungen in der BRD (Stand 31.12.1982), 2 Bde., Freiburg/Br.
Deutscher Caritasverband (Hg.) 1986: Ehrenamt und Selbsthilfe, Freiburg/Br.
Deutscher Verein für öffentliche und private Fürsorge 1987: Bestandsaufnahme der ambulanten sozialpflegerischen Dienste im Bundesgebiet (Schriftenreihe des BMJFFG, Nr. 195), Stuttgart u.a.
Diakonisches Werk 1984: Diakonie in Baden 1981-1983. Bericht über die Arbeit des Diakonischen Werkes der Ev. Landeskirche in Baden e.V., Karlsruhe, 1984.
Dießenbacher, H. 1981: Altruismus als Abenteuer. Vier biographische Skizzen, in: Sachße/Tennstedt (1981), S. 272-298.
Dierkes, E. 1982: Sterben die Dorfkicker aus? in: Dehler/Schreiber/Thiemel (1982), S. 10-32.
Dierkes, E. 1985: Jugendverbandsarbeit im Sport, Schorndorf.
Dowell, D.A. 1978: Volunteers in probation: a research note on evaluation, in: Journal of Criminal Justice, 6. Jg., Heft 4, S. 357-361.
Dünner, J. (Hg.) 1929: Handwörterbuch der Wohlfahrtspflege, 2. Aufl., Berlin.
Dunckelmann, H. 1975: Lokale Öffentlichkeit. Eine gemeindesoziologische Untersuchung, Stuttgart u.a.
Durlak, J.A. 1979: Comparative effectiveness of paraprofessional and professional helpers, in: Psychological Bulletin, 89. Jg., Heft 3, S. 80-92.
Durlak, J.A. 1981: Evaluating comparative studies of paraprofessional and professional helpers: A reply to Nietzel and Fisher, in: Psychological Bulletin, 89. Jg., Heft 3, S. 566-569.
Eggert, H.-J. 1981: Die Herkunft ehrenamtlicher Mitarbeiter in der Straffälligenhilfe - eine Untersuchung an 12 Gruppen ehrenamtlicher Mitarbeiter in Niedersachsen und Lübeck, in: ZtStrVo, 30. Jg., Heft 6, S. 359-361.
Ellis, S.J./Noyes, K.H. 1978: By the people, Philadelphia, Pennsylvania.
Engfer, R./Grunow, D. 1987: Nichtorganisierte Gesundheitsselbsthilfe im Lebenslauf, in: Kaufmann, F.-X. (Hg.), Staat, intermediäre Instanzen und Selbsthilfe, München, S. 119-142.
Erler, G.A. u.a. 1987: Familienselbsthilfe, Partnerschaft und ihre Ressourcen, unv. Ms., DJI, München.
Erler, G.A./Jaeckel, M./Sass, J. 1983: Mütter zwischen Beruf und Familie, München.
Erler, G.A./Jaeckel, M./Sass, J. 1987: Computerheimarbeit - mehr berufliche Chance als berufliche Sackgasse - einige Grundtrends zu Computerheimarbeit. Zusammenfassung eines Forschungsberichts, DJI, München.
Evers, A. 1986: Zwischen Arbeitsamt und Ehrenamt, in: Blanke, B./Evers,A./Wollmann, H. (Hg.), Die Zweite Stadt. Neue Formen lokaler Arbeits- und Sozialpolitik, Opladen, S. 15-50.
Evers, A./Ostner, I./Wiesenthal, H. 1987: Fragen der Arbeit und Beschäftigung als Bezugsrahmen von Reformkonzepten im Bereich sozialer Pflegedienste. Forschungsbericht für das BMJFFG, unv. Ms.
Ferber, Chr.v. 1985: Mobilisiserung der Laien - Deprofessionalisierung der Hilfen. Ein Verlust an gesellschaftlicher Rationalität? in: Lutz, B. (Hg.), Soziologie und gesellschaftliche Entwicklung. Verhandlungen des 22. Dt. Soziologentages, Ffm, S. 497-508
Ferber, Chr.v./Wedekind, R. 1984: Familie, Selbsthilfe und Sozialpolitik, in: Soziale Welt, 35. Jg., S. 502-521.
Fink, U. 1987: Der neue Generationenvertrag, in: Die Zeit Nr. 15 vom 3.4.1987.
Fischer, A. 1954: Die Problematik des Sozialbeamtentums (1925), in: Kreitmair, K. (Hg.), Aloys Fischer. Leben und Werk, Bd. 3/4, München, S. 319-349.
Forschungsverbund Laienpotential, Patientenaktivierung und Gesundheitsselbsthilfe (Hg.) 1987: Gesundheitsselbsthilfe und professionelle Dienstleistungen, Berlin u.a.
Förster, M. 1981: Die Institution der freien Mitarbeit in der Straffälligenhilfe (Beratungsstelle), in: Bewährungshilfe 28. Jg., Heft 2, S. 171-183.
Frehe, H. 1988: Der familiäre Frondienst, in: Sozialmagazin, 13. Jg., Heft 5, S. 56-58.

Frommann, A. 1985: Was erschwert und was erleichtert uns Erwachsenen das Dasein für Kinder? in: Neue Sammlung, Heft 2, S. 169-180.
Gabriel, K. 1979: Analysen der Organisationsgesellschaft. Ein kritischer Vergleich der Gesellschaftstheorien Max Webers, Niklas Luhmanns und der phänomenologischen Soziologie, Ffm.
Gallup Organization, Inc. 1981: Americans volunteer 1981, Princeton, New Jersey.
Gallup Survey 1986: Americans volunteer 1985, in: Voluntary action leadership, summer 1986, S. 12-13.
Gängler, H. 1986: Jugendverbände als Bezugspunkt regionaler Sozialisation, Ms., Tübingen und München.
Gängler, H. 1987: Gleichaltrigenerziehung, in: Böhnisch, L./Münchmeier, R. (Hg.), Wozu Jugendarbeit? Weinheim und München, S. 256-258.
Gängler, H./Rauschenbach, Th. 1986: Sozialpädagogik in der Moderne. Vom Hilfe-Herrschafts-Problem zum Kolonialisierungstheorem, in: Müller, S./Otto, H.-U. (Hg.), Verstehen oder Kolonialisieren? 2. erw. Aufl., Bielefeld, S. 169-203.
Gerhard, U. 1983: Über die Anfänge der deutschen Frauenbewegung um 1848, in: Hausen (1983), S. 196-220.
Gerhardt, U./Friedrich, H. 1982: Familie und chronische Krankheit - Versuch einer soziologischen Standortbestimmung, in: Angermeyer, M.C./Freyberger, H. (Hg.), Chronisch kranke Erwachsene in der Familie, Stuttgart, S. 1-25.
Gernert, W. 1986: »Ehrenamtliche« als Entwicklungspotential der verbandlichen Sozialarbeit, in: Heinze (1986a), S. 265-282.
Gernert, W. 1987: Wie frei sind die Freien Träger? in: Mühlfeld u.a. (1987), S. 64-86.
Gerwig, W. 1986: Inhalte der Bildungsarbeit, in: Gerwig/Sticht (1986), S. 126-132.
Gerwig, W./Sticht, F. (Hg.) 1986: Das Diakonische Jahr. Ein Programm kirchlicher Jugendarbeit, Stuttgart.
Giesen, B. 1983: Moralische Unternehmer und öffentliche Diskussion, in: Kölner Zeitschrift für Soziologie und Sozialpsychologie, 35. Jg., S. 230-254.
Gilder, G. 1981: Wealth and poverty, Toronto etc.
Glaser, M. 1986: Jugendarbeit auf dem Lande unter dem Aspekt von friedenspädagogischer und ökologischer Arbeit, unv. erziehungswiss. Diplomarbeit, Tübingen.
Glass, G.V. 1976: Primary, secondary and meta-anlysis of research, in: Educational Research, 5. Jg., S. 3-8.
Gouldner, A.W. 1984: Reziprozität und Autonomie, Ffm.
Gretschmann, K. 1986: Tax work in einer Ökonomie der Zeit, vv. Ms., Bielefeld.
Gretschmann, K./Heinze, R.G. 1985: Neue Technologien und soziale Sicherung (Werkstattbericht Nr. 2 des MAGS NRW), Düsseldorf.
Gross, P. 1988: Zeitnot und Zeitüberfluß, in: BldW, 135. Jg., Heft 6, S. 154-156.
Grunow, D. u.a. 1983: Gesundheitsselbsthilfe im Alltag, Stuttgart.
Gunzelmann, Th/Schiepe, K.G./Reinecker, H. 1987: Laienhelfer in der psychosozialen Versorgung, in: Gruppendynamik, 18. Jg., S. 361-384.
Hafeneger, B. 1982: Mitspieler gesucht. Anmerkungen zum Verhältnis von Sportjugend zu anderen Jugendverbänden, in: Dehler/Schreiber/Thiemel (1982), S. 98-106.
Hamburger, F. u.a. 1982: Ehrenamtliche Mitarbeiter in der Jugendarbeit. Eine empirische Untersuchung, Weinheim.
Hamburger, F. 1988: Ehrenamtliche Tätigkeit in Jugendverbänden und Jugendzentren, in: deutsche jugend, 36. Jg., S. 126-132.
Hannig, J. 1988: Ars donandi. Zur Ökonomie des Schenkens im frühen Mittelalter, in: Dülmen, R.van (Hg.), Armut, Liebe, Ehre, Ffm, S. 11-37.
Hattie, J.A. u.a. 1984: Comparative effectiveness of professional and paraprofessional helpers, in: Psychological Bulletin, 95. Jg., Heft 3, S. 534-541.
Hausen, K. (Hg.) 1983: Frauen suchen ihre Geschichte, München.
Hebenstreit, S. 1986: Frauenräume und weibliche Identität, Berlin.
Hedges, L.V. 1981: Distribution theory for Glass' estimator of effect size and related estimators, in: Journal of Educational Statistics, 6. Jg., S. 107-128.
Heffter, H. 1969: Die deutsche Selbstverwaltung im 19. Jahrhundert, Stuttgart.

Hegel, G.W.F. 1802: Über die wissenschaftlichen Behandlungsarten des Naturrechts, seine Stelle in der praktischen Philosophie und sein Verhältnis zu den positiven Rechtswissenschaften, in: Kritisches Journal der Philosophie, Heft 2 und 3, (zitiert nach Philosophische Bibliothek, Hg. F. Meiner).

Hegel, G.W.F. 1955: Grundlinien der Philosophie des Rechts (1821), (Hg. J. Hoffmeister), Hamburg.

Hegner, F. 1980: Fremdarbeit und Eigenarbeit in der ambulanten Sozial- und Gesundheitspflege (discussion paper IIM 80-6, Wissenschaftszentrum Berlin: WZB), Berlin.

Hegner, F. 1987: Schritte zu einer abgestuften Neuverteilung der Erwerbsarbeit (discussion paper IIM/LMP 87-11, WZB), Berlin.

Heiliger, A. u.a. 1983: Orientierungsmaterialien für die Arbeit mit sozial benachteiligten Eltern (Schriftenreihe des BMJFFG), Stuttgart.

Heinze, R.G. (Hg.) 1986a: Neue Subsidiarität, Opladen.

Heinze, R.G. 1986b: »Neue Subsidiarität« - Zum soziologischen und politischen Gehalt eines aktuellen sozialpolitischen Konzepts, in: Heinze (1986a), S. 13-38.

Heinze, R.G./Hombach, B./Scherf, H. (Hg.) 1987: Sozialstaat 2000, Bonn.

Heinze, R.G./Olk, Th./Hilbert, J. 1988: Der neue Sozialstaat, Freiburg/Br.

Heller, A. 1976: Theorie der Bedürfnisse bei Marx, Berlin.

Houtz, F. 1944: Volunteers in treatment, in: Survey Midmonthly, 80. Jg., Heft 10, S. 285-287.

Huber, H. 1986: Mädchen in der Dorföffentlichkeit, unv. Ms. Universität Tübingen.

Humboldt, W.v. 1903: Ideen zu einem Versuch, die Grenzen der Wirksamkeit des Staates zu bestimmen (1792), in: Humboldt, W.v., Gesammelte Schriften (Hg. A. Leitzmann), Bd. 1, Berlin.

Hummel, U. 1985: Jugendliche und Institution. Eindrücke aus dem Freiwilligen sozialen Jahr (FSJ), in: BldW, 133. Jg., Heft 7-8, S. 171-172.

Ilien, A./Jeggle, U. 1978: Leben auf dem Dorf, Opladen.

Institut für angewandte Sozialforschung (Infas) 1984: Ehrenamtliche Tätigkeit im sozialen Bereich, Bonn/Bad Godesberg.

Institut für Demoskopie Allensbach 1979: Die Stellung der freien Wohlfahrtspflege, Allensbach.

Jaeckel, M. 1980: Wer - wenn nicht wir? Zur Spaltung zwischen Frauen in der Sozialarbeit, München.

Jakubowski, A. 1987: Selbsthilfegruppen und Selbsthilfegruppenunterstützung in NRW (Schriftenreihe der GIB, Bottroper Dokumente 2/87), Bottrop.

Japp, K.-P./Olk, Th. 1981: Identitätswandel und soziale Dienste, in: Soziale Welt, 32. Jg., S. 143-167.

Jauch, D. 1980: Die Wandlungen des Vereinslebens in ländlichen Gemeinden Süddeutschlands, in: Zeitschrift für Agrargeschichte und Agrarsoziologie, 28. Jg., S. 48-77.

Jeserich, K.G.A./Pohl, H./Unruh, C.C.v. (Hg.) 1983: Deutsche Verwaltungsgeschichte, Bd. 1, Stuttgart.

Jung, B. 1929: Ehrenamtliche Arbeit in der öffentlichen Wohlfahrtspflege, in: Dünner (1929), S. 182-184.

Justizministerium Baden-Württemberg (Hg.) 1986: Ehrenamtliche Tätigkeit im Strafvollzug - Einzelbetreuung und Anleitung von Gruppen, Stuttgart.

Kaiser, M. 1981: Der Arbeitsmarkt für soziale Berufe, in: Projektgruppe Soziale Berufe (1981), S. 16-44.

Kaiser, M./Otto, M. 1985: Berufliche Erwartungen und Statuswechsel - 8 und 12 Jahre nach dem Abitur, in: MittAB, Heft 3, S. 315-327.

Kaiser, M./Hallermann, N./Otto, M. 1984: Fachhochschulabsolventen - zwei Jahre danach, in: MittAB, Heft 2, S. 231-246.

Kälvesten, A.-L. 1980: Familienpflege - als Behandlung oder anstatt Behandlung, in: Bonhoeffer/Widemann (1980), S. 180-194.

Kammerer, G./Deutsch. K.-H. 1986: Bestimmung des Umfangs ehrenamtlicher Tätigkeiten im sozialen Bereich und der Weiterbildungsangebote für ehrenamtlich Tätige in der Bundesrepublik Deutschland, in: BMBW (1986), S. 169-347.

Karsten, M.-E. 1987: Migrantinnen. Traditionelle Frauenarbeit in ungeschützten und illegalen Verhältnissen, in: Rudolph (1987), S. 178-184.

Kerner, H.-J./Hermann, D./Bockwoldt, R. 1984: Straf(rest)aussetzung und Bewährungshilfe (Institut für Kriminologie der Universität Heidelberg, Arbeitspapier Nr. 3), Heidelberg.

Klapprott, J. 1987: Berufliche Erwartungen und Ansprüche an Sozialarbeiter/Sozialpädagogen, Weinheim.

Kleemann, U. 1977: Auswertung der Umfrageergebnisse, in: Informationen für die Frau, 27. Jg., S. 12-24.

Kliemann, P. 1983: Ehrenamtliche Mitarbeiter. Zur Identität von Gruppenleitern in der kirchlichen Jugendarbeit, Stuttgart.

Kohl, J. 1987: Was kostet, was leistet der Sozialstaat? in: Opielka/Ostner (1987), S. 48-71.

Kohli, M. 1985: Die Institutionalisierung des Lebenslaufs. Historische Befunde und theoretische Argumente, in: KZfSS, 37. Jg., Heft 1, S. 1-29.

Koonz, C. 1986: Das zweite Geschlecht im Dritten Reich, in: Feministische Studien, 5. Jg., Heft 2, S. 14-33.

Kramer, J. 1986: Ehrenamtliche Mitarbeit - persönliches Bedürfnis oder politischer Bedarf? in: Soziale Arbeit, 35. Jg., Heft 9, S. 334-337.

Kruse, G. 1985: Professioneller Altruismus in der Psychiatrie, in: Bellebaum/Becher/Greven (1985), S. 80-102.

Künkel, J. 1979: Private Straffälligenhilfe, Diss., Universität Hamburg.

Künkel, J. 1978: Motive und Zielvorstellungen freier Helfer bei der Mitarbeit in der Straffälligenhilfe, in: ZtStrVo, 27. Jg., Heft 3, S. 133-137.

Landesjugendring Niedersachsen e.V. 1986: Perspektiven für einen Landesjugendplan, Hannover.

Lehmann, A. 1979: Vereinsstruktur und Dorfgesellschaft, in: Zeitschrift für Agrargeschichte und Agrarsoziologie, 27. Jg., S. 105-118.

Lenk, K. o.J.: Staatsgewalt und Gesellschaftstheorie (Uni-Taschenbücher 978), München.

Lessing, H. u.a. 1987: Lebenszeichen der Jugend. Kultur, Beziehung und Lebensbewältigung im Jugendalter, Weinheim und München.

Letschert, H. 1980: Über die Arbeit der Stichting Therapeutische Gezinsverpleging, Groningen, in: Bonhoeffer/Widemann (1980), S. 172-179.

Liederkranz Burladingen 1966: 125 Jahre Liederkranz Burladingen, Burladingen.

Link, M. u.a. 1983: Jugend auf dem Lande, Ffm.

Lösch, G. 1984: Ehrenamtliche Arbeit: Unbezahlte Arbeit von Frauen in sozialen Arbeitsfeldern, in: BldW, 132. Jg., Heft 11, S. 270-274.

Luborsky, L. u.a. 1975: Comparative studies of psychotherapies, in: Archives of General Psychiatry, 32. Jg., S. 995-1008.

Lück, H.E. (Hg.) 1977: Mitleid, Vertrauen, Verantwortung. Ergebnisse der Erforschung prosozialen Verhaltens, Stuttgart.

Lüders, Chr. 1985: Polemische Anmerkungen zu einem modernen Moloch ..., in: Brennpunkt, 1. Jg., Heft 1, S. 8-9.

Luhmann, N. 1973: Formen des Helfens im Wandel gesellschaftlicher Bedingungen, in: Otto/Schneider (1973), Bd. 1, S. 21-44.

Luhmann, N. 1981: Politische Theorie im Wohlfahrtsstaat, München.

Luther, M. 1897: Von der Freiheit eines Christenmenschen (1520), in: Luther, M., Werkausgabe, Bd. 7, Weimar, S. 12-38.

Luuka, Ü. 1980: Konzeption und Auswahl der Erziehungsstellen, in: Bonhoeffer/Widemann (1980), S. 226-233.

Maier, H. 1987: Gemeindeclubs für psychisch Kranke, Weinsberg.

Malinowski, B. 1983: Der Ringtausch von Wertgegenständen auf den Inselgruppen Ost-Neuguineas, in: Kramer, F./Sigrist, Ch. (Hg.), Gesellschaften ohne Staat, Bd. 1, Ffm, S. 57-69.

Marx, K. 1968: Das Kapital, Bd. 1, MEW, Bd. 23, Berlin (DDR).

Mauss, M. 1968: Die Gabe, Ffm.

Mathiesen, Th. 1979: Überwindet die Mauern! Neuwied und Darmstadt.

Mehringer, A. 1980: Zuwendung - das wichtigste Therapeutikum, in: Unsere Jugend, 32. Jg., Heft 2, S. 51-65.
Mennicke, C. 1924: Jugendbewegung und öffentliche Wohlfahrtspflege, in: Pädagogisches Zentralblatt, 4. Jg., Heft 10, S. 393-400.
Miller, H.M. 1985: Arbeitslosigkeit bei Erziehern. Überlegungen zu Auswirkungen auf die Ausbildung staatlich anerkannter Erzieher, in: Jugendwohl, 66. Jg., Heft 5, S. 169-174.
Mohl, R.v. 1832/33 : Die Polizei-Wissenschaft nach den Grundsätzen des Rechtsstaates, 2 Bde., Tübingen 1832/33.
Mollenhauer, K. u.a. 1969: Evangelische Jugendarbeit in Deutschland, München.
Mühlfeld, C. u.a. (Hg.) 1987: Sozialarbeit und Wohlfahrtsverbände - Hilfe mit beschränkter Haftung, Ffm.
Müller-Wichmann, Chr. 1984a: Auf den Spuren der verleugneten Zeit, in: Neue Praxis, 14. Jg., Heft 3, S. 281-288.
Müller-Wichmann, Chr. 1984b: Zeitnot, Weinheim und Basel.
Münchmeier, R. 1981: Zugänge zur Geschichte der Sozialarbeit, München.
Münsterberg, E. 1897: Die Armenpflege, Berlin.
Mütter im Zentrum - Mütterzentrum, München 1985.
Mutz, J. 1987: Ehrenamtliche und freie Hilfe in der Bewährungshilfe, in: Rundbrief Soziale Arbeit und Strafrecht, 4. Jg., Heft 10, S. 20.
Naisbitt, J. 1982: Megatrends, N.Y.
Naylor, H.H. 1983: What volunteers can do, unv. Ms.
Niedrig, H. 1977: Ehrenamtliche Mitarbeit in der freien Wohlfahrtspflege, in: TuP, 28. Jg., Heft 9, S. 328-336.
Niedrig, H. 1982: Stellung und Erscheinungsbild der freien Wohlfahrtspflege, in: TuP, 33. Jg., Heft 4, S. 122-126.
Niedrig, H. 1985: Daten und Tendenzen der freien Wohlfahrtspflege, in: TuP, 36. Jg., S. 52-59.
Niedrig, H. 1986: Das Erscheinungsbild der freien Wohlfahrtspflege - karitatives Verhalten der Bürger, in: TuP, 37. Jg., Heft 3, S. 82-90.
Nietzel, M.T./Fisher, St.G. 1981: Effectiveness of professional and paraprofessional helpers: A comment on Durlak, in: Psychological Bulletin, 89. Jg., Heft 3, S. 555-565.
Nietzschmann, K. 1985: Arbeitslosigkeit von Erziehern und Sozialpädagogen, in: Unsere Jugend, 37. Jg., Heft 5, S. 181-185.
Niklaus, E. 1985: Mädchen im Jugendverband, Stuttgart.
Niklis, B. 1986: Rund um den Bahnhof. Brennglas gesellschaftlicher Zustände, in: Jugendschutz Impulse, Heft 3.
Nölkensmeier, I. 1986: Bahnhofsmission, ein Beispiel ökumenischer Zusammenarbeit, in: Nordhues, P. u.a. (Hg.), Handbuch der Caritasarbeit, Paderborn.
Nokielski, H. 1987: Strukturwandel organisierten Helfens in den Niederlanden, in: Bauer, R./Thränhardt, A.-M. (Hg.), Verbandliche Wohlfahrtspflege im internationalen Vergleich, Opladen, S. 107-131.
Notz, G. 1986a: Zur Gestaltung ehrenamtlicher sozialer Arbeit, vv. Ms. (Friedrich-Ebert-Stiftung), Bonn.
Notz, G. 1986b: Frauen, die zum Nulltarif arbeiten, waren immer unentbehrlich, in: Dallhof, J./Frey, U./Schöll, I. (Hg.), Frauenmacht in der Geschichte, Düsseldorf, S. 295-309.
Notz, G. 1987a: Frauenarbeit zum Nulltarif, in: IFG-Frauenforschung, Heft 4, S. 51-67.
Notz, G. 1987b: Ehrenamtliche soziale Arbeit in NRW, in: Fricke, W. u.a. (Hg.), Jahrbuch Arbeit und Technik in NRW 1987, Bonn, S. 293-308.
Notz, G. 1987c: Arbeit ohne Geld und Ehre, Opladen.
Nowosadtko, J. 1987: Der Scharfrichter als unehrlicher Beruf, unv. Ms., Universität Essen.
Offe, C. 1984: Arbeitsgesellschaft, Ffm/N.Y.
Offe, C./Heinze, R.G. 1986: Am Arbeitsmarkt vorbei, in: Leviathan, 14. Jg., Heft 4, S. 471-495.

Offene Hilfen 1983: Offene Hilfen im sozialen Bereich (hg. vom Ministerium für Arbeit, Gesundheit und Soziales Ba-Wü), Stuttgart.

Ohl, O. 1929: Ehrenamtliche Arbeit in der Freien Wohlfahrtspflege, in: Dünner (1929), S.184-186.

Olk, Th. 1985: Der informelle Wohlfahrtsstaat - Beziehungsprobleme zwischen Sozialarbeit und nichtprofessionellem Hilfesektor, in: Olk, Th./Otto, H.-U. (Hg.), Der Wohlfahrtsstaat in der Wende, Weinheim und München, S. 122-151.

Olk, Th. 1987: Das soziale Ehrenamt, in: Sozialwissenschaftliche Literatur Rundschau, 10. Jg. Heft 14, S. 84-101.

Olk, Th./Heinze, R.G. 1985: Selbsthilfe im Sozialsektor, in: Olk, Th./Otto, H.-U. (Hg.), Gesellschaftliche Perspektiven der Sozialarbeit 4, Neuwied und Darmstadt, S. 233-267.

Onnasch, W. 1985: Projekte für arbeitslose Sozialpädagogen. Aufgabe von Fachschulen und Fachhochschulen? in: Sozialpädagogik, 27. Jg., Heft 6, S. 295.

Opielka, M./Ostner, I. (Hg.) 1987: Umbau des Sozialstaats, Essen.

Opielka, M./Zander, M. (Hg.) 1988: Freiheit von Armut, Essen.

Oppl, H. 1986: Sozialarbeit im Spannungsfeld von Ehrenamt und Selbsthilfe, in: Deutscher Caritasverband (1986), S. 65-91.

Orlowsky, W. 1979: Aufgaben und Stellung der freiwilligen Betreuer im Jugendstrafvollzug, in: ZtStrVo, 28. Jg., Heft 1, S. 26-34.

Orr, S.Y. 1982: Volunteers as advocates, in: JVAR, 11. Jg., Nr. 2-3, S. 108-117.

Ostner, I. 1978: Beruf und Hausarbeit, Ffm/N.Y.

Ostner, I. 1987: Individualisierung der Familie? in: Karsten, M.-E./Otto, H.-U. (Hg.), Die sozialpädagogische Ordnung der Familie, Weinheim und München, S. 69-86.

Ostner, I./Schmidt-Waldherr, H. 1987: Politik mit den Frauen - über Frauen, Frauenarbeit und Sozialpolitik, in: Opielka/Ostner (1987), S. 155-166.

Oswald, G. u.a. 1987: Dem anderen helfen. Eine Untersuchung über ehrenamtliche Arbeit im sozialen Bereich im Auftrag des Ministerium für Arbeit, Gesundheit und Soziales Ba-Wü, Stuttgart.

Otto, H.-U./Schneider, S. (Hg.): Gesellschaftliche Perspektiven der Sozialarbeit, 2 Bde., Neuwied und Darmstadt.

Palmer, J.L./Sawhill, I.V. (Hg.) 1982: The Reagan experiment, Washington D.C.

Palmer, J.L./Sawhill, I.V. (Hg.) 1984: The Reagan record, Washington D.C.

Pankoke, E. 1970: Sociale Bewegung - Sociale Frage - Sociale Politik, Stuttgart.

Pankoke, E. 1984: Organisiertes Helfen, soziale Nähe und bindender Sinn, in: Deutscher Caritasverband (Hg.), Der Sozialstaat in der Krise? Freiburg/Br., S. 96-117.

Pankoke, E. 1986: Von »guter Policey« zu »socialer Politik«, in: Sachße, Chr./Tennstedt, F. (Hg.), Soziale Sicherheit und soziale Disziplinierung, Ffm, S. 148-178.

Pankoke, E./Pankoke-Schenk, M. 1986: Ehrenamtlicher Dienst und ehrenamtliche Verantwortung, in: Deutscher Caritasverband (1986), S. 44-64.

Paulwitz, I. 1986: Volunteers und Professionelle im Wohlfahrtssektor der USA, unv. erziehungswiss. Diss., Universität Tübingen.

Perroux, F. 1961: Zwang, Tausch, Geschenk, Stuttgart.

Pflegebericht 1984: Bericht der Bundesregierung zu Fragen der Pflegebedürftigkeit, BT-Drucksache 10/1943.

Piorkowski-Wühr, I. 1978: Fünf Jahre Erziehungsstellen. Ein Resümee bisheriger Erfahrungen des LWV Hessen, in: Unsere Jugend, 30. Jg., Heft 4, S. 157-163.

Prelinger, C.M. 1985: Die deutsche Frauendiakonie im 19. Jahrhundert. Die Anziehungskraft des Familienmodells, in: Joeres, R.-E.B./Kuhn, A. (Hg.), Frauen in der Geschichte VI, Düsseldorf, S. 268-285.

Prognos AG 1984: Entwicklung der Freien Wohlfahrtspflege bis zum Jahr 2000. Studie im Auftrag der Bank für Sozialwirtschaft, Basel.

Projektgruppe Soziale Berufe (Hg.) 1981: Sozialarbeit: Professionalisierung und Arbeitsmarkt. Expertisen III, München.

Rabe-Kleberg, U. 1987: Frauenberufe - Zur Segmentierung der Berufswelt, Bielefeld.

Rauschenbach, Th. 1986: Die verfehlte Wirklichkeit - Soziale Berufe im Zerrspiegel amtlicher Statistiken, in: Neue Praxis, 16. Jg., Heft 1, S. 57-75.

Rauschenbach, Th. 1987: Diplom-Pädagogen - ein Zukunftsberuf in der Risikogesellschaft? in: bag-Mitteilungen, Heft 29, S. 3-13.
Rauschenbach, Th./Trede, W. 1988: Arbeit und Erziehung, in: Neue Praxis, 18. Jg., Heft 1, S. 12-31.
Rauschenbach, Th./Bendele, U./Trede, W. 1988: Mitarbeiter in der Jugendhilfe, in: Archiv für Wissenschaft und Praxis der sozialen Arbeit, 19. Jg., Heft 3, S. 163-197.
Reckmann, H. 1981: Sozialisation und Erziehung im Jugendverband. Eine empirische Evaluation, Weinheim.
Redl, F. 1971: Erziehung schwieriger Kinder, München.
Rein, M. 1985: Women in the social welfare labour market (discussion paper IIM-LMP 85-18, WZB), Berlin.
Reis, C./Dorenburg, H. (Hg.) 1985: Selbsthilfe. Ausdruck sozialen Wandels, sozialpolitisches Programm, Herausforderung für die soziale Arbeit? Ffm.
Rendtorff, B. 1985: Von Macht und Weiblichkeit und der Veränderung der Welt, in: »Frauenforschung sichtbar machen«. Dokumentation zur Frauenwoche des Arbeitskreises Frauenstudien vom 21.-25.1.1985 in der Universität Frankfurt, Ffm, S. 97-110.
Riemann, I. 1984: Die Rolle der Frauenvereine in der Sozialpolitik, in: Kickbusch, I./Riedmüller, B. (Hg.), Die armen Frauen, Ffm, S. 201-224.
Rüdenburg, B. 1986: Budenzauber am Abend. Jugend auf dem Land, in: Südschwäbische Nachrichten, 5. Jg., Heft 49, S. 20-21.
Rudolph, H. u.a. (Hg.) 1987: Ungeschützte Arbeitsverhältnisse. Frauen zwischen Risiko und neuer Lebensqualität, Hamburg.
Sachße, Chr. 1986: Mütterlichkeit als Beruf, Ffm.
Sachße, Chr./Tennstedt, F. 1980: Geschichte der Armenfürsorge in Deutschland, Stuttgart.
Sachße, Chr./Tennstedt, F. (Hg.) 1981: Geschichte und Geschichten. Jahrbuch der Sozialarbeit 4, Reinbek.
Sachße, Chr./Tennstedt, F. 1988: Geschichte der Armenfürsorge in Deutschland, Fürsorge und Wohlfahrtspflege 1871-1929, Bd. 2, Stuttgart
Sahle, R. 1987: Gabe, Almosen, Hilfe, Opladen.
Salamon, L.M. 1984: Nonprofit organizations: the lost opportunity, in: Palmer/Sawhill (1984), S. 261-284.
Salomon, A. 1902: Soziale Frauenpflichten, Berlin.
Sauter, R. 1986: Ehrenamtliche Mitarbeiter in der Jugendarbeit (Forschungsbericht, hg. vom Bayerischen Jugendring), München.
Schäfer, H. 1981: Die Vollzugshelfer, in: ZtStrVo, 30. Jg., Heft 6, S. 352-358.
Schefold, W. 1972: Die Rolle der Jugendverbände in der Gesellschaft, München.
Scheier, I.H. 1980: Exploring volunteer space, Boulder, Col.
Scheier, I.H. 1981: The new people approach handbook, Boulder, Col.
Schindler-Rainman, E. 1981: Toward collaboration - risks we need to take, in: JVAR, 10. Jg., Nr. 3-4, S. 120-127.
Schindler-Rainman, E. 1985: Team building in voluntary organizations, unv. Ms.
Schindler-Rainman, E. 1987: Reality mangement: risks we must take, in: JVA, 3. Jg., spring, S. 48-55.
Schindler-Rainman, E./Lippitt, R. 1977: The volunteer community, La Jolla, CA.
Schivelbusch, W. 1983: Das Paradies, der Geschmack und die Vernunft, Ffm u.a.
Schlicht, H. 1987: Vom Kaninchen im Zylinderhut. Strukturwandel auf dem Lande als Gegenstand von Bildungsarbeit mit Kindern und Jugendlichen, in: Krebs, W. (Hg.), Solidarische Grüße aus der Sommerfrische, Darmstadt, S. 71-100.
Schmals, K.M./Voigt, R. (Hg.) 1986: Krise ländlicher Lebenswelten, Ffm/N.Y.
Schmidt, D. 1987: Reisende soll man nicht aufhalten. Zur Geschichte der Bahnhofsmission in Bremen, in: Beiträge zur Sozialgeschichte Bremens, Heft 12.
Schmidt, R. (Hg.) 1983a: Ehrenamtliche Dienste in der Altenhilfe, Berlin.
Schmidt, R. 1983b: Ehrenamtliche Mitarbeiter in der Altenhilfe, in: Schmidt (1983a), S. 201-236.
Schmidt, U. 1980: Die Überwindung der Heimerziehung im Osterhof-Klosterreichenbach, in: Bonhoeffer/Widemann (1980), S. 248-261.

Schmidtchen, G. 1983: Verhaltensstile in Arbeit und Freizeit, in: Teufel, E. (Hg.), Ehrenamtliche Arbeit im sozialen Bereich (Bd. 7 der Schriftenreihe der CDU-Landtagsfraktion Ba-Wü), Stuttgart, S. 40-45.

Schober, Th. 1957: Das Wagnis des Diakonischen Jahres, in: Das Diakonische Werk, Stuttgart.

Schober, Th. 1983: Am Bahnhof: Ökumenische Ministerien der Liebe, in: Diakonie 82/83 (Jahrbuch der Inneren Mission), Stuttgart.

Scholl, A. 1980: Geschichte der Straffälligenhilfe in Württemberg, in: Straffälligenhilfe in Baden-Württemberg, S. 30-55.

Schwartz, F.S. 1982: Voluntarism, volunteers and social work practice, in: JVAR, 11. Jg., Nr. 2-3, S. 38-46.

Shorter, E. 1977: Die Geburt der modernen Familie, Reinbek.

Siebolds, C. 1986: Ehrenamtliche Betreuer im Strafvollzug in NRW, in: ZtStrVo 35. Jg., Heft 5, S. 269-272.

Siekmann, G. 1977: Ehrenamtliche Bewährungshilfe im Rahmen des Hamburger Fürsorgevereins, in: Bewährungshilfe, 24. Jg., Heft 3, S. 202-210.

Sielert, U. 1978: Die Mitarbeiter in den Jugendverbänden. Eine Situationsanalyse, München.

Simmel, G. 1968: Soziologie, Untersuchungen über die Formen der Vergesellschaftung (Gesammelte Werke, Bd. 2), Berlin.

Smith, D.H. 1982: Altruism, volunteers and volunteerism, in: Harman, J.D. (Hg.), Volunteerism in the eighties, Washington D.C., S. 23-44.

Socialdata 1980: Anzahl und Situation zu Hause lebender Pflegebedürftiger, Stuttgart u.a.

Solomon, B. 1985: Promoting interagency collaboration - a question of power, in: State of California, Dept. of the youth authority and office of criminal justice planning (Hg.), You can't do it alone, S. 3-9.

Spiegelhalter, F. 1985: Das Geld der Freien Wohlfahrtspflege, in: BAGFW (1985), S. 17-36.

Statistisches Bundesamt (Hg.) 1976: In der Jugendhilfe tätige Personen. Ergebnis der Personalstrukturerhebung in der Jugendhilfe 1974, in: Wirtschaft und Statistik, 27. Jg., Heft 11, S. 685-691.

Statistisches Bundesamt (Hg.) 1985: Fachserie 13: Sozialleistungen, Reihe 6.3, »Einrichtungen und tätige Personen in der Jugendhilfe 1982«, Wiesbaden.

Statistisches Bundesamt (Hg.) 1987: Von den zwanziger zu den achtziger Jahren. Ein Vergleich der Lebensverhältnisse der Menschen, Wiesbaden.

Statistisches Bundesamt (Hg.) 1988: Fachserie 13: Sozialleistungen, Reihe 6.3, »Einrichtungen und tätige Personen in der Jugendhilfe 1986«, Wiesbaden.

Stein, G. 1984: Die Lebenssituation der Jugendlichen in ländlichen Industriegemeinden am Rande der Schwäbischen Alb von 1850 bis 1982, unv. erziehungswiss. Diss., Tübingen.

Stein, G. 1987: Die Tradition in der Moderne, in: BldW, 135. Jg., Heft 12, S. 288-291.

Stenzel, A.K. 1968: Mitarbeiter für das Ehrenamt gewinnen und fördern, Wiesbaden.

Stöhr, I. 1983: »Organisierte Mütterlichkeit«. Zur Politik der deutschen Frauenbewegung um 1900, in: Hausen (1983), S. 221-249.

Stooß, F. 1985: Perspektiven der sozialen Berufe auf dem Arbeitsmarkt, vv. Ms., Nürnberg.

Straffälligenhilfe in Baden-Württemberg, LV Württemberg e.V. 1980: 150 Jahre Straffälligenhilfe in Württemberg, Stuttgart.

Straffälligenhilfe in Baden-Württemberg, LV Württemberg e.V. 1987: Jahresbericht 1986, vv. Ms., Stuttgart.

Strickler, G. 1987: The social work profession's attitude toward volunteerism, in: JVA, 4. Jg., summer, S. 24-31.

Stubblefield, H.W./Miles, L. 1986: Administration of volunteer programs as a career: what role for higher education? in: JVAR, 15. Jg., Nr. 4, S. 4-12.

Süssmuth, R. 1986: Ehrenamtliche Tätigkeit - eine lohnende Herausforderung für Männer und Frauen, in: Deutscher Caritasverband (1986), S. 92-108.

Thiersch, H. 1986: Die Erfahrung der Wirklichkeit, Weinheim und München.

Thiersch, H. 1986: Sozialarbeit - Zwischen Expertentum und Selbsthilfe, in: Kleiber, D./Rommelspacher, B. (Hg.), Die Zukunft des Helfens - neue Wege und Aufgaben psychosozialer Praxis, Weinheim, S. 241-263.

Thürmer-Rohr, C. 1984: Die gespenstischen Paradiese der Männer und die Hoffnungslosigkeit der Frauen, in: Psychologie Heute, Heft 1, S. 57-63.

Toffler, A. 1980: The third wave, Toronto etc.

Trapp, H.-J. 1985: Fachtagung: Freie Helfer im Strafvollzug und in der Straffälligenhilfe - Handlanger, Konkurrenten, Partner, Gegner? vv. Protokoll, Saarbrücken.

Trede, W. u.a. 1987: Diplom-Pädagoginnen im Beruf - Expertinnen oder qualifizierte Hausfrauen? in: bag-Mitteilungen, Heft 27, S. 3-9.

Trojan, A. (Hg.) 1987: Wissen ist Macht, Ffm.

Trojan, A./Deneke, Chr. 1985: Selbsthilfegruppen. Systematische Übersicht und Anregungen zur Unterstützung, in: Reis/Dorenburg (1985), S. 38-52.

Tübinger Projektgruppe 1988: Pfadfinder in Baden-Württemberg, Ms., Tübingen.

United Way of San Diego County 1985: Environmental scan report, a look ahead, San Diego County 1985-2000, a report of the Strategic Planning Project.

University of California Los Angeles (UCLA) 1986: School of social welfare 1987-88, Los Angeles.

Veblen, Th. 1971: Theorie der feinen Leute. Eine ökonomische Untersuchung der Institutionen, München.

Vogt, I. (Hg.) 1987a: Erst war ich selbstlos - jetzt geh ich selbst los (Dokumente und Berichte 2 der Staatssekretärin für die Gleichstellung von Frau und Mann), Düsseldorf.

Vogt, I. 1987b: Die freiwillige unbezahlte soziale Arbeit von Frauen: Fakten und Fiktionen, in: Vogt (1987a), S. 139-163.

Vogt, I. u.a. 1987: Frauen sprechen über ihre Arbeit in Ehrenamt und Selbsthilfe, in: Vogt (1987a), S. 101-138.

Wagner, K.R. u.a. 1982: Der Zivildienstleistende - geliehener Staatsdiener oder gleichwertiger Mitarbeiter? in: BldW, 130. Jg., Heft 1-2, S. 7-10.

Wahl, K. u.a. 1981: Familien sind anders, Reinbek.

Weber, M. 1964: Wirtschaft und Gesellschaft (Studienausgabe), Köln und Berlin.

Werlhof, C.v./Mies, M./Bennholdt-Thomsen, V. (Hg.) 1983: Frauen, die letzte Kolonie, Reinbek.

Winkelvoss, H./Trojan, A./Itzwerth, R. 1981: Zur Definition und Verbreitung von Gesundheitsselbsthilfegruppen, in: Kickbusch, I./Trojan, A. (Hg.), Gemeinsam sind wir stärker. Selbsthilfegruppen und Gesundheit, Ffm, S. 133-138.

Winkler, J./Karhausen, R.-R./Meier, R. 1985: Verbände im Sport. Eine empirische Analyse, Köln.

Wittwar, R. 1983: Bahnhofsmission. Ehrenamtlicher Dienst der Frau in der Kirche, in: Diakonie, 3. Jg., Heft 9.

Wulf, C. 1986: Ehrenamtliche Mitarbeiter unterstützen. Eine empirische Studie zu Voraussetzungen und Möglichkeiten der Unterstützung ehrenamtlicher Mitarbeiter in Jugendverbänden, unv. Diss., Universität Mainz.

Wurzbacher, G. u.a. 1961: Gruppe - Führung - Gesellschaft. Begriffskritik und Strukturanalysen am Beispiel der Christlichen Pfadfinderschaft Deutschlands, München.

Zedler, J. H. 1734: »Ehre«; »Ehren-Amt«, in: Großes Vollständiges Universal-Lexikon, Bd. 8, Halle und Leipzig, (Reprint: Graz 1961), Sp. 415-425, Sp. 426-427.

Zunkel, F. 1975: »Ehre/Reputation«, in: Brunner, O./Conze, W./Koselleck, R. (Hg.), Geschichtliche Grundbegriffe, Bd. 2, Stuttgart, S. 1-64.

Autorinnen und Autoren

Ulrich Bendele, Jg. 1949, Wissenschaftlicher Mitarbeiter am Institut für Erziehungswissenschaft I der Universität Tübingen.

Teresa Bock, Jg. 1927, Professorin an der Katholischen Fachhochschule NW in Köln.

Lothar Böhnisch, Jg. 1944, Diplom-Soziologe, Wissenschaftlicher Mitarbeiter am Deutschen Jugendinstitut, München.

Heide Funk, Jg. 1945, M.A., Wissenschaftliche Mitarbeiterin am Deutschen Jugendinstitut, München.

Hans Gängler, Jg. 1957, Diplom-Pädagoge, Wissenschaftlicher Mitarbeiter am Institut für Erziehungswissenschaft I der Universität Tübingen.

Monika Jaeckel, Jg. 1949, Diplom-Soziologin, Wissenschaftliche Mitarbeiterin am Deutschen Jugendinstitut, München.

Maria-Eleonora Karsten, Jg. 1949, Diplom-Pädagogin, FB Erziehungs-, Geistes- und Sozialwissenschaften der Fernuniversität Hagen.

Siegfried Müller, Jg. 1940, Diplom-Soziologe, Professor am Institut für Erziehungswissenschaft I der Universität Tübingen.

Hildegard Müller-Kohlenberg, Diplom-Psychologin, Professorin an der Universität Osnabrück.

Richard Münchmeier, Jg. 1944, Wissenschaftlicher Mitarbeiter am Deutschen Jugendinstitut, München.

Thomas Olk, Jg. 1951, Diplom-Pädagoge, Wissenschaftlicher Angestellter der Fakultät für Pädagogik der Universität Bielefeld.

Friedrich Ortmann, Jg. 1941, Professor am FB Sozialwesen der Gesamthochschule Kassel.

Ulrich Otto, Jg. 1961, cand. päd., Tübingen.

Eckart Pankoke, Jg. 1939, Professor am FB Soziologie der Universität Gesamthochschule Essen.

Irmtraut Paulwitz, Jg. 1935, Professorin an der Evangelischen Fachhochschule für Sozialwesen, Reutlingen.

Ursula Rabe-Kleberg, Jg. 1948, Wissenschaftliche Mitarbeiterin am Forschungsschwerpunkt Arbeit und Bildung der Universität Bremen.

Thomas Rauschenbach, Jg. 1952, Diplom-Pädagoge, Akademischer Rat am Institut für Erziehungswissenschaft I der Universität Tübingen.

Christoph Sachße, Jg. 1941, Professor am FB Sozialwesen der Gesamthochschule Kassel.

Gebhard Stein, Jg. 1952, Diplom-Pädagoge, freitätige Arbeit in den Bereichen Kulturarbeit, Jugendarbeit und Jugendsozialarbeit.

Hans Thiersch, Jg. 1935, Professor am Institut für Erziehungswissenschaft I der Universität Tübingen.

Hans-Dieter Will, Jg. 1943, M.A., Geschäftsführer des Vereins »Hilfe zur Selbsthilfe«, Reutlingen.